Jennifer Weiner

珍妮佛・韋納作品集 *04*

01 慾望單人床

02 偷穿高跟鞋

03 小地震

04 晚安，無名小卒

05 The Guy Not Taken

珍妮佛・韋納作品集

晚安，無名小卒

Goodnight Nobody

珍妮佛·韋納
Jennifer Weiner——著
蕭振亞——譯

CITY CHIC 21

一隻名叫梅西的懶惰鳥兒，正在巢裡面孵蛋，嘆了口氣說：
「我倦了，也累了
腳也抽筋了
一直坐著，就只是日復一日地坐在這裡
這是妳的天職！我討厭這句話！
我寧可快樂地飛翔！
如果可以找別人幫我坐在巢裡孵蛋
我一定要展翅高飛，渡個長假！
如果可以找到那個人，
我一定要展翅高飛，尋找自由……」

——蘇斯博士《大象霍頓孵蛋記》[1]

每一個住在郊區的家庭主婦，都得要獨自與生活奮鬥。當她整理床鋪、上街買菜、搭配沙發椅套的布料、跟孩子們吃著花生奶油三明治、夜晚躺在丈夫身邊時，她仍不敢問自己——「這就是我要的生活嗎？」

——貝蒂・傅瑞丹《女性迷思》[2]

我身處夢中
行至一小鎮
鎮上的女孩，全都叫貝蒂。

——蘿瑞・安德遜[3]「Smoke Rings」

註1：Mayzie是一隻懶惰的鳥，他將自己的蛋交給大象Horton照顧，就跑去玩了。Horton真的在樹上孵起蛋來，不管颳風雨雪，甚至被獵人賣到馬戲團裡而遠離家鄉，他仍遵守諾言一直孵蛋。Horton在樹上坐了四十一個星期，一個新生命即將誕生之際，Mayzie飛來要回自己的蛋，就在蛋裂開的瞬間，奇蹟出現了，一樣的耳朵，一樣的尾巴，一樣的象鼻子，蛋裡孵出來的居然是一隻有翅膀的小象。

註2：Betty Friedan於一九六三年以本書為現代女性主義運動奠定基石。

註3：集合視覺藝術、音樂、攝影、寫作、電影、電腦動畫等創作於一身的Laurie Anderson，將表演藝術帶進主流市場，也將流行文化帶向前衛的境界，堪稱前衛藝術表演家。

01

「哈囉？」我輕敲凱薩琳・卡瓦弄家紅色的前門，又用力敲著黃銅門環。「哈囉？」

「媽咪，我可以按電鈴嗎？」蘇菲問。她踮著腳，小小的拳頭在空中揮舞著。

「不行，這次該我了。」山姆邊說邊朝著凱薩琳家門旁六顆圓滾滾的南瓜踢了一腳。離萬聖節還有一個星期，可是我們昨天晚上才抽空刻的一顆歪七扭八的南瓜燈，右邊已經爛掉，才過一晚就出現了一個窟窿，置在門廊上，簡直就像是慘遭毒手的受害者。我把放在裡面的蠟燭點燃時，三個小孩都開心地叫了起來。

「該我啦！」傑克推擠著晚他三分鐘出生的弟弟。

「你不要推我啦！」山姆大叫著，也推了傑克一把。

「蘇菲、山姆跟傑克。」我說。我這個擁有兩個英國文學學位、在紐約市有一分美好工作的女人，現在居然披頭散髮、提著一個裝滿新娘頭像棒棒糖的大購物袋、帶著三個不到五歲的吵鬧小孩，站在康乃迪克州郊區一個半生不熟的朋友家門口。到底是怎麼回事呢？我不知道該怎麼解釋。就連蘇菲才七週大的時候，我肚裡竟又懷了雙胞胎的這件事，我也都想不起什麼時候有跟誰上床，而且還放過他一命。

蘇菲伸長了手，腦後的小辮子晃來晃去，然後按下了電鈴。當她回頭對著弟弟們露出一個像是「你們看，就是這麼做！」的得意笑容時，左邊的臉頰泛起了小小的酒渦。沒有人來應門。我低頭看了一下錶，猜想是不是我記錯了。凱薩琳是星期三晚上打電話給我的，那時傑克和山姆正在浴缸裡洗澡，而蘇菲坐在馬桶上邊玩著唇膏邊等待。我跪在浴缸前、身上的T恤半濕透，一手抓著毛巾，用力擦洗著兩個小男生指甲縫中的泥巴，一邊沉浸於那個常在我腦海裡出現、栩栩如生的白日夢中：故事是從兩個男人敲著我家前門開始。他們是什麼人？是警察還是FBI探員？我也不清楚。

比較年輕的那個男人，穿著米色的西裝，留著約一吋長的粗短髭；另一個年紀較大的男人，穿著黑色的西裝，幾根稀疏的黑髮蓋過他已經光禿的頭頂，然後他開口對我說話。**這一定是弄錯了**。他解釋由於發生某種差錯的緣故，我永遠不會再變胖（這是惡夢嗎？還是另一個宇宙？）、我會懷某人的小孩、過著另一個人的生活。**眞的嗎**？我問著，小心不讓自己的聲音聽起來太過急切。

「有妳的電話。」

我抬起了頭，老公站在浴室的門口，一手拿著公事包，一手拿著電話，用一種如果不叫輕蔑，就是很接近輕蔑的表情看著我。當我想到自己正因爲小孩的洗澡水而全身濕透時，心往下沉了一下。

我用一隻沾滿肥皂泡的手把電話接了過來。「你可不可以看著他們一下？」

「我先把身上的西裝脫下來。」他說，隨即不見人影。那句話的意思就是：**一個小時後再說吧！**

我輕輕地嘆了一口氣，把話筒貼近耳朵。「哈囉？」

「凱特，我是凱薩琳．卡瓦弄。」她用低沉、有教養的聲音說著，「我想請妳星期五到我家共進午餐，不知道妳有沒有空？」

她的話讓我大吃一驚，連結結巴巴地回答「好啊」或是「沒問題」都做不到，緊張地只能回一句連我自己都聽不懂的話：「好題。」答應了她的邀請。不過跟凱薩琳．卡瓦弄一起吃午飯，在我的待辦事項中並沒有排在最優先，因爲對我而言，她是我新家這個地區中，一切都不對勁的象徵。

我還記得第一次見到凱薩琳的情景。那時我們才剛搬來，連行李都還沒打開。我開車載著三個小孩來到地產經紀人所說的那個公園。我那頭三天沒洗的厚又捲的棕色長髮，已經不是用「有一點亂」可以形容的。不過，在我把車停好往公園走去的路上，我想著，**其他的媽媽們不會介意的**。當我跟孩子走到兒童遊戲區的白色柵欄外時，看到四個女人坐在蹺蹺板旁的綠色長椅上。她們擦著相同的深粉色唇膏、衣飾光鮮亮麗、身材穠纖合度，看起來個個都像狠角色。每個人肩膀上都斜背著一個裝著尿片奶瓶的押花絲質大包包，搭配合宜得就像是件繡著Pink Lady的粉紅色外套一樣；或者，更像是一把烏茲衝鋒槍。

「嗨！」我開口說，聲音像從溜滑梯下方的橡膠墊彈起來，穿過鞦韆，再傳了回來。那幾個女人看了我一眼（鬆垮垮、沾滿糖漿汙漬的工作褲，髒兮兮的運動鞋，我老公已經洗到褪色的灰長T外搭一件紫色短袖T恤，鳥窩似的頭髮，沒有上妝的素顏，以及過去兩年我一直想瘦卻瘦不下來的肚皮跟屁股），還有我的孩子們。傑克看起來還算稱頭，但是山姆手裡一直抓著那個他最愛的、好幾個月沒吸過的奶嘴，而蘇菲則是在芭蕾舞裙裡套了一件睡褲。

坐在中間一頭蓬鬆金髮、穿著駝色靴型褲跟羊毛背心的女人，朝我們舉起了手，給了一個似笑非笑的微笑。她叫蕾克西．赫根侯特。她的外型非常符合她的身分——前足球與長曲棍球國手，婚前是高中球隊的教練。據說她在生下寶寶布萊爾里後，才過六個星期，就立刻展開了鐵人三項的訓練。

坐在她旁邊那個黝黑膚色的女子，有著一頭齊肩的淡棕色頭髮，間雜著幾撮挑染，她的眉形修得很漂亮，還染成跟頭髮一樣的顏色。她也向我們稍微揮了揮手，但厚厚的唇皺成一團，像是吃到什麼很酸的東西一樣。對了，她叫做蘇琪．沙瑟蘭德，穿著Seven牛仔褲和高跟尖頭麂皮靴——就像是我朋友珍妮會穿去夜店，而我永遠也不可能嘗試的打扮。

「嗨！」距離我們最遠、一頭紅髮的卡蘿．金奈爾，開口向我打了聲招呼。她穿著一件醒目的南瓜黃毛衣，搭配一條色彩斑斕的長裙，戴著一對小巧的金色鈴噹耳環，腳上是一雙金色鑲邊的紫色亮片拖鞋。我後來才知道，原來卡蘿的丈夫是紐約市五大律師事務所，其中一家訴訟部門的頭頭。卡蘿、羅伯和他們的兩個兒子住在一幢名叫「Bettencourt」的房子裡，在南塔克特還有一間渡假小屋，我想這也給了她這身像是要去參加史蒂薇．尼克斯的演唱會裝扮的權力。[1]

最後，第四個女人優雅地在我的孩子們面前蹲低了身子，一個個詢問著他們的名字。她那頭巧克力色濃密亮麗的直髮，用一個黑色天鵝絨髮圈繫著，垂落在背後。她有一張美麗的臉：豐唇、直窄的鼻梁、高聳的頰骨跟精巧的下巴。她的髮色以及淺金色的肌膚，讓我以爲她會有一對棕色的眼珠，但是卻不是。她的眼睛隔得太開，顏色是接近深紫色的藍，就像三色堇的那個顏色。

「我叫凱薩琳・卡瓦弄。」她對我的孩子們說。「我也有一對雙胞胎寶寶。」

「凱特・克萊。」我一邊想著：**別上了她的當，你們這些小傢伙**。不過很顯然地，孩子們已經被迷住了。男孩們放開了我的腿，害羞地對她笑著，蘇菲則是目不轉睛地看著她說：「妳好漂亮喔！」我試著不對這句話表現不悅。（上一次蘇菲用這種眼光看著我時，只說我的下巴上有根毛。）

我擠出了一個微笑，在腦中做了幾個決定：找出哪裡可以買得到一件精緻的麂皮外套，以及這些女人是在哪裡做頭髮、美白牙齒、修整眉毛，順便試著找出其他像我一樣驚慌失措、披頭散髮、已經是個大腹婆的媽媽們。就算得跨越州界也非找到不可。

那幾個女人又回到她們原本的話題上，似乎是在討論鎮上兩所私校的教師學生比例。在我跟凱薩琳能眞正說上話、問要帶哪些烘焙食品到「年度紅推車節烘焙食品銷售祭」上販售的這段時間中，我已經來回於長椅和遊戲區三次、花了二十分鐘聽蘇琪說著重新整理她的餐具室，還有她去美髮師史提夫那兒的事情。「不要有堅果，也不要乳製品。」凱薩琳告訴我。我點著頭，又繼續追問：「那如果我試試看會怎麼樣？」

我們的第二次談話，就沒有這麼成功了。某個夏日午后，我們肩並肩地站在遊戲區的鞦韆旁。凱薩琳穿著粉紅色的亞麻背心裙，簡單卻不失優雅，那是我已經好多年沒有嘗試過的造型（還有質料了。而我一如往常地，穿著感覺很笨重的衣服（骯髒的褲子加上棉質背心），而且素著一張臉，完全無法跟旁邊的這位氣質美女相比。**這個鎮就是這樣**。我這麼想著，一邊用力拉著腰帶，另一手則推動著正在盪鞦韆的蘇菲。回想以前在紐約的時候，偶爾還會有建築工人對我吹口哨，街上也有帥哥偷瞄我呢！現在只不過相隔六十哩，我竟然就變成一隻穿著毛線衫的曉穆[2]了？

我常常做白日夢，幻想我到從來沒去過的地方渡假、住在一間我在婦產科候診室的雜誌裡讀到的某間渡假村裡，有著開闊陽臺的私人小木屋……個人的游泳池……每天早上都會把剛切好的鳳梨跟木瓜放在露臺上……

「妳會把小孩隨時帶在身邊嗎？」凱薩琳問。

我愣了一下，說：「爲什麼要這麼做？」

「菲利普跟我會帶著女兒們到處去。」她拘謹地說，順便推了小瑪德琳一把。「我永遠不會把她們留在家裡。」

「永遠不會？」我重複著這幾個字——自己都覺得這樣的口氣有點像在挖苦。「就算是星期五晚上去看場電影、夫妻兩個人出門共享燭光晚餐？連出去吃個消夜也都不會嗎？」

她甩了甩那頭亮麗的髮絲，一個淺淺的微笑——我想那也是一個沾沾自喜的微笑——在她的臉上泛了開來。「我絕對不會把她們留在家裡。」她又重複說了一次。

我點了點頭，勉強擠出個笑容，讓蘇菲坐的鞦韆停下來，咕噥著說：「祝妳週末愉快！」（說完才發現，那天是星期二）催趕著三個孩子坐上車，把一片ＤＶＤ塞進播放器裡，調大了音量，然後一路上都在碎碎唸著「怪胎」這兩個字。

從那次之後，無論是在足球場或是雜貨店的乳品區遇到，凱薩琳跟我就變成只是點頭之交。我不想跟她有任何更深入的關係，不過我還是會回應她「好的」（或是「好題」）——**是啦，我是很敷衍**——這就是我跟三個小孩，剛搬到康乃迪克州新家時的情景。

「我想我們有個共同認識的朋友。」凱薩琳說。

「喔？是誰？」我把雙手在大腿上擦了擦，站起了來，眼冒金星。

但是凱薩琳卻給了我另一個答案。「妳之前是個記者，對不對？」

「是沒錯，不過得先聲明一下，」我說。「我之前在《紐約夜線》的工作，是專門挖掘名人熱衷的事物，不是像伍爾渥和伯恩斯坦[3]那麼偉大的記者。為什麼這麼問？」

「有件事……」她開始說著，不過正巧山姆把傑克的頭壓到水裡。

「媽咪，他要把弟弟淹死了啦！」蘇菲坐在馬桶上看著她的兩個弟弟，一邊忙著編髮辮。我彎下腰把傑克拉起來，他氣急敗壞、山姆嚎啕大哭，凱薩琳則是連忙說我們星期五再聊。

至少我很確定她是說星期五，對這一點我還有自信。我深深地吸了一口氣，又提起了門環敲了敲，也注意到卡瓦弄家在萬里無雲的晴空下，微微散發出光芒。路旁的籬笆修剪得很整齊、落下的樹葉也已耙成一堆、窗戶上的玻璃閃閃發光、南蛇藤纏繞成漂亮的形狀，而窗檯上的花盆箱也放著小顆的南瓜，剛好搭配門上掛著的乾燥辣椒花圈。**有點不對勁**。我又用力地敲了幾下，門緩緩地打開了。

「有人在嗎？」我對著昏暗、有回音的屋內喊著。沒有人回應……但是我看到走廊底的廚房裡，隱約有燈光閃動著，也聽到布蘭登堡協奏曲之類的音樂聲傳出來，這比起波爾卡舞曲對我的孩子們更有益處。「凱薩琳？哈囉？」我又喊了一次。依舊沒有回應。一陣風吹起幾片枯黃的樹葉，刮過門前的硬木地板。當我從口袋裡掏出手機、撥電話給查號臺，詢問富利農場路五號卡瓦弄家的電話號碼時，心裡掠過一絲不安。

接線生幫我接通了電話，我可以聽到屋內凱薩琳的電話「鈴……鈴……」地不停響著。

「沒有人在家。」蘇菲不耐煩地說，穿著粉紅色運動鞋（完全和她那一身橘色的衣服不搭）的腳不安分地跳動著。

「等一下嘛！」我說。「哈囉？有人在嗎？」我又大叫了一次，依舊沒有人回應。

「媽媽？」蘇菲拉著我的手。兩個男孩看著對方，眉頭深鎖、嘴巴嘟得半天高。那兩張胖呼呼、笑起來有小酒窩、皮膚嫩滑的臉龐，在激動或是生氣的時候，就會變成紅通通的樣子；他們的睫毛在臉頰上投射出長長的陰影；而他們棕色的捲髮美麗到我第一次帶他們去剪髮時，忍不住就哭了出來，即使是第二次、第三次也是。蘇菲跟她的弟弟們不一樣，她長得又高又瘦，有著橄欖色的肌膚跟柔細、總是糾纏在一起的棕色髮絲，而不是美麗的捲髮。

「你們待在這裡等一下，這裡喔！」我對著三個孩子說。「乖乖坐在南瓜上，等到我說好了才可以下來。還有，不要把門關上！」

蘇菲點著頭，她一定是從我的聲調裡感覺到了什麼。「我會看好這兩個小寶寶的。」

「我們才不是小寶寶！」傑克緊握拳頭著說。

「留在這裡。」我又說了一次，蘇菲皺著眉頭，用眼神示意她的弟弟們在圓呼呼的南瓜上坐好。

我屏住呼吸，走了進去。這裡的格局和我家差不多，都是有六個房間、五套完整衛浴，所有地板都是硬木材質的蒙特克萊兒式大宅。這個住宅區的出資者是個義大利佬，多數鄰居都是猶太人，而且在房舍上都有一個名字，彷彿它們是英國國會的成員一樣。顯然沒有人會買一幢叫做Lowenthal或是Delguidice的房子，不過如果它叫做Carlisle或是Bettencourt的話，我們就會捧著支票簿排隊等著買下來。

我站在門口，躡手躡腳地往有燈光的廚房走去，大提琴莊嚴的音符與古董鐘的滴答聲，迴盪在空間中。洗碗槽中沒有碗盤、長桌上沒有報紙、餐桌上沒有麵包屑，當然也沒有凱薩琳的人影。這時我低頭往地上看去。

「喔，我的天啊！」我摀住嘴巴，抓著長桌的邊緣撐住身子。凱薩琳的品味跟我和班差不多，選用的也都是高級貨：長桌桌面是花岡石，地板是槭木拼成的，而通往花園的落地雙扇玻璃門，用的則是含鉛玻璃。廚房裡還有一台Sub-Zero牌冰箱與Viking牌高級爐具，而凱薩琳面朝下地趴在冰箱與爐具中間的地板上，兩個肩胛骨的中央，插了一把八吋長的碳鋼雙人牌切肉刀。

我越過廚房，跪在仍未乾掉的冰冷血泊中。她用一種雙手叉腰的方式趴在地板上，身上的白襯衫跟頭髮全都沾滿了血漬。當我傾身看著她的屍體時，突然覺得一陣暈眩；摸到她黏手的髮絲時，差一點就嘔了出來。然後我用力握著刀把，將刀子拔了出來。「凱薩琳！」

我看過不少的警探劇，知道最好不要移動屍體，但是此時我已經失神，無法控制自己的雙手去抓住她纖細的肩膀，將她抱入我的懷裡。音樂的旋律愈來愈強，她身上刀具的銅臭味，伴隨令人作嘔的撕裂聲逐漸淡去。我鬆開了手，她的屍體又滑落回地板上。我用雙手緊摀著嘴，以免胃裡翻滾的食物一擁而上，也讓自己不會尖叫出聲。

「媽咪？」蘇菲的聲音聽起來像從遙遠的外太空傳來般。

我用顫抖的聲音回答她：「你們再等一下！」

我搖搖晃晃地試著站起來，雙手猛力在褲子上擦拭著，一陣陣暈眩感如浪潮般襲來，直到臀部撞到早餐吧檯，我才讓自己穩下來並且試著思考。我該不該報警？該讓我的孩子們知道這件事嗎？萬一殺了凱薩琳的兇手還在房子裡的話，我該怎麼辦？

我決定還是要先報警。我似乎花了一輩子長的時間，才能將手機從口袋裡拿出，並且按下九一一。「你好，我是凱特．克萊。我剛過來富利農場路五號拜訪我的朋友凱薩琳．卡瓦弄，她……呃……」我停了一下。「她死了，有人殺了她。」

「請妳再說一次地址。」電話線另一端的那個聲音，這麼問：「妳叫什麼名字？」

我又說了一次，當她問我的社會安全號碼跟出生年月日時，我對她發出不滿的噓聲。「快派人過來！派個警察……還有一部救護車……如果附近有海軍陸戰隊的話，也派過來……」

「女士？」

我的音量在看到電話機旁那一疊乳黃色便條紙上的十個數字時，漸漸消了下去，渾身的血液也突然凝結了起來。

那是屬於紐約曼哈頓的區碼，和當初他給我的電話號碼同一個；那是當我們成為鄰居時，我打了無數次的號碼；那是我每天都極力忍住不要再撥的號碼。

我想我們有個共同認識的朋友。

我連想都沒想就掛斷電話，伸出顫抖的手，將那張便條紙撕了下來。我把它揉成一團，然後塞進口袋裡；又把沾滿血跡的手，在凱薩琳的水龍頭下沖洗乾淨，再用她那條漂亮的楓葉印花拭碗巾擦乾雙手，拖著發軟的雙腿逃到走廊。

「媽咪？」蘇菲小小的臉孔變得蒼白，棕色眼睛睜得大大的，認真地看著我，山姆和傑克緊握著她的手，山姆還把另一隻手的姆指放在嘴裡吸吮著。蘇菲看到我褲子上的血漬。「妳受傷了嗎？」

「沒有。」我對他們說。「沒事的，寶貝，媽咪很好。」我從袋子裡摸出一包濕紙巾，抽出了幾張匆忙地擦去褲子上的汗漬。「來吧，蘇菲。」我說，把男孩子們擁在懷裡，肌膚感受到他們心臟噗通噗通地跳著。然後牽著他們走到走道盡頭，坐在那裡等著援兵到來。

註1：Stevie Nicks生於一九四八年五月，一九七五年組成Fleetwood Mac樂團，從此建立其軟調的抒情搖滾風格。她是極少數身為知名樂團團員又同時擁有輝煌個人成績的樂手。Bettencourt正好和Extreme合唱團吉他手Nuno Bettencourt的姓相同，而Nantucket則可聯想至Mountain合唱團的專輯「Nantucket Sleighride」。

註2：Shamu是加州海洋世界一隻殺人鯨的名字。

註3：為Bob Woodward與Carl Bernstein，兩人共同揭發了美國前總統尼克森水門醜聞案。

02

「打擾一下。」掃瞄器的嗡嗡聲、收音機正在播放的老式談話節目，以及一群警察在咖啡機旁竊竊私語，讓我不得不提高了音量。「史丹？」

厄普丘奇鎮的警長史丹．伯吉朗，失神地對我點了點頭。他讓我坐在一張空書桌前的金屬輪椅上，桌上有一架壞掉的轉盤式電話機，底下壓著一張泛黃的減肥中心簽到單。接待員兼調度員的那個女人，用她手中的鉛筆筆尖搔了搔頭皮，假裝著在打字。這些東西沒有一樣是可以讓我充滿信心的。

冷靜下來，凱特。我對自己說。**不要表現出一副有罪的樣子，不然他們就會覺得妳有罪。**這說起來簡單，做起來可不容易。有些人在緊張的時候，就會不斷地壓指關節，而我則是不斷地說笑話。我深深地吸了一口氣，試著用超然的聲調說話。「嘿，你能不能告訴我，我是不是被逮捕了？我不是要對你無禮，只是如果我被逮捕的話，會打亂我的行程表啦！」

「妳並沒有被逮捕，凱特。」史丹用他低沉的聲音說。他是個矮小、胸肌厚實、下巴寬厚、雙眼像小獵犬一樣水汪汪、留著暗褐色八字鬍的男人。在九一一事件之前，他還是紐約市警局的一員；那之後，他告別了高犯罪率與恐怖主義的威脅，回到了寧靜的厄普丘奇小鎮，整天不是只開了一、兩張超速的罰單、去當地的情人巷中驅趕青少年們，不然就是幫路易斯・肯尼利找他走失的冠軍柯基犬，牠常常一出門就迷路了。我在搬來厄普丘奇的前一個半月，就認識了史丹，這得感謝我沒辦法控制自己家裡那套昂貴又精密的警報系統，所以他幾乎每兩天就要到我位於自由巷的住處報到一次。

「我們只是要再問妳幾個問題罷了。」史丹說。

「還有什麼問題？」我問，試著讓自己的聲音聽起來不像心臟已經快要跳到喉嚨了、不像我仍在發抖著，也不像我口袋裡有張如同腫瘤般不斷膨脹與抽痛的被揉皺、上面寫著我曾迷戀的對象電話號碼的紙團。我想要溜到廁所把紙團沖到馬桶裡，不過萬一它塞住怎麼辦？那把它撕成碎片再吞進肚子裡好了，不過萬一我吐出來怎麼辦？看來我還是等它自然排出體外好了。我在椅子上不斷地變換著坐姿，想像我能聽到紙團跟褲子磨擦的聲音。

從我因爲卡瓦弄家血案而震驚不已的三個小時裡，我撥了通電話給褓姆葛莉絲，請她來開車把三個孩子載回家。然後我被載往警局、做了筆錄也採了指紋。我對著三個不同的人，解釋了三次我的指紋會在刀柄上的原因。這三個詢問者中，有一個警察用厭惡的態度咕噥著說：「天啊，女士，難道妳沒有看過『CSI犯罪現場』嗎？」我睜大了眼睛，回他說：「那是在諾丁頻道播的嗎？如果不是的話，那我就沒看過了。」

我把瀏海用串珠髮夾夾好。史提芬先生已經幫我的頭髮打好層次，但是因爲他不可能每天早上到我家幫我整理頭髮，所以我的眼前總是垂著兩吋長的「美麗」瀏海晃來晃去。當我把它們夾好的時候，又問：「我需要找個律師嗎？」

史丹聳了聳肩。「妳爲什麼要找律師？妳是證人，又不是嫌犯。妳沒有什麼好隱瞞的。」

「如果我有呢？」我低語著。史丹凝望著我。「沒有啦！開個玩笑而已。」我說。史丹的臉沉了下來。「拜託，好像我時間多得能夠策劃這件謀殺案一樣。我老公去加州出差一個星期了，我忙得連洗碗機裡的碗盤都沒空洗。」我看了一下錶，又按下手機上的重撥鍵，在聽到班的語音信箱時，二話不說就掛斷電話。我已經留了差不多有六個訊息給他，說明這件事的相關內容，但是他一個也沒有回：**我去凱薩琳・卡瓦弄家，發現她背後插了一把刀，死在廚房的地板上。我現在在警察局做筆錄。拜託你撥通電話給我。拜託你回家。拜託你撥通電話給我，還有儘快回家。**

我丈夫到洛杉磯參加一場盛大的民主黨會議，爲了他的政黨顧問公司去找一些新客戶。若是住在美國東北部的各位，在過去三次大選中有看過候選人出現在一支慢動作的廣告片，或是用粗糙黑白特寫鏡頭，把人拍起來像是在自宅地下室冰箱中，藏了小男孩肢解屍體的廣告片，那你看到的一定是他的作品。他目前的客戶有：兩名參議員、三名衆議院議員、麻薩諸塞州州長，及聯邦檢察總長。「自命不凡」這四個字，永遠都會掛在他的稱謂之前，而且他賺的錢，已足以讓我們家五口安居於離曼哈頓四十五分鐘車程外的小鎮。這裡最便宜的房子一幢也要一百萬美金以上，路上是看不到任何一輛輪子少於四個的交通工具的。只是我在這裡一個朋友也沒有。

我又換了個坐姿，看到小學的導護老師在跟一個穿著藍色聚酯纖維上衣的男人討論著事情，我很確定那個男人是郵差先生。我心想，怎麼鎮上穿制服的人全都出現在這裡啦？

我又把紙團往口袋的深處推了推。我已經洗了兩次手，但是指尖還是殘餘著採指紋時所留下的黑色墨漬。這時史丹對著電話低語著。那個接待員從抽屜裡偷偷地拿出一面鏡子和一小支睫毛膏。她斜放鏡子，假裝在補睫毛膏，不過卻盯著角落的行動。史丹終於掛上了電話，跟導護老師簡短講了幾句、對郵差先生點了點頭、拉了拉褲子，然後慢步走到我面前。

「妳認識伊凡．麥肯納嗎？」

我的心臟停止了跳動。喔，天啊。**他們知道了**。他們知道我拿了那張寫著伊凡電話號碼的紙條。大概在五秒鐘內，史丹友善客氣的微笑將會消失，然後拿出了一副手銬。我被逮捕了，要被關進大牢了。我永遠也看不到我的孩子們，老公也會跟我離婚，再娶另一個更美貌、更會講話、更配得上他、也適合他所選擇的這個地方的纖瘦金髮美女，而我的大伯（班的哥哥）往後餘生也會不斷地說：「早就告訴過妳了吧！」

我的手在大腿上磨擦著。「為什麼這麼問？」

「他的名字出現在她的來電清單上。」

我鬆了一口氣。「我認識一個同名同姓、住在紐約的人，我們以前是……」沾了墨水的手指交纏著。「我們好幾年沒有連絡了。」

史丹點了點頭，將龐大的身軀又塞回椅子中，然後在紙上寫了些東西。

「所以他不是嫌疑犯囉？」我不加思索就脫口而出。「他不……他不是……」這眞是太好笑了，這些年來，我一直希望伊凡不得好死，所有對他的幻想，都在難以忍受的痛苦和羞恥中消失殆盡，就算他死了，我也只會哈哈一笑。可是現在眞的得知他有可能會身陷囹圄，卻令我不禁顫抖了起來。

史丹沒有回答我的問題。「麥肯納先生的職業是？」

「模特兒。」

史丹並沒有因爲我的玩笑而笑出來。「他的工作到底是什麼？」

「我認識他的時候，他是個私家偵探，合作對象有保險公司、工人賠償金給付，還有……」我的聲音低了下來。「離婚官司。跟蹤在外面偷吃的丈夫……喔！」我的反應太遲鈍了，但如果你四年中都沒有好好睡過覺的話，大概也會這樣吧。我猛然跳了起來，激動得連頭上的髮夾也掉了。「或許凱薩琳因爲她先生在外面偷腥，所以雇用了伊凡。而她先生發現了這件事，就把她給殺了！」

史丹凝視著我，郵差先生和我在小學前的行人穿越道認識的年輕巡警，也目不轉睛地看著我。我幻想著，史丹將會衷心地輕拍著我的背，對我說：**做得太好了，凱特，妳居然破了這個案子！**不過實際上他只是將筆記本翻到另一頁。「妳認識菲利普．卡瓦弄嗎？」

我搖了搖頭，彎腰從地板上撿起髮夾。

史丹又寫了些東西。「我們把時間往前推。當凱薩琳打給妳的時候，她說有件事要跟妳談。妳知道是什麼事嗎？」

我又搖了搖頭。「我不知道，很抱歉。我很希望能幫上一點忙，但是我眞的跟她沒有很熟。」

「妳完全不知道她想要和妳談些什麼？」

「不知道。你有跟她先生談過了嗎？」

史丹舔了舔姆指，又翻了新的一頁。「爲什麼這麼問？」

「這種事一般不都是丈夫做的嗎？」

他的手在臉頰上擦了擦。「都是？」

「對啊，在我以前當記者的經驗裡，犯案的絕大部分都是丈夫。」

史丹現在用他那雙淺棕色的眼睛看著我，好像我的脖子上長出了第二個頭一樣。

「對啊，Lifetime 頻道也是這麼演的。一定都是丈夫，不然就是男友。」

他又開始寫了。「凱薩琳有交男友嗎？」

「我不知道。」我聳了聳肩。「如果她有的話，那她一定有很高超的時間管理技巧。你知道的，要照顧兩個小孩……」

前門轉了開來，一個警官緊緊地攙扶著年約四十、身材高大、長相英俊、一頭淡金色髮絲、穿著灰色法蘭絨西裝的男人的手肘，像是那個人忘記怎麼走路了一樣。

「借過。」史丹說，快步走到他們身邊。接待小姐除了偷聽外，已經放下手上的睫毛膏，不斷地移動鏡子追蹤史丹的腳步。史丹抓住法蘭絨西裝男人的另一隻手肘，拉往角落他的辦公室走去。他們身後的門發出卡嗒聲，同時也傳出那個男人的咆哮聲。

「我妻子！」他說。「我妻子……」他的聲音戛然而止。我閉上了眼睛，回想著凱薩琳身體的重量，還有當我拉起她時，她的襯衫發出令人作嘔的撕裂聲。我又看了一次錶，已經快要三點了。凱薩琳的女兒就快要放學回家了，誰會在那裡告訴她們這件事？她們又該何去何從？

我努力地豎起耳朵聽著。史丹的聲音低沉，有一種鎮定人心的效果，他的紐約口音，讓我想起自己家裡也有一堆麻煩事。我只能從他們的對話中，擷取到破散的隻字片語，但光這樣已能辨識出那個男人就是菲利普。「這都是我的錯。」我聽到他哀悽的聲音，接待小姐也伸長了頸子、張大眼睛、屏住呼吸地聽著。「全都是我的錯。」

十五分鐘後，警方讓我回家，並且指示我不得離開本州，以及如果有任何伊凡·麥肯納的消息，一定得立即通報。

「我會的。」我對史丹說。「不過我想他不可能打給我，我們很久沒有連絡了。」

「世事難料。」史丹說。

那個一臉紅潤、短髮，看起來只有十九歲的年輕巡警，載我回到案發現場。我低下頭，快步閃過停在卡瓦弄家外的新聞轉播車，然後坐進葛莉絲的車子。我的心噗通噗通地跳著，害我以爲自己連富利農場路的盡頭都開不到。伊凡·麥肯納，這個人終於還是又出現在我的生命中。

我拿出了手機，按著那串不敢相信自己還記得的號碼。但只按了三個數字，就掛斷了電話。如果他接起電話，我該對他說些什麼？*嗨，我是凱特·克萊。還記得我嗎？曾被你傷了心的那個？算*

了，我們已經好久沒有說過話了。喔，對了，你應該也認識凱薩琳·卡瓦弄。她被謀殺了，警方要跟你談一談。

我把手機放回口袋裡，雙手放在方向盤上，等著它們不再顫抖爲止。我留了個留言給我最好的朋友珍妮·西格，要她儘快回我電話。然後，我開車回家。

註1：Noggin頻道為美國針對學齡前兒童所開設的頻道。

03

第二天下午，在我把小孩送去「小大人音樂班」上課、餵他們烤起士和醃菜當午餐、又唸了由兩位心理學家爲了「協助年輕讀者克服失去與悲傷」所寫的《祖父去那兒了？》水彩畫讀本故事後，把他們帶上車，帶著不可缺少的一大堆衣服、Wet Ones濕紙巾、「愛冒險的朵拉」貼紙跟果汁盒，然後前往厄普丘奇社區公園。

我已經在厄普丘奇住八個月了，依我雪亮雙眼的觀察，這裡沒有一件事是對的。我穿著常穿的那件工作褲，去參加紅推車托兒所的開放參觀日，但是其他媽媽們都是穿著裙子跟高跟靴。蘇菲因爲關車門太用力而夾到我的姆指時，我忍不住大叫：「妳這個死小孩！」可是托兒所另一個孩子的媽媽蕾妮·威爾克斯，被老公羅傑在停車場倒車時壓到腳後跟，她竟只是說了句：「你好討厭喔！」

而所有這些，都比不上我雙胞胎兒子三歲生日派對上所發生的那場慘劇。

那時我們還住在紐約那間有著無敵景觀、能夠眺望中央公園的兩房公寓裡。那次原本是個很完美的生日派對。我邀請了所有托兒所的孩子們，以及五、六個在紐約認識的朋友們，其中包括有兩個媽媽的札克、有兩個爸爸的約拿，跟去年在中國被領養的梅。我買了一個彩罐[1]、烤了個蛋糕（是用蛋糕粉啦，不過我丟了一把巧克力碎片跟布丁進去）、調了一些潘趣雞尾酒跟汽水、切好的蔬菜條，還有一碗滿滿的芝多司。班和我把長沙發推靠在牆邊，好在客廳裡騰出更大的空間。至於娛樂活動，則是安排了手指畫、驢尾巴遊戲[2]。而大人這邊呢，穿著黑色小洋裝的珍妮，在幾杯夢吉多雞尾酒下肚後，開始喋喋不休、毫不避諱地說著她新男友床上功夫不佳的事情。

每個人看起來都玩得很開心，不過我留意到一個媽媽不讓她的孩子們吃芝多司，似乎因爲那是要用手拿著吃，而且還問了像是潘趣雞尾酒裡有沒有人工色素等等問題。我也看到有幾個孩子望著我們的後院，問有沒有小馬可以騎，或是什麼時候才會有人來架設彈力堡[3]。我以爲他們是在開玩笑，不過他們看起來很認眞。

當我們兩週後參加托兒所另一個同學的生日派對時，我才終於明白原因。那場派對在厄普丘奇飯店舉辦，吃的是豪華自助餐，有煙燻魚、壽司，還有一座壽星眞人大小的冰雕。沒有塑膠叉子或是驢尾巴遊戲、沒有那些標新立異的家人、沒有部分氫化食材的小點心或是人工香料色素，也不會有人因爲幾杯黃湯下肚就大談閨房情趣，遊戲項目更是比我家的豪華許多。壽星父親的工作是運動經紀人，所以他在停車場佈置了一個比原尺寸小一半的籃球場，並且說服紐約尼克隊的先發選手陣容，來到這個荒郊野外，跟派對的賓客們所組成的隊伍進行友誼賽，最後還故意讓賓客隊贏得比賽。

班一句話也沒說，不過我從他緊抿雙唇的神情，以及開車回家時，猛力按著收音機的按鈕的行為，就知道他很生氣。

「我什麼也不知道！」當孩子們因四層大蛋糕的驚喜、針對每一個賓客設計的禮物袋、面對七呎高的中鋒的激動感退去後，在座位上沉沉睡去時，我對他抗議著。「我發誓，如果我知道他們會這麼安排的話，當初就會雇用一個小丑了！」

班大聲地嘆著氣。

「或是一整個馬戲團！」

「妳整天都跟這些女人混在一起，怎麼會不知道？」

我聳了聳肩，說：「我很抱歉。」

「下一次，先問問別人吧！」他最後撂下這句話。

我答應他我會的，不過我知道這麼做一點用也沒有。骰子已經擲出去了。如果我們那場悲慘的生日派對沒有終止這一切的話，那蘇菲在紅推車托兒所的「小天才表演會」上的「**別碰我的古柯鹼**」清唱表演，就一定能夠。不單是老師寄了張通知函到家裡，寫著以後表演時要「多一些恰當的歌詞」，還特地開了一次校務會議來檢討這件事。會上由從格林威治請來的一位兒童心理學家，來回答小朋友們什麼是古柯鹼的問題，還有告知誰才可以使用。

「**別碰我的古柯鹼，**」我哼唱著，把我的小卡車停進停車格內。「**別碰我的古柯鹼，我知道你**

有另一個女人，所以別碰我的古柯鹼。」

在我離開駕駛座的時候，的確感到一陣心痛，想著什麼樣道德缺陷的投機取巧者，會利用鄰居被謀殺的事件，去增進她的社交地位？我不確定這麼做會有效果。我不是厄普丘奇媽媽排名中的最後一名，甚至連那個排名的邊都摸不到，只能遠遠地看著那個排行榜。如果某個女人宣稱她使用再生紙做的紙尿褲，她旁邊的媽媽就會說自己是買尿布給孩子用，而第三位媽媽就會說她是自己縫尿布；如果有一名媽媽說只給孩子吃有機食品，第二位媽媽就會說她只餵有機素食品，而第三位媽媽就會說她是有機、堅決反對殘酷的全素者，只給孩子吃用自家堆肥、種在後院的黃瓜和胡蘿蔔。

不是所有的「塔伯茲」[4]（我私底下常常這麼叫這些鄰居太太們）都像是沒什麼大腦、只會烤鬆餅的瑪莎・史都華翻版。像是住在鮑威爾的瑪麗貝絲・柯，之前是債券交易員；卡蘿・金奈爾，曾經在蘇活區經營一家藝廊；海瑟・利威特在回歸尿布、手工木製玩具、無使用添加劑的點心，以及把孩子的生活排滿各式活動的美好世界前，曾經任職於高盛集團的套利部門。厄普丘奇的學齡前兒童，要上體操翻滾課、滑雪課、手工藝跟網球課、至少學一種樂器與兩種語言；春秋兩季的時候，女生上舞蹈課、小男生打棒球，再一起踢足球（一個星期練習兩次，每週六還進行比賽）。

家長們覺得這種事理所當然，就像是他們認爲這是養孩子唯一的方式（事實上也是這樣）。我完全沒辦法理解她們的想法。或許在她們生了孩子後，壞心腸的哺乳顧問師會把「超級媽咪魔法粉」灑在她們的枕頭上，或是輕拉起每一隻熟睡的媽媽的耳朵，輕聲告訴她們：**從此刻開始，妳只會關心餵母乳、教小孩坐馬桶、媽媽與寶寶的彼拉提斯課，以及格林頓法蘭斯學校或是鄉村日校[5]的厄普**

丘奇分校哪個比較好之類的問題。

看來我是不會有這樣的機會。就算我只有一個孩子，可以全心全意將精力和智慧都投注在他身上；就算我纖瘦美麗，每天早上可以花一小時在化妝跟運動上。對我而言，真正的快樂，是在吃飯的時候，把切成小塊的豆腐排成古代斯拉夫字母的形狀，而且我的孩子們也十分樂意來幫我這個忙。

其他住在厄普丘奇的孩子們，從來沒有看超過一分鐘以上的電視節目，不會因爲上學遲到而讓家長生氣、把肯德基唸錯成「幹」德基而被家長大罵，或是才藝表演選錯了項目，而不得不讓學校召開家長會。哎，算了。當蕾克西．赫根侯特把她那部高大車身、配備寬廣的車窗、像個活動式溫室的運動休旅車停在我旁邊時，我把褲子順了順，準備要打開車門。我從後照鏡看了自己一眼——笑開的嘴唇、充滿光澤的肌膚、亂翹的棕色捲髮，加上掩飾不住的興奮——試著在打開車門之前，先戴上悲傷的面具。

「喔，我的天啊！」蕾克西用她粗啞的聲音說，同時在沒有尖叫或是跟小野馬對抗的情況下，把小哈德利從嬰幼兒車用座椅上抱了起來。「妳聽說了嗎？」她讓小娃娃坐在一邊纖瘦的臀部上、收起她的慌張、將披肩的長髮整理一下，把素面的尿片包從椅子下方、不沾餅乾屑的地墊上拿了起來。「昨天晚上我看了好久的新聞報導，現在還是不敢相信眞的發生了這樣的事！」

蕾克西迅速地走進公園，我跟在她的身後，我的孩子們則是到處亂跑——男孩們往金屬塑膠攀爬架前進，蘇菲則是去玩盪鞦韆。我坐在長椅上，想著有了小孩後的郊區生活，已經取代以往單身時在各大餐廳嘻笑聊天的日子，而且以前我可不會這麼坐在公園的長椅上。我一直低著頭，等到確定所有媽媽都能夠聽到我說的話後，用顫抖的聲音說：「是我發現她的。」

「喔，不。」卡蘿．金奈爾輕聲喊了出來。我看到蘇琪．沙瑟蘭德和瑪麗貝絲．柯快步跑過來。瑪麗貝絲雙眼紅腫，蘇琪的頭髮則是被風吹亂四散。

「趕快把事情的經過告訴我們。」蕾克西充滿同情地拍著我的肩膀，但力道卻大得幾乎在我肩上留下瘀青。她穿著我個人認爲是厄普丘奇媽媽們統一穿的制服：合身（不是曲線畢露）的長袖T恤，外搭開襟或是麂皮外套，下半身是一件緊身棉質靴型褲，以及一雙麂皮與尼龍網製成、要價三百美元的運動款的鞋子。

我深深吸了一口氣。「凱薩琳星期三晚上打電話邀我帶孩子們去她家共進午餐。」

「妳們兩個是朋友嗎？」卡蘿．金奈爾問這個問題時，耳環發出叮叮咚咚的聲音。

我搖了搖頭，猜想她爲什麼問這個問題。這些女人每天都在公園、圖書館或是學校的停車場見到我，她們一定會對這個問題追根究底。

「那她爲什麼打電話給妳？」蘇琪．沙瑟蘭德問。

「不知道。」我說，腳上髒兮兮的鞋尖，在一堆深紅色的樹葉中挖啊挖。「原因我也想不透。」

接踵而來還有更多的問題。這些女人們想要知道更多關於這件事的細節。她是躺在廚房裡嗎？刀是插在前胸還是後背？門沒有鎖嗎？有沒有什麼東西被偷？她看起來是什麼樣子？警方有沒有說什麼？有沒有什麼線索？這是隨機犯案還是仇家尋仇？警方會採取什麼行動？卡瓦弄家有提供賞金嗎？凱薩琳的女兒該怎麼辦？

「她們在我家。」蘇琪說。蘇琪跟我從認識的那一天起，就暗中爭奪著誰比較被大家認爲是熱忱的人。她之前告訴我她兩個孩子分別叫做崔斯坦和伊索德[6]時，我笑了出來，以爲她是在開玩笑，可是她並沒有這個意思。「菲利普覺得她們不應該繼續待在那個房子裡，因爲……」她用力拉著腦後的馬尾。「因爲那件事的關係。他明天會把孩子們帶到他爸媽家。」

「妳跟卡瓦弄家很熟嗎？」我問。

蘇琪聳了聳肩。「我們兩家是鄰居，而且他們的女兒跟崔斯坦又是鄉村日校的同班同學。」

「那妳知道誰可能……」當我看到孩子們可能會聽到我的話時，降低了音量。「妳知道我要問的是什麼吧。」

蘇琪搖了搖頭。又大又圓的棕色雙眼中淚光閃閃。「警方跟我談過，但是我幫不上什麼忙。不過我猜……」她低聲自語著，輕輕扯掉袖子上的一些小線頭。「……跟她的工作一定有關係。」

「等等……」卡蘿說。

「妳說什麼？」蕾克西問。

「凱薩琳有工作嗎？」我問。這太讓我驚訝了，就我所知，這群厄普丘奇的媽媽們，沒有任何一個人是有工作的。

「她做的是什麼工作？」蕾克西問。她的肩膀畫著圈圈，大概是爲下午的運動在做暖身。

「她是個作家，專門幫別人代寫作品。」蘇琪說。

「替誰？」我問。

「妳們有沒有看過《潮流》？」蘇琪問。每個人都點了點頭，我也是，即使我並沒有眞正看過。就像其他我認識的差不多年紀、社會階級跟教育程度的人，我家也有訂這本刊物。原本我應該每個星期抽點時間來看的，但整本雜誌充斥著一群二十多歲小鬼寫的新潮後現代作品，在了解其中的笑點前，還得先在腦中想像一下畫面；而且，還會揭露我在地圖上根本就找不到的那些國家的政治醜聞。所以到後來這些雜誌都被我堆在茶几下面沾滿灰塵後，我才再帶著罪惡感把它們丟進回收箱中。「妳們知道其中那個『好媽媽』的專欄嗎？」

「蘿拉．琳．貝爾德的專欄嗎？」我問。

「蘿拉．琳．貝爾德是掛名的。」蘇琪說。「凱薩琳才是實際的撰寫人。」她順了順腦後的那束馬尾，又看著我們。「今天早上網路上已經傳遍了。」

眞希望我有空閒時間可以上網，而且希望我還記得我的筆記型電腦丟在什麼地方。

「我眞是不敢相信。」瑪麗貝絲．柯大叫。我也不敢相信。蘿拉．琳．貝爾德是攻擊保守派的大砲手，也是個有著一張開麥拉費司、像是女王在遊行時做作笑容的金髮美女；她是水手們談論的話題，其精明程度，讓帕特．布坎南[7]看起來像是個溫和主義者。所以當左派的《潮流》雜誌僱用她的時候，曾引起一陣嘩然。總編輯喬爾．艾許在某個晨間新聞節目中這麼說：「我們要找能夠讓我們氣息一新的作家。」班每一集都會錄下來，然後在睡前花一點時間收看。他曾說：「蘿拉．琳．貝爾德眞是少見集風趣語言與智慧於一身的女人。」我聽到這句話的同時，也稍稍訝異地發現女人身上居然能夠並存這兩種特質。

「好媽媽」專欄每個月都會刊出，不過我只看過一、兩次而已，因爲它的內容總會讓我火冒三丈、血壓飆升。按照蘿拉．琳的論調，好媽媽在生了孩子之後，就隱身在「甜蜜家庭生活的避難所」中，不會再衝鋒陷陣，直到把孩子都拉拔成人，才會重出江湖。蘿拉．琳反對那些「把孩子整天丟在安親班」的媽媽們，對「富裕、受高等教育、口口聲聲男女平等、對家事感到厭煩、僱用黑皮膚的移民者來照顧自己的孩子、做作地說著什麼姐妹情誼卻又私底下和對方丈夫偷來暗去」的媽媽們也感到不滿。就我所知，她還沒針對那些「星期六晚上僱用臨時褓姆」的媽媽們表達過意見，我敢說她一定也是意見一大堆。

「原來是凱薩琳寫的啊？」我問。

蘇琪點了點頭。

「她認同那些內容嗎？」

蘇琪聳了聳肩。「我只知道那是她寫的。」

「還有誰在這件事在網路上公布之前，就已經知道蘿拉．琳．貝爾德有個代寫的槍手？」

我看不出來蘇琪臉上的表情。她玩弄著尿片袋上的背帶，說：「我不知道。可是警察也問我一樣的問題。」

這群媽媽們不安地低語著，互相討論這件令人震驚的事。我不知道她們到底是因爲知道凱薩琳幫像是蘿拉．琳這樣臭名遠播的人寫稿而感到驚訝，還是因爲我們之中居然有人除了家務外，還在外面有工作。

「菲利普現在怎麼樣？」卡蘿·金奈爾問。

「我昨天在警局看到他。」我說。「看起來一副快要崩潰的樣子。」

「是啊，他難道不該是這個樣子嗎？」蕾克西問。

「菲利普從小就住在厄普丘奇。」蘇琪說。

「他們家在這裡住很久了。」卡蘿·金奈爾說。

「他是我姐高中時，班上最帥的男生。」蘇琪帶著淺淺的微笑說。「我們以前也約會過幾次，不過那是幾百萬年前的事了。」

蕾克西抬頭往盪鞦韆的方向望去，用色彩明亮的手織瓜地馬拉背帶把小布萊爾里抱在她的胸前。「哈德利？」她大叫著。她的聲音很尖銳，紅潤的臉頰比平常的時候更爲緋紅。「哈德利？」她到處找著。「他剛剛還在溜滑梯旁邊的啊。」

所有人都散了開來，我也出於直覺地找著我的孩子們，看到山姆和傑克快樂地在玩著翹翹板，蘇菲則在盪鞦韆上唱著歌。

「媽咪！」哈德利從柵欄的另一邊，向他媽媽揮著手。蕾克西快步跑過遊戲場，一把將她兒子抱在懷裡。

「我不准你再這樣嚇媽媽了！」她緊緊地抱著他。

我猜哈德利原本只是想躲起來偷挖鼻孔的，現在則嚇得兩眼直直地看著媽媽，然後哭了出來。

「我以爲你不見了！」蕾克西對著嚎啕大哭的哈德利說。我們又聚集回她身邊、輕拍著她的背、告訴她已經沒事了，然後大家都鬆了一口氣。不過，我想一定沒有人眞的覺得可以放下心。十分鐘後，這場鬧劇正式宣告結束。我們同意下次換到卡蘿家辦個小派對。在相互道別後，就各自鑽進配備有安全氣囊跟強化鋼樑的車子，趕緊把小孩載回家。

註1：pinata墨西哥燈籠，裝有糖果或是小禮物，高吊起來，讓蒙著眼睛的人用棒子打碎。

註2：一種摸彩遊戲，玩遊戲的人被蒙住眼睛，原地轉幾圈，然後把手上拿的驢尾巴圖案，釘在一張沒有尾巴的驢子圖案上，最接近正確位置的人即為勝利者。

註3：一種充氣的大型兒童遊樂設施。

註4：Talbots服飾公司，西元一九四七年創立於美國麻薩諸塞州。其服裝風格優雅保守。在此引申為厄普丘奇的家庭主婦們保守、努力營造出好媽媽形象之意。

註5：Country Day School為十九世紀末期，於美國展開的一種進行教學運動，以強調學生的個性與自我表現。

註6：Tristan and Isolde是理察．華格納的一部歌劇，名列四大最高難度歌劇之一。故事是發生在中世紀亞瑟王傳奇裡（西元一一五〇～一二五〇年），敘述著圓桌武士之一的崔斯坦騎士與舅舅年輕的妻子愛爾蘭公主伊索德之間的愛情。

註7：Pat Buchanan，美國二〇〇〇年共和黨總統大選候選人之一，原為訪談節目保守派評論員和報紙專欄作家，為共和黨中極右派之代表人物。

04

當我把兩包即食米放進微波爐時，手機響了起來。

「哈囉？」

「柏蒂？」話筒另一端的聲音，顯得猶豫又安靜。要我父親羅傑·克萊開口說話，還倒不如要他表演樂器會更有把握一點。當他吹奏雙簧管時，流洩出的音符，是我從來沒聽過的純淨樂音，可是當他一開口說話，簡直就是十四歲少年轉大人的粗啞聲。他直到現在仍是呼喚我幼時的小名，這每每都讓我感動在心。

「嗨，爸。」我用力關上微波爐的門、按下按鈕、從櫥櫃跟抽屜裡分別抓了盤子和餐巾紙，然後看了起居室一眼——孩子們正快樂地看著卡通「建築師巴布」，希望他們還能夠繼續保持十八分鐘這個狀態。

「妳最近好嗎？」他問。「他們抓到犯人了沒有？」

我撕開一包搖搖烤雞粉。「就我所知，還沒。」

「1010WINS廣播電臺有播報這個事件。她的名字是叫琪琪嗎？」

「凱薩琳。」我說，一邊用單手把蛋打碎。「是凱薩琳．卡瓦弄。猜得到嗎？她居然是蘿拉．琳．貝爾德的代寫人。」

「誰？」

我嘆了一口氣，又抓了一包雞肉。「她是保守黨裡的金髮美女之一，每次都在CNN上放炮，而且在《潮流》雜誌上有個叫『好媽媽』的專欄，其實凱薩琳才是實際的撰寫人。」

「妳有沒有做些防護措施？」他問，似乎沒聽進我的話。「像是裝個警報器，還有把門鎖好？」

我把雞肉放進烤箱、用腳把烤箱門給關上、把飯從微波爐裡拿出來，又打開冰箱看看還有沒有青菜。「我們已經有多注意了，爸。我沒事的。」

「警方有沒有公布任何嫌疑犯？」

「目前還沒。搞不好是蘿拉．琳身邊的人吧。大家都很討厭她。」

在我們剛從公園回到家後，我立刻放DVD給孩子們看、把內疚先丟到一邊，然後花了十分鐘上網。我先在Google上查詢蘿拉．琳．貝爾德，螢幕上顯示有超過一萬筆的搜尋結果。其中有部分是死忠粉絲貼出來的支持文章，但是剩下來的（有絕大部分）部落格和線上雜誌中的內容，根本就是大刺刺地寫著「叫她去死」。「也有可能蘿拉就是殺人兇手！我每次在電視上看到她，都是一副才啃完人骨、喝完人血的樣子。或許凱薩琳太過於驕傲了。」我這麼猜測著。「或許她說過她覺得那些藥頭應該在坐上電椅之前，先進行審判。」

我爸笑了出來。我想到在冰箱的保鮮盒裡，還有一包小胡蘿蔔。如果我多倒一點農場沙拉醬在上面的話，孩子們應該就會吃完吧！

「聽著，凱特。」我爸說。「我今天晚上有一場音樂會要表演，然後我會過去妳那兒陪妳。」

現在是什麼情形？我不禁想著，一邊把髒盤子放進洗碗槽裡。**用你的雙簧管把潛入我家的殺人犯給敲昏嗎？**「不用了啦！我們沒事的。班明天下午就回來了。」

「爹地要回家了！」傑克和山姆歡聲大叫著衝入廚房。他們兩個身上穿著Old Navy清倉拍賣時買來的牛仔褲和條紋襯衫，正拿著塑膠劍互砍著。

「妳應該撥個電話給妳媽。」爸說。

「她最近人在哪裡？」

他清了清喉嚨。「還在義大利的杜林。我有把關於這件謀殺案的剪報傳真給她看，我知道她也很擔心。」

那她怎麼沒有打電話來？我心裡這麼想，但是沒有說出口。相反地，我答應在有空的時候，撥通電話去義大利給她。我跟父親道別、掛斷電話、在男孩子們的抗議中關掉「建築師巴布」，叫他們去洗手吃晚飯。

05

在我的大腦中最早的記憶，是我父母親在一起唱歌的情景。我的父親坐在覆蓋著蕾絲布的鋼琴邊，四周掛滿鑲了金框的名伶照片：卡拉絲[1]、提芭蒂[2]、梅爾芭[3]，當然還有我母親的照片。我拿著我的著色本跟蠟筆，趴在鋼琴下方那條有粉紅和象牙色穗邊的地毯上畫畫。母親站在父親的身邊，一手搭在他的肩上。她眼皮低垂、用極弱極柔的聲音，唱著莫札特的詠嘆調。她對我說，那對女高音而言，是件非常困難的事情。甚至當蕾娜輕聲唱的時候，那厚實、連玻璃跟天花板都會震動的聲音，還是比我用盡氣力都要大聲。

我能夠感覺到她的聲音，以及我父親的讚美中包含著對她的愛慕和激情。四歲時的我，還不知道那是什麼樣的情感，連到了六歲或八歲也還不懂，但是十歲左右的時候，在她唱了第一支歌曲後，我就會匆匆逃出客廳，鎖上房門，趴在床上看著書，戴上耳機聽著金髮美女樂團和佩．班娜塔，只是仍阻不斷他們的聲音飄進耳裡：音符在熱烈激動的空氣中迴盪著，然後安靜了下來——這是他們最親密的時刻。她唱著最愛的詠嘆調「Mi chiamano Mimi（我的名字叫咪咪）」[4]，但是她從來沒有在外表演過這一首——那是抒情女高音的歌曲，不適合花腔女高音，必須要用拔尖賣弄的唱法來演出。不過，我知道母親非常渴望每個晚上都在舞臺上鞠躬盡瘁，詮釋咪咪這個角色。「Il perchè non so（我不知道為什麼）。」

我父母是在茱莉亞學院相遇的，父親在那裡教書，而母親是研究生。我在腦中幻想過無數次那個情景：一個三十六歲的單身漢，頭上的毛髮已經開始稀疏、淡棕色眼珠前永遠掛著歪斜不正的眼鏡、身懷眾多雙簧管演奏家夢想的名聲和財富。因為世界上有那些個人全球巡迴演出場場爆滿的歌姬名伶、小提琴名家和超有錢的鋼琴家，向來就沒有一個唱片大賣的雙簧管手，除非把肯尼G算進去，可是我爸又不是肯尼G。而穿上三吋高跟鞋就有五呎九吋高的蕾娜，頂著一頭深棕色亂捲的髮絲；高大健美的她，懷中抱著樂譜，塗了深紅色蔻丹的指尖輕握成拳，敲著他那間排練室的門，用甜蜜的聲音問他能不能陪陪她（我甚至能想像他們站在寫著「請勿在此清空樂器上的通氣音栓」的指示牌下，彼此分享著歡愛，不過那得在我幾杯黃湯下肚之後）。

我父母結婚一週年後的那個夏天，我出生了。在紐約勒諾克斯山醫院待了四十八小時後，他們就把我帶回家——那間建於戰前、位於阿姆斯特丹大道上，只住著音樂家的老舊出租公寓。租約就像是傳家之寶一樣，代代傳承著：某名波士頓交響樂團的巴松管樂手，將他的兩房公寓傳給新任的第二大提琴手：離開前往倫敦的男高音，把他的公寓傳給了新來的大都會歌劇院助理樂團首席……

我們所住的這幢房子，終日樂音不絕於耳。賦格曲和協奏曲從暖氣管中到處流竄，分解和絃和滑奏充斥著整個走廊。當你坐在電梯裡，會聽到長笛的顫音或是女中音在練習著詠嘆調的其中一段；吵雜的電吉他或是喇叭聲、大提琴哀傷低沉的樂音……但是有小娃娃的哭聲加入這個樂團，已經是好多年前的事情了。

當時鄰居們一定都聚集到我身邊，低頭看著一個包裹在粉紅色毯子裡的嬰兒，看看我有沒有什麼與生俱來的天賦。**看看她的手指**。單簧管手普蘭斯基太太說。**看來她應該是個鋼琴家吧？**

看看她的嘴唇。我父親或許會插話。**眞適合吹奏木管樂器，法國號應該不錯**。

不不不。蕾娜可能驕傲地把我抱起，說：**你們聽到她的哭聲了嗎？聽出那從她小小的口中渲洩出的音符了嗎？High C 再上去的E音，絕對是！**還有她會笑著低頭看我，假睫毛啪搭上下扇動著。（我知道她生下我兩天後，就忍不住戴上假睫毛了。）**我的女兒將會成爲最出色的歌手！**其他人也都下意識地點著頭表示同意。

歌手。其他人重複著這兩個字，像是有兩打的神仙教母施予著祝福一般。**歌手**。

如果我完全沒有唱歌的天分、如果我是個音癡、如果我五音不全的話，事情或許就好辦得多。可是偏偏該死的是，我完全不符合上述的條件。我歌唱得還不錯，只是還不夠好。高中和大學時，我都是合唱團的團員，而且爲了贏得五十塊錢免費暢飲的獎品，還曾在附近的卡拉ＯＫ店高歌一曲。我有一個極理想的環境，再加上用錢財或是交換所能得到最好的指導。只是我母親終日沮喪不已，因爲我沒有一副唱歌劇的好嗓子。

我的歌唱生涯就在我十四歲那年，參加表演藝術高中的甄試前兩週劃下了句點。

「可否請妳母親過來一趟？」米海瑟老師在課堂結束後這麼告訴我。艾爾瑪．米海瑟，今年七十二歲，是一位擁有一頭蓬鬆白髮的嬌小老太太，牆上掛滿了她在世界巡迴演出時的個人秀加框照片。十五年前，當蕾娜剛搬到紐約時，她曾經教過她。我下樓去接我母親，這是她少數沒出國的日子。她很認真地對我說，她推掉了在舊金山的一場「夜后」[5]的演出，好回家準備我的甄試。

「這是怎麼回事？」她的唇彩明艷動人，雙眉修成漂亮的曲線，光亮的捲髮盤成高聳的髮髻，大腿上堆著滿滿的樂譜和行事曆，姿勢優雅地坐在長椅上質問著我。她正在跟經紀人說著話——非常自然地說著義大利文——由於談話被打斷，還一臉不高興地看著我。我聳了聳肩，跟著她走向電梯、站在米海瑟老師的門外，並且把門打開以便能聽到她們的談話。我背靠著牆，然後滑坐在地板上，試著讓自己隱形起來，不過並不容易。我那五呎八吋的身高，完全遺傳到母親的身材——讓我不得不穿上寬鬆的毛衣和運動衫來遮掩的一對大胸脯、用減肥或是有氧運動也減不掉的大屁股，再加上我母親的豐唇和濃密的捲髮。她都把一頭捲髮垂放在肩上，或是在腦後盤成繁複的髮髻；我則是披頭散髮慣了，順便藉此遮住一些額頭上的痘痘。我遺傳到蕾娜的外貌（或者應該說是：當我把自己打理乾淨的時候），卻沒有遺傳到她的聲音。我知道這一點，米海瑟老師也知道。

「……只能說她是差強人意罷了。」我聽到她這麼說。我側身倒在舖了地毯的地板上，羞恥和寬慰兩種情緒混合在一起，讓我頭暈得想吐。某個人終於告訴蕾娜我所猜想、眾多師長不斷地暗示卻沒人敢挺身直言的事情……但那是因爲面前的人，是當年「風騷女僕」角色界第一把交椅的米海瑟老師，蕾娜才會聽進去。

「艾爾瑪，這太荒謬了。」我母親說。我能夠想像她高抬著下巴，一副驕傲跋扈的樣子，手腕上鑲滿黃金和紅寶石的手鐲叮噹作響。

「……這樣的人生會很辛苦。如果我有女兒的話……」

「等等，妳並**沒有**女兒。我**才有**。」就算那個時候，蕾娜也總是愛用義大利腔調。

「如果我有女兒的話，」米海瑟老師繼續說。她的聲音平順穩定又帶有百分百的威嚴。「而她有能力做其他的事情，無論是寫作、繪畫、教書或是當個銀行員，我都會鼓勵她去做。妳知道人生不過就是如此！在合唱團裡有上百個歌手，不要管那些原則了。如果妳不是人中之鳳，根本連分一杯羹的機會都沒有。」

她們之間有短暫的停頓。有一個細碎的聲音傳了出來。「她會好好練習的。」我母親說。

「她的確有好好練習。」米海瑟老師說。「凱特是我見過最勤奮的學生。」

我可以想像母親正揮著手，想要驅散我勤勉的身影。「她可以再努力一點。」她用力甩上米海瑟老師辦公室的門，大步越過走廊，白色蕾絲衣袖飄動著、薰衣草紫的雪紡裙發出窸窣的聲音，整個人化作一團混合香氣和怒氣的雲朵飄去。

「她到底怎麼說？」我站了起來。

蕾娜用她視如珍寶的喉嚨，不屑地哼了一聲。「妳要更努力點練習。」

「媽……」我深深吸了一口氣，讓自己鎮定下來。「我再也不想唱了。」

她雙眼直視著我，濃黑的眉毛高聳著，像是她從未聽過這些字眼，也不知道它們代表什麼意義。

「妳說什麼？」直挺的睫毛上下扇動著。「妳再說一遍？」

「媽，我討厭唱歌。」我說。這其實並不完全是我的眞心話。我喜歡在自己房間裡哼唱貝西·史密斯跟比莉·哈樂黛的歌，討厭的是在不斷地追求目標和達不到目標，以及再怎麼努力也還是達不到目標的循環裡打滾著。就像我每次唱完一段曲子後，看著米海瑟老師在說出評語前裝模作樣、不發一語的那段靜默時間中，我感覺得到她在考慮要用哪些字眼、分析著她準備要告訴我和她眞正想說的內容之間的差別。我看過太多了，知道自己不過是個冒牌貨而已。我聽過母親唱出來的聲音，也聽過她那些大屁股雙下巴、身上完全嗅不出流行味的不起眼學生們，在開口後所唱出來宛如天籟般的聲音。那時的她們，一個個都變成了美麗的化身。

「我唱得一點都不好。」我咕噥著說。

「凱特，我不要聽這個。」

「妳根本就心知肚明。」這幾個字脫口而出，洪亮又不計後果的聲音在走廊上迴盪著。「我沒有這個能力。如果我還是去參加表演藝術高中的甄試會，會笑掉他們的大牙。如果他們選我的話，那也是因爲妳的緣故。」

母親的表情瞬間柔和了下來，大概是聽到我對她的稱讚。然後，她伸出深紅色蔻丹的指尖戳著電梯鈕。「我會幫妳找另一個老師。」

「媽，這幢大樓裡的每一個老師都已經教過我了！」

「還有別幢大樓。」她冷酷地笑了笑。電梯門倏地滑開。她踏了進去。我還站在走廊上。

「凱特。」

「不要。」

「凱特，妳這是在……」

「不要。」

她一定是看到我臉上的某種表情，相信我並不是在開玩笑。電梯門帶著她的失望關上，但在我走下樓時，看見她已經又打起精神。她站在門口，臉上帶著顫抖的笑容，遞給我一個東西當做和好的象徵。當我低頭看到她手中握著父親那枝第三好的雙簧管，我簡直不知道該哭還是該笑。我推開她，在走廊上小跑步回到臥室，背後還聽到她在大叫著：「妳有那個天分。」回到房間，我倒在床上，翻開我的《亞法隆之謎》[6]。「凱特，妳眞的有天分！妳或許無法成爲一個歌手，但是也不要放棄音樂！」

我贏了這一場戰役，但是輸掉了整場戰爭。我放棄去參加表演藝術高中的甄試，卻答應在上大學前繼續上歌唱課。蕾娜和羅傑不情願地幫我註冊位於上東區的純女校——皮姆學院，不過我後來才知道，他們之所以會選擇這所學校，是因爲這是他們唯一聽過的另一所學校（而且還是因爲前一年有個高年級生，在中央公園參加嗑藥性愛派對而慘遭殺害的事上遍新聞頭條才得知的）。皮姆的學生都是一些家財萬貫的時髦大小姐，每天吃完午餐後，回到大到有回音的大理石浴室中，把吃下肚的芹菜棒給催吐出來。她們從幼稚園起就已經是手帕交，才不會急著歡迎一個黑髮貧窮、穿著大二號的衣服，而且絕不做她們熱門消遣排行榜上前兩名活動（在商店裡偷東西與心因性暴食症）的外來者。

我裝得一點都不在乎，不過我當然很在乎，尤其是當我看到父母親一同表演音樂的時候。我也裝得一點都不介意母親出國比在家的天數還要多，但是我心裡卻很渴望她能陪在我身邊，即使我對她所說的每一句話都表現得嗤之以鼻。

「六月我就會回來。」蕾娜在我從學校返家的那天下午，看到她房裡那口已經磨損的皮箱大剌剌地攤開著，爲了在歌劇院爲期三個月的表演而收拾著行李時，這麼對我說。

「妳是在維也納嗎？」我問。我討厭自己的聲音，也討厭自己長得像她，還有每當我一開口唱歌，就只能期望自己的表現「差強人意」——這眞是個殘酷的笑話。

「是的，維也納。」她微笑時，臉上的酒渦一閃而現，頭上的髮絲也閃閃發光：她那個下午染了頭髮，這是每次長期旅行之前必做的事。「他們給了我三齣歌劇的合約，這是個很難得的機會！」

「可是三個月很久欸。」我突然冒出一句反擊她。「妳會錯過學校的音樂劇表演。」我們準備要跟一群英國國教學院的男生合演「西城故事」，我要演安妮塔的角色（我猜大概是因爲皮姆中學沒有女低音吧），低胸上衣和黑色長假髮，帶給我這些年歌唱課所沒有過的自信。我已經在想像首演的那天晚上，母親獻給我一把紅玫瑰，眼裡滿是驚訝的讚賞。她會對我說：**凱特，妳眞是太棒了！**

蕾娜坐在她床上，手指撫摸著光亮的黑皮靴鞋尖上的磨損痕跡，然後緊握著我的手。

「妳不知道我將會多麼想妳，但是我一定要去。」她站了起來，繼續打包行李，靴子的鞋跟在硬木地板上咚咚作響、裙擺隨身形飛舞。在她把衣物、書本和ＣＤ疊放在行李箱中時，她解釋著生物學、時間，以及在她的聲音和控制能力開始消退之前，就只有這些時間可以表演。「到那時我的動作會愈來愈不靈活，再來……」她的肩頭顫抖著，臉上顯露出厭惡的表情，艷紅的嘴唇也噘了起來。「我會漸漸得不到角色也募不到款。」

「或許妳可以在週末的時候飛回來。」我還沒死心。「爲了我的『西城故事』。」

「妳知道飛行對我的喉嚨傷害有多大。」她說。我垂下了頭。開幕夜沒有蕾娜、春季舞會沒有蕾娜，我就沒有了伴。

她啪地關上行李箱，收攏梳妝檯上的香水瓶，長指甲在瓶身的雕花玻璃上敲弄著。然後她輕拂我眼前的瀏海。我扭身離去。我要她抱住我。我不要她只是觸摸我。我不要她離開我身邊。我不要她再回到這個家。

第二天早上，當她清晨六點輕扣我房門、輕呼我名字時，我故意裝作沒聽見。我趴在床上，左臉下壓著一本《蕾絲》雜誌，想著事情可不可以有所改變。要是我用她買給我的化妝品來打扮自己，或是脫掉寬大的牛仔褲和運動衫，換上軟皮靴和麂皮外套，她會不會留下來？要是我把名字改成瑪麗亞．凱翠娜，要是我繼續練唱，讓薄弱的意志力把我的聲音和樂器，轉變成稀有又美麗，會不會讓她留在我和父親的身邊？

我下了床，走到窗邊，低頭看著外面的街道，額頭抵在冰冷的玻璃上，跪在放小說的牛奶箱上，嘴裡咬著腦後馬尾的髮稍。我看到機場接送的巴士停在人行道邊，母親走出大門。司機花了十五分鐘，將她所有的行李都塞入後車廂中。我看到父親吻了母親，又走回漆黑狹小的門口，把她交給司機和她的未來：另一架飛機、另一個國家、另一場歌劇、另一次三個月每天晚上對母愛無止盡的渴望。

司機讓車門開著。母親用手遮著陽光，抬頭往我房間窗戶的方向看來。**我愛妳**。她的嘴形這麼說著。

她飛送給我一個吻時，我用力地咬著髮稍。

註1：Maria Callas，希臘女歌劇演唱家（一九二三～一九七七），以其精湛技巧發音及劇中人物之表情在廿世紀中是聞名世界的一流重要角色，希臘船王歐納西之前妻。

註2：Renata Tebaldi，義大利歌劇女高音，她的聲音剛勁有力、優美動聽，尤其擅長演唱威爾第和普契尼的歌劇，被譽為二戰後最傑出歌劇天后之一，指揮家托斯卡尼尼稱讚她擁有「天使一般的聲音」。

註3：Nellie Melba，世界知名的歌劇女高音，常常在柯芬園（Convent Garden）及歐美各大劇院定期演出。法國美食「美女媚兒芭」（Peche melba）這道桃子冰淇淋冰品，就是用她的名字命名的。

註4：出自歌劇「波希米亞人」。

註5：Queen of the Night為莫札特名曲，能唱出其中f6高音的女主唱少得幾乎絕跡。

註6：The Mists of Avalon，作者為瑪麗蓉·席莫·布萊德麗（Marion Zimmer Bradley）。

06

當我第二天走進陽臺，沉浸在另一個康乃迪克州美好的午后時光，準備要進行剪報的工作時，聽到有車開進我們這條死巷子的聲音。看到一輛紅色的保時捷 Boxster 轉進車道的時候，我的心頭為之一振。這真是一輛適合讓女人一個月有機會開一次的車子。眞是棒呆了。

「珍妮！」

「住在郊區還眞是安全啊！」我最好的朋友透過她那副名牌太陽眼鏡，對我皺著眉說。她穿著巧克力色的麂皮膝上裙、胸前抓皺的喀什米爾毛衣，配上一雙亮紅色的牛仔靴。一頭淺棕挑染蜂蜜色和琥珀色的直髮，亮粉紅色的柔潤雙唇，用眼線筆和睫毛膏強調略顯過於接近的雙眼，還有大概比我大學一年級的學費加起來還要貴的手提袋跟耳環。

她從容地走上階梯，往屋內瞄了一眼。「小鬼，你們好啊！」

「珍妮阿姨！」喜愛珍妮的山姆說。

「珍妮！」傑克張大了雙手歡呼著。傑克比山姆更喜歡珍妮。

「哈囉。」蘇菲用著成人世界的社交禮儀，隔空朝珍妮的左右臉頰分別吻了一下。她喜愛珍妮的程度，比她兩個弟弟加起來還要多，不過就算她只有四歲，已經過於成熟得不會顯露出情緒。我帶珍妮跟孩子們走進廚房，剛剛我們還在這裡製作「歡迎回家，爹地」的布條，打算懸掛在前門上。

「喲，手工藝時間啊。」珍妮說，隨手拿起一枝蠟筆仔細打量著，好似那是從外太空來的奇特加工品般。她把椅子上閃亮的裝飾物掃開，一屁股坐了下來。「猜猜看誰帶禮物給你們啊？」

「珍妮阿姨！」孩子們尖叫著。

「珍妮阿姨！」孩子們大叫著。

「你們知道誰比你們的爸爸媽媽加起來還要愛你們啊？」

「猜猜看誰在星期五晚上跟一個約過三次會的男人出去吃飯，而且懷疑那個男人戴著假髮啊？」

「珍妮阿姨！」山姆和傑克說。蘇菲則皺著鼻子問：「什麼是假髮？」

「但願妳永遠不會發現。」珍妮用蠟筆輕點蘇菲的鼻頭，並且從她的柏金包裡拿出三個禮物盒。男孩們得到遙控越野車，立刻就在廚房的地板上玩了起來。蘇菲得到一套爲她那個醜娃娃[1]量身訂做的整套服裝。醜娃娃是一個用藍色毛皮製成的長方形小玩偶，暴牙、黃眼以及一對突出的小耳朵，是蘇菲剛出生時珍妮送給她的。我敬畏地看著蘇菲拆開禮物，拿出一頂迷你牛仔帽、套索、印花手帕、小牛仔靴跟一條皮褲。「第二百三十七章，」珍妮用多年前把玩具送給蘇菲時，相同的粗啞南方拉長語調的說話方式對她說。「我騎著一隻機械公牛走向光榮。」

蘇菲咯咯笑著，然後跑上樓去幫她的娃娃換上新衣服。

「有沒有東西可以喝啊？」珍妮在冷凍青豆和雞肉間翻找著，終於找到一瓶她上次留下的伏特加。冰箱裡有一個柳橙汁空瓶，我發誓早上還是滿的。我等著珍妮轉過身去，用伏特加跟小孩腸胃炎喝的電解質液調了杯東西給她，然後帶她走進客廳。

「我們再整理一次。」珍妮說。她整個人深陷在長沙發中。（班找的那個室內設計師跟我對於「又軟又厚的墊子」的解釋有所出入。我原本想像的是可以洗的亞麻布質舒適沙發，最後卻是九呎長的組合式沙發，配上褐灰色抱枕，又深又寬，幾乎要用划水的方式才能坐起身。）珍妮喝了一大口飲料，背脊縮了一下，好險她沒有問我裡面加了什麼。「妳把我丟在曼哈頓，然後跑來這個**鬼**地方。」

「這裡不錯啊。」我說，一邊順著抱枕上的流蘇。「這是有個好學區的**鬼**地方。」

「這裡的女人都是一些怪人，總是愛講一些陳年往事。」珍妮又打了個顫。「以爲全世界的人都愛聽她們講什麼奶頭發炎的事情。」

我發出不予置評的聲音，心裡知道她爲什麼這麼激動的原因。當她第一次來厄普丘奇找我的時候，就在托兒所的手工藝展上被瑪麗貝絲．柯給逼瘋了、因爲瑪麗貝絲滔滔不絕地說著她剛出生的小孩如何不使用尿布，而是「按照自然律動的模式」，在她感覺到他已經「準備好了」時，就把兒子放在沙拉碗上。珍妮說，這些話害她幼小的心靈受到創傷，並且花了好幾個星期才又敢吃沙拉。

「妳這裡離最近的薩克斯百貨至少二十哩，更不用說是什麼好吃的熟食店。」她繼續說。「喔，這倒是提醒了我……」她仔細在袋子裡翻找著，丟給我一個用紙包好的猶太餡餅。我拆開紙袋，幸福地大大咬了一口，讓珍妮繼續抱怨下去。「妳居然爲了這個鳥不生蛋、說是什麼安全避風港的鬼地方而拋棄我，還不小心看到一個死人。」

「我不是不小心看到她，而是發現她。」

「一樣啦！」珍妮說，閃亮的雙唇噘在一起，表達她的不屑。

我聳了聳肩。有珍妮來陪我，是件再好不過的事，會讓發現屍體的事情，不像是什麼千載難逢、萬年難見的奇珍異聞一樣。「妳能留下來嗎？」

「我想可以吧！」珍妮說，又喝了一口手中的飲料。「不然只有你們幾個人在家也不安全。」

「妳要保護我們嗎？」

她又把手伸進袋子裡。「防狼噴霧。」她把罐子拿給我看。「平板燙夾、不脫妝唇膏，還有黑莓機。如果兇手出現的話，我再把所有編輯便條紙貼在他臉上，讓他煩到死。」

「聽起來還眞是個周全的計劃。」我說。

珍妮和我是在九年前認識的。那時我們一起接受《紐約評論》新聞查證員工作的面試——那是一本卓越的文學雜誌（至少刊頭是這麼寫的）。

「這裡。」那個一臉死氣沉沉、負責考試的小姐輕聲說。悶熱的狹小房間中，擺了兩張桌子。靠近門的那一張，坐了個穿著高雅黑色套裝的纖瘦女子，突顯我一身的穿著像是過季商店出清拍賣中買來的。她低頭看著試卷，我只能看到她的鼻尖和有著美麗挑染的頭髮。

那個小姐遞給我五張用迴紋針夾好的試卷、兩枝校對用的藍鉛筆、一本字典跟一本辭典。「請使用標準校對符號。」她輕聲說。「妳有三十分鐘時間。」

我坐在桌後褪色的椅子上，把在地鐵上看的小說塞進包包，並試著讓自己不要覺得失望。我在哥倫比亞大學主修英文，這個學位讓我不好找工作，所以我又繼續念了美國文學碩士，也修了博士學位的課程。從離開哥大後，我就在律師事務所打工、在家當米蟲，或是把履歷表寄給任何我覺得會雇用我的雜誌社，並且幻想自己是個作家，只是還沒有實際動手寫書。星期五的晚上我通常會去圖書館，從新書區抱五、六本書回家，打發整個星期的時間。星期天晚上，父親、我還有蕾娜（如果她在家的話），會叫中國菜外送來吃。那時我偶爾也會跟男人約個小會——一個我在錄影帶店遇到的ＳＡＴ老師，還有一個ＭＢＡ候選人（他母親演奏巴松管，跟我父親同一個樂團）。這種生活方式，並不會讓我覺得不快樂，可是也不會激起任何火花。某些夜晚，我會關掉燈、一動也不動地躺在床上，在黑暗中聽著外面傳來的話語和笑聲，心裡萌生一個想法：**我在等著眞正的人生綻放。**

我在裙子上擦了擦手，看著《紐約評論》的辦公室。我原本期望這家出版了對我的人生造成許多影響的作品的出版社，會給我多一些感動：舒適昏暗的燈光，照耀著這神聖的殿堂中的桃花心木書桌，和隱蔽角落中的破爛扶手椅，那些天才作家們坐在椅子上沉思和啜飲著威士忌。但事實上並非如此，我看到三明治車停在大門外，而往上十七樓，一格一格嗡嗡作響的螢光燈管跟廉價的淺色木頭書桌，讓這個原本該是充滿浪漫和神秘感的地方，看起來像足科診所。

這個測驗的題目，是關於一個叫「帕戈帕戈」的地方的天氣和地理。那是眞實存在的地方嗎？這是《紐約評論》會出版的內容嗎？還是已經出版了？

那個髮型很漂亮的女孩，把椅子往後一推。「在『美女與野獸』中，美女有跟野獸上過床嗎？」

我不知道要如何回答她。「那是妳的測驗問題嗎？美女與野獸？」

「不是，我的是帕戈帕戈。我只是剛好想到而已。妳知道答案嗎？」

我放下手中的筆。「妳是指童話故事還是電視節目？」

「電視節目。」我終於看到她了，一個嬌小、一雙淡褐色的眼睛和小寫字母C形狀的鼻子——我認得那是上東區整形外科醫師科恩．布魯斯的傑作，因爲我至少有半數以上高中同班同學的鼻子就是他做的。那個鼻子裝在一張精力充沛、表情豐富又聰慧的臉孔上，現在還帶著一個淘氣的笑容。

「不好意思，我沒有看過。」

「喔，好吧。」她嘆了一口氣，腳上那雙鱷魚皮鞋在地板上輕敲著，同時還壓弄著腳趾的關節。我看了她一眼，很想跟她說：**拜託安靜一點，讓我可以專心考試**。我還是不敢相信我居然得到面試的機會，而且我也不想讓自己分心。

幾分鐘過去了。「在帕戈帕戈，氣溫的中位數是七十二度。」我唸了出來。**中位數還是平均數？**我不禁想著，同時抓起桌上的字典。**那跟算術平均數有什麼不同？**

「如果妳有一間同志酒吧的話，妳會取什麼店名？」那個女孩若有所思地說。

「我？嗯，我會好好思考一下吧。」

她把一絡蜂蜜色的頭髮捲在藍鉛筆上。「我會把那家店取名叫『閃光泡菜』。」她說。

「不錯啊！」

「或是『彎鬍子』。」她說。「那個也不錯，或者……」

「夠了！」我放聲大叫。「嘿，這很有趣沒錯，但是我眞的需要專心一下。」

「爲什麼？」

我放下鉛筆，深吸了一口氣。或許這是測試的一部分。或許在天花板裡藏有攝影機。或許眼前的這個怪胎是個陷阱，在走廊的某處，《紐約評論》的編輯們正監看著我會如何反應。如果我用高尚和泰然自若的態度來處理，我就會被帶往一個秘密通道，走進眞正的辦公室，約翰．厄普戴克[2]與菲利普．羅斯[3]會遞給我一杯威士忌，並且跟我道賀，再加上兩張飛往帕戈帕戈的機票。

「因爲我眞的想要這分工作。」我慢慢地、清楚地說，以防天花板裡眞的有什麼監視器。

「眞的嗎？」她問，像是想要工作的事情，對她來說很新奇。

「是的。難道妳不想嗎？」

「很難說。」她嘆了一口氣，把更多的頭髮纏在鉛筆上。「我爸覺得我應該找些事來做。他說我唯一做的事情就是整我的鼻子，那是件很丟臉的事。」她摸著鼻子說。「但是我自己也知道，我得到的任何工作，都是從眞正需要它的人的手中奪來的。」她給我一個甜甜的微笑。「就像是……妳！」

「是啊，妳說的沒錯，只是……」我翻了一頁。**鮪魚罐頭工廠提供大多數的就業機會給帕戈帕戈的人民。**

「他就是那個地毯大王。」那個女孩說。

我看著自己的手緊握成拳。

「那個地毯大王席．西格，是我爸。」她說，又開始壓著她的腳趾關節。

當那個名字在腦海中成形時，我握著筆的手鬆開了。「他不是擁有這家雜誌社嗎？」

「可能是吧。」她說，把鞋子脫下套在手上，然後輕快地踏著吉格舞步越過桌子。「或者是他擁有那家持有這間雜誌社的公司吧，反正我也搞不懂。」

「那他可以直接叫他們給妳一個工作。」

「還有妳！」她笑著說，把手抽出鞋子，滾動椅子到我的桌邊，這樣我們就可以握手。「我叫珍妮．西格。」

「凱特．克萊。」我說。「我眞的要專心做答了。」

「喔，當然。請便。」珍妮說。

一時之間，靜默了下來。我又拿起了鉛筆。**托托拉港四周圍繞著雄偉的高山，山陵直插入海。**

「但是，我可不可以問妳一個問題？」珍妮問。「爲什麼妳想要在這裡工作？」

「拜託！妳在開玩笑嗎？這裡是……」我輕聲說出這間出版社的名號，語帶九年哥大教育所灌輸的崇敬，以及等量花費上研讀其每年青年小說出版品的時間，所帶給我忌妒與敬畏的雙重衝擊。

「是嗎？」珍妮說。「可是我還比較寧願看《時人雜誌》。事實上，我也寧願在《時人雜誌》工作。」她那雙淺棕色的眼珠直視著我。「妳想他們有缺人嗎？」

「嗯……」

「等等！」她一指直指空中。「我想到了！」她越過房間，跑到我的桌邊，用她修長又修剪整齊的手拿起電話。「是的，在紐約市，《時人雜誌》的編輯部。」當她在等待時，隨手抓著一張便條紙。「給我妳的電話號碼。」她輕聲說。「請接編輯。」她對電話罵了幾句，又停了下來。「語音信箱。」她故意自言自語說給我聽。

「我真的覺得我們不應該……」

她比了個手勢，叫我安靜下來。「是的，哈囉，這裡是《紐約評論》的辦公室。我跟兩位非常優秀的研究員共事，很可惜的是，我們不再雇用她們。她們對流行文化和名人都很熟悉，您也知道的，我們《紐約評論》有自己的格調，只寫那些政客或是還沒過世的超越論者之類的名人。」

「喔，我的天啊。」我發出呻吟，把「帕戈帕戈」試卷緊緊抱在胸前。

「她們分別叫做珍妮．西格和凱特．克萊，她們的電話號碼是……」她把我們兩個的電話號碼說了出來。「那就先謝謝您的大力幫忙囉！」她說，然後掛上電話。「妳看吧！」她一臉愉悅地說，然後拿起皮包和外套。

「妳不寫完這個嗎？」我指著帕戈帕戈。隨意的一個句子出現在我眼前。**一直到一九八〇年，遊客只能搭乘空中纜車（tramway），越過城市港口上方，至山頂才能一飽美景。**tramway這個字是合在一起還是拆開來的？我不知道，也不確定自己是不是關心這一點。

珍妮投給我悲憐的眼光，有如看著牆上骯髒的蛋殼畫、地上汙黑的地毯，和角落那台像是老人拉肚子滴著水的飲水機。「就算是死，也比在這裡工作來得強。」

「但是……」我慌亂地說。「……諾曼‧梅勒[4]！湯姆‧渥爾夫[5]！索爾‧貝婁[6]！澤西‧卡辛斯基[7]！」

牆上掛著用木框框起的《紅字》[8]的前三頁，那是房間裡唯一具有文學氣息的東西。珍妮踮著腳，用玻璃上的倒影補著口紅。「我上次查過了，這些人早就死會了。」

「澤西‧卡辛斯基已經死了。」

「這就對啦！這樣更糟。」她順了順頭髮，拿起我的外套和包包。「來吧，妳這隻蚱蜢[9]。我們離開這個無聊的地方吧。」

她伸手握住門把。我不理會她的話，又坐回椅子上，拿起藍鉛筆把「tramway」這個字圈起來。「不了，謝謝。妳請便吧，我要把這個給寫完。」我說。

「凱特。」她說。她的聲音明顯已經到耐心邊緣，然而雙眼仍溫柔地看著我。「看看妳的四周。醜斃的辦公室隔間、做作的人們，加上沒有一個活會的男人。妳真的想要在這裡工作嗎？」

我仔細地想了想。所有我的老師們，講到《紐約評論》時的態度，簡直就和信徒在講述天堂、鄉村音樂迷在講述布蘭森[10]，以及我母親講述大都會歌劇院的神情一樣。如果我得到這分工作的話，我父親一定會開心死的。但是我真的想要當個新聞查證員嗎？我不確定自己是不是曾想過這個問題，現在我認眞一想，答案卻令我大吃一驚。「不，不是，我不想。」

「那就走吧！」

「可是我不能。」我對她說。

「喔。」她說。「好吧。」她慢慢地扣起外套上的釦子，開始哼起歌來。

「祝妳好運。」我說。

「也祝妳好運。」她說，同時哼唱的聲音愈來愈大，然後就唱了起來。「當年少輕狂……從不需要任何人。追逐愛情只是尋求刺激……」她悲傷地甩著頭。「那些日子已經過去。」

「可以小聲點嗎？」

「只有我自己一人。」[11]她鏗鏘有力地唱著。「不想再……孤獨一人。」

我受不了了，終於大笑出來。她的聲音恐怖到了極點，而且音量還愈來愈大聲。「珍妮……」

「不願意！孤獨！一人！」她用最高的聲音嘶吼著。有人敲著門。我猜搞不好是約翰·厄普戴克或菲利普·羅斯。「抱歉，能不能請妳們小聲一點？」

「孤獨一人。」珍妮淒厲地唱著。我放下手中的鉛筆、拿起外套，跟著她走出那扇門。

坐在客廳中，珍妮用多年前我們離開《紐約評論》時相似的頑皮眼神看著我。「班去哪裡了？」

「加州。」我說。「去出差，明天回來。」我拿起她的杯子，倉促地喝了一口。珍妮的眉毛挑了起來。我用挑戰的眼神回看她，又喝了一大口。

「妳這是謀殺案發現後緊張症候群嗎？」珍妮問。

「這是……」我清了清喉嚨。「唔，是因爲伊凡．麥肯納。」

珍妮的表情沉了下來。「我以爲我們已經打勾勾，說好永不再提起這個名字的。」

「的確，我也不想違反約定，但是……」我抱著一個小枕頭，把事情全都告訴她——我怎麼在凱薩琳的廚房中看到伊凡的名字，以及警方如何在凱薩琳的已接來電中查到伊凡的電話號碼。

珍妮聽完後變得很興奮，甚至還站了起來、穿著高跟鞋到處蹦蹦跳跳。「喔，我的天啊！萬一他眞的是兇手，那他就要接受死刑！」她匆忙拿出手機。「這個該死的州有沒有死刑啊？」

「我不知道，但是珍妮……」

她要我安靜，並且開始按著號碼。「席認識州長辦公室裡的某個人。」她按著號碼的手停了下來，抬頭看出窗外。「可能就是州長本人。或許我們可以當那個拉下電椅開關的人，或是幫他注射毒針而死。管它的，什麼都好。」

「珍妮！」我從她手中將手機搶了過來。「我不覺得是伊凡殺了她。」

「喔。」她皺著眉頭。「那是誰殺的？」她又坐回椅子上。「或許是那個叫瑪麗貝絲的女人。」她點著頭，自顧自高興地說。「一個不用尿片就能帶小孩的女人，應該什麼事都做得出來。」

山姆和傑克跑進客廳，蘇菲在後面嚎啕大哭地追著他們。我看到男孩子們用一條繩子把穿著西部牛仔裝的醜娃娃，綁在他們的車子上。「**第二百三十八章，**」珍妮咆哮著：「**我被一群小不點惡徒**

給綁架了！」

我把娃娃解救下來、安撫了蘇菲，叫兩個男孩去角落罰站，然後看了時鐘一眼。已經五點半了，我根本忘了要煮晚飯。

「還有另外一件事，凱薩琳是蘿拉．琳．貝爾德的幕後代寫人。」

珍妮瞪大了眼睛。「妳在開玩笑吧！」

我搖了搖頭。「今天早上消息已經傳遍整個網路了。」

「但是雜誌界還不知道吧？」她又匆忙拿起手機。「老實說，我並不驚訝。」她說。「因爲每個人都說蘿拉．琳除非有分身，不然怎麼可能事必躬親。每次我打開電視，都會聽到她霹靂啪啦地講著防止種族與性別歧視的積極行動，或是那一類的事情。我一直以爲她把專欄外包給印度馬德拉斯智囊團裡某個二十三歲的女生，而不是某個住在郊區的媽媽。」

「妳一定是認爲住在郊區的媽媽，不會把兩個句子串成完整的話吧？」我冷冷地說。

「妳除外。」珍妮說。「天啊，這件事眞是棒呆了。」她聽到電話轉入語音信箱時，露出攢眉蹙鼻的表情。「我是西格。回電話給我。」她站了起來，手指在空中晃著。「妳的電腦在哪裡？」

「珍妮，聽我說。」我讓她坐在沙發中。「妳能夠安排讓我跟蘿拉．琳．貝爾德見個面嗎？」

「啊？」她張口結舌地看著我。「爲什麼？」

「因爲……」我深深吸了一口氣，試著要用哪些字眼，才能得到我要的東西。「因爲如果伊凡跟這件事有關的話……」

「喔，不。」珍妮伸出手、搖著頭，阻止我再說下去。「喔，老天。妳已經浪費了多少時間在那個狼心狗肺的伊凡身上？要是眞的是他殺了人，我一定會帶大隊人馬去遊行慶祝，還讓妳當最高典禮官。」她停下來想了想，又說：「最高典禮官戴的帽子還蠻好看的。」

我又試著說服她。「或許蘿拉．琳知道某些事，卻沒有告訴警方。而且，凱薩琳是我的朋友。」

她目不轉睛地看著我。「妳不是說妳在這裡沒有任何朋友。」她吸著鼻子。「妳說我是妳唯一的朋友！」

兩好球。

「我住在這裡。」我終於還是說出來。「她們是我的街坊鄰居，我的孩子們也住在這裡。」

珍妮輕輕地將一隻手搭在我的肩上。「被豆莢人入侵身體的時候，會不會痛啊？」[12]

「好吧，妳想知道眞正的原因是嗎？因爲外面還躲著一個殺人犯，這讓我很擔心。而且還有另外一件事——我開始覺得厭煩了。」我勇敢地凝視著她，知道自己剛剛說出厄普丘奇慣用詞彙中最骯髒的字眼。就我身邊的媽媽們所認知的，說自己覺得厭煩，就是承認自己已經瀕臨把小嬰兒溺死在浴缸裡的瘋狂邊緣，那是罪孽深重而禁忌的字眼。所以，絕對不可以承認有這個念頭。但是我的確講出了那兩個字。「我眞的覺得很厭煩。而現在這個可怕的兇手，是自從隔壁藍頓家打破客房的地板，又弄壞化糞池之後，最讓人覺得有趣的一件事。正因爲它這麼有趣，所以我要再多挖掘一點的消息。」

珍妮坐回椅子上，一臉滿足地看著我。「這才是我認識的凱特。」

註1：Uglydoll是由David Horvath和韓國裔的Sun-Min Kim所創作出來的。二〇〇一年，第一隻長著兔耳朵的手作醜娃娃Wage出生。二〇〇三年起，這群醜態百出的可愛醜娃娃軍團在紐約巴尼斯百貨和倫敦的Paul Smith等地開始販售。

註2：John Updike，一九三二年生於賓夕法尼亞州，是美國文壇的重量級人物，曾經兩度榮獲「普立茲文學獎」和「國家書卷獎」。

註3：Philip Roth，被認為是當代最傑出的美籍猶太裔作家之一。他在一九五九年以短篇小說《Goodbye, Columbus》成名，在一九六六年就獲得美國國家書卷獎，至今仍寫作不綴。其作品不僅深受一般讀者所喜愛，也受到各方書評家的青睞。Roth獲獎無數，其中包括兩次美國國家圖書獎、兩次福克納獎及普立

茲文學獎、美國猶太人書籍委員會的達洛夫獎、古根海姆獎、歐亨利小說獎和最高榮譽美國文學藝術金牌榮譽，而且在一九七〇年被選為美國文學藝術院院士。在法國也獲得二〇〇二年梅第西外國文學獎及多次閱讀雜誌年度最佳好書。近來Roth在美國文壇更是獨領風騷，小說已譯成多國語言。

註4：Norman Mailer，他寫劇本、詩歌和散文，還有數十本小說，也是紐約《鄉村之聲》創辦人之一。以文章犀利，又處處與女性運動為敵聞名。他分別在一九六九年和一九八〇年榮獲普立茲獎。

註5：Tom Wolfe，曾獲得美國國家圖書獎，屢因言辭激烈而引起巨大爭議。

註6：Saul Bellow，父母為俄羅斯猶太移民，生於加拿大，成長於芝加哥，最知名作品為《何索》（一九六四）和《韓伯的禮物》（一九七五）。獲三次「國家書卷獎」，及一九七六年諾貝爾文學獎。病逝美國麻州布魯克蘭市自宅，享年八十九歲。

註7：Jerzy Kosinski，波蘭籍美國作家。

註8：The Scarlet Letter，為納撒尼爾・霍桑（Nathaniel Hawthorne）的成名作。

註9：康明思(e. e. cummings)是美國詩人中除佛洛斯特（Robert Frost）之外，最廣受大眾喜愛的詩人。其詩作技巧一反傳統，清新勁爆，擅長利用文字排列之空間、順序加以變化，或用括弧或大、小寫穿插，刻意打破傳統的形式與文法的束縛，而賦新穎的文字排列與意義，極受詩壇所讚譽，故有美國詩壇「頑童」（bad boy）之稱。他的「R-p-o-p-h-e-s-s-a-g-r」一詩即是透過字串的序列逐漸形成grasshopper這個字，呈現我們從隱約瞥見蚱蜢到確認牠的身份的過程。此處有以grasshopper隱身於字裡行間暗喻珍妮看出凱特隱藏起來的真實個性。

註10：Branson位於阿肯色州和密蘇里州邊境山區，是鄉村音樂的中心。

註11：暢銷金曲「All By Myself」的歌詞。

註12：pod people，豆莢人，出自西元一九五五年由Jack Finney所撰寫的科幻小說《異形基地》（The Body Snatchers），描寫一批從太空漂流到地球的種子，以類似植物豆莢的方式入侵人體，進而殺死並控制宿主的行動。

07

很久很久以前，有個原本住在紐約市的女人，跟著她的孩子和丈夫搬到康乃迪克州——那個女人跟我或是凱薩琳．卡瓦弄的情形相去不遠。除了，她是個名人——蘿拉．琳．貝爾德——而且她也沒有時間感到厭煩。當她兒子出生時，她還在工作（諷刺的是，這些工作似乎都是到處飛來飛去，或是出現在電視上告訴其他女人，如果她們因工作而必須離家遠行的話，就是個不稱職的母親）。

我把小卡車停在康乃迪克州達里恩鎮老果樹巷七三四號的門口，從後視鏡中檢查我的口紅，並且把瀏海塞入耳後。珍妮用了一點魔法，讓蘿拉．琳在電話上跟我稍微談了一下。「哈……哈囉。」我開始結巴了。除了面試過褓姆外，這幾年我已經沒有這麼正式地訪談過別人了。我慌亂地介紹自己的基本資料：「我是幫死去的鄰居和同事來進行這次的談話，也感謝像您這麼忙的人，能夠撥空……」

蘿拉·琳打斷我的話：「明天早上十點。我給妳二十分鐘。」電話就掛斷了。

現在是九點五十四分。我從袋子裡拿出一捆紙——我把每一期「好媽媽」專欄的內容都印了下來，前一晚哄孩子們上床後，把相關的句子都標明出來。「男女平等主義的大謊言是條雙頭蛇，這條蛇會在現代女性的耳旁輕訴她自身的幸福是最重要的，如果沒有小孩的羈絆或吵鬧，男女雙方都會活得更幸福。」蘿拉·琳（實際上是凱薩琳·卡瓦弄撰寫）這麼寫著，「事實上，誠實面對自己的女性都知道，孩子都是由母親養育成人的。而且，生物學上也證明了，這是我們的天命。我真是爲那些將晚安抱抱、安慰的吻，以及搖籃曲，拿去交換短暫的歡愉與雞尾酒會，以換得職位認同和漂亮頭銜的母親們而感到羞愧。也爲了提供托兒服務給勞動階級的人而感到悲憐。因爲她們不明白生命中真正的壞人，並不是那隻刻板印象的沙文豬，而是穿著再生纖維衣服、吃著有機食品，並且即便她還從妳那些地下經濟的苦工中得到利益時，也稱呼自己是妳的姐妹的人。」

我的頭開始痛了起來。真難想像有著甜美笑容和愛閒話家常的凱薩琳，居然會寫出這種東西。我把那些紙張塞回袋子裡，撥電話回家確定沒有失火或是東西被打破後，下車沿蘿拉·琳家新月形的步道走至綠色大門前，敲了敲。十點整，一隻膚色黝黑、瘦骨嶙峋的手，從門與門柱中間約六吋寬的縫隙伸了出來，抓住我的衣袖往屋內拉。

「妳是凱特·克萊嗎？」蘿拉·琳·貝爾德厲聲問著我。

「是的。」我說。

每次我在電視上看到蘿拉·琳，總覺得她雖然很纖細，卻讓人過目不忘，興高采烈地貶低著民主黨的國會議員，或是主張兩性平等的律師。沒想到私底下的她，是個嬌小平胸、雌雄同體的妖怪，身高跟個飢餓不堪的五年級小學生沒什麼兩樣。她穿著裙邊和外套口袋邊有奶油色滾邊的粉紅色香奈兒套裝，腳上是一雙奶油色的鞋子，戴著兩串粉紅色的珍珠項鍊和一對珍珠耳環。她那一頭原本染成淡黃色的金髮，現在變成一個大蓬頭，感覺像是被放在烤肉架上烤捲了一樣。

「進來。」她下了個命令、抓住我的手也倏地收緊，我聞到了一團混和了髮雕跟咖啡酸味的味道，然後她帶我走進挑高天花板、僅有幾件像她一樣個性鮮明的皮革和金屬傢俱的客廳。「坐下。」她指著一張位於角落的白色麂皮雙人沙發。牆上掛著三件式平面電視，旁邊則是一整面牆的落地書櫃，架上塞滿了精裝書，所有重量級保守主義評論家的著作都在其上：安．考爾特與佩姬．諾娜、比爾．歐萊禮與西恩．漢尼提、麥可兄弟（米德維和薩維基），以及她的黨羽羅拉兄弟（英格拉罕和史萊辛爾）。

我凝視著那些書名，瞇眼看著每本書背上的黃色便利貼，上面都有：「名次」與「時間」。

「那是《紐約時報》暢銷書排行榜的資料。」蘿拉．琳說。「我喜歡記錄下來。」

我環顧四周，尋找著嬰幼兒的用品——嬰兒搖搖椅或學步機、有口水漬的抱枕——卻一個也沒有，倒是看到了一幀她父親拜倫．波．貝爾德的照片，放在美國國旗前面。一頭灰髮和嚴肅面容的波．貝爾德，過去在帝國版圖最盛時期，在全國共擁有二十八家報社，全都是極右派的支持者。他數度邀請總統共進晚宴，並且向參議員提供忠告。七十八歲時，暴斃在一個情婦的床上。事件發生時，我還是個高中生，但是我記得深夜脫口秀的主持人可是狠狠地修理了他一頓。那些未經證實卻不斷流傳的謠言說，波不僅是馬上風，而且腳上還穿著那個女人的高跟鞋。

「我只給妳二十分鐘。」蘿拉．琳說，同時看了細瘦手腕上的金錶一眼。「在開始之前，我要先澄清一件事：凱薩琳．卡瓦弄並不是我的代寫人。我們是同事。那些該死的部落格板主搞錯了，眞是讓我嚇了一大跳，連《紐約時報》也搞錯了。我的律師已經起草一分禁止函……」她停了下來，吸了一口氣，然後從放在黃銘玻璃茶几上有她名字縮寫字母ＬＬＢ的花紋冰桶中，拿出一罐健怡可樂。

「妳看到那篇訃聞了嗎？」

「我……呃……」我的手在托特包底部的斷掉蠟筆和沾了果汁的紙巾間摸索著，然後拿出一本亮粉色的 Hello Kitty 筆記本。那是蘇菲的，也是我唯一能夠拿來記事的東西。

「ㄈㄨˋ，四聲『訃』；ㄨㄣˊ，二聲『聞』。」她像是對著一個剛從腦白質切斷術恢復的病人說話一樣。「在今天的報紙裡有寫。」她把那一疊礙眼的報紙從桌上拿了起來，然後丟給我。

「康乃迪克州的一名母親與作者慘遭殺害。」在B6版上寫著：「一名任職於《潮流》雜誌編輯部的康乃迪克州女性，同時也是與保守主義社會評論家蘿拉．琳．貝爾德共同執筆撰寫『好媽媽』專欄的凱薩琳．卡瓦弄，星期五下午被發現陳屍於家中廚房。卡瓦弄女士，三十六歲……」

蘿拉．琳一把搶走我手中的報紙。「不要唸出來。」她大聲吼著，緊咬下顎、眼露兇光。「這全都是謊言、謊言，狗屁不通，典型通篇中傷的垃圾內容。我的律師已經跟他們的監查官……喔，不好意思。」她沙啞卻又字字清楚的聲音中，帶有濃濃的嘲諷。「是和他們的監查人員談過了。現在得用中性的詞彙，對吧？對嗎？」她的頭向後一仰，露出如同雞頸般的脖子，然後發出一個她在電視上必然聽起來像是笑聲的聲音。

「凱薩琳跟妳……呃……共事多久了？」

「五年，或六年，差不多就是那個時間。」她說。

我寫了下來。「妳是怎麼認識她的？」

「別人介紹的。」她說。「《潮流》雜誌的總編輯喬爾．艾許是凱薩琳在漢菲爾德念書時的老師。他極力推薦她，於是我給了她一個面試的機會。她看起來很聰明、能力也很強，事情就是這樣。」她的腳尖在硬木地板上輕敲著。「還有沒有其他問題？有沒有其他問題？」

我腦中的第一個念頭脫口而出。「妳的小孩呢？他在睡覺嗎？」

「我母親帶他去公園玩了。我在工作的時候，她會照顧他。」她的下巴微抬、瞇著雙眼看著我，看我有沒有膽子叫她僞君子。「我出門的時候，通常會把他帶在身邊。他小的時候比較好帶，但是那眞是讓人受夠了。去年我每三天就有一個晚上到處奔波，凱薩琳眞是個好幫手。」蘿拉．琳說。「我提供概念和看法，她則是打點好裡面的細節。哎呀，就那些家裡面的雜事，什麼髒尿片、口水的。」她在空中猛然揮動一隻修剪整齊的指頭。我想像著自己能夠聽到揮動時所發出的颼颼聲。

「所以……」我想要問她**到底是誰寫出那些東西**，但是我知道絕對不能問出口。所以我想了另外一個問題：「妳們怎麼分工？」**就是這樣。我想。比剛剛那個問題好多了。**

蘿拉．琳一臉挫敗地搖了搖頭，「我們在電話上討論，或是用電子郵件。我給她想法，也會討論，然後她會把完稿寄給我。妳看，我是眞的有在幫她忙欸。」蘿拉．琳說。

聽到那句話，我忍不住挑高了眉毛，趕緊試著用極有興趣的口吻來遮掩我的憎惡。

「我相信靠自己爭取來的平等。」她說。我認得那是她節目的標語。「不像那些所謂的兩性平等者……」她細長的手指在空中比了個引號，嘴角上揚，發出不屑的冷笑。「我眞的支持女性同胞。百分之百支持。」她用力地點著頭。「妳也看到了，一個像凱薩琳這樣的女人，有兩個孩子……」她的手指在膝蓋上敲打著，露出一絲羞赧，甚至帶有些許惱怒——這是我們談話中，她第一次出現這種表情。「她有兩個孩子，對吧？」

我點點頭。

「有兩個孩子，又住在郊區，她還能做什麼工作？她既不能去上班，又不能回到學校。我讓她能舒服地跟孩子們待在家裡，同時又能夠向世界發聲！」她得意地下了結論。

向世界發聲。我潦草地寫下這幾個字，眼神專注地盯著我的記事本，知道自己如果抬起頭看著她的話，表情一定會洩底。「那她是在家工作囉？」

蘿拉．琳點點頭，大聲地嘆著氣，然後又看了手錶一眼。「沒錯。從我們第一次在城裡見過面後，她對我說，透過電話或是電子郵件是最方便的方式了。」

「妳的編輯對這點沒有意見嗎？他……」我看了一下筆記本。「喬爾．艾許？」

「他怎麼樣都無所謂啦！他哈死她了。據我猜測，他們大概已經上過床了。」她惡狠狠地補了這一句。**還眞是姐妹情深呢！**我忍住沒說出口。

「那她同意妳的觀點嗎？妳對爲母之道的那些看法。」

蘿拉・琳沉著臉看我。「當然。她有什麼理由會不同意？」

我沒有回答，逕自寫著她的話。她說的或許沒錯。一個會對另一個幾乎是陌生的女子，神采奕奕、淚光閃閃地說**我永遠不會離開自己孩子們的身邊**的女人，應該會相信蘿拉・琳所說的一切吧。

「聽著。」蘿拉・琳傾過身來，把一隻手搭在我的膝蓋上，好強調她接下來要說的話。「我很高興有個共同的執筆人，這一點我敢對天發誓。但是編輯們覺得……」她輕輕地聳了聳肩。「我的名字才是賣點。再加上，多一個人的名字會混淆焦點。而且凱薩琳也能夠接受這一點。眞的。尤其是當我們說好要出書的時候。」

「出書？」

她不耐地又哼了一聲，開了另一罐汽水。「三個星期前，我們把手稿賣掉了。」蘿拉・琳說。「在拍賣場上有六個買家競標。」她握著汽水罐的姿勢，就像是握著電話筒一般。「是一系列質疑關於現代美國母親天性的文章。我們拿到了七位數的預付款。」

「有沒有書名？我想在追悼會上提一下。」

她向我眨了眨眼，像是對我的反應很快表示讚許一般。「當然是《好媽媽》囉！」

是啊，當然。

「在書上會有雙作者的署名！」蘿拉・琳下了這個結論，彷彿這個結論會讓她步上聖徒之路。「妳一定要提到這件事，哎呀，就是『由蘿拉・琳・貝爾德與凱薩琳・卡瓦弄共同撰寫』之類的。」

我點了點頭，想到我在數百本偵探故事中讀過的共同目的：錢。七位數的預付款代表後續還有一大筆錢。「我無意冒犯，不過妳介意告訴我妳們要怎麼分這些錢，還有後續的版稅嗎？」

「這個嘛……」蘿拉・琳放下手中的汽水罐，玩弄著珍珠耳環。「我們還沒談好這個部分。」她瞪大眼睛看著我。「但是一定會很公平的。妳可以放心啦！我堅持要公平地對待女人。」

我點了點頭，也把這幾句話寫下來，然後在蘿拉・琳詳細解釋她對爲母之道的看法（贊成）、兩性平等（反對），以及女性對這個世界的影響力（極重要又讚許這件事，讓她把照料孩子的事視爲第一位，因此在極微小的事物上造成影響，但是小橡實也會長成大橡樹，假使這個世界上的母親們都能克盡其責時，就不需要管制槍枝、進行財務改革，或是政府對網際網路加以立法控制）時，也不斷地點著頭。

「珍妮・西格說是妳發現屍體的。」蘿拉・琳說。「她……她……」她前後搖動著汽水罐，然後舉起手摸著項鍊。「她很痛苦嗎？」她最後問了這個問題。珍珠耳環在她的指間顫動著。

「我不知道。」我說。

我們兩個靜默地坐著，約有十秒鐘的時間，蘿拉・琳一口把剩下的汽水喝光，放下罐子。「我該出門了。」她說，用手背擦了擦嘴。「我要搭火車去華盛頓特區。」

我知道自己來此的目的。「凱薩琳有沒有提過一個叫做伊凡・麥肯納的人？」他的名字像是一輛懸掛在空中的車子，如果我抬頭看的話，會看到那輛車就懸掛在我的頭上。

「沒有。」蘿拉・琳說。「爲什麼她要跟我提這個名字？這個人是誰？」

「什麼人都不是。」我說。「他只不過是個無名小卒。」如同以往，他的名字仍是緊緊揪著我的心。無名小卒。現在我還眞的這麼希望著。

她站了起來。「聽著，我很抱歉妳失去了這麼一個朋友。凱薩琳跟妳很好嗎？」

我搖了搖頭。「我其實跟她不熟，只是偶爾會在遊樂場、超市或是足球賽見到面罷了。」

這番話似乎讓蘿拉．琳鬆了一口氣。「眞是可惜，她是個好人。」她說。「可靠又細心。」她停了一下，或許是想到她說的話聽起來像是在推薦清潔公司，而不是對一個死去同事的悼詞。「她是個好媽媽，就像專欄的內容一樣。」

十一點五分，我回到家，有十五分鐘的時間可以跟珍妮說剛剛訪問的情況、十五分鐘找資料、十分鐘走到紅推車托兒所，好在十一時四十五分接小孩放學。

我在平常慣用的網路搜尋引擎中，鍵入「蘿拉．琳．貝爾德」、「好媽媽」與「書籍交易」三個項目，出現了不少的結果。的確，蘿拉．琳在《潮流》雜誌中所出版一連串關於爲母之道的文章，再加上『額外的原創資料』，得到了一筆『豐厚七位數』的交易。所有的文章都有她的名字，甚至有些還挖出她父親早已去世的流言，但是我卻找不到任何一篇有提到凱薩琳．卡瓦弄或是其他共寫人、代寫人還是助理之類的資料。我匆匆記下經紀人與編輯的姓名，又在Google上查到了他們的電話號碼，然後看了一眼時間，已經十一時二十八分。我的手指停在電話機上，稍微遲疑了一下後，就撥了那串號碼。

蘿拉．琳的經紀人黛芙娜．賀佐格，在我說我是凱薩琳．卡瓦弄的鄰居，並且已經跟蘿拉．琳見過面時，發出刺耳的笑聲。「喔，天啊。」她發出咯咯的笑聲。「我的新寵。」

「我不是要來打聽私事的。」

「隨妳問。」她還在笑著。「今天早上已經有超過二十個記者打電話來過。死去的代寫人。多棒的一個故事啊！」

「所以妳知道凱薩琳的事囉？」

「這麼說好了。根據我的經驗猜測，蘿拉．琳一定有助手幫她處理《潮流》的內容。人家可是大提倡家呢！妳知道嗎？她在螢光幕前是侃侃而談沒錯啦，但是叫她寫字或是打字的話……」她又咯咯笑了起來。「她只會出那張嘴，沒辦法寫成段落或是文章啦！神所不允許啊。」

「她沒有那個天分嗎？」我大膽提出這個問題。

「沒有時間。」黛芙娜說。「所以我想一定有人幫她寫。但是我一直到在《紐約時報》上看到這個消息才確認。」

「蘿拉．琳從來沒有告訴過妳有一個作者幫她寫嗎？」

「我猜那是一種不點破的假設。」黛芙娜說。「這麼說好了，我不去問，她也不說。」

「再說到財務狀況……」我停了一下，但是黛芙娜示意她在等我說下去，於是我還是問出口：「她的預付款到底有多少？」

「七位數，再加上分紅。」黛芙娜說。

很公平。「蘿拉．琳告訴我說，她跟凱薩琳會分那筆錢。」

「那是蘿拉．琳跟妳朋友之間的事。我只負責跟她談而已。」黛芙娜說。

只跟蘿拉談而已。我把這句話寫了下來。「我覺得妳的客戶欺騙了我。」我說。

黛芙娜猛然大笑。「恭喜妳啊！妳剛失去妳的初次。」她咯咯笑。「聽著，蘿拉．琳過去——現在也是個作家，至少她想要當個作家。而作家都會騙人的。他們最會誇大其詞，也會掩飾事實。不要對他們講的話太認眞，反正每一件事都是捏造出來的。蘿拉．琳告訴了妳什麼？我是隻饑渴的怪獸，要把所有都佔爲己有？可憐的小東西。」她口沫橫飛地說。「現在把自己逼進死胡同了吧？或許她需要去大學裡培養未來幫她寫作的人。還有沒有什麼我可以幫妳的？」

十一時三十二分。我決定放手一試。「妳覺得蘿拉．琳有可能殺了凱薩琳嗎？」

我準備好面臨另一波笑聲風暴的來襲。但風暴並沒有吹向我。「妳的意思是指爲了錢嗎？」黛芙娜問。「難道她覺得凱薩琳會告她，或是把這件事公諸於世嗎？我想我比較相信除了錢之外，人們會爲了更多其他的原因而殺人。」她停了一下。「天啊，難不成這些又是電影裡捏造出來的？」

「捏造出來的。」我重複她的話。「那本書現在怎麼樣了？」

「很難說。技術上來說，現在已經搞清楚蘿拉．琳不是自己寫那些內容，所以妳的朋友會冠上作者的頭銜。這會引起大家的興趣，再加上……呃，最近的事情。反正如果妳還需要知道其他事情，就撥個電話過來吧！」她下了這個結論。送客。

十一時三十四分。我撥到《潮流》雜誌社的總機，接待人員把我轉接到喬爾．艾許的辦公室。

「請問有什麼事？」在我介紹自己是從康乃迪克州厄普丘奇來的凱特．克萊後，她懷疑地問著我。

「凱薩琳．卡瓦弄是我的朋友。」我停了一下，想著：**這到底是在搞什麼啊？**「我是發現……發現她的那個人。發現她的屍體。」

「所以……妳到底有什麼事？」

眞是個好問題。「嗯，就是……我得知她有幫《潮流》寫些文章，而喬爾是僱用她的人……」我停了下來。

「是的。」電話線另一端的那個女人說。她的聲音變得尖銳。「但是這之間有什麼關係？妳到底想要什麼？」

「我只想跟他說幾句話。」我有氣無力地說。「跟他談一下關於凱薩琳的事。」

「我會替妳留言給他的。」

「感謝妳。」我留下了姓名和電話號碼。十一時三十七分。我放下電話筒，衝到小卡車旁。萬一我又遲到的話，滿頭灰色捲髮、和煦藍色眼珠、長得像是餅乾盒上老奶奶圖像，卻有著鐵石心腸的學校主任黛耶托太太，又會給我一頓排頭了，而且還得付每個孩子十美元的罰金。

嫌疑犯。我猛力地開離車道，差一點擦撞到郵箱，心裡想到蘿拉．琳鬆垮的頸子和骨瘦如柴的手指用力抓著健怡可樂的樣子。我心裡對誰是嫌疑犯已經有譜了。

我開出自由巷，轉往大街，壓過一堆原本是隻松鼠的灰紅色肉泥。「**法蘭琪和強尼以前是對戀人。喔，天啊，他們可打得火熱。**」我放聲大唱。「**他們發誓要對彼此誠實，就像天上的繁星般誠實。他是她的男人，但是他卻背叛了她。**」我不知道自己唱得有多大聲，或是自己的嘴巴張得多大，直到我呼嘯而過一輛停在富利農場路轉角的警車，看到有張粉紅色臉孔的警官正瞪著我。我閉上了嘴，拿出響個不停的行動電話。有一通未接來電。我根本沒有聽到電話響的聲音，但是這也沒什麼好大驚小怪的。在厄普丘奇，手機的收訊實在很糟，因爲這個鎮上的父母親不允許在他們雅緻小巧的鄉間天堂附近，架設任何的電波塔。我按下語音信箱的號碼，當我聽到自己的名字時，感覺雙手死命地緊握著方向盤。「凱特。」一個已經七年沒聽過的聲音說著，那個聲音的背後，有靜電爆炸的聲音。「……我是伊凡．麥肯納。我們需要談一下。」

● ● ● ● ● ● ● ● ● ● ● ● ● ●

註1：「Frankie and Johnnie」歌詞。

08

《時人雜誌》並沒有僱用我和珍妮，但是感謝珍妮的堅持、我良好的學位，以及我猜可能是席．西格的暗中運作，我們仍找到《紐約夜線》的文字編輯（自封是記者）的工作——那是一本八卦週刊，主要報導年輕藝人酗酒嗑藥的小道消息。我們從來就不需要跟這些藝人們打照面，而且假設席不是這麼著急要他女兒找到工作的話，珍妮會跟那些人整夜狂歡而不是整日工作。

我們用著兩張桌面上有煙疤、桌底有捕鼠器的老舊書桌來工作。主要工作是確保記者有拼對藝人們的名字，還有搞對他們嗑藥成癮正確的時間順序。「查理．辛！」一面臨截稿壓力的記者會大聲咆哮，然後我們其中一個就會報出這個藝人正確的年齡、出生地、頭銜、共演者，還有他最近三部電影和電視節目的收入（國內和國外）總額；此外，對《紐約夜線》來說，這個藝人約會的對象、說過什麼話，還有他去了哪些地方，才是最重要的內容。

做了這分工作幾個月後，我們兩個人都建立了各自可靠的資料來源。珍妮跟一個在明尼蘇達州某個康復中心的門警，有類似電話性愛的關係。她叫他小親親，每天午餐時間就打去問候一下、送他昂貴的巧克力，還約定在他離婚後要雙宿雙飛。

我沒有像珍妮那種當作家的天分，或是能輕鬆勾引冷靜的執法人員，讓他們交出明星醜聞的能力。但我有瑪麗·伊莉莎白。她曾是我在皮姆學院最愛道人長短的同學之一，也是經常酩酊大醉的同學之一。大二的時候，她曾在我幾何學教室的座位上，放了一片衛生棉，害我接下來的一整天就貼著它到處走來走去。一年級的時候，她說預校的陶德·艾佛瑞想要我的電話號碼，又讓我有一整個月的時間，寸步不離地守在電話旁邊。畢業前的二個月，她因爲刺穿芬蘭蒂亞大學女子籃球隊的水瓶，並且跟某個體育老師在掃具櫃中做出不可告人之事而被開除。她被衛斯連大學退學、被要求離開賓州大學，並且在二十三歲之前用光了她的信託基金，還跟那時來巡迴表演的團體「舞王」中的一個踢踏舞者私奔。二十八歲的時候，她醒悟過來，加入了戒酒無名會。我開始在《紐約夜線》工作的那個星期，她突然打電話給我（要修補過去她所造成的傷害），我靈機一動，逼得她內疚到不得不每週打給我，好確認她在經常造訪的水療中心和康復中心，所見到名人的行事內容。

我們的主管是個名叫波莉的女人，臉上鏡片的厚度足以擋住子彈，她的生活簡直都是在新聞編輯室裡度過。我們早上上班的時候，她人已經在辦公室裡；晚上下班的時候，她還是待在辦公室裡。我們從來沒有看過她踏出這幢建築物一次，也沒有看過她去廁所。珍妮、我跟珊卓拉（一臉慘白的書籍評論員，總愛發表她覺得內容很「誇張」的書，她的棕髮總是到處亂翹，像是自己用指甲刀剪出來的。她還是個名校的美術碩士，據說，她有五百頁沒有美滿結局的作品手稿，目前躺在她床下的鞋盒裡、壓在遭三十六個文學經紀人退貨的信件之下。）已經討論過這件事好幾次。最後我們三個人都同意，少討論關於主管排泄的習慣，對我們會是件好事。

我們的總編輯，名叫馬克・波勞特。我大概一個月只會注意到他一次，通常是在負責版面的人又忘記標題的時候。馬克會從他的辦公室裡探出頭，「企圖」把椅子丟到攝影師的桌子上。因為馬克實際上是個不到五呎的小矮個兒，整個人比椅子的重量還要輕，他頂多只能把椅子舉到胸前，氣急敗壞地說：「我還要忍受這個沒有用的白痴多久？」然後搖搖晃晃地往前走了幾步，用力擲出椅子，也只掉在他面前二呎不到的距離。這時我跟珍妮總是躲在自動販賣機旁，捧腹大笑。

「妳知道我們現在該怎麼做嗎？」珍妮有一天晚上在奇緣餐廳[1]吃完熱乳脂軟糖聖代冰淇淋後（她堅持要吃這個來慶祝她父親最近一次的離婚），這麼問著我。

「妳說什麼？」

「搬家！」

我的眉毛豎了起來。「妳不是已經有住的地方了嗎？」我十分清楚珍妮在她父親位於公園大道的公寓（有著十八個房間、專屬電梯，最近還上了《都會家庭》雜誌）中，有一間自己的套房。

「喔，拜託。」她說。「我們總不能一直跟父親住吧！」

「妳和妳爸一起住，跟我和我爸一起住的情況不一樣吧。」

「可是……」珍妮說，隨手從小短吻鱷皮的手提袋裡，拿出一本《鄉村之聲》雜誌。「妳看，在默里希爾有一幢兩房的房子，一個月只要一千八！我們可以付得起啦！」她用唇線筆圈了起來，斜眼看著那一頁。「默里希爾在哪裡啊？」她的眼睛突然睜圓。「不是在布魯克林吧？」

我努力找個讓她瞭解的參考地點。「大概是在中央車站附近。」

「那太棒了！我們去看一下吧！」她急忙拿出手機。

「等等，我們得先問一下房子是不是已經租出去了，然後再約……」

珍妮舉起了手，叫我安靜。「是的，哈囉，請問您怎麼稱呼？阿奇曼？阿奇曼，我是地毯大王西格的女兒珍妮．西格。」

我搖了搖頭，知道再抗拒下去也沒用。從我們在《紐約評論》第一次見面後，我就變成珍妮各種奇幻行動的小跟班。有六個月的時間，我們穿梭於紐約市各大博物館和音樂廳所舉辦的盛大宴會中，並且喝遍城裡大大小小的酒吧和夜總會。她從沒讓我感覺過自己像是一隻巨大又無趣的隨身保鏢，我陪在她身邊的目的就是把她跟一群總是來請喝啤酒、邀舞或是來要電話號碼的男人給隔開。我們總是一同玩樂，不論是在第六大道和二十五街交叉口的跳蚤市場，買一副五美元的耳環，或是在現代美術館的募款餐會上，大啖用小火燉煮的小牛頰肉，然後穿著禮服再去中國城大唱卡拉ＯＫ。

珍妮跟阿奇曼通完話後，得意洋洋地掛掉電話。「我們星期六下午就可以去看房子了！」

我把湯匙給舔乾淨，再把它放在餐巾上。「那天我有事。」

她把手機放在桌上。「妳要跟誰約會嗎？」她問。「我可不可以跟？」

我看著她，思考著，「妳可以跟嗎？」

「我可以假裝是妳的節制飲酒顧問。」她把已經溶化的九美元聖代推到一旁。「當服務生拿酒單來的時候，我就會說：『喔，不行，我們不需要那個！』我還會說妳甚至不應該來約會的，但是妳的治療師恩准讓妳出來。還有……」

「珍妮！」我伸出雙手阻止她。「不行，妳不能跟，更別假裝是我的節制飲酒顧問。」我停了一下，「我不是要去約會。」

「喔。那妳星期六要幹嘛？」

「我……」糟了，這聽起來很可悲，但是我不管了。「我要租電影、外帶中國菜，還有幫我爸付他的帳單。」

「喔。」珍妮說。「好吧，聽起來還不錯啦！」我看到她臉上若有所思的表情，知道如果我不趕緊阻止她的話，就會再聽到恐怖的「All By Myself」。

「妳要一起來嗎？」

珍妮一臉渴望地傾身過來。「可以嗎？」

「當然囉。」

「星期天的時候，我們就可以打包了！」

「我們應該先找好地方……」

「喔，對啦，妳說的對。」她說，在《鄉村之聲》雜誌頁面的空白處，寫下：**穿一雙舒適的鞋。**

她手拿唇線筆在頁面上輕敲，想了一下，又寫下：**買一雙舒適的鞋**。

「我借妳一雙運動鞋啦！」我說。

隔週，我們都愛上了位於西村的這間寬大兩房公寓——「珍（Jane）街耶！」珍妮說。「妳看，這根本就是註定好的！」公寓裡有一套半的衛浴、足以容納兩個人的廚房（附贈洗碗機）、房子方位朝東，還有一個超大的窗子，可以引入外面所有的光線。

我們在四月一個春光明媚的星期六早上，搬入這間公寓。我把東西都裝進箱子裡，並且在上面標好「廚房」、「浴室」、「臥室」和「書籍」。珍妮按照我的方式，跟附近賣酒的商店要了些紙箱，也自己動手打包及貼上標籤。公寓前門三堆箱子上，分別是「化妝品」、「包裝紙」跟「手鐲」。這雖然不夠完美，但至少是個開始。

我們使勁地把箱子搬進電梯、移到門廳，再搬進我們的新家。珍妮帶來一張阿巴合唱團的精選輯。她接上音響的電源，把唱片放入唱盤，用整棟樓都可以聽到的音量播放著。

我大概只來回四、五趟，就把自己的東西都放入我的小房間中，所以接下來就幫搬家工人把珍妮的東西移離人行道。此時，穿著特別買的工作褲、工作靴和寫著「你想得美」T恤的珍妮，正站在廚房裡。她可以從廚房監視搬家工人取出她的十八人份瓷具組、高級床墊，還有安裝她訂製的全新不鏽鋼家具——即便這個房子是租來的，而珍妮也承認她只會用微波爐爆玉米花，還有做吐司夾愛曼塔爾起士而已。

那眞是個美好的午后。晴空湛藍，我能夠從建築物之間看到哈德遜河粼粼的波光。似乎紐約市的每個人，或者至少每個西村的居民都走出門，手拿著汽球、推著嬰兒車或是舔著冰淇淋，並且對我們的那堆行李發出驚嘆聲。

「搬家日！」有一半的人會這麼說，或是：「妳們好，新鄰居！」或是：「小心不要被壓傷。」而我正在努力搬動珍妮那口標示爲「其他」的箱子，一邊想著別人提醒我們小心，並不代表他們會出手幫忙。下午五點左右，我發誓下一個說出什麼蠢話的人，一定要好好罵他一頓。所以當我聽到一個低沉的男聲說：「妳們是要搬進４Ｂ嗎？」的話語時，我挺直發疼的背脊，頭也不回地說：「不是。我正在進行本世紀最大的一宗犯罪。不要告訴任何人，好嗎？」

「我會守口如瓶的。」那個聲音答應我。「事實上，我可以在第十一大道上找個人來幫忙把這些東西搬走。我們兩個人分完錢後再逃到A.C.去。」

「A.C.？」我問。

「大西洋城（Atlantic City），寶貝。」那個男人說。

我把雙手抵住背部，轉身微笑著，不管自己是不是有想逃到紐澤西州的想法。那個對我笑的男人身材高大、一頭深色短捲髮、閃耀著光芒的綠色眼睛，再加上下巴的那個Ｖ形凹槽。「其他人永遠找不到我們的。」他答應我。當他跪在地板上，開始翻著我那裝滿ＣＤ的牛奶箱時，我的雙頰霎時緋紅。他拿出一張比莉．哈樂黛的「Commodore Master Takes」，和艾達．考可斯[2]的「The Essential」雙ＣＤ中的一張。「這些都是妳的嗎？」

我點點頭，又清了清喉嚨。「是的。」

他的臉往我靠近了一點。「妳有Blues for Rampart Street[3]？」

我又點了點頭。「我有她全部的作品。」我說，真希望我早上出門時能花點時間把自己打扮一下，像珍妮那樣穿著整套的行頭，而不是一件穿舊了的「史波雷多藝術節」[4]的T恤，還有我那一條最不稱頭的牛仔褲。

「看來妳很愛藍調。」

「我喜歡女性歌手。」我說。「這些悲傷的老歌……」他又開始快速地翻著我的CD，還一邊吹著口哨，我的聲音逐漸變小，然後他抽出一張，在我面前揮舞著。我看到黛比・吉布森的臉看著我時，心往下沉了一下。

「Electric Youth？」他問。

「那可是八〇年代的經典！」我抗議著。

他搖了搖頭，把牛奶箱挾在腋下。「來吧，我幫妳。」

我拿起珍妮的箱子，跟著他走進電梯。他的肩膀寬厚、手臂粗壯，在髮線下有一條淡淡的白色肌膚，像是剛剪過頭髮般。

我按了四樓的按鈕。「嘿，我們是鄰居耶。」他說。他咧著嘴笑，看著我的神情似乎認識我一輩子了……**或是**，我想著，臉頰又火熱了起來，**他已經穿透我的衣服看穿我，也喜歡他看到的一切。**

喔，天啊。我抬起了頭，緊張地看向樓層數字，而他開口輕聲說：「狂野的女人是不會聽藍調音樂的。」我幻想著按下緊急鈕，電梯停了下來，燈光也奇蹟似地暗了下來。他伸手抓住我，手指滑過我的裙子，用他低沉、不允許我拒絕的聲音說：「過來。」我接受他的擁抱，將臉深埋入他的胸膛，貪婪地吸著他身上散發的每一股氣味，他的手也在我的背上游移，牙齒囁咬著我的脖子，說著……

「嘿。」我甩了甩頭，發現電梯門早已大開，那個英俊的傢伙也直盯著我。「我們到了。」

「喔，對！沒錯！４Ｂ，就是這裡！」在公寓門前，我們同時伸手抓住門把。我差點跌進門廳、撞到珍妮的古董床頭板。

「請問妳的芳名是？」他問。

「凱特。」我困難地吞嚥口水。我的喉嚨乾澀，並且怎麼都想不起我姓什麼。

「凱特。」他說，然後點了點頭，像是這個名字取悅了他。「我是伊凡・麥肯納。住在４Ａ。」

「很高興認識你。」終於，我說出一句完整像樣的句子，沒有含糊不清或繼續在大腦裡對他上下其手。**我又進步了！**我把箱子放在玄關的櫃子裡，兩手插在口袋中。

他挑著眉看著地板上那一團亂，行李箱、盒子、壓皺的報紙、散落一地的花生，以及搬家工人沿著走廊，將珍妮那個床頭板搬動到她房間時，揮汗如雨又咒罵不斷的景象。

「妳們有多少人要搬進這裡？」

「啊？喔，嗯，只有我跟珍妮。地毯大王西格的女兒，珍妮・西格。」該死，我爲什麼說這個。

「地毯大王西格的女兒，珍妮・西格？」他重複我的話。

我點了點頭，決定以後不能再逞口舌之快。

他的眉挑得更高了。「怎麼，她是家道中落了嗎？」

「喔，不，不是。」我比平常更用力地搖著頭。「她只是喜歡貼近現實，跟這些村民，呃，西村的人。哈哈。」

伊凡（**伊凡！怎麼會有這麼好聽的名字！**）看著珍妮東一堆西一疊散置的東西。「妳們還需不需要幫忙？」

「喔，不用了。我們可以的，我們已經……」正當這個時候，從廚房傳出一聲巨響，接著是更大聲的咒罵聲。伊凡跟我匆忙地走進廚房，看到珍妮跪坐在地上。

「該死！」她撿起湯碗碎片。「我的十八人份餐具。」

「小心不要割到手。」我說，跪在她身邊幫她拾起碎片。「嘿，珍妮，這是伊凡．麥肯納。他是我們的鄰居。」

她抬起頭，食指誇張地在左右眼下各拭了一下，然後看著他……又看著我……又看著他，直到她的臥室傳出東西落地的轟聲巨響。

「很高興認識你。」她說完站了起來，跟伊凡飛快地握了個手，然後就往她的房間奔去。

「啊？」伊凡看著她離去，喉間發出這個聲音。

「嗯，她……她有一點……」天啊，他眞是帥斃了！就像是「杏林春暖」[5]時代的瑞克．史賓菲爾。不知是我的念力夠強，或是珍妮讀到了我的心思，背景播放的阿巴合唱團，這時被「Jesse's Girl」的開場音符給取代了。

伊凡笑了。「妳們都是瑞克．史賓菲爾的歌迷嗎？」

「我愛死這首歌了。」我咕噥地說。「我十二歲的時候還寫過信給瑞克．史賓菲爾，以爲他會寄給我一張簽名照。我媽老是把他叫錯成他瑞克．史賓斯汀。」

「瑞克．史賓斯汀？」他重複我的話。

「我媽是個歌劇歌手，不喜歡任何在最近五十年間寫出來的歌曲。」我說。「好吧，我想我應該要回去整理了。」

「我也得回去換件衣服了。」

我看著他的背影，然後蹲了下來，繼續清理那些破掉的碗，而瑞克的歌聲也被貝西．史密斯[6]柔情似水的聲音給取代，這是客廳ＤＪ珍妮送給我的好意。

「**當暴風雨來襲，你可以穿上雨鞋；當暴風雪來襲，你可以生火取暖；當愛來襲，什麼也無能爲力。**[7]」伊凡哼著歌走進來時，我的心七上八下、噗通亂跳。這代表了有事情發生。絕對有。

「**當火降臨，你知道該如何行事；爆破一個輪胎，你就可以拿來製鞋。**」

我輕聲唱著，把畚箕裡的碎片倒進垃圾桶裡。「**當愛來襲，什麼也無能爲力。**」

「嘿。」

我聞聲抬起頭。伊凡正看著我……他眞的看著我，嘴邊還掛著一絲笑意。「什麼事？」

「不要動。」他說，從我的馬尾中拿起一個東西。「這個沾在妳的頭上。」

我看到他的掌心裡，有一根捲曲的粉紅色羽毛。「哇，呃，這是從哪裡來的？」我想可能是珍妮那條羽毛圍巾，幾小時前我才搬了她那口標示爲「羽毛圍巾」的箱子，不過即使我想要說出來，也心有餘而力不足。他依舊凝視著我，我也回看著他。我口乾舌燥、心臟如戰鼓般隆隆作響，還有……

伊凡從口袋裡拿出一個傳呼器。我完全沒注意到它有響。「糟了。我跟人有約，得走了。」

「喔，當然！你去吧，呃，很高興認識你……」

他向我揮揮手，緩緩從珍妮的東西中擠身而過，然後轉身出門，留下我一個人站在那裡，看著他的背影。我的心已經跳到喉嚨，手裡還有一根羽毛。

搬家工人把珍妮那個九呎高、鑲巴洛克式金框的鏡子，斜靠在牆邊。兩個小時後，我仔細地回想自己剛才的反應，心才逐漸靜了下來。我懊惱著爲什麼沒有先上一些粉底，居然讓他看到我緋紅的雙頰跟泛著油光的額頭……或是至少擦個唇膏……或是乾脆在頭上套一個袋子？這樣我所有的困擾都解決了，不過那可能會影響到搬動箱子的工作。

我氣惱地拽著裙邊，用力吸著自己的腮幫子。跟我約會的那個ＳＡＴ老師，上下門牙咬合有問題，所以說話的時候會噴口水；那個ＭＢＡ候選人是長得很帥沒錯，但是比我矮一個頭。像伊凡．麥肯納這樣的男人，絕對不會回頭看我第二次的——如果他不是先注意到我聽的音樂的話。

我挽起自己的一頭亂髮，從早上洗過澡後一直都還是濕的。他一定是注意到我身上某一個連我自己都沒有注意到的地方。

「要叫越南菜還是泰國菜？」珍妮揮動著一捆外帶菜單問我。「塞內加爾菜？寮國菜？古巴中國菜？」當她看到鏡子裡的我時，嘴巴倏地闔了起來。「喔，眞的是這樣囉，對吧？」

「什麼？」我不知道她在說些什麼，因爲我正努力地想著，我的幸運黑毛衣到底在哪個箱子裡。

「不要跟我裝傻，妹妹。」珍妮說。「妳完了。」

「我不知道妳在說什麼。古巴中國菜聽起來還不錯。」我說完後就閃過她的身邊，溜到廚房裡。

我們買了三打的啤酒，冰在冰箱裡，準備除了小費之外，另外在搬家工人第二天搬完珍妮買的客廳傢俱後，給他們喝的。我拿出最冰的一瓶、把頭髮梳了梳、找出毛衣、借了珍妮的唇膏跟睫毛膏，還有一條手鍊。我走到４Ａ的門前，深深吸了一口氣，抿了抿嘴唇，在大門敞開時，露出我迷人的微笑。

「嘿……」我準備好的機智風趣，在看到這個世界上最美的女人後，即消失在喉間。黃褐色的捲髮垂掛在她纖瘦的背上，杏仁型水藍色的雙眼，加上猶如精心雕鑿的頰骨，還有嬌翹豐厚、如同枕頭般柔軟的雙唇。

「請問妳有什麼事嗎？」她禮貌地問，同時雙眼冷酷地上下打量我，立即讓我感覺到一股隱含的訊息：**妳對我不具威脅性**。

「不好意思，我一定是走錯了。」

我看著門旁的號碼、準備要道歉時，伊凡出現在門口。「嗨，凱特！」

我把啤酒塞到他的手中。「嗨，呃，我要謝謝你，呃，幫我們搬東西。」

「妳不用這麼客氣的。」他說。

「這沒有什麼啦！」不要慌張。或許她是他的姐妹、或只是朋友、或是《紐約客》雜誌最近報導的那些愛化妝和穿迷你裙的熱門女同志中的其中一個，或……

伊凡親切地看著我，我希望那不是憐憫。「凱特，這是蜜雪兒。」他手搭在她的肩上，露出像是剛贏得樂透彩券的笑容。「我的未婚妻。」

「很高興認識妳。」我說，試著擠出笑容。蜜雪兒不理會我的努力。

「嗯……」她拖長著聲音回答我，從我已經無力的手中一把拿走啤酒。

「蜜雪兒，妳忘了說謝謝。」伊凡說。

「謝謝妳。」她說完轉身進屋。伊凡對我聳了聳肩，表達他的歉意。我聽到屋內傳來的音樂聲，不是比莉或是貝西的歌聲，而是吵雜、沒有高低起伏，又不斷重複的聲音，像是CD跳針。

「妳人眞好。」他笑的時候，眼角會有小小的皺紋出現。「我想我們會再見面吧？」

「當然囉。」我說。

「凱特。」我轉身準備走回家，他叫住我。我轉過身，他的臉上還掛著笑容。「大西洋城。」他輕聲說。「別忘了。」

回到公寓裡，客廳擺滿了空箱子，珍妮正把她的外套掛進前門的衣櫥裡。「怎麼樣？」她問。

「什麼怎麼樣？我只是拿幾瓶啤酒給住在隔壁的那個傢伙。」

「現在的小朋友都這麼愛說謊嗎？」她問，一邊把一件用塑膠套裝好、用完整初生羊毛製成的外套，掛在另一件她說是修整過的海狸毛外套旁邊。

「珍妮，他只是個不錯的男人！」

「嗯……」她說，又從塑膠袋裡拿出一件毛絨絨的白色披肩。

「而且，」我嘆了口氣，從珍妮的箱子裡拿出更多的外套，掛到架子上。「他跟一個絕世美女住在一起。只不過那個女的是個賤人。」

「喔，親愛的。」她搖了搖頭，把頭髮用一雙漆筷扭成一個髮髻。「嗯……至少，現在就發現了這件事，比終日抱著希望最後卻落空好吧？」

「我本來就沒有抱什麼希望。」我說。

「喔，小蚱蜢。」她給了我一個擁抱，頭上的筷子差點戳到我。「妳說謊的功力眞的很差勁。」

註1：Serendipity 3，電影「美國情緣（Serendipity）」裡男主角請女主角吃的冰淇淋店。

註2：Ida Cox，為著名非裔美籍藍調歌手。她唱歌只用一個調。

註3：亦為Ida Cox的作品。

註4：Spoleto Festival，查爾司敦．南卡羅萊那州的州節日，一九七七年成立，於每年五月舉行。

註5：General Hospital，播出時間長達三十二年的美國電視影集。澳洲男星Rick Springfield為該劇男主角。

註6：Bessie Smith，被美國人民尊奉為「藍調女皇」，稱得上是音樂史上第一位重要的爵士兼藍調女歌手。她以演唱藍調歌曲起家，宏亮的歌聲和民謠式的獨特唱腔風靡了廿世紀初期的美國歌壇，她生平中所有的錄音皆已被認定為是藍調及爵士史上最珍貴有聲遺產。一九三七年因故車禍身亡，年四十三歲。

註7：藍調歌曲「Comes Love」歌詞。

09

「就像我說的，小姐，我沒有懷疑她。」第二天一早，當我穿著浴袍走下樓梯時，史丹．伯吉朗從我的車道上好聲好氣地解釋著。「這不是什麼正式的詢問，我只是來做個記錄。」

「沒有律師陪同就不行。」我最好的朋友雙手交叉抱在胸前，站在我的門前對他說。如果她不是穿著粉紅色絲質睡衣和那雙浣熊形狀的巨大拖鞋，而且我的孩子們也沒有躲在她的腿後偷看著的話，她的立場會更有說服力。

我打了個呵欠。現在是早上十點鐘，比我平常的起床時間晚了四小時，不過我昨晚一直到深夜二點才沉沉睡去。我想要回個電話給伊凡，但是找不到可以單獨離家的理由，而且在這個跟現任丈夫共築的愛巢裡，我也不可以撥電話給我的前任愛人。當我終於開始有睡意時，我做了好幾個惡夢。夢裡的我迷失在一整個都是凱薩琳・卡瓦弄署名作品的圖書館中，翻開的每本書，頁面都盈滿血漬。「我在找相異之物。」我對圖書館長——紅推車幼稚園的黛耶托太太——這麼說。她敲著錶面、伸出手指著書，說：「妳又遲到了。」

我揉了揉眼睛，打探著眼前的情況。珍妮似乎一切都掌握得不錯，只有幾個小缺點：孩子們仍然穿著睡衣（從他們的手和臉來判斷，他們非常享受一頓都是糖漿的早餐），還有一個巡警停在我家的車道上。「嗨，史丹。」

他擔心地對我點了點頭。「早啊，凱特。我只是過來告訴妳一些新的消息。」

「欸，打擾一下？律師？難道你聽不懂這兩個字嗎？」珍妮問。

「沒關係啦！」我對她說。

「才不咧！」她說。「如果妳跟警察談話的話，一定要有律師在旁。」她翻了翻眼珠，轉身對蘇菲說：「難不成我白看了十季的『霹靂警探』嗎？」

「不行！」蘇菲說，她腋下夾著穿警察制服的醜娃娃。（**第一百零八章：我加入了軍隊。**）

「妳不用說任何話！」史丹大叫。「只要點頭就可以了。」

我點點頭。「發生了什麼事，史丹？」我問。「你們發現兇手了嗎？」

「沒有。」然後他的臉上散發出一絲光亮。「不過我們找到了伊凡・麥肯納！」

聽到這幾個字，我的心臟猛烈地跳動。「太好了！」我理了理情緒。「那眞是個好消息！」

「他是嫌犯嗎？」珍妮滿心期待地問。

「我們還沒對他展開調查，所以還不知道。」史丹說。「他正要南下邁阿密。」

「那是他隨便說的。」珍妮低聲嘀咕著，隨即又提高音量。「那位丈夫呢？」

「丈夫？」史丹重複著她的問題。

「他是嫌犯嗎？」珍妮問。

「不……」史丹拖長著聲音說。「不是，他有不在場證明。他整天都在城裡。」

珍妮把頭髮甩到背後。「好吧，聽起來你們已經排除掉所有人，那看來是管家下的手。」

我怒視著她。

「麥肯納先生有跟妳連絡過嗎？」史丹問。

我正準備開口回答時，瞥見珍妮用手指劃過喉間的手勢，然後搖了搖頭。史丹看著我。「妳有任何關於他的消息的話，請儘快跟我們連絡。」他說完坐進巡邏車中，倒車壓過我的繡球花圃。

「天啊，如果那就是康乃迪克州的執法精英，我可以推薦幾個房地產經紀人讓妳搬離這裡嗎？」

我們把孩子們趕上樓去換衣服。之後回到廚房，我開始洗著成堆的碗盤，而珍妮則是替自己倒了杯咖啡。「欸，夏洛克[1]。」珍妮說。「接下來要做什麼？」

我兩手拿著銀製餐具，對她聳了聳肩。「回電話給伊凡吧，我想。」

「要我在場才行，而且不能從妳家打。」珍妮說。「我們得找一個安靜的公共電話來打。」

「爲什麼要用公共電話？」

「這樣在警方逮捕他之後，就不會有妳跟罪犯的通聯紀錄啦！」

「那為什麼妳也要在場？」

她轉了轉眼珠。「嘿！我當然得在場。這樣妳才不會又說愛他之類的話——如果妳還記得的話，那句話上次並沒有收到什麼效果——然後又跑開，拋下我跟孩子們在一起。」

「不要假裝妳不喜歡他們。」我說，想起上次我對伊凡．麥肯納傾吐愛意時，的確又讓我的心緊緊揪著。我彎下腰，將銀器放入洗碗機中，而珍妮翻閱著報紙。

「凱薩琳在這裡的朋友有誰？」她問。

我用力擦洗著平底鍋，一邊想著這個問題的答案。我知道凱薩琳常常跟那些人在一起，但是我不確定她們是否眞的是朋友。我從來沒有聽過她們討論朋友聚在一起會講的事情：婚姻、父母、從前的生活，或是即將為人父母的喜悅。事實上，她們的對話大部分似乎都在解答某些爭議性的話題，例如當地便利商店賣的有機牛奶，是否眞的是有機產品。

「我不知道。」我緩慢地說。

「妳不知道她的朋友有誰？」

「我不知道她是不是眞的有朋友。也許其他人都很怕她吧？」我說。「天知道我就是。」我把洗碗精投入洗碗機中。「我應該跟她的褓姆談一談。如果凱薩琳要工作的話，就必須找個褓姆。一個待在她家裡的人，一個有看到她、她丈夫跟孩子的人。」

「褓姆，太棒了。」珍妮把電話丟給我。我打了通電話給「萬事通」——蘇琪．沙瑟蘭德，問她是否知道褓姆的名字。

「莉莎．迪安潔莉絲。」蘇琪說，也順口把莉莎家中和手機電話告訴我。「妳問這個做什麼？」

「呃……」我並不認為蘇琪眞的想知道原因。

幸好，她只是輕聲笑了笑。「不用不好意思，妳是第三個問我的人了。一個好褓姆不好找啊。」

我看到了那條救生索，緊緊地抓住它。「妳覺得她會有空嗎？我急需找個人幫忙。」

「如果我是妳的話，不會到現在還沒打。」

「太好了，眞是謝謝妳。改天公園見囉！」

「到時候見。」蘇琪說，然後掛斷了電話。

「幹得好。」珍妮從報紙的商業新聞版後對我點著頭以表讚許。「現在就打，看她有沒有空。我帶孩子們出去走走。」

「妳不是要回城裡了嗎？工作怎麼辦？」

她揮了揮手，像趕蒼蠅那樣驅走這個念頭。「我是應該要寫一篇流行趨勢的東西啦！灰色取代黑色、黑色取代粉紅，而肚臍取代乳頭。」她的手指在桌面上敲著。「嗯……股溝是最新的流行？」

「我同意。」我說。我關上洗碗機的門，按下強勁水流的按鈕，用浴袍擦了擦手。

「太好了。但還有一件事，凱特。我沒有別的意思，不過在妳出門前，可能需要我的幫忙。」

●●●●●●●●●●●

註1：指夏洛克．福爾摩斯（Sherlock Holmes）。

10

在美國大部分的城鎮中，一家連鎖咖啡店的開張並不是什麼大事。但當星巴克要在厄普丘奇開分店的時候，卻讓至少三個鎮的鎮民擠爆了鎮公所禮堂來討論這件事，花了一個月的時間寫信給《厄普丘奇公報》的編輯，責難此舉將「降低本鎮的格調」，還在大街上抗議遊行——那些抗議者舉著上面畫了一個杯子，又在其上劃了條紅斜線，還寫著「企業咖啡滾出去」字樣的牌子。而這些人卻超滿意Tea & Sympathy的進駐，如此他們就可以買一杯四美元的正山小種紅茶、香酥的司康餅，以及厚到可以當成門擋的丹麥點心。

鎮上的市政委員最後決定星巴克可以在這裡開分店，但是它不能在前門設置招牌，因爲招牌會破壞大街的古樸雅緻。因此在楓樹街和大街轉角那家不顯眼的星巴克，就只有飄出一陣陣烘焙家常咖啡的香味。它就像是一間非法經營的酒吧，需要密碼才能進入毫無標示的玻璃金屬大門。

我悄悄地走進星巴克，身上穿著珍妮的長統麂皮綁帶靴，以及淡藍色的喀什米爾毛衣——中碼尺寸（如果不是餵三個孩子母乳的話，我大概永遠也穿不下這個尺寸），還有一條已經改過可以突顯腰身，也改小二吋臀圍的乾淨工作褲（「我要測試我的理論！」珍妮說。我點頭答應，然後偷偷溜進浴室換掉內衣，讓這件褲子現在少了那件灰色漢斯牌女性內褲，可以顯露我的腰身跟小二吋的臀圍）。

珍妮開著她的保時捷，跟在我的小卡車後面。我們找了三具壞掉的公共電話，才找到一具可以用的，但是伊凡的電話總是無人接聽，轉入語音信箱，而珍妮也在我開口留話前就把電話掛斷。「不要留下任何讓自己惹上麻煩的留言。」她說。她開著我的小卡車把孩子們載回家，丟給我她那部保時捷的鑰匙，叮嚀我問完褓姆後打電話給她。

在我點好東西後，我環視著店裡，找著——我一定可以認得出來的——一個豐滿的金髮女子，因爲那是「二十四歲褓姆」幾個字給我的印象：每一個住在郊區的媽媽的惡夢，同時也是每一個住在郊區的爸爸的美夢。

在不同的環境下，莉莎．迪安潔莉絲藍色大眼和濃密金髮，都能恰如其分地融入其中。但是當她坐在角落、無精打采地向我揮手時，看起來不像是會引起人的性慾。

「凱特嗎？」她懶洋洋地問。

「嗨。」我說，穿著珍妮的高跟靴子，一路搖晃地走到她的身邊。「妳需要點些什麼喝嗎？」

莉莎指著她面前像是本來裝滿生奶油的塑膠杯。她的目光呆滯，不知道是睡眠不足還是嗑藥過度；她的頭髮隨意在頸後紮成馬尾、嘴角有個很大的潰瘍、前額長了一大片的面皰，而且左鼻上的金色鼻環旁，也長滿已經化膿發炎的紅色肉芽。我猜她的身材應該很好，只是被寬大的灰色運動褲跟燕麥色毛衣遮掩住了。

「感謝妳撥空跟我見面。」我說。她聳聳肩。

「我現在有空嗎？」她說。她的這個習慣，讓我想起自己小時候也會把每一個直述句變成問句。

「現在……」她嘆了口氣，凝視著眼前的咖啡杯。我很慶幸她並沒有像三個咖啡師和其他六個客人一樣看著我。我無奈地想著，這件毛衣跟靴子一定是穿錯了。

「如果妳是在找孩子們，我有三個！大女兒蘇菲，今年四歲，正確點是四歲又四十天。還有一對雙胞胎山姆跟傑克，他們……」看到莉莎的臉頰上緩緩流下淚水，我閉上了嘴巴。「妳沒事吧？」

我遞了張餐巾紙給她。她擦掉眼淚，又擤了鼻子。我悄悄地多放了一疊紙巾給她。

莉莎眨著眼、抹去頰上的淚漬、頭往後傾，睫毛上下扇動著。「我還是不相信這件事。」

這就是我等了很久的開場白。「的確是很難令人接受。」我低語著。

她旋轉著杯子。「她真是個好人，妳知道嗎？」她說。「她會跟我聊天，永遠不會有**『喔，能不能請妳把洗碗機裡的碗盤拿出來？』或是『喔，如果孩子們睡著的話，能不能幫忙把衣服折一折？』**的語氣出現。她家有數位有線電視，還有TiVo[1]，冰箱裡也有冰淇淋，給我吃的冰淇淋。」她說。「女孩子愛吃的那種無糖、有大顆水果的。」

她說的有道理。我想起凱薩琳在遊樂場裡，爲孩子們剝著柑橘的身影。當我的孩子們跟我要零食吃時，我連一顆薄荷糖都不給他們。

「我應該……」莉莎停了下來，擦了擦眼淚，「多感謝她一些，妳知道嗎？」

「妳認識她多久了？」

「三年？」她吸著鼻子說。「從那兩個小女孩還在托兒所的時候？我每個星期一、三、五會去她家，從下午一點到六點半。她如果要進城，通常會搭一點二十二分的車，然後在六點的時候回到家。每次都是這樣。如果她要晚歸的話，就會先打電話通知我。」

「她多久去紐約一次？」

莉莎更快地沿著桌面旋轉杯子。「不一定，有時候常常去，有時候則都不出門。她房裡有一部電腦，她就在那裡工作。」我低頭看著她的手，她的手指甲被咬得傷痕累累，幾乎看得到裡面的肉了。

「妳知道她都到城裡做些什麼嗎？」

莉莎搖搖頭。「她從來沒說過，我也從來沒問過。」

從來沒說過。從來沒問過。真是有趣啊。根據蘿拉．琳．貝爾德的說法，凱薩琳都是在家工作。她們是透過電話和電子郵件來合作的——對一個待在家裡、說永遠不會離開孩子身邊的母親而言，真是個完美又彈性的兼職。所以如果凱薩琳並不是進城去工作的話，那她進城做什麼？我有個想法，算是個猜測。

「她穿得像是要去工作或是要去……」**要去跟個謎樣的男人在城裡的旅館中，談場不倫的戀情，順便喝上幾瓶客房冰箱裡貴得離譜的飲料嗎？**「……做別的事情嗎？」我問。

「我不知道。」莉莎說。「她只是穿很一般的衣服。」

是啊，我很清楚這個鎮所謂的「一般的」服飾。「我相信妳的直覺。」我用珍妮的其中一招：有任何懷疑的時候，就要先諂媚對方。「任何一個很會帶小孩的人——我聽說不少對妳的讚美——一定對人有很敏銳的觀察力。」

莉莎聳了聳肩，但是我能夠從她臉上的紅暈中，知道她因爲這幾個字而竊喜。不過也可能她只是過敏罷了。

「妳對凱薩琳有什麼感覺？」我問。「她快樂、焦慮或是覺得無聊嗎？妳覺得她可能……」我停了下來，讓自己集中全力。「我不知道，或許有外遇？」

莉莎臉上的紅暈更深了。「我不清楚。」她說。「我眞的什麼都不知道。」她咬著左手姆指，已經開始冒出血漬。「妳要我一週到妳家幾小時？」

我花了好幾分鐘的時間，才想起自己約她到咖啡店的原因。「喔，嗯……十小時，或十五小時吧？工作很簡單，妳只要看著孩子們就好，不用做家事或是接電話。」我停了一下，喝口飲料，在開口發問前又重新整理一下思緒，然後用輕鬆的態度問：「妳有幫凱薩琳接過電話嗎？」**問得好，凱特**。讓人捉摸不定的問題，就像是在電梯裡偷放屁一樣。

她搖搖頭……我看到她一臉茫然。「她說讓答錄機去接就好，所以我就照做。妳有答錄機吧？」

「我們當然有，不過我想偶爾有人接會比較好。」喔，天啊，我花了這麼多力氣，什麼也沒問到。以後每個星期一、三、五的八點半到十一點四十五分，我，將會搖身一變成爲郊區刑事案件的王牌調查員。我看著莉莎的雙眼，試著用我的目光抓住她，這樣她才不會奪門而出，或是發生更糟的事——又開始講著看顧小孩的事。

「我在妳這個年紀時，也曾經當過褓姆。」我說。諂媚沒有用，希望同理心能有效。「我還蠻喜歡當褓姆的，除了有些爸爸們會覺得他們……妳知道的……有某種基本的權力，會試著對我上下其手外。」這當然是我捏造出來的。高中時我的確當過褓姆，但是沒有一個爸爸會在握手時巴著我的手，或許因為他們都是音樂家，而且如果被蕾娜知道的話，他們的工作就毀了。此外，我也懷疑我那糟透的皮膚、寬鬆的T恤，以及一副無精打采的樣子，激得起他們什麼興趣。「不過我想現在應該不會有這種情況了吧？」我仔細端詳莉莎，在發現她的紅暈更為加深，嘴唇也開始顫抖前，這麼對她說。

「我……」她輕聲說。**凱薩琳在房間裡有部電腦**，她剛剛是這麼說的。除非女主人有帶她看過，不然她怎麼會知道？難不成是男主人嗎？

我傾身越過發亮的木質桌子，壓低著聲音。「妳跟卡瓦弄先生之間，是不是發生過什麼事？」

她無言地搖著頭，緊閉著雙唇，兩大滴的眼淚滴在她灰色的襯衫上。

「警方有跟妳談過嗎？」我問。

她抽咽著點點頭。

「妳需要律師幫忙嗎？」

她搖搖頭。「菲利普．卡瓦弄先生已經幫我找了一個。是他們的一個朋友，好像叫凱文．杜蘭？」她用再生紙巾擤了鼻子。「我不應該……」她低聲說。

「不應該怎麼樣？」

當她雙手撐住頭時，頸子就像是一頭散亂馬尾下的白色易彎莖幹一般。我更傾過去一些，右邊胸部撞倒她的杯子。「不應該怎麼樣？」我又問了一次，不去管碎冰已經滲進珍妮的麂皮靴子裡。

她又搖了搖頭，猛然站起來，椅子「碰」地一聲倒下，害三個咖啡師嚇了一大跳。她急忙地穿上鞋子，衝出大門。我攪拌著杯子，心想：**凱特，妳這次眞的做得太棒了。**

註1：一種電視節目錄放影系統。

11

「問你一個問題，我的朋友。」珍妮某晚在晚餐後對伊凡說。我們已經搬入位於珍街的公寓六個月了，並且經常購買不同的異國風味，或是至少由紐約的小餐館叫外送的美食佳餚回來享用。今天晚上吃的是希臘菜，我們正在享受一桌子的希臘式烤肉串、烤葡萄葉和烤pita麵包上的魚子沙拉。珍妮拿了更多的橄欖和羊乳酪，問著：「你有正當的工作？還是……在做別的？」

伊凡笑了笑，吞下最後一大口的慕沙卡[1]。往我的方向，大聲地自言自語了起來。「她以爲我是個遊手好閒的人（wastrel）。」

「那不是一種鳥嗎？」珍妮問。

「不是，妳說的是茶隼（kestrel）。」

珍妮看著我們兩個。「拜託不要試著教育我，還有，不要轉移話題。」

「我不敢。」他站了起來清理盤子，並且將剩菜整齊地收進冰箱裡。「妳知道butler（男管家）的動詞形是buttle（當管家）嗎？」他問，一邊把珍妮餐墊上的屑屑給清掉。

「你知道fiancé（未婚夫／妻）的動詞形是affianced（訂婚）嗎？說到這個，你跟蜜雪兒已經看好日子了嗎？」珍妮用美妙的聲音問。

伊凡搖了搖頭。「我們連地點都還沒有取得共識，或是要在哪一個季節要舉辦。她想要夏天的時候在馬里布，我想要秋天的時候在紐澤西州。」他對她咧齒而笑。蜜雪兒去邁阿密拍攝泳裝目錄，所以伊凡這個週末是**我**的——呃，好啦，是**我們**的。而這已經變成常規，只要蜜雪兒不在的時候，伊凡就會跟我們鬼混在一起。我們提著一堆研究資料（也就是八卦報紙）下班回家時，會看到他在信箱旁徘徊著。

「小姐們，妳們好啊！」他說。「有什麼新消息啊？」當我跟他說又有哪些名人被逮捕／入獄／送進康復中心，以及他們做了什麼事才會有此下場時，珍妮會轉轉眼珠，對我做個鬼臉。他跟著我們走進電梯，用我認爲是倫敦東區的腔調說著話——「媽，要**搬**妳拿袋子嗎？老爺，要替你**喳**鞋嗎？要**周**根煙嗎？要**叮**留言嗎？需要**搬**忙嗎？」當我們進入公寓，他會倒在地板或任何一個有空位的傢俱上——沙發、床，然後奇蹟似地又恢復能夠正確發音的能力。「嘿！」他興高采烈地說。「我們晚上吃什麼？」

我們會點外送或是自己下廚。伊凡的專長是炒菜，我會做義大利麵跟砂鍋料理，而珍妮有她那台老舊好用的起士三明治機。伊凡和我會用愈來愈難解的藍調歌曲來挑戰對方、交換卡帶跟ＣＤ、爭論妮娜．西蒙[2]自願離鄉背井的意義，以及伊凡持有的那張貝西．史密斯的「Need a Little Sugar in My Bowl」的專輯封面，比其他全部專輯的狀態都還要來得好。

午夜時，珍妮會把伊凡趕回去，除了有少數幾次他在我們的沙發上睡著了，我們就會讓他繼續待著。在她回到自己的房間後，我會拿毯子輕輕蓋在他的肩膀上。有一次（也只有那一次），我鼓起勇氣彎下腰，嘴唇輕拂過他的臉頰，知道我的感覺只是有去無回。當蜜雪兒回來的時候，會說伊凡就像是她遺留在旋轉木馬上的一件行李。此時他會不帶走一片雲彩般地揮揮手，「下次見囉，朋友們。」走出門口，結束他暫時屬於我的時間。

那天晚上，伊凡提著一個紙袋回到我們的桌邊。「Baba au rhum！」（譯：蘭姆酒水果蛋糕）他大聲叫道。

珍妮狐疑地接下她那一塊。「不要以爲你逃得掉。我還是想知道你到底是做什麼的，別想用一個甜點就打發我。」

「我可以。」我說，然後大大地咬了一口。

伊凡遞給我們乾淨的紙巾，用不能理解的表情看著珍妮。「我是個背負不幸的人。」他說。

「『不幸』能幫你付帳單嗎？」

「我也是個擁有許多才能的人。」伊凡說。「雜而不精。」

「信託基金？」珍妮會錯意地問。「那就沒錯了。」她向他保證著。「我也有信託基金！」看來他還沒有說清楚。「但是我有工作。」她說，又重複了一次：「我有工作。」像是我們兩個在鹽礦裡辛苦地工作，而不是待在溫度宜人的辦公室裡、坐在人體工學設計的椅子上，每天主要做的事是在LexisNexis資料庫中敲著「克里斯·法利」[3]、「妓女」、「古柯鹼」等搜尋字串。

「我也有工作。」伊凡輕鬆地說。「我是個自由工作者。」

「自由作家、自由音樂家、自由校對者？」珍妮問。

「我自己也想知道這一點。」伊凡微笑著說。「當然也是妳們兩位可愛的女士想要知道的。」他吃完甜點，在珍妮的頰上「啵」地親了一下，又彎身在我額頭上吻了一下。他聞起來有一股清新的味道。「我該走了。」他說，把杯子放進洗碗槽中，然後走出大門。

珍妮看著他的背影，擠弄著棕色的眼珠，一根手指在整型過的鼻梁上摩擦著。「他是個藥頭。」她最後下了這個結論。

「不可能。」我說。

「不然妳要怎麼解釋？」她問。「我們晚上下班回家，他還在家裡；我們早上出去上班，他還在家裡；上個星期我回來吃午飯……」

「吃午飯？」我懷疑地問。

「好啦，是回來進行午餐性愛的啦！」珍妮說。「我們正要走進電梯時，妳猜誰竟然從他家大門後伸出頭來？他根本每天都在家。除了吵架後，說他要去『渡假』而離家三天外，或是我們在玩拼字遊戲時，他的呼叫器響起，他不是只離開房間或是公寓，而是離開這幢建築物去回電話。他的口袋裡總是裝滿著錢，而且我還知道他並沒進辦公室去工作……」

「所以妳就下結論說他是個毒販？」

「欸，這個結論可以說明很多事情。」她說，手指又在鼻子上撫摸著。「雖然我還能想到別的可能性。」

「什麼可能性？」我問，雖然我不確定自己是否想知道這個答案。就我所知，伊凡是個迷人、討人喜歡、風趣又貞誠的人，而且最重要的，他真的對我有興趣，再加上他不斷拿盜版的黛安娜·克瑞兒[4]CD給我……除了已經訂婚的身分外，不然他實在是個完美的對象。我還沒準備好要聽那些會戳破美夢的話語。

「或許他不是藥頭。」珍妮說。「或許他賣的是……」她戲劇性地停了一下，突然睜大雙眼。「他自己。」

「喔，拜託。」我說，開始擦著已經很乾淨的桌面。

「的確有可能！」珍妮說。

「我很確定還有別的解釋，一個比較合理的解釋。」我說，把海棉丟進洗碗槽中。同時，我的大腦中忍不住浮現一則刊登在《鄉村之聲》雜誌上伊凡的廣告——**英俊、迷人、健壯的二十八歲男人，可供妳玩樂、遊戲，或是其他的服務……**

「那是他這麼保密的原因嗎？」珍妮問。「如果他的工作是合法的，爲什麼不告訴我們？」

我打開水龍頭，讓水聲掩蓋過她的問題，因爲我知道她說的沒錯，如果伊凡有一分正當的工作，他就沒有理由對我們隱瞞。

第二天，蜜雪兒結束工作回到家，伊凡也失去蹤影。當我經過他們的公寓前時，總是加快腳步，害怕一慢下來，就會不小心聽到我不想聽的聲音。兩天後，有人無力地敲著我家的門。我打開門，看到蜜雪兒光鮮亮麗地穿著皮褲跟馬甲——我壞心眼地想著，**那些可是我平常家居的穿著**。

「妳好啊，蜜雪兒。」珍妮說。

蜜雪兒皺著眉頭。最近她都會把自己的名字，叫成聽起來像是「Me-shell（我—供享用）」的發音。那是一種老式的美國腔，故意唸得糟一點的話，珍妮會叫她米奇。

「我要辦萬聖節派對。」蜜雪兒對我們說。

「有好玩的囉！」珍妮說。

「太棒了！」我附和著。

「大概是星期六晚上八點。」她說。「是個化妝舞會。妳們可以帶一些啤酒來嗎？還有準備食物跟一些東西？再幫我處理客人們的外套？」

「妳應該知道這種事有專人可以臨時僱的。」珍妮開口道。

我打斷她的話。「我們會幫忙的。」

「太好了。」蜜雪兒說。「八點。我說過了嗎？」她輕彈著耳上的綠松石耳環，又慢慢走回去。

珍妮拉下臉來。「眞是個專橫的賤人。」

我放下手邊那本露絲．藍黛兒[5]的書，開口問了從第一次遇到蜜雪兒時就一直困擾著我的問題。

「爲什麼伊凡會跟她在一起？是因爲她的外貌嗎？」

珍妮拉了拉上衣、順了順頭髮，並且裝出一副專家學者的樣子。「不只是因爲她有美貌，同時也因爲她很聰明。」

「聰明？」我嘲笑著。我待在他們家的時間，雖比不上伊凡待在我們這邊的時間長，但是我唯一瞥見蜜雪兒在讀的東西，是一本《髮型月刊》。除了瑪丹娜的音樂錄影帶，蜜雪兒根本就不看任何的電視節目；除了瑪丹娜的歌曲，她更是什麼也不聽，並且話題永遠都是她自己：她的頭髮、她的皮膚，還有最近又多了一個——學她的偶像進行的純氧護膚。「她花了三個星期的時間待在巴黎，還以爲Bain de Soleil（日光浴）的拼法，就跟唸法是一樣的。」

「我指的不是那種聰明，而是對男人的手腕聰明。」珍妮說。「她從來不讓伊凡覺得她已經定下來。她總是讓他捉摸不定。只要她讓自己保持『若即若離』的狀態，他就會想要抓住她。」

「即便是她很無趣乏味？」

「即便是她很無趣乏味，追逐的遊戲仍然刺激萬分。」珍妮解釋著。她摸著鼻子。「我猜，說不定她還劈腿。」

我一邊抱怨著，一邊把手中的書丟向她。珍妮接住了書，然後嚴肅地看著我。「忘了他吧！」

「我沒有……」

她舉起了手。「凱特，我知道妳看著他的眼神是什麼樣子。妳會傷透心的。他的心完全放在蜜雪兒身上，他不會跟她分手的。找一個更適合妳的男人吧！」

「她不配得到他。」我低聲咕噥，即使我知道珍妮說的話是對的。

「這可不一定。」珍妮說。「就像我爸的四個前妻所說的，在審判之前，人生並不是公平的。」

她伸手過來抱著我，然後帶我走進她的房間。「來吧，我幫妳好好打扮一下。」

「告訴我。」蜜雪兒拖長著聲音說。她將細緻輪廓的臉擺向最適合拍照的角度，並且把嘴唇噘成誇張的形狀。「大學是什麼樣子？」蜜雪兒打扮成性感女巫，塗了厚厚一層深紅色的唇膏，一身黑色緞面薄紗材質小禮服，加上破破爛爛的裙邊，底下則是一雙繫帶高跟靴，而頭上是一頂在尖端裝飾著一個可愛天使的巫婆帽。我想過，假設這個房間裡擠滿蜜雪兒的模特兒同事，也都打扮成性感尤物的話——穿著又緊又窄白制服的俏護士、穿網襪和漿過圍裙的性感法國女侍——那我還是不要跟她們拼了，把珍妮的懇求拋到一邊，打扮成海盜去參加。當然不是什麼性感俏海盜，除非有人把靴子、眼罩、塑膠勾子，和一隻黏在肩膀上、上面寫著「殺掉我」的填充絨毛鸚鵡，視爲性感。

「大學是個很棒的地方。」我說。「我眞的很愛那些課程，也有足夠的時間專心閱讀。」

蜜雪兒看起來並沒有很感動的樣子。再強調一次，我不確定我曾看蜜雪兒閱讀過任何有意義的讀物。「或許有一天我會去念大學吧！」她說，一邊從超長的睫毛中挑出一小片乾掉的睫毛膏。「當我已經老到不能再當模特兒的時候。妳是念哪一所學校？」

「哥倫比亞大學。」

她冷淡的水藍色雙眼直視著我。「我猜妳可以打個電話先知會某人，這樣我就可以去念了。」

「欸，通常不是這麼申請的。妳可以打電話到招生辦公室問一下。」

蜜雪兒微笑著，那是一個害羞、滿足的笑容。「要確認裡面有帥哥喔！」她說，然後輕拍我的手臂。「妳期待自己會成爲什麼樣的人？」

在我開口回答前，她看到另一個更有趣的人，向那個人揮揮手，然後一溜煙就不見了。

我喝了一大口手中的蘭姆汽水，看了周遭一眼。公寓裡擠滿了人，每一個都比我美幾百倍。在我的左邊，那個穿著超短迷彩連身裙，趿著白色阿哥哥靴的金髮美女，手指夾著萬寶路煙，抱怨著旅行社老闆又偷摸她的屁股。在我的右邊，有著拿鐵色肌膚、一頭蓬亮的捲髮、臉頰上印有蛛網圖案的黑髮美女，告訴聽力範圍所及的每一個人，她在過去十天之內只有喝包心菜湯來果腹。我小心翼翼地側過她的身邊，看著大門的方向，心裡想著該如何逃出去時，又有兩個長腿妹妹勾著六個壯男走了進來。他們脫掉外套，露出一致的「黛西‧杜克[6]式服裝」（超短牛仔褲和露出完美無瑕小肚肚的無袖襯衫──全身上下就只有這麼一點布料而已），把外套堆在我的手上。我緩緩擠過快爆滿的人群，往臥室的方向前進，想把這堆外套放在伊凡和蜜雪兒的床上。

「嘿！拜託給一點隱私！」

我驚愕地看著暗處有一對俊男美女，肢體跟頭髮糾纏在一起，正以一種我以前不敢相信人體能夠做到的姿勢，享受著他們的歡愛。

「抱歉，抱歉。」我說，張眼直視好確定那個雙腿纏繞在女體脖子的男人不是伊凡。我帶著緋紅的雙頰，匆忙地回到客廳，肩上那隻填充鸚鵡前後搖晃著。

「蜜雪兒。」我在播放著瑪丹娜混音舞曲的吵雜聲音中大叫著。「我把這些外套拿到隔壁。」

她對我揮了揮手。得救了。我急忙走向玄關，一頭撞進正興奮於把自己妝扮成性感教宗（身上除了大帽子、玫瑰珠，就幾乎沒其他了）的珍妮的懷裡。

「喔，不。」她搖著頭說。「喔喔……那……」她搖著頭，用手中的香爐敲了我的屁股一下，一堆香灰散落在玄關的地上。「那裡有……一個、兩個、三個、四個、五個我看上眼的男人。」

「是啊，還有三十個他們看上眼的模特兒。」

「不要管她們啦！」珍妮說。「妳總不能整晚都躲在房間裡吧？」

「我可以把衣服先拿去放嗎？」

「給妳三十秒。」她說，輕敲著她的手腕。「我會看著時間。妳有看到我的祭壇侍童們嗎？」

我搖搖頭，等到她轉過身，我才溜進房間——裡面只放了一張床、一張有玫瑰色檯燈的小桌子，還有我所有的書。呼，眞是鬆了一口氣。我在黑暗中用力脫掉靴子、拉掉肩上的鸚鵡、把外套丟在角落，準備拿本書躲進毯子下時，發現床單下有個人影。一個男人的身體，面向下趴著，還說著夢話。我聽出幾個字：「古怪暴躁的傢伙」、「街道」跟「卓別林」。**好吧**，我又慢慢後退。大概有個遊民跟著那些「黛西．杜克代表團」混了進來。我可以處理這件事。我抓起一罐慕絲防身，想著我可以關上門、叫警察，還有……

「嘿，朋友。」那個人坐了起來，我打開燈，看到了伊凡。「如果我嚇到妳的話，抱歉。」

我放下慕絲罐，心臟噗通噗通跳。「你在這裡做什麼？」

「我受不了那個音樂。」他做了個鬼臉。「我才剛放了艾維斯．卡斯提洛[7]跟衝擊樂團的歌。然後那些參加派對的人出現，而這一切……」他開始哼著瑪丹娜的「Vogue」。我只能有一搭沒一搭地跟著。「來吧。」他拍著毯子說。「讓自己舒服一點。」

我拿下手上的塑膠勾子，坐在他的身邊。

「妳喜歡我的妝扮嗎？」他問。

「我看一下。」我仔細地看著他，心裡竊喜可以這麼近凝視著他的五官。他穿著牛仔褲跟長袖T恤。「嗯……」

伊凡悲哀地搖搖頭。「我以為你們都能猜出來。唉！」他調整著鼻梁上那個厚重的鏡架。

我對他聳了聳肩。

「我是小勞勃．道尼。」他說。「我已經昏睡了一整晚。妳是最先發現我和我的裝扮的人。」

「你眞可憐。」我說，盤腿靠牆坐著。這個房間雖小，卻是整間公寓裡我最愛的地方。這裡有一切我需要的東西：又大又低的舒適床鋪，鋪上我所能負擔最高紗支數的床單；一張小桌子，上面擺放著一盞檯燈跟兩個銀質相框——一張我出生那一年母親的大頭照，象牙色的肌膚、烏黑的捲髮以及完美的側臉；而另一張則是我五歲時，一家三口在壇格塢的合照。在我們搬進這間公寓前，我原本打算要把書疊在用夾板和空心磚製成的書架裡，反正我在大學時就是這麼做的，但是珍妮說，席會重新裝潢，給我三個六呎高桃花心木玻璃書櫃。我的二手平裝書跟破爛的教科書放在裡面，看起來眞不搭，但是我的薪水可沒辦法讓我買太多精裝書。

伊凡點燃了我床邊的蠟燭。搖曳的火光讓陰影在他臉上忽隱忽現。「你應該配瑪歌·基德[8]才對。」我對他說，身體向後靠在床頭板上。他將窗戶開個小縫，我感覺到涼爽的晚風吹拂在臉頰上、些許月光透過窗簾篩了進來，也聞到某人在壁爐點燃本季首次的爐火味。

「去年妳說覺得我像誰呀？」他問。「我想不起來，凱蒂。」

「我才沒有說過！」我說，享受著他喊我時的那分溫暖。他從幾週前就開始叫我凱蒂，而每當他這麼呼喚時，我就會心頭一喜。以前大家都叫我凱特或凱翠娜，但是從來沒有被叫過凱蒂。

他換了個姿勢。當他伸手拉起我頭上的眼罩時，我可以感受到他的氣息噴到臉上。然後他把眼罩戴上，左右轉著頭好讓我檢查。

「看起來很不錯。」我說。我訝異於自己的聲音居然如此平靜。「你變成海盜了。」

「妳爲什麼躲進來？」

「外面的對話太熱絡了。」我嚴肅地說。「大家都只討論著粒子物理學。」

他無奈地搔了搔頭。「我了解。她們太可怕了，對吧？」

「但是他們的打扮不錯。」我說，翻身躺在枕頭上。

「我以前也很愛參加派對。」他說。「我爸媽常常會辦盛大的派對，我負責分送飲料給賓客。當他們開始跳舞，我就到處撿空瓶子，如果裡面還有剩一點的話，我就把它喝掉。威士忌、蘭姆酒、可樂、白酒……」他搖搖頭。「我爸媽永遠不知道爲什麼我第二天脾氣總是很暴躁，大概是沒料到一個九歲的小孩也會宿醉吧。妳呢？」

「我爸媽也會去參加派對。」我說。「我媽都會帶我去募款餐會……」我坐直身體，擺出蕾娜練習時的姿態。她的目光都會抓到我所在的位置，即便我躲在一堆如戰艦大小的低音樂器或盆栽後面，她總會擺出誇張的樣子。「請歡迎我美麗的女兒，凱翠娜。」我學著蕾娜的聲音說。

「後來呢？」

我無法將最可怕的事情告訴他——當我是個八歲的胖女孩、十二歲的笨女孩以及垂頭不語、乖戾、一臉痘痘的十四歲女孩時，面對數百對的目光全都落在我身上，我可以聽到他們的疑惑：「美麗？」——我把枕頭放在大腿上，緊緊地抱住它。

「一開始我沒辦法唱歌，而在那個場合裡的每個人，都想知道我有沒有這個能力。他們認為我可以。然後……」我停了下來，回想那些在鍍金和大理石裝飾的宴會廳裡所舉辦的派對。「蕾娜，來首歌吧！」某個人會大叫。我母親起先當然會遲疑推拒，用戴滿飾品的奶油桂花手回絕眾多的要求。然後她會唱上二十分鐘，外加安可的時間。

「但是妳能唱啊！」伊凡說。

「喔，不。我不行的。」

「妳可以的。」

現在我整個臉漲紅著，我確定自己散發出光采。「不行，我沒辦法唱。」

「妳可以的。」他說。他的聲音低沉又帶有取笑的意味。「我聽過妳在電梯裡哼歌。」

我退縮著。「好吧，呃，那不算是唱歌。」

「妳淋浴的時候也會唱歌。」

「什麼？」

「牆壁很薄。」他說。「不要害羞嘛！我也喜歡邦・喬飛！」

喔，天啊。「那是珍妮啦！」我撒謊。

「才不是她。」他轉了個身，手托著頭，用那隻沒有遮住的眼睛看著我。他的右邊眉毛上有一根毛突了出來，我好想用指尖去撫平它。「唱首歌來聽吧。」他說。

如果房間不是這麼昏暗、如果他不是躺在我的床上、如果汽水裡沒有加蘭姆酒，我會說**不，算了吧**，然後趕緊換個話題。但是這有什麼關係？他永遠也不會是我的。看著他在蠟燭光暈中的臉龐，我或許會出醜或是讓他印象深刻，但他在今天結束之後，仍會回去睡在蜜雪兒的身旁。

「不然，我們來交換。」我說。「你告訴我你的工作，我就唱首歌給你聽。」

他把枕頭丟向我。「妳真的想知道？」

「你真的不想告訴我？」

「好吧！」他笑著說。「成交，但是妳要先唱。」

我坐了起來，挺直腰桿，調整一下繫在頭上的紅色絲巾。**為什麼不唱呢**？還不知道會不會有下一次的機會。我扯掉絲巾，拿掉頭上的髮夾，讓微濕的捲髮散落在臉頰和背上。我可以聽到米海瑟老師輕柔的聲音，告訴我如何使用丹田，以及使用嘴巴和舌頭去形成可以攜帶聲音的氣流，還有讓音樂不是來自我，而是從我的身體發出。

我把鸚鵡當成麥克風握在手中。「歡迎來到塡充鸚鵡酒吧。」我說。「我是凱蒂．克萊，整個星期都會在此爲各位服務。請打賞服務您的服務生。她們的工作很辛苦。」我深深吸了一口氣，音符從我的口中流洩而出。

「**我那風趣的情人。**」我柔聲唱著。「**甜蜜喜感的情人。你讓我滿心歡喜……**」我的眼角瞥到伊凡全神灌注地看著我，沉浸在這個空間中瀰漫的低沉又清晰甜蜜的聲音裡。

「**你是不是比希臘人清瘦？你的嘴唇是否有點單薄？當你開口說話時，知道這件事嗎？不要爲我改變髮型。如果你在意我，千萬別這麼做。留下來，我的小情人，留下來吧。每一天都會是情人節。**」我讓最後一個音符盤旋在空中。**差強人意**，如果我母親夠寬宏大量的話，一定會這麼說。

伊凡拉住我鬆垮白色上衣的一角，把我拉往他身邊，然後開始鼓起掌來。

「哇！」他說。「哇哇！妳唱得太棒了，妳知道嗎？」

我搖搖頭，臉又紅了起來。「我唱得一點都不好。」

「妳在說什麼傻話，妳眞的唱得很好。」伊凡說。「妳怎麼不去參加選秀會，或是加入樂團什麼的？妳在大學是主修音樂嗎？」

「我沒有你說的那麼好。」

他並沒有在聽。「我不敢相信妳的歌喉居然這麼好。我眞的不敢相信妳……」他伸出手在我胸膛上輕拍了兩下，就在心臟的正上方。「居然有這麼棒的聲音。」

「好啦！」我說，希望他沒有看到我頰上的兩片紅暈。「該你了。說出你的秘密吧！」

突然間，他變得非常專心在玩弄爲了戴上眼罩而脫下來的眼鏡。「這個嘛……那是個秘密。」

「跟毒品無關？」

「沒有，一切都合法。我的工作算是兼職。我接一些調查的工作，例如有人提出補償金賠償的話，公司覺得他們是騙人的，我就得花幾天的時間追蹤這個人，調查他的工作、調查他是不是整天都戴著頸箍，或是他帶女孩子去跳舞。或是調查外遇、婚前契約、監禁處置等等。」

「眞的嗎？」這些就可以解釋他會莫名其妙地消失，以及急急忙忙去接電話的行徑了。

「我也做一些小的投資。」他說。

「所以你眞的有信託基金囉！」

「不算是。」他說。「我在電視上贏錢。」

「你做了什麼？」

他對著我的毯子含糊地說：「全美最爆笑家庭錄影帶。」然後他抬起了頭。「別跟蜜雪兒說我告訴妳這件事。她覺得這種事見不得人。她要我假裝是賭『幸運輪盤』贏來的。」

我開始笑了起來，實在是忍不住。「全美最爆笑家庭錄影帶？就是那個常常有人在打高爾夫的時候，被打到鼠蹊部的節目嗎？」

「凱蒂，哎哎哎。」他搖著頭說。「妳這麼說很不公平欸。有時也有被棒壘球打到。」

「不過通常都是鼠蹊部被打到，不是嗎？」他並沒有說對，不過也沒有說錯。「所以你是那個加害者還是被害者？」

「都不是。」他說。「在我妹的婚禮上，當她養的牛頭犬開始追著牧師的腿跑時，我是坐在前排的那個幸運傢伙。」

我看著他。「你在開玩笑。」

「是眞的。」他說。「妳可以查查看，那一集叫『牛頭犬抓狂記』。而那個牧師原本就惡名遠播，他活該！就只因爲我妹大學時出櫃，所以他就處處刁難她。」

「那科是她的選修課還是什麼？」我問。門突然大開，一道不受歡迎的燈光射入。

「伊凡？」有個聲音出現。

我瞇著眼看，直到認出蜜雪兒那頂巫婆帽的尖端。

「喔，嗨，寶貝。」他說，熱切的程度讓我覺得自己的心像是塞進一團被揉爛的錫箔紙中。

她對他搖著手指，噘嘴表達不滿。「你躲在這裡做什麼？大家都在跳舞。」

「我馬上就出去。」

「那待會兒見。」她關上門，把我們兩個留在半暗半亮的環境中。

「好吧！」我說。「又回到粒子物理學了。不用擔心，我不會說出你的秘密。祝你玩得愉快。」

他把眼罩戴回我頭上，蓋住我的一隻眼睛。「妳也是。」他輕輕地關上身後的門。

註1：moussaka，其素材是用碎羊肉、起士一層層堆疊烘烤而成，內裹以茄子、香料、蕃茄等佐料，待烤至金黃，在麵皮灑上些許羊奶起士而成。

註2：Nina Simone，歌手、作曲兼鋼琴手的音樂家。所發行的第一首單曲「My Baby Just Cares For Me」，成為當時相當暢銷的曲子。一九六九年所做的曲子「Young, Gifted & Black」，更成為美國黑人音樂中的聖歌。

註3：美國喜劇演員。

註4：Diana Krall，爵士女歌手。

註5：Ruth Rendell，曾在報社擔任記者，也做過助理編輯的工作。一九五〇年，與記者同事唐納．藍黛兒結為連理，兩年後辭掉工作，當了十年家庭主婦，以寫作打發時間。一共寫了六十多部作品，故事情節常讓讀者駭然驚嚇。著作可分犯罪小說、探討變態心理學的小說及驚悚小說。

註6：Daisy Duke，為美國影集「危險的杜克家」（The Dukes of Hazzard）中的一個角色。因其大膽穿著與外放個性，成為當年火辣性感的代表人物。

註7：Elvis Costello，英國新音樂教父級的人物，也是一位很有才華的創作者兼主唱，他的作品多次獲得滾石等專業權威五星評價。

註8：Margot Kidder，在八〇年代的超人系列電影裡飾演超人女主角露意絲．蓮恩的人。

12

「這……太可怕了。」菲利普・卡瓦弄說。他整個人深陷在插滿了白色花朵，和濃膩到想吐的百合花香味的客廳扶手椅中。他緩緩地舉起一隻手，食指貼著嘴唇中央，然後又收了回來，越過咖啡杯，放在大腿上。

我在走出咖啡店之後，立即撥電話給珍妮，告訴她我跟莉莎・迪安潔莉絲之間毫無結果的對話。

「那個淫蕩的褓姆。」珍妮越過山姆、傑克跟蘇菲高聲唱「五隻小猴子」的聲音說著。「老套，眞讓人噁心。那現在怎麼辦？」

「報警嗎？」我說。

「怎麼不先跟那個快樂的鰥夫聊一下？」珍妮說。

我低頭看著身上的衣服。「我不覺得自己穿成這樣，能夠去安慰他。」

「正好相反！這樣可以刺激他。去吧，這裡交給我。」她停了一下。「孩子們要睡午覺了吧？」

「對。」

我想，兩手空空去拜訪人家好像不太禮貌，所以就晃到九號公路上的超愛買超市，買了蘋果派跟格紋茶巾。回到車上，我把蘋果派的塑膠蓋拆掉，用茶巾包好，然後前往犯罪現場。我本來想要先回家再加熱一下，讓派看起來更像是自己做的，但是某人——極有可能是我自己——之前曾把一個塑膠砧板放在烤箱裡。上個月我在預熱烤箱的時候，還沒有發現這件事，直到煙霧警報器大響，我打開烤箱門就看到了一個冒著煙、濕淋淋又黏答答的物體。我操作了兩次自我清潔的功能，但是每一個我烘烤的食物上都還是有淡淡的塑膠燒焦味，包括班的大伯跟他女友來吃晚飯時的烤肉上也有這個味道。

當我拿起卡瓦弄家的黃銅門環時，雙膝不停抖動著。我已經準備好一套說詞——**我只是想要私下表達慰問之意，這眞是個悲劇，這眞是太可怕了**——但是，我發現自己無法遺忘上次這扇門滑開後所看到的事情。以致於當菲利普來開門，對我稍微點了點頭、拿走派，然後領著我走進客廳的一路上，我始終一句話也說不出來。

「這眞是太可怕了。」他又說了一遍，黯淡、淚汪汪的眼睛眨了眨，似乎這是一個消耗他所有氣力的舉動。

我點點頭，環顧四周，看到跟我家一模一樣，但是經過凱薩琳的巧手讓它變成一個溫暖、乾淨的空間、一個你會想要花時間待在裡面的地方。牆面是卡布其諾淡咖啡色，配上巧克力色的皮沙發、奶黃色的古董桌，跟裝著玩具、書籍和雜誌的抛光編織籃。紅金色的東方地毯，就連我這個外行人都看得出來是眞貨，絕不是我佈置在自家地板上、販售於百貨公司的大量製品。還有掛在牆上的那些加上巨大金框、看來是出自學者手筆的海景畫，檸檬黃的太陽、藍綠色的海洋，和散落在海灘上的紅色遮陽傘，就如同罌粟花綻開一般。

菲利普順著我的視線。「那是凱薩琳母親的作品。」

「眞漂亮。」

「那裡是科德角，她生長的地方。」他聲音嘶啞地說。「我們每年夏天都會帶女兒去那裡渡假兩個星期。我無法……」他的聲音卡住，又眨了眨眼。「我沒有辦法……相信……」他也沒有辦法使出力氣說完這句話。他擦了擦眼眶，我避開這一幕，看到排在壁爐檯上的印花木質相框，有一張是凱薩琳與女兒們的合照。照片裡，三人各拿著一片西瓜，笑得很燦爛。還有一張結婚照，面紗後的凱薩琳冷靜又可人，菲利普笑嘻嘻地站在她身邊。

我的計劃（應該稱得上是計劃吧）很簡單：假裝凱薩琳跟我眞的是朋友。假裝她對我敞開心胸，或許菲利普也就會這麼對待我。

「我一直都很愛那幅畫。」我輕聲說，手指著壁爐檯，同時發覺自己在看著牆面跟畫作時，菲利普．卡瓦弄也一直瞧著我。更精確一點說，他是盯著我的胸部看，那一對快要被珍妮過小的毛衣給擠出來、快要讓他眼珠掉出來的胸部。我翹起了腳，希望自己現在穿的是莉莎那件寬鬆的長褲。當我抬起頭時，菲利普淚汪汪的眼睛已經轉移到我的大腿，他的下巴簡直快要掉下來，我幾乎可以聽到他的喘氣聲。**變態**。菲利普其實長得不差。他有一雙藍灰色的眼珠、淺金色的頭髮、高聳的頰骨，高大的身材、窄小的屁股跟寬闊的肩膀，只是全部都有帶一點軟肉、目光渙散，身材也稍微有點發福。大概從小到大都有人對他說：「**喔，你長得很像勞勃．瑞福！**」不過仔細看的話，又不是很像。他看起來比較像是比勞勃．瑞福年輕、沒有那麼聰慧機靈的二表弟，會在祖父生日派對上多喝了幾杯雞尾酒，在開舞時往你的背上丟冰塊，以爲那是慶祝的最高潮那種人。

我能夠想像他在開車回家的路上，在車裡跟褓姆耳鬢廝磨的畫面嗎？事實上可以。我能夠想像他在褓姆的耳旁輕訴：**如果凱薩琳不在的話，我們就可以雙宿雙飛了**。並且問她有沒有認識任何有空閒時間、品德低下、能夠幫他們下手的人嗎？或許也可以。但我沒辦法理解的是，像凱薩琳這麼沉著、鎮定的美女，怎麼會嫁給這個傻蛋？

我擬好另一個策略：對他賣弄風情。我舔著嘴唇，試著回想起如何引誘一個沒見過妳躺在桌上張開雙腿，一邊流著汗，一邊咒罵著，還要試著把八磅重的嬰兒推出體外的男人——那就像是叫一個花了五年才知道怎麼讓魚條解凍的人，馬上做出一道羊皮紙蒸鮭魚的料理般。

「警方有沒有跟你說些什麼？」我用最輕柔、最誘惑人的聲音說。

他搖搖頭。

「我在警局的時候，聽到你說……這麼說好了，我無意中聽到你說這都是你的錯。」我將褲子撫平，玩弄著一綹髮絲，將原本就已經很低的聲音，再降個八度音。

他那對淚汪汪的眼睛又對我眨了眨。「《潮流》雜誌。」他用沙啞的聲音說。「與凱薩琳一起合作的那個專欄作家收到恐嚇信……一封死亡威脅。那些人是瘋子，根本就精神錯亂。」他搖搖頭。「她說沒有人知道她的存在……代寫人……沒有人知道這件事。」眼淚流在他滿佈鬍渣的臉上。「她喜歡做這件事，就像是躲在雷達底下飛行著……一個隱形的身分。但是我想……」他的手上下撫摸著臉頰，室內頓時響起刺耳、如同砂紙般的聲音。「某個人發現了這件事。」

如果他想要擺脫掉我或是警方對他的追緝，那他說的這番話，跟我猜測的八九不離十。

「你覺得誰最可疑？」我問。

他張口結舌地看著我，試著辨認出這句話的意義。我又試了一次，傾身將手疊在他的手上。「有任何人讓她感到不安，或是曾打電話來家裡過，還是直接到這來過嗎？」

他搖搖頭。「這都是我的錯……我應該……再堅持一點的。」

我從口袋裡拿出一張星巴克的紙巾給他。他緩緩地折起來，然後擦過眼角。

「我很遺憾。」我低聲說。「很遺憾你所失去的。」我有一大堆的問題要問他：**你老婆都在紐約做什麼？工作還是別的事？凱薩琳有外遇嗎？你有跟裘姆上床嗎？**可是都沒有問出口。相反地，我坐直了身體，用力拉了拉衣角，把胸部附近已經變形的衣料又拉整齊。「能不能告訴我，你跟凱薩琳是怎麼認識的？」

「在……公司裡。」他說。「她走了進來……」他的眼裡盈滿了淚水，即使它們還是盯著我的胸部看。「她是如此的……」

美麗。我補充道。

「……活潑。」他說。「對每件事都感到好奇，喜歡問問題……會東看西看。」

問問題。我在腦海中重複這幾個字。**東看西看**。

「我愛她。」他說，雙眼又匆忙地閉上。

「我很遺憾。」我站了起來，想到莉莎告訴我的事。「我該回去了。」雙手在褲子上擦了擦。

「上一次我來……」糟了。「我的意思是……應該是這個月早一些的時候，凱薩琳跟我待在樓上，我好像把耳環遺落在你們的臥室裡。你願意讓我上樓很快地看一下嗎？」

他聳了聳肩，然後點點頭。我向他道謝，鎮定地走向門廳，再匆忙地跑上樓，我的呼吸加快，踮起腳尖經過盥洗室，然後小心翼翼地打開主臥室的門。檸檬黃的牆面、白色蕾絲的被子，床頭櫃上擺放了兩打每晚會移開、一早再放回去、完全就是拿來裝飾用的枕頭。我躡手躡腳越過房間，來到梳妝檯前，凱薩琳的品味果然比我好，而且東西也擺放得井井有條。房間裡有張華麗鍛鐵外框的巨大鏡子，下方附鏡的托盤上放著許多切割水晶香水瓶，還有一張絨布軟墊的貴妃椅。她的梳子與髮刷整齊地擺放著，連那些蜜粉、刷子、籐編面紙盒，和一支看起來像是她女兒的粉紅色水晶長條髮夾，也都擺放得井然有序。但沒有筆記型電腦的蹤影。有可能是被警方沒收了。

她的梳妝檯上擺滿了更多鑲著金框的照片。我看到凱薩琳與菲利普，穿著結婚禮服相視而笑；凱薩琳穿著醫院的病人服，手腕上還有個塑膠手環，臉上掛著欣喜若狂的笑容，手裡抱著兩個包裹在毛毯裡的小嬰兒；另一張凱薩琳和女兒們在紅推車年度烘焙節上的照片，每個人都驕傲地抱著一個烤好的派。

我把散在眼前的頭髮撥開，小心地拉開梳妝檯最上面的一個抽屜。我不確定自己想要看到什麼。是一疊上面是紐約市的郵遞區號、署名不是菲利普，還用絲帶綁好的情書？或一本標示是「日記」的本子，裡面從十月開始記載內容，寫了兇手的名字，或許還有詳細的描述跟一張拍立得照片？我翻著抽屜，發現一盒避孕藥跟一瓶阿斯匹靈、唇彩、護手霜、折起來的紐約與華盛頓地圖，最後是一張跟牆上一樣的鑲框照片。我把它翻了過來，看到凱薩琳和一位黑髮美女，兩人年紀大概都三十出頭；她們雙手抱著對方的肩膀，對著鏡頭微笑的時候，髮絲被風揚起。我試了兩次才把照片拿出相框，看到背後寫著：K和D，九二年夏天，蒙陶克。

我把照片放回相框中，又放進抽屜裡，繼續翻找著東西，直到我發現一張和她寫著伊凡電話號碼相同的乳白色紙張，上面寫著「史都華，一九六八」。那是什麼？一個地名？一個名字跟年份？我又把紙張折好，放回抽屜裡。

最後，在抽屜深處，我抽出一張上面是自由女神像照片的明信片，地址寫的是在麻薩諸塞州伊斯特姆市的某個郵政信箱。「親愛的波妮：紐約市是我所夢寐以求的地方。我們現在已經在一起了。比我相信的還要快樂。附上我所有的愛。」沒有署名，沒有郵票。無論是誰寫了這張明信片，都沒有把它給寄出去。

「妳找到妳的東西了嗎？」

我急忙轉身，看到菲利普站在門口，雙手抓著門柱，一副像是沒抓穩就會倒下來的樣子，雙眼中流射出貪婪的目光。

「妳的耳環，」他說。「找到了嗎？」

我搖搖頭，突然感覺那個加大尺寸的床猛然變大、變寬，寬到像是佔據了這個房間的每一吋。菲利普的臉上，若隱若現地露出淫邪的笑容，像是油膩膩的沙拉盤中出現的配菜。「我喜歡妳的鞋子。」他說。話才一說出口，淫邪的目光隨即消失，由悲傷和困惑的表情所取代。他看起來又老又累，而且非常非常地難過。

「我該走了。」我說，把明信片塞回抽屜裡，在邁開腳步前遲疑了一下。「我只是想讓你知道我有多遺憾……」

菲利普用一種我從來沒有在悲傷男人身上見過的速度移動著。他三步越過房間、跪了下來，雙手環抱住我的腰際，把頭抵在我的腹部。「告訴我，」他的話又快又黏。「她幸福嗎？」我的腳上感到眼淚的暖意和濕意。「妳是她的朋友。妳覺得她幸福嗎？」

這個可憐的傢伙，但隨即又想到，如果我的理論正確，菲利普．卡瓦弄眞的跟褓姆有一腿，而他妻子是去紐約找尋她的婚外情。可是他的聲音聽起來好絕望，令我想起每當母親遠去，父親就會在公寓裡漫步吹奏著雙簧管的情景。

「妳是她的朋友。」菲利普又說了一次。此時，我發現自己也無助地希望這件事是眞的。我將手放在他肩上，清了清喉嚨，低頭看著他的頭頂，而他的雙手也摸上了我的屁股。

「留在我身邊。」他哭著說。「拜託留在我身邊。我不想孤伶伶一個人。」

好吧，凱特。我輕輕拍著他的頭頂，猶如他是一隻我覺得會攻擊人的狗兒。**不要慌張，冷靜下**

來。問自己那個能從這個處境脫身的問題：珍妮會怎麼做？如果珍妮發現一個死了老婆，或許又嗑了藥的鰥夫在啜泣，並且——天啊，還用力拉著她的褲子時，她會怎麼辦？

「菲利普。」我左右擺動著我的身體，好讓他放手。「我該走了。」我說，又拍了拍他的頭頂。

「我得回家照顧孩子了。」

「對不起。」他咕噥著放下了手，無力地垂在雙膝旁。

「喔，沒關係。」我說。我抓著皮包跟外套。「如果有什麼我可以幫忙的……」我匆忙在紙片上寫下電話號碼，希望他不會誤解這個舉動，然後儘快地走下樓。

回到車裡，我打開了暖氣，用力地抓著方向盤，直到雙手不再顫抖為止，同時也轉了轉脖子。當心跳不再那麼激烈時，我拿出了蘇菲的筆記本，趁著記憶猶新，寫下照片跟明信片上的字句，然後翻到一頁空白頁，寫下：「問問題，東看西看。」凱薩琳想要知道些什麼？她一週進城三次是為了什麼？她在遇到菲利普、生了孩子，還有變成厄普丘奇最美麗又難以對付的女人前，到底跟誰交往過？

13

我將小卡車停在花園裡，走進客廳。孩子們正在玩「糖果樂園」的遊戲，而珍妮倒臥在沙發上。她穿的那件粉紅色絲質上衣敞開著，還少了兩顆釦子，低腰牛仔褲的褲腳也裂開了。

「謝謝妳幫忙照顧孩子。」我說，更近一點看著她。「妳沒事吧？」

「小惡魔們把我關在帳篷裡。」珍妮坐直了起來，用手撥了撥凌亂的頭髮。

我看著孩子們。「是你們做的嗎？」

蘇菲咯咯笑，山姆和傑克則低頭盯著遊戲板。

「跟珍妮阿姨道歉。」

「對不起。」他們齊聲說。

珍妮揮了揮手，搖搖晃晃地往樓梯走去。「我可能……需要……輸血。以後……絕不……生孩子了。」我原本還想載著大家去找公共電話，再撥通電話給伊凡的，現在看來是不行了。我把三個孩子都趕到角落裡處罰，開始準備晚飯——把魚條跟冷凍薯條放進烤箱，將冷凍青豆和胡蘿蔔在爐火上煮沸。山姆和傑克吵著誰要用那個紅色的盤子，我好不容易在櫃子裡找到第二個紅色盤子，他們卻改變心意要用白色盤子。蘇菲對她的晚餐不屑一顧，直到我挖了一瓶山葵醬，又從冰箱裡拿出醃薑，給她一雙筷子，騙她魚條是油炸的生魚片後，她才心滿意足地開動。

八點半，珍妮和三個孩子已經上床睡覺，我弄了一盤炸魚條和炸薯條，又在塑膠杯裡倒了一杯夏多尼白酒，從皮包裡拿出筆記本，蜷縮在沙發上看著裡面的內容。**我們現在已經在一起了**。那是什麼意思？那個黑髮女子是誰？我有可能去蒙陶克挖掘眞相嗎？

當我又睜開眼睛時，已經十點了。有兩個旅行箱靠在前門，我丈夫——既高又瘦再加上緊張，還有臉頰下方那一抹陰影，領帶也扯歪了——用鼻子在我的頸間撫弄著。「妳知道客房裡有一個女人昏死在裡面嗎？」

「看來你今天走運了。」我打著呵欠說。

「坐著。」他輕聲說，接著開始吻我的頸子。我的雙手在他濃密的黑髮間游移著，一隻手指的指尖慢慢地滑過他的皮帶扣。珍妮和孩子們在睡覺，或者至少他們現在很安靜，洗衣機跟洗碗機還在運轉，可以遮掩掉呻吟或是喘息聲。只有我們兩個是醒著的，「好朋友」又還沒來訪，所以來吧，我們第一次有機會在這裡做愛。我回想著。繼續回想著。不斷更深入地回想著。身體因興奮而顫抖著，我會不會已經忘了怎麼做了？

「這幾天我不在妳身邊，眞是擔心死了。」他說。可是他長褲下一點也沒有勃起的跡象，才叫我擔心。我又打了個呵欠，慢慢地把他的拉鍊拉下來。「一定很可怕吧？」

「快嚇死我了。」他的手滑入我的緊身毛衣底下時，我對他這麼說。「警方還沒有抓到兇手，而我今天才剛去跟菲利普．卡瓦弄見過面，還有……」

「喔，喔，寶貝。」他脫掉我的胸罩，一手揉捏著我的乳房。先是左邊，然後是右邊，最後是同時，像是在比較該買哪一個比較好。我深深吸了一口氣。

「她是個代寫作家。」我說，他猛力拉下我的褲子。

「摸我。」他喘吁吁地把我的手壓在他的褲子前方，好像我不知道該摸他哪裡的樣子。

「替蘿拉．琳．貝爾德代寫。你知道，就是那個長得很可怕、金髮……」他的唇壓上我的，不知是出於熱情還是爲了想要讓我閉嘴。他坐直身體，我回吻他，然後他雙手壓在我的肩上，力道雖然很輕，但是意思很明白。我嘆了口氣，彎下腰，開始用嘴幫他。

「喔，天啊！」他喘息著。「喔，天啊，凱特，妳好棒。」

我上下擺動著頭，雙手在他的唇上撫弄著。「我之前聽說過菲利普．卡瓦弄的事情。」

「唔？」

「女人的事情。他跟外面的女人搞在一起。喔，天啊，不要停。」

我抬起頭，大口吸了一口氣。「什麼時候？」

「去年夏天。」他說。他的頭向後枕在沙發抱枕上。「告訴我的那個傢伙——丹尼·賽門，銀行的那個，妳記得嗎？他說他們去年夏天打得可火熱了。喔，天啊，就是那樣。保持那樣。」

去年夏天。班把我扶上沙發。**太有趣了**。

「安什麼的，還是娜什麼的，還是——凱特……」班用力脫下我的毛衣，扯掉了兩顆釦子。「我要進入妳的身體。」釦子掉落在地板上，我叮嚀自己要記得在上床前撿起來。蘇菲和傑克不會把奇怪的東西放到嘴裡，但是山姆會。這個月我已經有一次因爲他把蔓越莓乾塞進鼻孔而跑急診室的經驗。

班的手滑上我的大腿。我閉上雙眼。

「喔。喔。」不是那個褓姆，是個叫安或是娜什麼的女人。搞不好褓姆也有參上一腳。我必須說，菲利普的精力還眞是旺盛。眞想知道他這樣會不會遭到報應。或許當大家以爲凱薩琳是去幫蘿拉·琳代寫的時候，其實她是去跟某個男人幽會，而現在凱薩琳已經不在了……

「喔。」他把我的雙腿分開，我輕呼了出來。「喔，寶貝，等等。我的子宮帽……」

「我會抽出來的。」他喘息著說。

上一次我上了他的當，九個月後山姆和傑克就蹦出來了。「只要花幾秒鐘而已。」他抱怨著，卻坐回沙發上。我在腰上圍了一條小毯子，匆忙地跑上樓。子宮帽放在醫藥櫃裡，我心裡暗喜：至少上面沒有滿佈灰塵。我找到半管的殺精劑，沿著子宮帽的邊緣塗了兩層，再把剩下的透明黏液注入子宮帽裡。**小心一點總比到時候遺憾好**，然後一腳跨在馬桶上。我小心地把它塞入，又圍上毯子，急忙衝下樓，回到丈夫的身邊。他全身上下除了一雙黑襪跟一本放在大腿上的《經濟學人》外，已經身無寸縷。我把雜誌掃到一旁，雙手在他胸前稀疏的黑色胸毛上游移著，然後跨坐在他身上，想著這個姿勢還蠻像在騎腳踏車：無論多久沒騎，永遠也不會忘掉。

「喔。」他吐了一口氣。「喔。」

「不要發出聲音。」我說，用力搖著我的臀部，雙手手指緊掐著他的臀部。

「為什麼不能發出聲音？」他問，把我的食指放在雙唇中，輕輕地咬著。

我抓著他的肩膀，緊閉著雙眼，嘆息於每一波美好的感覺。這是從我發現凱薩琳的屍體後，第一次沒有滿腦子想著謀殺案的事情。當然，一想到這個，我又想起凱薩琳和菲利普。班的喘息愈來愈急促。我緊緊抓著他的背。「喔，天啊！」他用含糊的聲音說。他得緊閉著雙唇，才不會發出過大的呻吟聲。他發抖著，雙手深探入我的臀部。

「你看吧！」我從他身下掙脫而出，對他說：「只要你在我還醒著的時候下班回家，就會有好事發生。」

他把汗涔涔的臉頰貼在我的臉上。「我知道，很抱歉。」

「吉維·蔡斯的脫口秀時間都比你久。」我蜷縮在沙發一角，全身仍泛紅著，呼吸也還很沉重。

「妳可以再加油一點。」他把我拉到身邊，唇貼著我的臉頰上，修長單薄的腿纏繞住我那雙已經不再修長也不再纖瘦的雙腿。

「艾爾·夏普頓的總統競選活動辦得如何？」

「艾爾·夏普頓的總統競選活動已經進行好一陣子了。」他說，輕輕讓我仰臥著，雙手緩慢地在我雙腿間撫摸著。「他老婆期望競選活動可以很快結束，但實際上這個活動是會一直持續下去的。」

「不要停。」我的眼皮不知不覺地闔上，喉間冒出囈語。好舒服，好像要上天堂一般……

「媽咪？」

「媽咪在忙。」我先生對著沙發後方大喊。**太遲了**，我心想，把毯子圍在身上，雙腿站不穩腳步。沒有什麼比睡不著的四歲小孩更殺風景的了。

「媽咪，山姆說他要喝水。」蘇菲走下樓的時候說。「我告訴他：『上床後就不可以再喝水，不然你會尿床。』可是山姆說……」她隱約從毯子的空隙中看到我赤裸的身體。「妳的褲褲在哪裡？」

「等一下，蘇菲。」我說，用毯子緊緊地包住光溜溜的雙腿，轉頭對班說：「等會兒見。」但是等到山姆喝完水，又去了廁所，我也唱搖籃曲給蘇菲聽，讓她再度睡著後。班已經穿著四角褲，躺在被子上打呼了。

我的運氣眞差。我刷好牙、折好毯子，洗澡時還是很想。現在夜已深，一天忙下來我也累了，可是我就是慾火攻心睡不著。

有了三個孩子，加上沒有什麼時間，我早就習慣自己解決生理上的需求，又快又方便。五分鐘後，當我靠在潮濕的磁磚牆面上喘息顫抖時，棄置在浴室地板上的蓮蓬頭，像是條著魔的蛇不斷抖動著。我關掉水，覺得眞可悲，但是噴頭給我的快感，比班給我的還要多。事實上，我非常確定從我們搬到厄普丘奇後，我的性高潮都是透過自慰而獲得：這是對郊區生活的一種控訴。有哪一對有小孩的已婚夫妻現在還有性生活？或許所有厄普丘奇的完美媽媽們都偷偷地和我做一樣的事，像只是在玩弄著一個零件、像是她們走進某個陌生人臥室裡的鬧劇、偶爾跟她們的丈夫上床、垂涎「小大人音樂班」那個猛男老師，並且在想著她們的舊情人時仍然可以睡著？

註1：子宮帽（diaphragm）是避孕方式的一種。子宮帽必須在性交前裝入且在其帽上及邊緣塗上殺精子的凍膠，由陰道插入蓋住子宮頸口，只要放置的位置正確就不會引起女性或配偶的不舒適。子宮帽的中間應蓋住子宮頸，可用食指觸摸來感覺位置是否正確，如果裝入後到性交時間超過四小時，則應再塗上殺精子的凍膠，一直戴至性交後六小時才拿掉，若在這之間再度性交，則應用其他方法避孕。子宮帽移出後應以中性肥皂和清水來清洗，乾燥後才能放入原來的容器內。

14

「告訴我我沒有希望。」星期一早上，珍妮和我坐在《紐約夜線》的破舊金屬書桌前時，我乞求著我最好的朋友。我們的工作空間中堆滿了報紙和八卦雜誌，還有一大堆宣傳用的小東西（咖啡杯、T恤和一隻一壓肚子就會用又高又尖的聲音說出電影名稱的塡充豬）。

「我不能。」她直接了當地回絕我，按下傳送鍵，把一些關於名人在公廁裡做愛的六百字報導給送了出去。「因爲人間處處都有希望。」

「像是什麼希望？蜜雪兒在一場工商事故中喪失四肢？但就算她只剩下肢體，還是長得比我美。就算她只剩下那顆頭！」

「才不呢。」珍妮說。「雖然她這樣會比較好帶來帶去。我要再提醒妳一次：第一、妳很美；第

二、外表的美麗只是短暫的，而這不是我們討論的重點。重點是，沒辦法掌握蜜雪兒，我猜伊凡的內心一定非常害怕。妳看，他竟會跟一個從不跟他並肩走在一起的女人訂婚，這不是很明顯嗎？」

我看著她。「所以妳覺得她會甩了他？」

珍妮張開了嘴，又閉上，然後哀傷地搖搖頭。「我放棄了。」

我嘆了口氣，把頭枕在鍵盤上，雙手開始輕輕地敲著。似乎沒有人注意到我的落寞。音樂編輯正滔滔不絕地發表他的看法；書籍評論員珊卓拉頭也不抬地對著面前的手稿發脾氣。五分鐘後，波莉走到我身邊，把一張照片丟在我的電腦鍵盤上。「這是給妳的。」她說。

我仔細研究著那張照片。它預定要刊登在我們的封底，封底總是刊登名人被抓到拾起掉落的鞋子或是搔著屁股的照片。本週的照片是一群看似酒醉的人們，其中一個人的手伸到褲中搔癢，而其他穿著牛仔褲和細高跟鞋的女孩子們，則是在桌上熱舞著。我的工作是辨認出每一個人的身分，並且下一個措辭巧妙又不失精確的標題。**好吧！**我瞇著眼看著那幾張臉。繞舌歌手、繞舌歌手、模特兒、模特兒、藝人、公關、藝人宣傳……突然，我的心跳漏了一拍。照片裡有隻手肘，手肘還連接著一小段手臂。半邊的屁股、一點點的臉頰跟一頭紅色長髮。

我認得那隻手臂。我認得那頭紅髮。我不是有好幾個月的時間，都幻想它們的主人能夠死於悲慘的意外，然後我就可以趁虛而入，嫁給她的未婚夫嗎？

「嘿，波莉。」我大叫，努力讓自己的聲音聽起來平靜。「這張是什麼時候拍的？」

「昨晚。」她也大叫著。「在墨瑟廚房餐廳拍到的。」

我看著那張照片，心臟噗通噗通狂跳。蜜雪兒應該不在城裡，伊凡是這麼告訴我們的。她會去新罕布夏，爲戶外用品目錄拍滑獨木舟和登山的照片。我站了起來，拿著照片往攝影師工作的新聞編輯部走去。「這是裁切過的嗎？」這眞是個利多的大發現。攝影師親切地將未裁切過的版本印給我，出現那隻瘦巴巴象牙色的手臂，緊緊地圈住一個髮長及肩的黑髮帥哥的腰際。那個男人的臉深埋在紅髮女的頸部，而且他百分之百不是伊凡。

我三步併兩步地跑到珍妮的桌邊，在她面前揮舞著這張照片。「妳看。」

她接過去看。「天啊！」她咕噥著。「他的宣傳怎麼都沒有警告他不要在公衆場所抓屁股。」

「我不是叫妳看那個繞舌歌手啦！」我指著那個主角。「是這裡。這隻手臂，妳看她是誰？」

她看著我。「喔，太有趣了！這是成人版的『瓦杜在哪裡』遊戲嗎？」

「妳看。」我這次把未裁剪過的照片給她看。

珍妮仔細地看著。「喔，我……」她說。「喔，我的天啊！」她放下照片，跟我走回我的位子。

「好吧，妳現在聽我說。」

但我聽不進去。「她欺騙了他！」我說。「等到他發現的時候……他們就會分手……」

珍妮搖搖頭。「他要如何發現這件事？」她問。

我看著她。我沒有想過這個部分。「我會告訴他？」我猜測著。

「不，妳不會的。妳有聽過『不殺傳信者』那句話吧？」

我點點頭。

「萬一妳告訴他的話，妳知道自己會變成什麼嗎？那個傳信的人。」她雙手合十，豎起食指，對準我的心臟。「砰砰！」

「可是……可是總要有人告訴他吧？我們不能讓他娶一個欺騙他的人！」

珍妮緊抿著剛塗好口紅的雙唇，哀傷地搖搖頭。「那不是我們的事。」

「那我們該怎麼辦？」

她拿起照片在桌面上輕敲。「先等等看。我們先考慮一下他已經知道的可能性。」

我開始搖著頭。「如果他知道的話，爲什麼還要跟一個欺騙他的人在一起？」

「記得我告訴過妳的事嗎？追逐的刺激感、無法掌握的女人。」她想著。「還有不要忘記有『合好性愛』[2]這東西。」

我從她手裡抽回照片，仔細地看著。或許我錯了。許多女孩子也都有骨瘦如柴的臀部和紅髮。就算瘦巴巴的手臂是蜜雪兒的，那也只代表她已經回到紐約，而她男友不知情罷了；況且在舞會中跟另一個男人共舞，也不見得會發生什麼事，雖然這讓人有很大的遐想空間。但是或許她只是提早返家，或許伊凡知道這一切。或許這並沒有什麼。不過我還是想要確認清楚。

當我打給伊凡，假裝詢問他的未婚妻是否可以幫我挑一件產品發表會要穿的衣服時，他說：「恐怕不行喔，抱歉，她還在新罕布夏，不過我可以給妳她的手機號碼。」

「謝啦！」我說，然後掛斷電話。

十分鐘後，我跟蜜雪兒的經紀人通電話，告訴他們我是《紐約夜線》的記者，我們要拍新一季女性內衣的跨頁照。「我已經有一個金髮跟黑髮的模特兒，還需要一個紅髮的。」我說。「大概五呎十吋高，穿四號……」

「四號？」負責登記的那個人懷疑地問。

「二號才對！」我說。「還有，呃，我不知道是不是該這麼說，就是……我們不是在找一個火箭科學家。上次我們拍的那個模特兒，一直不停地說著她剛讀完的某本湯瑪斯．品瓊[3]的作品。」

「好的，五呎十吋、二號尺寸，而且不要一個天才。」負責登記的那個人重複我的要求。「下午我會送六張模特兒的照片給妳挑。」

「太棒了。拍照時間是明天早上，所以無論你送誰的照片來，她們都必須有空，而且人就在紐約。」

「瞭解。」她說，然後掛斷電話。一個小時後，我翻閱著一疊高挑、外型亮麗、時間允許，又不是愛書癖的紅髮女孩的照片。蜜雪兒的卡片編號是三號。

冷靜下來，我告訴自己，即使我已經汗流浹背、面部潮紅，還頭痛著。我喝了一大口的溫咖啡，吞下三顆感冒藥，螢幕上顯示珍妮傳送了十九次的「別當那個傳信者！」訊息給我。

我的下一步是找出那個捲髮男是誰。我打電話給照片中的某一個宣傳人員，他說：「那是崔維斯．馬克斯。他是潘婷先生。」

這一整天從這刻才開始感覺到了一點不真實。「你說什麼？」

「潘婷洗髮精跟護髮乳知道嗎？他是那個牌子的模特兒，潘婷先生。他有那個業界最好的髮質。

為什麼要問他的事情？妳們想要預約他嗎？」

「改天可能會。」我說。「他的經紀人是誰？」我喝下一大口咖啡，又打了兩通電話。那個好騙的經紀人很高興地給我潘婷先生家裡的地址，表面上的意思是，這樣我就可以把出現在《紐約夜線》上的廣告剪報寄給他。

我該去找他了。

在伊凡坦承他是個私家偵探後，那幾個月他偶爾想到就會尋求我們的幫助。他會在星期六早上，穿著牛仔裝、戴著棒球帽，拿著筆記本出現在我們的前門。「我需要請妳去阿爾岡昆飯店的大廳。」然後交給我一副太陽眼鏡跟一張男人的照片。「這個迷人的傢伙說他每週六都會在施捨食物給流浪漢的地方當義工。那個快要變成前妻的女人卻不這麼認為。」於是下一刻，我就會坐在飯店大廳，喝著健怡可樂，並且找著那個男人。當那個男人來登記入房時，左右張望後，顫抖地從口袋裡拿出一疊鈔票，這時我再拍下一些照片、打電話給伊凡，跟他去吃兩人的早午餐。

或是他會說：「去春分健身房。」然後珍妮就會抱怨起來：「我不敢相信他竟然要我們這麼做，太偷懶了吧。」不過最後當我們換上運動服（我的是尺寸過大的運動褲，而珍妮的則是貼身萊卡布料的褲子），並且在跑步機上大聊八卦，直到有個聲稱受到馬鞭式創傷和軟骨脫出的女人，穿著跳高衝擊有氧運動的熱粉紅緊身衣出現。或是他會丟下一句：「達爾頓小學。」那天他出現在《紐約夜線》辦公室，手拿著裝有鹹牛肉三明治、馬鞍鞋跟格子裙的塑膠袋。「妳去找一個女孩子，名叫……」他看了手中的筆記本，皺著眉頭。「洛克哈特，呃……有錢人怎麼會幫孩子取這麼怪的名字？隨便啦！褓姆應該去接她，但是她母親懷疑褓姆讓洛克哈特自己搭地鐵回家。」

我半信半疑地觸摸著那件裙子，想像自己那雙嫩白的大腿穿著它的樣子。「我可不可以假裝其中一個媽媽就好？」

「可以，」伊凡笑著，雙眼閃爍著光芒。「但那對我來說就不好玩了。」我咬著三明治，偷溜進廁所。三十分鐘後，我在學校的外面閒晃著。三點十五分，小洛克哈特經過我身邊，跟她一樣大的背包在她骨瘦如柴的背上彈跳著，一個人往地鐵站的方向走著，沒有看見褓姆的蹤影。

我想問他爲什麼不找蜜雪兒幫他，爲什麼她不是在踩跑步機、待在飯店大廳或是穿格子裙在學校外面的那個人。但是答案顯而易見。蜜雪兒太容易讓人過目不忘、印象深刻。至於我呢，我有隱藏在人群中的潛力，那是跟蕾娜住在一起這麼多年所訓練出來的。我知道如何隱身在陰影中、如何在角落中保持沉默、如何拿起報紙讓自己不被人察覺。而且只要一有人說出那句咒語：**我美麗的女兒，凱翠娜**，我就會立即消失不見。

傍晚五點，我把蜜雪兒和潘婷先生的照片放入一個信封中，然後出現在租車公司位於市中心的辦公室。六點，我把車停在上東區一幢石灰岩建築物的對面，然後躲在一部Neon汽車的後面，盯著通往潘婷先生公寓的大門。我拉低了帽沿，那件冬季大衣讓我可以保持溫暖，而且還準備了火雞肉起士三明治、一袋薯片、兩瓶水、一台即可拍相機，跟一個用來小解的空水壺（如果眞的有需要的話）。

我原本已經有心理準備要等好幾個小時——或是一整夜——但是這次任務可以說是一次漂亮的射球、一支全壘打，也是一次達陣得分。九點鐘，蜜雪兒和崔維斯手勾手、相視而笑地從街道的另一端漫步過來。她穿著黑白條紋的及膝短洋裝，無視寒冷，也沒有戴帽子、穿外套或是加上手套。我猜或許她是感到內疚而故意讓自己受到寒風的吹襲吧。潘婷先生則是穿著時尚人士必備的黑色高領毛衣和黑色牛仔褲。我看到崔維斯開了門，蜜雪兒在走進去前，還在他耳邊低語。我拍下了這一切，包括他的手摸在她臀部上的畫面。

兩個小時後，我洗好了兩套照片，下了車，走回家。珍妮吃著爆米花、喝著伏特加調葡萄柚汁在等我。

「所有都是眞的。」我把照片丟過廚房的櫃檯。

「妳不能告訴他。」她說。

「我沒有……」

「妳不能這麼做，凱特。這個給妳。」她給我一杯飲料。「喝下去。」她拉著我走到沙發旁。「坐下。回想一下我曾經告訴過妳的話。等待一個最好的時機。」我無意識地點著頭，喝著我的飲料。「如果它註定會發生的話，一定會發生的。」

「如果不會呢？」

珍妮聳聳肩，把照片放入抽屜，給我一個溫暖的笑容。「至少妳還有我。」

珍妮和我爲了新年除夕，經過幾個星期的規劃和討論，準備了一個盛大的計劃。奢華的餐廳一定擠滿了人，買外帶回來吃又太可憐了一點，而上次我陪她去她父親家過新年，總覺得自己格格不入（更不用說大兩號的衣服，以及比其他女性賓客更爲寒酸的樣子），結果跟衣帽間的那個女孩做伴了一晚上，幫她掛上和拿回客人皮草的工作。

所以今年我們決定去中國城的大王餐廳吃北京烤鴨和湯餃，然後再前往摩特街的羅金旅館大唱卡拉ＯＫ，直到新年來到。「妳的聲音加我的舞藝，一定可以大受歡迎的啦！」珍妮說。（我答應要學她的舞步，但是抵死不戴上蒂娜．透納的假髮。）在衆多考慮之後，前一個星期我就邀請伊凡。「聽起來很有趣。」他說，但是他和蜜雪兒有別的計劃：要在世界之窗餐廳吃飯跳舞。

「祝你們玩得愉快。」我對他說。珍妮和我備分了所有的電腦檔案，並且打電話給父母祝賀新年快樂。然後珍妮把我拉進她的房間，給我一件粉色毛衣跟一雙閃亮亮的粉色高跟涼鞋。「妳知道我的新年計畫是什麼嗎？要幫妳配對成功。」

我對著毛衣皺眉頭。「妳就不能像其他人一樣決定要減肥十磅嗎？」

她搖搖頭。「我已經很完美了。」她說，把鞋子塞進我手裡。「席把車跟司機都借給我了。」

我套上毛衣，想著上一次席借她東西（尤其是借珍妮用他那幢邁阿密海邊渡假公寓去過週末那次），一直到瞭解眞相後才得知她的目的。

「不是，眞的，我問過他了！」她說，把我帶到浴室。

我借她一條我母親在義大利買來送我的慕拉諾（Murano）手工琉璃珠項鍊；她則借我價值不斐

的耳環跟鑽石戒指。我們幫對方噴灑香水、以《紐約夜線》老闆用來替代節日獎金的廉價香檳舉杯，然後轉身走向外面寒冷的夜晚。

十一點，我們表演完了蒂娜・透納的組曲（我把「Proud Mary」跟「Private Dancer」混在一起，珍妮穿著銀色流蘇迷你裙跟同色假髮伴舞。），汗流浹背、氣喘吁吁地走下舞臺，得到了五十元和兩百個酒鬼的熱情掌聲。「就跟妳說我們會受歡迎吧！」當我們擠過人群、接受眾人的擊掌和一杯杯的香檳時，珍妮這麼對我說。

我對她笑著，然後轉了一圈，怒視著她。「剛剛是不是有人捏我的屁股？」我大叫。

「是我啦！」珍妮也對我大叫，快樂地搖著手指。「新年快樂！我要去補妝！」

我對她揮揮手，擠過人群回到桌子，桌上放有兩杯伏特加調蔓越莓汁的調酒。

「吧檯的那位先生請的。」女服務生指著一個男人說。我順著她的指頭，心跳猛然一停。除非我的眼睛欺騙了我，並且正經歷某種新年除夕所引起的幻覺，不然我怎會覺得那個穿著燕尾服，卸下領帶，坐在吧檯的男人，是伊凡？

「伊凡！」他的名字從我的嘴裡吐了出來，音量比我想像的還要大。他人就在這裡，像是從我的幻想中走了出來，只是在我的白日夢中他並沒有喝醉。他站了起來，倒向左邊、靠在高腳椅上穩住身體、扯著腰帶，東倒西歪地走向我們。舞臺上一群看起來勉強剛過可以喝酒的年紀、表演著四重唱的男人，正開始唱「Ninety-Nine Luftballoons」，而伊凡又倒向右邊。

「凱特。」他在倒入椅子上時，還試著給我一個微笑。很明顯地，他已經在某個地方喝了一整晚，極有可能就是世界之窗餐廳。他頭上戴著一頂棒球帽，身上的味道像是浸泡在威士忌裡，而且一臉痛苦。「我就覺得可以在這裡找到妳。」

「我們的確就在這裡。」我撫平著胸前毛衣的皺褶。「你不是去吃大餐嗎？」

「原本應該是。」他說。他綠色的眼睛裡充滿了血絲，他的話語雖然不會很含糊，但仍聽不清楚。

「我喜歡妳的襯衫。」他伸出手，手指在我的領口游移著。

我的心跳加速。「你還好吧？」他低頭看著桌子。「伊凡？」我伸出手，交疊在他的手上。「發生了什麼事？」他的嘴唇顫抖著，緊緊地抿著。

「嘿！妳！」一個穿著燕尾服、手拿著Coors啤酒的男人微笑著對我大叫：「Proud Mary！」然後比了兩次的大姆指。我對那個男人笑了笑，並沒有將手移開。

「妳繼續玩吧！」伊凡說，同時站了起來。「我不想破壞妳的夜晚。」

「不會，沒關係的，我們已經唱完了。你來這裡做什麼？」

他又跌回椅子裡。「蜜雪兒和我原本應該在六點的時候碰面，但是她一直都沒有來。」我艱難地吞嚥著口水，差點就大叫「**主啊，感謝你！**」我感覺心臟在胸腔裡變得愈來愈大，也愈來愈輕，簡直就快要把我整個人飄離座位，漂浮在這個煙霧瀰漫、擁擠不堪又吵雜無比的空間之上、在貼滿強力膠帶的椅子和快要磨爛的地毯之上、在被兩面電視螢幕和香煙販售機所包圍的舞臺之上，穿過屋頂，飛向晴朗的夜空之中。

我彎下腰，在他的耳際輕語，以一個熱心的女性友人、一個真正的朋友的立場。「你覺得她沒事嗎？你知道她現在人在哪裡嗎？」

「我知道。」他說。他抓起一杯飲料，兩大口就飲盡。「我知道。」他的聲音在最後一個字變得沙啞，完全沒注意到我把另一隻空閒的手放在他的雙肩中央，輕輕地拍著，並且在卡拉ＯＫ的吵雜聲中輕聲地哼唱著：「**很久很久以前，我愛上一個人，現在我卻一無所有。**」我要自己記住這一切：感覺棉質襯衫下傳來他的體溫、呼吸著酒吧煙霧瀰漫的空氣、這裡的每一面鏡和每一盞霓虹燈、炸餛飩和廉價香檳的味道，還有在穿著藍色緞質洋裝的嬌小亞洲女孩唱歌時，舞臺上所施放的乾冰甜味。

「是啊……這……」他搖搖頭。我的掌心抖動著，心跳愈來愈快。他到鬧區，目的就是要來找我。就像是丹尼爾．戴路易斯在電影「大地英豪」裡那樣。

伊凡用他那雙呆滯、充滿血絲的雙眼看著我。「好美。」他用我只有在白日夢中聽過的聲音說。他的眼皮垂了下來。「妳今天晚上好美。」

珍妮清了清喉嚨，我們兩個同時抬起了頭。「嘿！看看這是誰吵？」她問，一屁股坐下，重新調整她的假髮。

「嗨，珍妮。」伊凡說。

她凝視著他。「天啊！你是被卡車撞到了嗎？」

我白了她一眼，希望能夠用心靈感應傳達一些事——蜜雪兒在除夕夜甩了他，顯然他得知潘婷先生的存在——不幸的是，珍妮沒有接收到。「發生了什麼事？」她問，擺動著衣服上的流蘇。

伊凡的身體縮了一下，隨即站了起來。「抱歉。」他語帶含糊地說，轉頭往人群中走去。

我看著他搖搖晃晃的身影。「發生了什麼事？」珍妮問。我把伊凡告訴我的事，全說給珍妮聽。

珍妮抓著我的手，直直地看著我。「好，凱特。妳必須聽我說。」

我知道她要說些什麼——另一個版本的「不殺傳信者」或「好兔不吃窩邊草」的內容——而我一點也不想聽。

「他的心已經碎了。」她說。「他現在孤單一人，身受重傷。看他的眼睛，他大概吃了不少止痛劑。不可以，我要再說一次——不可以跟他上床。」

「我並沒有要跟他上床。」我說，雖然那的確是我心裡想要的。如果只是玩玩而已，我是不可能跟一個六呎高、全身充滿不可捉摸魅力的紅髮模特兒競爭。但是如果蜜雪兒傷了伊凡的心，並且跟一個洗髮精男孩跑掉的話；如果他爛醉、沮喪，或許還嗑了藥的話，那我可能就有機會。我站了起來。

「我馬上回來。」

「凱特……」珍妮看著我，褐色的雙眼透露出懇求。「我是說真的！」

「我去洗手間！」我說，往前邁開腳步，愈來愈快。當我轉過轉角，感到有人拉著我的內衣肩帶。那人用力一拉，讓我往後退了數步；然後那人放開了手，肩帶重重地彈在我的背上。

「噢！」

「抱歉弄痛了妳。」珍妮說。「但是凱特，如果要解救一個村莊的話，我會放一把火燒掉它。」

我張口結舌地看著她。「妳說什麼？照妳這麼說的話，我是那座村莊嗎？」

珍妮拉了拉她的假髮。「等等……讓我把話說清楚。沒錯，妳就是那座村莊。現在聽我說，再多等一下。不要自己投懷送抱。再耐心等一下。」

我輕聲道：「我該走了。」耐心是給擁有像珍妮這麼美麗外表的女子，而今晚這樣的機會，是給像我這種人的。

伊凡跌坐在昏暗狹小走廊另一端的廁所外。我拉起他的手，帶他走出逃生門，走進一條小巷，走進不可知的夜晚。

我們走在充滿除夕買醉客、綁著自由女神頭帶的觀光客、穿著緊身洋裝和高跟鞋的婀娜女子、手指勾著酒瓶群聚在一起大吼大叫的小伙子、啤酒瓶、紅酒瓶，以及一大堆香檳瓶的街道上。伊凡把我拉進一條販售進口商品店舖的小街，外面懸掛著紅色雨篷，金色流蘇的紙燈籠在風中搖曳著光芒，似乎每個人都打算要整晚待在戶外。「妳的外套呢？」

「我沒有帶外套。」我說，往前靠在他的胸前，好讓他聽到我的聲音。我應該要感到寒冷，但是卻沒有，就算是已經看到自己說話時口吐白煙。「珍妮的爸爸借她車子……而我們也沒有打算要去別的地方，所以……」

他把我拉到一家中式點心店門口。在平板玻璃窗所透過來的光芒之下、在盛滿黃紅豆薄片糕點的托盤前，他脫下外套，圍在我的肩上。他把我拉向他，然後四目相交、胸膛緊貼，熱唇交纏在一起。

「凱蒂。」他輕聲道。

「伊凡。」我也輕聲對他說。當他吻著我時，我能夠感受到他的心跳。我往後退，靠在窗戶上，就在燈籠之下，精巧的風鈴在我們頭上擺動著。感覺就像是我呼吸著他的氣味，並將他啜飲入喉。當他擁有我的時候，一切紐約除夕的象徵和聲響即隨風而逝。

註1：Where's Waldo，在美加地區又名Where is Wally，是英國Martin Handford繪製的一套兒童讀物。書中人物繁雜、畫面凌亂，讀者的任務就是從擁擠的場面裡找到Waldo這個傢伙。

註2：make-up sex。

註3：以神祕著稱的品瓊，自第一本小說《V》（一九六三）出版之後，因力作《引力之虹》（Gravity's Rainbow，一九七三），在七〇和八〇年代被公認是當代最重要的美國作家之一。

15

我起床的時候，班已經站在衣櫃的門邊，對著已經用完的衣架皺眉頭，只好悻悻然地抓抓肚子。

我坐直身子，打了一個呵欠。

「你覺得會是誰想要殺害凱薩琳．卡瓦弄？」我問。

他背對著我聳聳肩。我猜珍妮還在客房裡睡覺，孩子們在樓下廚房裡翻找著他們的早餐。

他找出襯衫、西裝和領帶。「我不知道。」他說，一邊套上褲子。「那是警方要擔心的事。」

「你眞的覺得史丹．伯吉朗會破案嗎？他連我們的警報系統都搞不定。」

班穿著襯衫、打好領帶、看著鏡子裡的身影，稍稍把領結調向左邊。「妳也搞不定啊！」

「一針見血。」我發著牢騷，翻動著床罩。「你今天晚上幾點會回家？」

「晚一點吧。」他說。「抱歉，我已經排好一個在馬薩皮夸市政府的會議了。」

「算了，你的事總是比較重要。」我說。「你都沒有任何猜測或是想法？任何在你去長島之前可以跟我分享的東西都沒有嗎？」

他搖搖頭，然後撕了一小片衛生紙黏在下巴上被刮鬍刀割到的傷口。「我根本就不認識她，而且和她丈夫也只在火車上見過一、二次而已。」

「好吧，這麼問好了，他是做什麼的？」

班轉過身，把昨晚穿的襯衫丟到衣櫃裡，跟一疊膝蓋高、已經堆了兩週（還是三週？）我應該拿去乾洗的衣服混在一起。「我的襯衫快穿完了。」他低聲地說，音量大小剛好足以讓我聽到。

「早上我會把衣服拿去乾洗。」我跳下床、彎下腰，把襯衫一把抱起來，期望這個景象會讓他再多留個幾分鐘。

「做保險的。」班說。我找到一件我的黑色絲質內褲。「他父親經營海事保險的業務，像是船隻、沿海地區的房地產、在湖邊辦的夏令營等等，菲利普在他父親底下工作。我聽到的是，他不是很積極去開發新客戶，他喜歡這分工作的名利，但是他不是一個成功的保險業務。這樣生意是不會突然從天上掉下來的。」

「嗯。」我想像著菲利普穿著完美合身的西裝，在早上十點後慢慢晃進辦公室、十一點半就出去吃午餐，然後整個下午都在高爾夫球場偷懶的樣子。

「我該走了。」他說，彎下腰給我一個吻。「祝妳跟孩子們有個愉快的一天。」

「再見。」我對著他的背影說。

紅推車托兒所今天早上沒開，因爲是「教師進修日」，所以我幫要回去的珍妮，準備了一個離情依依的送別會。然後餵了孩子們吃東西、幫他們穿好衣服，載他們去公園玩，其他的媽媽們三三兩兩地聚集在一起，然後散開匆匆移動後又聚回來，而頭頂上是討人厭的灰色天空。

那就像是一種孩子們玩的遊戲，你得找出圖畫裡少了什麼。這些人中，有穿著流蘇斗篷和戴著大圈耳環的卡蘿・金奈爾、從頭到腳都是毛呢和人造纖維的ＮＩＫＥ服裝的蕾克西・赫根侯特，以及擦上深紅色唇膏、戴著駕車用皮手套，站在凱薩琳以前常常坐的長椅旁的蘇琪・沙瑟蘭德。

我慢慢地走著。所有人正專注地在聽著瑪麗貝絲・柯說著那些大概已經傳遍大街小巷的謠言——凱薩琳曾經是黑社會謀殺案的目擊者；她是被人用嬰兒背巾給勒死，並且棄屍在廚房的地板上。

「我還是覺得是兩性平等主義者下的手。」蘇琪・沙瑟蘭德說。她低下頭，一邊喝著螺旋藻凍飲，一邊不經意地玩弄著手機。她身上的毛料長褲掛在髖骨上，露出她內穿喀什米爾質料衣服的平坦肚子。她的軟皮靴和初生羊毛外套、跟我身上的運動鞋與運動衫，簡直就是天差地遠的區別。「我才不管憲法是怎麼說的，我認爲任何在網路上威脅她的人，都應該被抓起來。」

「實際上應該是人權法案。」我低聲說。和我丈夫的那種低語不一樣，我的音量並沒有大到讓其他人聽見。

卡蘿・金奈爾緩緩往蘇琪的身邊靠去。蕾克西・赫根侯特也換個位置，整個人幾乎背對我。「我們會開始採用一套動作啓動的保全系統。」她說。

「我們今天早上也裝了電動門。」瑪麗貝絲．柯尖聲地說完，又壓低聲音，「而且我還聽說雷格林家已經請了保全。」突然，這群媽媽們起了一陣騷動，紛紛在她們的渦紋絲質尿布袋裡翻找著紙筆或是掌上型電腦，寫下要去哪裡請保全，以及還有沒有人可以請。我嘆了口氣，雙手插在口袋裡，如同往常般地站在這群人的最外面。我本來計劃至少到這個星期結束之前，還可以繼續享受皇后般的生活，但是蘇琪已經篡奪我的位置。第六和第十頻道在六點新聞中訪問了蘇琪（我注意到她並沒有因爲震驚和悲傷而憔悴不堪，甚至還能溜到史提夫先生的沙龍去吹頭髮），放送著她的驚嚇：**凱薩琳是個仁慈、聰慧的人，又是個完美的母親。失去她對我們大家來說，都是重大的損失。**

「媽咪！」小培頓拉著瑪麗貝絲．柯的手臂。「我餓了！」

十秒鐘後，半打左右的媽媽打開了隔熱零食袋，拿出健康食品來。培頓小口吃著特百惠容器中盛裝的蒸熟毛豆，查理．金奈爾津津有味地吃著蔬菜泡芙，崔斯坦和伊索德吃著含有九種穀類的麵包上的大豆和堅果。我的三個孩子慢慢跑了過來，一臉期望地看著我。我在購物袋裡胡亂翻找著，假裝我的確曾放入一些食物，或是昨晚零食小仙子有造訪過我家，可是卻只找到止咳藥片和半條已經融化的雀巢巧克力棒。「呃……」

「這裡。」蘇琪說，迅速給他們每人四分之一的三明治。「我有多帶一些。」

當孩子們吃著三明治時，我悄悄走到卡蘿．金奈爾的身邊，希望這個遊戲區裡唯一和我一樣不是穿著個位數尺寸的媽媽，能夠對我親近一些。

我輕輕拍了她的肩頭。「妳有認識城裡的好律師嗎？」

她將裝著碎甜椒的密保諾夾鍊袋重新拉上，把紙巾遞給她兒子查理。「哪一種律師？」

「處理遺囑的那種。」當不得已必須說謊時，我還蠻容易上手的。「本來班和我在孩子出生之後有先擬好一分，可是現在……發生了這些事……我的意思是，不是因爲生病的關係，而是有一些內容要更新。我想，現在發生了這些事……」

她點了點頭，淺藍色的眼睛睜大著，一臉嚴肅地看著我。

「妳認識一個叫做凱文．杜蘭的人嗎？」我問，態度就像是在詢問褓姆莉莎的事，以及菲利普．卡瓦弄的朋友的名字般自然。

「凱文，當然認識。」她說，一邊幫查理坐到鞦韆上面。「他的辦公室在艾爾姆街和大街轉角的那幢老舊維多利亞式大樓裡。他人蠻不錯的。」卡蘿舔了舔裂開的嘴唇，往我更靠近一點。「蘇琪說妳曾跟凱薩琳的褓姆談過。」

我的頭似點非點地上下擺動著。

「妳也跟菲利普談過？」

「我送了個派過去。想要表達我心裡的遺憾。」我說，決定保留菲利普如此絕望地想知道他死去的妻子是否幸福，同時還試著勾引我的事情。

卡蘿手環上的鈴鐺在那群媽媽們的低語聲中顯得格外響亮。她們討論著哪一個頻道報導最多關於凱薩琳謀殺案的消息，以及有多少記者打到她們家中的事情。偶爾某個聲音會突然拔尖。「培頓！留在我可以看得到你的地方！」或是「泰德！不要吃地上的土。」

「他有對妳做出什麼事嗎？」她輕聲地問。

我裝出鎮驚的樣子。「誰？菲利普嗎？」

卡蘿白皙的肌膚在她又舔了嘴唇時紅了起來。「他某方面的風評不錯呢。」

我張大了眼，壓低了聲音。「他有試著對妳做出什麼事嗎？」

卡蘿的紅暈更深了。她的頭上下擺動了一次，紫色的芭蕾舞便鞋在溜滑梯下凹凸不平的塑膠墊子上來回拖著。「他對每個人都會試著做出一些事。」

我懷疑地問著她。「那蕾克西呢？瑪麗貝絲呢？」

卡蘿搖了搖頭，手指滑過她細緻的紅髮。「他在三年前的聖誕舞會上想要吻我，但是我們那時站在槲寄生下，所以或許……」

「哇，可憐的凱薩琳。」

她用力地點了點頭，又推了查理的鞦韆一把。「眞令人難過。」

蘇菲跑向我，用力拉著我的手。「媽咪，山姆和傑克不給其他人玩溜滑梯啦！」

在我把男孩們哄下滑梯時，卡蘿又回到那群媽媽的身邊。我花了二十分鐘推動著蘇菲的鞦韆，她在座位上搖擺著身體不斷重複唱著「佩姬派舖的波爾卡舞曲」[1]。最後，我誘騙山姆和傑克放棄玩翹翹板，把他們統統趕上車，開到最近的雜貨店，買了果汁和分裝好的花生奶油餅乾（成分表上列出的防腐劑和氫化脂肪，只要看上一眼，一定會讓每一個厄普丘奇的媽媽們昏倒）。

整個鎮上都知道菲利普．卡瓦弄有雙桃花眼和一張甜嘴蜜舌，而且只差沒有毀掉海事保險的事業。我把車開出停車場，感到一股因喜悅而產生的激動，但隨即又被內疚的浪潮給淹沒。那股喜悅是得知美麗的凱薩琳．卡瓦弄的生活，原來並不如她的外表般光鮮亮麗，整體看來其實跟我沒什麼兩樣。內疚的則是因爲這股喜悅。她已經不在這個人世，而她的女兒們在成長階段中失去了母愛，只有鐵石心腸的傢伙才會對這件事感到快樂。

凱文．杜蘭律師事務所，位於在艾爾姆街和大街的轉角處，一幢不起眼木製標誌的美麗白色維多利亞式建築物中。我在下車前塗了些口紅、把捲髮盤成了髮髻，並且確認腳踝上「戴帽子的貓」圖案的ＯＫ繃，已經藏好在襪子底下。

「請問有什麼事？」當我帶著山姆、傑克和蘇菲走進去時，接待人員這麼問著我。我讓他們坐在大理石壁爐前的椅子上，並且給了他們個「一定要乖乖的」眼神。

「嗨，我是凱特．克萊．波羅維茲。」我把班的姓氏跟我的混在一起，希望這樣會聽起來正式一點，此外還可以增加一些音節。「我是凱薩琳．卡瓦弄的朋友。」

「她眞是可憐。」接待人員從那張看起來像是眞的古董書桌後低聲地說。那個接待小姐年約五十多歲，一頭灰髮打理得整整齊齊，穿著栗色的運動夾克，以及栗色與白色格紋打褶短裙。

「我知道凱文是卡瓦弄家的朋友。」我說，然後用在從遊樂場到這裡的途中，所想到的藉口，好讓她自願讓我走進那間辦公室。「我在想凱文會不會有時間可以跟我聊一下，關於我要在凱薩琳葬禮上致詞的內容。」

她同情地看著我，點了點頭，按下話機上的某個鍵，低語了幾句後，說：「他現在可以見妳。」

我輕輕拍著孩子們，用「如果不能乖乖坐著，或是去拿放在茶几上的賀喜巧克力的話，一定會有可怕的下場」的表情看著他們。「你們要乖乖的喔！」我興高采烈地說，讓接待小姐相信他們會乖乖的。「媽咪一下下就出來。」

我轉向辦公室的大門。接待小姐的手放在我的前臂上。「我只是想先讓妳知道一下，他最近因爲這件事心情很不好。」她低聲說。**萬一妳讓他心情更不好，我就把妳的孩子們丟進烤箱，把他們烤來當晚餐吃**。她的表情像是這麼對我說。我點點頭，走進辦公室。凱文．杜蘭的個頭矮小、圓背削肩，穿著過緊的牛津式襯衫、繫著太長的領帶，坐在一張厚重的橡木書桌後面。

他李子型的軀幹上，長了一個蛋型的頭、肉嘟嘟的雙頰、閃亮的棕色雙眼，還有溫暖的笑容。他沒有那種會讓粉絲尖叫的俊帥外型，但仍頗吸引人：大概算是會被票選爲第一名，或是在政治的考量上，僱用我先生幫他競選參議員那種。我能夠瞭解爲什麼他的接待人員要保護他了。凱文．杜蘭的確有某些逗人喜愛的條件，讓我聯想到我的孩子們。

「妳好！」他從椅子上彈了起來、和我握手、幫我拉了張木椅，等我坐下了，他才回到位子上。

「感謝你撥空跟我見面，我是凱特．克萊。」

「我很榮幸能夠幫上忙。聽說是妳發現她……」他壓低了聲音並穩住動來動去的膝蓋。「那情景一定很可怕。」

我點點頭，決定對這個可愛又熱心的男人，採取「誠實」（或是最接近誠實）的態度。「我跟她不是那麼熟，但是我們共同的朋友，也就是其他媽媽們，都想爲她做點什麼。」

他的手指在桌面上輕敲，蹺起腳抖動著。「那太棒了。」

「能否請你告訴我……」我拿出筆記本（凱文看著那個亮晶晶的封面，不過沒說什麼）。「你怎麼形容凱薩琳這個人？如果要請你用三個形容詞來緬懷她，會是哪三個？」

「盡責。」他說，一隻手伸入口袋中玩弄著鑰匙，不過不像是緊張，或許只是反射動作——像電影開演前播放工作人員名單時，在座位上扭動著，並且在播放中會站起來至少兩次好伸伸腿的人。

「她是我所見過，最認眞盡責的母親。」

我寫下**盡責**二字，強壓下心中的失望感。天啊，我在期待什麼？難道以爲聽到的答案會是「不忠」嗎？

「對孩子們嗎？」我問。

「對她的孩子們、對她的婚姻、對她的家庭。」凱文敲著用馬尼拉紙製成的資料夾邊緣，把它們丟進抽屜裡。「她家，眞是漂亮。」

漂亮的家，我寫下這幾個字。「我知道。」

「僅僅三個詞不足以形容她。凱薩琳是個聰明的女人，也是個美女，她……」他的語音遏然而止，手在剪短的捲髮上來回快速撫弄。「妳也認識她。妳會怎麼說呢？妳會用哪些字來形容她？」

「令人生畏？」我這麼說很危險，但仍值得一試。凱文的眼角在他笑著的時候皺了起來。

「妳這麼認爲？」他問。

她快把我給嚇死了，在我發現這句話會給他什麼感覺之前，趕緊收口。「就像你說的，她對孩子們來說是個盡責的母親，她家也很漂亮。但對其他人而言……我的意思是，每天我都必須確認孩子們有乾淨的衣服可以穿、不用管他們在看些什麼節目，或是不用管自己家裡是不是乾淨整齊……」

當他身體往前傾時，椅子發出嘎吱嘎吱的聲音。「我不認爲凱薩琳想要嚇到任何人。她只是很認眞地負起當母親的責任。」

「你知道原因是什麼嗎？」

他對我友善地笑了笑。「我猜是因爲這裡的大多數父母，都很認眞地負起他們的責任吧。」

「我知道，我的意思是……」我大膽地猜測。「是不是她的某個小孩發生過什麼事，才會讓她變得如此……嚴厲？有時候那會是一種警訊……」當凱文臉上的笑容變成疑惑時，我的聲音逐漸變小。「就像是我的孩子有一次滾下床……」現在他的臉上不僅是疑惑，更加上了擔心，馬上撥了通電話給家庭服務部門。「但是現在我們談的不是我！」我趕緊阻止了他。我的聲音在這間牆上掛著鑲框古董織景畫樣品，和秋日艷陽透過發亮窗戶的溫暖小辦公室中顯得過於大了些。我又試了一次。「你能夠告訴我關於她替《潮流》雜誌工作的事嗎？」

他搖搖頭。「關於這件事，她沒有透露太多。」他坐回椅子中、雙手在肚子上交叉、眼神看著天花板，然後身子又往前傾。「從她嫁給菲利普時，我就認識她了，但是現在聽到這些流言流語，令我懷疑自己是不是眞的認識她。」

「你跟菲利普認識很久了嗎？」

「我們是高中同學。」他點著頭說。「我們在這裡土生土長，放學後常常膩在一起。」

我點點頭，把這些話都寫下來，並且偷瞄了凱文一眼。他鏡片後的雙眼閃閃發亮，看起來興致勃勃，下巴微微地靠在衣領上。**眞是個不錯的男人**。他在高中的時候，女孩子一定都這麼說他。而菲利普．卡瓦弄，則會被說**他是個美男子**。

「那她是怎麼認識菲利普的？在紐約嗎？」我希望他能夠透露一些關於凱薩琳婚前的生活，讓我知道她在好媽媽、完美髮型和漂亮房子等形象下的眞實面目。

「不是，在這裡。他是在辦公室裡認識她的，就在他開始跟他父親工作之後。」

「那在她認識菲利普之前呢？」我問。「你知道她在搬到厄普丘奇之前，是個什麼樣的人嗎？」

「我知道她一直有在寫作。住在紐約。」他說。「試著展開她的事業。好像有接一些案子，還有幫醫院編輯一些通訊期刊的內容。」我問他是哪一家醫院，他聳了聳肩、搖搖頭，說他不知道。

「你記得她那時是住在哪裡嗎？哪一個地區？」我問。「我之前住在西村。」

「她很少談論這些事。」他不停地變換著姿勢，蹺起腿又放下來。

我把菲利普的問題換個方式問他。「她在紐約快樂嗎？還是在這裡比較快樂？這些——你知道的，孩子、房子、遊樂場、共乘制度，眞的是她要的嗎？」

他對我笑了笑，又躺回椅子中，雙手放在肚子上。「我不知道她愛不愛紐約。」他說。「我想這些情緒都很正常。壞男友、可惡的老闆……不是有一堆粉紅色封面的書，都在寫這些內容嗎？」

「所以沒有什麼太不尋常的事情囉？」

他微笑著。「我是不知道。她也沒發生過走私毒品而被關在泰國的監獄裡之類的事情。至於在康乃迪克州嘛……」他前後搖晃著，一臉悲傷，大概是在回想過去吧。「我不知道。」最後他開口道。他的語音模糊了起來。「我想，我寧願相信她在這裡的時光是快樂的。」

他椅子下的輪子在硬塑膠地板上嘎吱作響。

「她是我最愛的人之一。」他不經意地出口，語氣跟一開始他詢問「有什麼事」的友好態度，有明顯的不同。「我不敢相信會發生這種事。在城裡或許會，但是怎麼會發生在這個鄉下地方？」

一片紅暈從他領口的地方，逐漸蔓延至下巴。**她是我最愛的人之一**。啊哈！我可以想像整個故事了——英俊的菲利普和他相貌平凡、體格矮胖的友人。英俊的菲利普和他美麗的妻子，還有凱文對她這些年間不求回報的愛戀。這是凱薩琳慫恿他的嗎？他們在這些年間，在國慶日烤肉會、萬聖節的糖果碗和聖誕節的蛋酒之間，他淺棕色的雙眼和她令人驚豔的藍眼睛，有交換過熱情的眼神嗎？他們有上過床嗎？這是凱薩琳對菲利普這些年間，在槲寄生下吻著鄰居太太頸子的復仇嗎？凱文曾經求她離開菲利普，說她丈夫不夠格親吻她走過的土地嗎？凱薩琳有因爲知道離婚這件事會讓她好媽媽的光環蒙羞而拒絕他嗎？凱文有在涼爽的十月天早上出現在她家的門口，試著最後一次說服她……然後抓了一把放在櫃檯上的切肉刀，說「**如果我不能擁有妳的話，其他人也不能**」嗎？

凱文瞇著眼看著角落的老爺鐘。「我不是要催趕妳的意思。」他說，雙腳在地板上蹬著。

我站了起來，慌亂地抓著外套。當我拿起放在地板上的包包時，看到一張放在他桌上的照片，有口氣在喉嚨間凝結住了。一個嬌小的黑髮女人穿著時髦黑色緊身短上衣站在海灘上。她赤裸的雙足埋在如同糖粒般細緻的沙粒中，背景是藍綠色的海浪。不過她的笑容、心型的臉蛋和門牙間的小縫，比景色更吸引我的注意。她就是凱薩琳抽屜裡那張照片上的女人。**K和D，九二年夏天，蒙陶克。**

「那是尊夫人嗎？」我問，努力讓自己的聲音聽起來很正常。「她看起來很眼熟。我一定在什麼地方見過她。她叫做黛安娜嗎？」

「黛爾芬。」凱文說。「她是教彼拉提斯的老師，在市區有一個工作室。」

「她有來紅推車托兒所做過示範表演嗎？」我心虛地說。「我有印象看過她。」

「我不清楚。」他說，目光越過我，看著鐘面。

「她跟凱薩琳是舊識嗎？」我不經意說出的同時，聽到了我一直在擔心的聲音——先是尖叫，然後是破裂聲，再加上蘇菲大叫著：**你們這兩隻笨豬！**

我看到他稍稍退縮了一下，但是聲音還是很穩定：「我們都是朋友。」我得到所要的線索、跟他握了個手、再次感謝他撥空接見我，然後答應他保持連絡。

註1：出自專門製作兒童音樂的團體Ralph's World專輯。其主要創作者Ralph Covert為芝加哥當地一個樂團的吉他手兼主唱，基於對兒童音樂的熱愛，而毅然投入「Ralph's World」，專心從事兒童音樂創作，Ralph's World的音樂除了簡單輕快的民謠搖滾風之外，最常出現還是鄉村音樂，鋼琴、吉他等簡單的樂器，搭配明亮愉悅的斑鳩琴，不只是兒童，連大人聽了也是一樣心情愉快。

16

「或許是我想太多了。」一個鐘頭後，我終於連絡上珍妮。孩子們和我已經回到家，現在坐在廚房裡。在凱文·杜蘭的等候室發生的那件災難後，我最後簽了張支票賠償損壞、餵了孩子們一頓遲來的午餐後，再用一碗滿滿的藍莓和「糖果樂園」遊戲板，把他們安置在廚房的桌邊。

「妳？」珍妮從她在《紐約夜線》的辦公桌邊說。我能聽到她的手指在鍵盤上飛快敲打的聲音。

「不會吧？我從來沒聽過這件事。」

「可是我想啊，或許她跟這個律師，也就是她丈夫的死黨，有……一……腿。」我撥弄著我的棋子，移動了三個方塊。

珍妮維持著她的禮貌，表現出興趣盎然的樣子。「感覺得出來。妳不用刻意這麼說話，我聽得很累。妳知道pig Latin[1]嗎？」

我沒有回答，拿著電話走進浴室，把跟凱文之間的對話說一遍給她聽。當凱文講到凱薩琳的幸福時，立即變得淚眼模糊，而他老婆顯然和凱薩琳是舊識。「他說凱薩琳是他最愛的人之一。」

「妳也是我最愛的人之一。」珍妮說。「可是這不代表我想要跟妳上床後再殺掉妳吧。」

「不過我還是覺得事有蹊蹺，而且還有一些警察不知道的事情。」我掐著手指，看看誰的嫌疑最大。「可能是那個褓姆，因爲她跟菲利普上過床。」

「或者是菲利普僱人下的手，這樣他就可以跟褓姆逍遙快活了。」珍妮說。

「蘿拉．琳．貝爾德也有殺人的動機。她們合寫的那本書賣了不少錢。」我說。「也可能是凱文．杜蘭殺的，因爲他愛著凱薩琳，卻又得不到她。」

「妳才跟他聊這麼一下子，就猜是他殺的？」

「哎喲，反正是猜測嘛！」我說。「也可能是某個在網路上騷擾她的網路怪客。」

「繼續挖出眞相吧。」珍妮說。「不要覺得灰心。啊！我該掛斷電話了。」在掛上電話時我聽到她那邊有另一部電話響起。

「媽咪。」當我把心思回到遊戲上時，蘇菲問我：「是誰殺了卡瓦弄太太？」

喔，天啊。「你們剛剛在遊樂場玩的時候，其他孩子們都在討論這件事嗎？」

她瞇著眼看我。「不是，媽咪，妳剛剛跟美麗的珍妮阿姨講電話時，一直在講這件事。」

我微笑著，可是心裡卻笑不出來。「是珍妮阿姨要妳這麼叫她的嗎？」

「她說這是她的名字。」蘇菲說。

「崔斯坦有講這件事。」傑克的嘶啞聲音，總是聽起來像很久沒開口說話般刺耳。

我把蘇菲抱坐在大腿上，姿勢像諾曼．洛克威爾[2]畫作中那個讓人感到安逸的母親身影，蘇菲掙扎地想躲開。我清了清喉嚨說：「是的，呃，卡瓦弄太太的確……呃……這麼說好了，她過世了，警察伯伯正在努力地找出那個殺人兇手。」

「有人讓她死掉了。」山姆說，他的聲音跟他哥哥差不多。

「爲什麼要讓她死掉？」傑克問，一邊玩弄著「糖果樂園」的棋子。

「這個嘛……」我又深深地吸了一口氣，眼睛一陣刺痛。*她幸福嗎*？我想起菲利普．卡瓦弄這麼問我。「沒有人知道。」我匆忙地擦掉眼淚，希望孩子們沒有看到這一幕。

「妳爲什麼在哭？」蘇菲問。

「因爲這件事讓人很難過。」

山姆把他的餐巾遞給我，用他大大的棕色眼睛直視著我。「爲什麼？」

「這個……」他們三個人這麼看著我，讓我的聲音逐漸變小。「因爲她是別人的媽媽。」我說，嘴唇顫抖著，更多的眼淚湧出。無論我怎麼看凱薩琳——從她的政治信仰、她的婚姻和她所做的選擇——這答案都是正確的。

註1：一種行話，將字頭的子音調至字尾，再多加一個音節，例如：pig變成igpay，Latin變成atinlay。

註2：Norman Rockwell，是美國在二十世紀早期的重要畫家，作品橫跨商業宣傳與愛國宣傳領域。他一生中的繪畫作品大都經由《週六晚報》登出，其中最知名的系列作品是在一九四〇～一九五〇年代出現的。諾曼是一位相當多產的畫家，儘管他曾因畫室失火而失去了在一九四三年之前的大部分原畫，今日印有諾曼畫作的老雜誌拍賣價一本可達上百美元。他將美國傳統價值觀在整個一九〇〇年代的轉變用細膩的畫筆一一記錄下來，使他成為了一位相當特殊的美國畫家，這也是今日他仍有許多愛好者的原因。

17

除夕夜晚上，在我們從羅金旅館逃出來之後，我隨著伊凡走下地鐵站、搭上電車、走上階梯、進入我們住的那幢建築物，又走進了電梯。一路上充滿著甜蜜的吻和片斷的呢喃。**妳感覺眞的……我不敢相信……我要……我想要……**他的手滑入我的毛衣。我的雙唇在他的頸後來回親吻著，我注意到這是我第一次這麼看著他。他的雙手在我的髮中撫弄著，我們對彼此需索無度。每一次我在書本中看到這個句子時，總會轉轉眼睛，現在我知道那是什麼感覺了。

「妳知道從多久以前，我就想要觸摸妳了嗎？」他輕聲說，在電梯裡吻著我的頸子。我覺得自己快要昏倒了——又是一個陳腔濫詞。我的心花朵朵開。他想要碰我欸。如果明天就是世界末日，知道這件事我就能快樂地死去。

我們東倒西歪地走在走廊上，他的手摟住我的肩膀，而我正急忙地找著鑰匙。「我相信妳曾試過勾引我。」當我們兩個踉蹌地走進門時，他這麼對我說。他脫掉了外套，我脫掉了鞋子，同時往我的房間前進，急忙得幾乎是用跌進來的方式，然後「砰」地一聲撞到牆上。明天早上起來，身上一定會有瘀青，但是我們什麼也不管了。

太棒了，當他倒在我的床上，把臉埋在我的枕頭裡時，我在心裡大叫一聲。我躺在他的身邊，等著他轉過身、呼喚我的名字、用他會笑的眼睛看著我、再次吻著我，並且說：**就是妳，妳就是我等待以久的人**。可是，我等了很久，什麼也沒聽到……在隔壁這個傢伙終於發出聲音時，並不是什麼愛的呼喚之類的，而是打呼的聲音。

「伊凡？」我輕輕推著他。什麼也沒發生。我搖著他的肩膀，鼾聲愈來愈大。我俯下身，吻著他的臉頰，然後輕咬他的耳垂，又用力地咬了一下。他還是沒有醒來。

我躺下來，解開他襯衫最上面的兩顆釦子，然後閉上雙眼，試著讓自己入睡。每隔幾分鐘，伊凡會翻身一次，從左邊滾到右邊，再從右邊滾到左邊，差點把我擠下床。我小心翼翼地坐了起來，盤起雙腳，看著他因呼吸而起伏的胸膛，還有眼皮下滾動的雙眼。「我愛你。」我對著黑暗自言自語。

凌晨三點，漲滿的膀胱打敗我原本要整晚待在他身邊、幻想我們未來的幸福和看著他熟睡側臉的浪漫計劃。我躡手躡腳地走出房間，突然一隻手搭在我的肩上，嚇得我差點就驚聲叫了出來。

「發生了什麼事？」珍妮悄聲說。她的蒂娜．透納假髮歪了，豹紋眼罩也高高地拉在額頭上。

「他在睡覺。」我輕聲道。

「他昏過去了？」珍妮說。「當一個人試著喝到爛醉時，通常就會發生這種事。我竟然還在大半夜裡，不斷起來看妳回來了沒。真是氣死人了！」

她房門大開，一個戴著棒球帽的亞洲男人偷偷溜了出來，經過我們身邊時不好意思地向珍妮揮揮手。我的眉頭挑了起來。

「妳很生氣？」

「我本來很生氣。」她說。「有人規定生氣時得自己悶起來氣嗎？還有，妳拋棄了我，那些觀眾要我們安可再唱一首，妳叫我怎麼辦？」

「所以妳就跟那個男人唱嗎？」

「嗯。」珍妮咬著嘴唇，她的房門又打開一次，另外兩個男人短暫、羞赧地對她點點頭，然後快速地溜出大門。

「天啊，珍妮。妳的房間好像一部小丑車，塞了好多人。」我做出一個張大眼睛的表情。「裡面有侏儒嗎？」

「妳不用管這些。」她說。「我需要一個和聲的三人組。沒有他們就不能表演『Nutbush』啦！不過這不是重點！」

我經過她身邊，往浴室走去。當我出來的時候，珍妮把我叫到沙發邊。我嘆了口氣，知道她絕對不會把「不」當成答案。她丟給我一條藏羚絨的毯子，那是席送給她的搬家禮物，我把它蓋在腿上。

「所以呢？」

我深深吸了口氣，忍不住笑了出來。「他喜歡我。」

「他當然喜歡妳，凱特。這是毫無疑問的事。問題是，他要跟蜜雪兒分手嗎？」

我的微笑從臉上消退。我們沒有討論到蜜雪兒的事。仔細想想，我們根本就沒有討論任何事情，只是忙著親吻。大家不是都說「行動勝於空談」嗎？

「我要回去了。」

珍妮不同意。「把他轉過身來吧。」她說，再給我一個擁抱。「這樣他才不會被自己的嘔吐物給噎死。」

我悄悄地把房門打開。伊凡彎腰坐在我那條粉紅和奶油色交織的被子上。在從百葉窗射入的街燈光線下，他的臉看起來痛苦又憔悴。

「凱特。」他的聲音很低啞，對我表達歉意般地揮揮手。

我艱難地吞嚥著，突然間一陣暈眩，連我們剛剛的調笑也令我覺得刺痛。「呃，這還眞是尷尬。」我說。我坐在他身邊，猶豫地伸出手，撫摸著他的頸後。他顫抖了一下。**不。這不是打顫，而是退縮。**

他的手在臉上摩擦著，又用力搔了搔頭，完全沒有看我一眼。我聽到他深深吸了一口氣。時間似乎靜止了下來，好給我機會把這一幕永遠刻在心上，這樣我就可以用指尖和記憶在我的餘生中不斷地回想。我看到檯燈投射在牆上的陰影，他的腰帶已經皺掉，目光停在的手上，開口又說了一遍：「凱特。」

我站離床邊，想起我母親指導我姿勢的樣子：**肩膀往後收，凱特！胸部挺起來！不要無精打采！那樣並不會讓妳看起來變瘦小！**所以我收起肩膀、挺起胸部，緊縮訓練已久的丹田，那是我在唱歌時用來穩定自己的法寶。我打起精神，準備接受他即將開口要告訴我的事，以及這些話將會傷我多重。

「對不起。」他說，聲音中透露著痛苦——幾乎跟我一樣痛苦。「我不是故意要讓這件事發生的。妳是我的朋友，而我……」我聽到他吞嚥口水時的咕嚕聲。他又用手摩擦著臉頰。「我向來不是會做這種事的人。」

我看著他，知道自己可以讓這件事雲淡風輕——**喔，這還好啦！沒什麼大不了的，反正是新年嘛，而且我們都喝醉了，對你我沒有傷害，也沒有犯規，你還是可以繼續回去找你的未婚妻，我們就永遠把這件事藏在心底吧**。我保持著冷靜，沒有讓他看到我發著抖的樣子，但是淚水卻怎麼樣也無法止住。

「我覺得……」我說不下去，聲音聽起來像個悲傷的小女孩。「我覺得你……」

他哀傷地看著我。「喔，凱蒂。妳是個完美的女人，但是蜜雪兒和我……妳知道的。如果我現在是單身……如果我先遇到妳的話……」

她欺騙了你！我想要大聲說出口。**她背著你跟一個洗髮精男模偷吃，我有證據！她愛你的程度決不像你愛她那樣！**這些字卡在我的喉間。

「我不是故意要傷害妳。」他說，換了個姿勢，舉起一隻手在前額摩擦著。「妳應該找另一個更好的人……」他舔了舔嘴唇。

「你就已經很完美了。」我說。我的雙唇麻木，舌頭反應遲頓。**我們是完美的組合**。但是我知道如果這句話說出口，自己就會開始求他，況且如果當我走出這扇門，而伊凡沒有成爲我的男友，那至少我也要帶著自尊走出去。

「凱蒂。」他說。「妳會沒事吧？」

「喔，當然。」我逼著自己用說笑的方式說出這幾個字。

他摩擦著額頭。「我該走了。或許蜜雪兒有留言給我……」

或許你應該打電話問問洗髮精男模吧！我這麼想著，卻沒有說出口。相反地，我幫他打開房門，走道上的燈光流洩而入。他緩慢地站起身，我跟在他身後。當他走到前門，停下來轉身面對我，開始對我說話時，我讓自己忙於洗廚房水槽裡的碗盤，這樣就不用看他，還刻意把兩個水龍頭開到最大，讓嘩嘩的水聲阻斷他的聲音。

在接下來的三個小時中，我清空了衣櫃中的衣服，把穿不下的全塞進垃圾袋中，像是因爲貪求整個世界而必須贖罪的行爲。

六點鐘，我沖了個澡，換好衣服，把幾件衣服和乾淨的內衣丟進旅行袋中。我把外套、帽子、圍巾和手套都拿了出來，確認自己帶了錢包和手機，又把放在衣櫃鞋盒裡的護照找了出來。

我走出公寓的大門，沿著走廊來到伊凡的公寓門前，顫抖的雙手緊握成拳，默數到十，給他最後投入我的懷抱的機會，告訴我他錯了、他很抱歉、他愛我比愛蜜雪兒還多、我們是天生的一對，而且我才是他生命中的那個人。門扉仍緊閉著。我走向電梯、按下按鈕，然後走進漆黑寒冷的街道。

我在格林威治和珍街的轉角處攔了部計程車。「要去哪裡？」計程車司機這麼問著我。「甘迺迪國際機場。」我把頭靠在冰冷的車窗上，看著外面一閃而過的城市風景：公車和計程車、滿溢著香檳空瓶的垃圾桶，還有排水溝中用過的飾帶和皺巴巴的「新年快樂」頭帶。

我用信用卡在英航的櫃檯買了最近的一班飛往希斯洛機場的機票。我母親人在倫敦，即使她不會跟我談這件事或是安撫我，倫敦仍是我腦海中第一個想到的地方，也是我能逃到最遠的地方。

18

第二天下午，在餵過孩子們午飯並且讓他們睡個午覺後（男孩子們是眞的睡著了，蘇菲則是安靜地躺在床上，翻著她要我去圖書館借的《Vogue》雜誌），我瀏覽著DieLauraLnn.com（去死吧，蘿拉．琳）——那是網路上專門論述這個媒體最新金髮保守派寵兒的誤導、錯誤、愚笨、自戀、過於炫耀、對全世界的女人造成威脅，以及對後千禧年派兩性平等之死，和年輕女孩飲食失調要負起個人之責的一千七百多個網站、部落格和線上雜誌之一。這個網站當初也即時報導了凱薩琳．卡瓦弄是蘿拉．琳．貝爾德的代寫人一事。首頁上有一張逼眞的蘿拉．琳圖片，在她的一頭金髮中伸出一對惡魔的角，迷你裙上也有動畫的火焰冒出。「騙子、騙子、屁股著火：蘿拉．琳的代寫人現身！」的字樣，用粗體十八級的紅色字體在頁面底部捲動著。

我點進網站裡，再移動到收集了所有關於凱薩琳·卡瓦弄的死，以及揭露她是「好媽媽」專欄代寫人一事的文章專區。我慢慢地看著，匆匆記下重點，還有她的個人資料——凱薩琳娘家的姓氏（維瑞）和她的故鄉（麻薩諸塞州的伊斯特姆，跟我在明信片上看到的地方一樣）。在那一頁的下方是另一個連結。「媒體請按這裡」——它是這麼寫的。我按了下去，一封電子郵件跳了出來，收件人的地方寫著：「tara@radicalmamas.com」，在主旨的地方則是寫著「媒體請求」。我把「媒體」兩字刪掉，這樣就只剩下「請求」兩個字。已經三點十五分了，代表在蘇菲把她的弟弟們叫起來、三個人下樓吃點心或是去公園玩，或是（神啊，教我怎麼忍耐這件事吧）再玩一盤「糖果樂園」前，我還有十五分鐘的時間。

「您好：」我開始鍵入。「我是……」我的手止住。我到底是誰？我的腦中浮現「**一個已婚、有三個小孩的媽媽，被困在康乃迪克州一個白人居住的郊區，整天閒得發慌，剛好無意間發現她鄰居的屍體**」的字句。

「我是一個研究女性專題的研究生。」我鍵入這些字，在我人生的某段時間中，這的確是我的身分之一。「我正在準備一篇報告，內容是關於某個兩性平等評論代寫人，公開支持女性自我消解活動。」這看起來一點意義也沒有，但也像是真實的情況。「我想要詢問關於蘿拉·琳·貝爾德與凱薩琳·卡瓦弄的事。您可以在星期一、三、五的上午八點三十分至十一點四十五分之間，撥打這個電話號碼與我連絡。」我寫上電話號碼、姓名，並且在放鬆心情前按下了傳送鍵。

蘇菲腋下夾著她的醜娃娃走下樓，她的弟弟們則落後她兩步的距離。「ㄋㄟㄋㄟ。」她用娃娃音跟我要「牛奶」。我把她抱進懷裡，聞著她的頭髮，找尋嬌生不流淚配方嬰兒洗髮精那股甜甜輕柔的味道，卻聞到一鼻子似乎很昂貴，或許還是從法國來的香味，蘇菲總是喜歡從雜誌上把香水的樣品撕下來。

電話響了起來。我把話筒夾在下巴，改讓蘇菲坐在我的屁股上。「哈囉？」

「星期一、三、五的上午八點三十分至十一點四十五分之間嗎？」一個讓人覺得愉快的年輕女聲這麼問著。「我這麼快就打給妳，只是想先確定妳人不是被關在監獄裡。」

「我才沒有。」我說。我幫蘇菲和男孩們坐進他們的嬰幼兒座椅，並且走到冰箱前找點心給他們吃。「沒有，我是……呃……一個有三個小孩的兼職學生，那幾個時間他們會待在托兒所裡。」我說，拿出三個布丁放在桌上。

「三個上托兒所的小孩。」那個聲音說。那是個淘氣、挖苦的年輕女聲，來自——我在打開布丁的蓋子時，很快地看了一下來電號碼——區碼是二一二的地方[1]。「饒了我吧。對了，我是激進派媽媽（Radical Mamas）的泰拉．錫恩。」

「媽—咪—」傑克舔了蘇菲的布丁，害她尖叫。我狠狠地瞪了他一眼，然後深吸了一口氣。

「咳。」泰拉．錫恩說。「聽起來妳現在很忙的樣子。」

「沒錯。」我說，把蘇菲的布丁從傑克的手中拿過來，一人發一根湯匙。「所以，如果妳想要跟我談一下的話，我可以進城跟妳見個面。」

「喔，你不行這樣啦！」蘇菲說，她把湯匙插到布丁中。我看了女兒一眼，把話筒夾得更緊。太慢了，泰拉．錫恩已經咯咯笑了起來。

「算了，我們可以出來喝杯咖啡或是喝杯酒嗎？」

「當然可以。」她說。「我看一下本子……」我可以想像這個女人，一定是個時髦的媽媽，穿著綁帶背心、低腰牛仔褲和厚底靴，又頂著個大波浪頭，再背個上面有和平圖案別針的軍用包。

「明天怎麼樣？」

明天是星期五。孩子們早上要去學校，然後男孩們要接受語言治療師爲期六個月的檢查。他們在滿兩歲的時候，由於不太會說話，曾接受過一年的治療。九個月過去後，那個收費高昂又資深的治療師說，她猜測這兩個小傢伙是會說話的，只是寧願交由蘇菲來替他們發言。

但是或許我可以找葛莉絲來顧小孩，或是班能早一點回來餵他們吃晚飯，這樣我就可以換上比較成熟的衣服，跟泰拉．錫恩見面喝個東西，然後再跟珍妮吃晚飯。或是跟許久未見的父親見個面（說到這又是一陣內疚）。

「找個不錯的地方吧。」我說。泰拉聽到後笑了出來，那是一種紐約客跟住在郊區、對大都市的印象完全來自有線電視所播出的修剪版「慾望城市」的人士打交道時，會發出的高傲笑聲。

「有個不錯的地方叫做……」她急忙地說出一個店名和地址。

「帕斯提斯餐廳……九十九大道。」我用紫色蠟筆在一個棕色紙袋的背面寫下來。

「對了，妳沒說妳是念哪個學校。」

「厄普丘奇社區大學。」這幾個字從我的舌尖滾出，像是我已經說過千百萬次般。我掛上電話，剛好來得及阻止蘇菲把吃了一半的布丁杯踢向她的弟弟們。

「乖一點。」我說。

蘇菲看著我。她嘴上的那一圈布丁，看起來就像是唇線一樣。「媽咪，妳說謊。」她說。

我一把將她抱起來，在她臉上一陣猛親，嚇了她一大跳。她咯咯笑著，然後把我推開。「我沒有說謊。」我解釋著，把地上的布丁杯撿起來，丟進垃圾桶。「不算是說謊，我只是在說一個故事。」

我早先對泰拉．錫恩的想像並不完全正確，但是也八九不離十。眼前出現一件低腰牛仔褲，穿在她身上恰如其分；粉紅色繫帶背心，外搭咖啡色的燈芯絨外套。手上沒有婚戒。有一個小小的別針別在左胸的口袋上，上面寫著「媽咪是我們的人民」。

「謝謝妳撥空跟我見面。」我說，一邊在帕斯提斯餐廳裡的軟木編織椅上坐下來。我們聊著以前我住的紐約，現在已經比當初變得更為美好——如果各位把「悶熱、吵雜和擠滿俊男美女，而且沒有一個人在吃著我認為是食物的東西」的情況，想像成是「美好」的話。在我拿起菜單的時候，看到兩桌外有一個辣妹用誇張的姿勢，看著面前一盤青豆。

「這是我的榮幸。」泰拉說，一邊翻看著菜單。那個青豆女對著她的盤子皺眉，用手指戳弄著豆子，喚來了服務生。**這裡面有加奶油嗎？**我聽到她這麼問。

我換了個比較舒服的姿勢，決定下次絕不要再坐這麼窄小難坐的椅子。服務生走過來的時候，我點了一杯夏多尼白酒，並且跟那個不要奶油的青豆女拼了，又加點起士漢堡跟炸薯條。

「我也點一樣的。」泰拉·錫恩說。「但飲料換成健怡可樂。」我拿出筆記本。泰拉看了一眼，大笑，然後搖搖頭。

「蘿拉·琳有個代寫人。」她幸災樂禍地說著。「一個死掉的代寫人。簡直像是今年的聖誕節提早到來。」

「妳怎麼知道這件事的？」

她給了我一個「這是秘密」的笑容，把大腿上舖著的餐巾弄平。「事實上，是一個匿名者告訴我的。一封電子郵件。但是當我打去《潮流》雜誌求證的時候，他們並沒有否認。」

「妳什麼時候收到這封信的？」

泰拉玩弄著她的叉子。「凱薩琳死的那一天。」

「妳不知道是誰寄的？」

她搖搖頭。「我有把信存檔，也轉寄給警方，但是到目前爲止……」她又聳聳肩。我把這件事寫了下來。

「妳長期追蹤蘿拉·琳·貝爾德的工作，對不對？」

泰拉點點頭，臉上依然帶著笑容，深紅色的嘴唇微啓，露出潔白的四方型牙齒。她淺褐色的肌膚上，完全沒有留下任何歲月痕跡。我懷疑她到底幾歲——二十三歲？二十四歲？這麼年輕就當媽媽了？「我知道妳在想些什麼。」她說。

我挑起了眉毛，等著她的答案。

「妳想問我是不是認爲蘿拉・琳殺了凱薩琳・卡瓦弄？答案是——有這個可能。」

有這個可能。我寫下這幾個字。

「我不覺得那個賤人能脫得了嫌疑。」泰拉說。「她絕對是殺人兇嫌之一。她是個瘋子——我的意思不是指因爲瘋子才能做出好的電視節目。而是她……」她笑得更開，比了一個我從當媽媽之後就沒看過的手勢：把食指抵住頭，輕輕地轉動著。

「神經病？」我說。

「在專門機構治療的後遺症。」泰拉說。「是在她父親過世之前的事。她有一個月的時間都在賓州的某間診所治療。她的粉絲說那是她太過疲累的關係。拜託！」轉了轉她那雙靈活的眼睛。「如果她很累的話，應該是去睡覺，而不是去什麼快樂草地康復中心。」

我寫下**快樂草地康復中心**，也提醒自己要問我的探子瑪麗・伊莉莎白，有沒有聽過這件事。

「對了，我要做的報告，是關於像是『瓦解』那樣的自我消解。歷史上選擇使用筆名、男子姓名或是以無名氏的方式寫作的女性作家，在暗中逐漸瓦解父系社會……社會階層……」該死！七年前我還可以侃侃而談這些話題的。「不過，妳眞的覺得蘿拉・琳會下手嗎？她是個太顯眼的嫌犯了吧？」

「不管她是個多麼顯眼的嫌犯，不管她是不是殺了那隻會下金蛋的鵝。我告訴妳，那個賤人是、個、瘋、子。」她把吸管在桌面上輕敲，直到吸管從白色包裝紙中伸出來。「妳聽過她把一罐健怡可樂丟在克利斯・馬休[2]頭上的事情嗎？」

「嗯……」

「我知道這聽起來像是都市傳奇故事，不過它是真的。我們在網站上還有放那段影片。」

「所以我猜問題是，她有沒有不在場證明？」

「沒錯，」泰拉說。「她當然有不在場證明。凱薩琳被殺害的那天，她正在華府對美國未來婦女聯盟演講。」

「嗯。」我把這些話都寫了下來。

「我也有個不在場證明，如果妳有興趣聽的話。」她做了個鬼臉。「天知道那些警察竟然有興趣。」

「這個嘛，既然妳都有一個叫做『去死吧蘿拉．琳』的網站了……」

泰拉宏亮的笑聲傳遍了整個室內，那個青豆女生氣地看著我們。「拜託。」她急忙地說。「妳真的覺得我會這麼明目張膽嗎？」

說得也是。

「就算蘿拉．琳有不在場證明，也不代表她沒有涉案。」

「怎麼說？」

「說不定凱薩琳要她的那一分。」她說，把吸管的包裝紙在指間纏繞著，直到變成跟絲線一樣薄。「或許她有跟蘿拉．琳要她應得的那一分收入……或是掛名。或許她威脅要公開這件事——不只是這個專欄不是蘿拉．琳自己寫的，而且蘿拉．琳照顧孩子最親密的方式，也不過是在拍照時抱抱他而已。」

「所以……」我試著拼湊這一切。「妳覺得蘿拉・琳可能僱用某個人去殺了凱薩琳？」

泰拉又笑了。「當然啦！她可以在某個積欠了一屁股卡債的年輕共和黨員面前，揮舞一萬美元不用繳稅的鈔票。這麼好賺的工作誰會不做呢？」她往後靠在椅背上，女服務生把漢堡送上來的時候，她看起來一臉滿足的樣子。「而且她是反墮胎人士之一……喔，不好意思，說錯了。她是美國流產手術的擁護者。妳不愛那個嗎？被流產掉的美國人？我眞懷疑我們到底是怎麼被生下來的。懷胎三年嗎？無論如何，對於在文氏圖示法[3]中有大部分重疊區的反墮胎人士和擁槍狂熱分子而言，蘿拉・琳就是他們的守護神。」她禮貌性地對我點了點頭，然後拿起漢堡吃了起來。「我可以想像她跟這些怪人見面的樣子。她把凱薩琳的照片給他們看，然後說：**這個女人是流產兒的大敵**。不然就是她威脅蘿拉・琳，或是她在進行性行為時，有使用避孕器。」她發出更大的笑聲。「當然，我完全能夠理解事情最後會走到這個地步。」

「那妳怎麼看凱薩琳・卡瓦弄？」我問。

「妳是要寫自我消解吧？」泰拉問，我點點頭。「這個嘛，她是妳的朋友。她沒有太多的書面紀錄。」泰拉說。「在科德角長大。一九九一年的時候從漢菲爾德畢業，中間沒有任何資料，直到一九九五年她開始幫醫院寫通訊期刊。九〇年代她幾乎都在幫女性雜誌，像是在《Redbook》[4]、《柯夢波丹》寫些東西，大多是和健康相關的內容，例如年輕女性罹患乳癌的故事、「強壯骨骼的十大減肥法」等等。目前就我所知，沒有任何關於政治的東西。她在一九九九年結婚、搬到康乃迪克後，開始幫蘿拉・琳捉刀。」她咬了一口漢堡、擦了擦嘴，然後看著我。「妳瞭解她嗎？她眞的相信那些狗屁內容，或只是純為了寫作？」

「我不知道。」我說，把手中的漢堡放了下來，發現自己對謎樣的凱薩琳．卡瓦弄的認識，比我所以為的還少。我一直以為，她只是另一個自卑情結作祟的厄普丘奇超級媽咪。

「還有一件奇怪的事，妳想知道嗎？」泰拉問。她換了個姿勢、撫弄著外套上的領子。「照片裡的她看起來……還不錯，不像蘿拉．琳總是一副要開口罵人的樣子。凱薩琳的樣子，就會讓妳想要跟她交朋友，妳懂我的意思嗎？」

我點點頭，想著自己對凱薩琳的認識：在公園裡的凱薩琳、在超市裡的凱薩琳、在足球場點頭問好的凱薩琳，或是在紅推車節手工藝品展的餅乾裝飾檯來回奔走、溫柔指導著每一個孩子的凱薩琳。還有她不是一直都對我和我的孩子們很友善嗎？她的臉上總是掛著笑容。我現在想起這些事了。我一直以為她在嘲笑我廉價邋遢的衣服和調皮的孩子們，以及我們總是亂七八糟的生活。不過，或許她的笑容就只是單純的笑容罷了。或許是我自己的不安感讓我們無法瞭解彼此，甚至無法成為朋友。

「凱薩琳以前住過紐約，對不對？」

「她住過很多地方。」泰拉說。「公園坡、雀兒喜區，再來就是西村。」

我翻開筆記本中的一頁，想起凱薩琳在電話中說過：**我們有共同認識的朋友**。「妳在找凱薩琳的資料時，曾聽過伊凡．麥肯納這個名字嗎？或是這人跟蘿拉．琳．貝爾德扯上關係？」

泰拉搖搖頭。「為什麼這麼問？他是誰？」

「什麼人都不是。」我說，把筆記本闔上。「他只是個無名小卒。」

吃完漢堡後，我把孩子們的照片給泰拉看，也稱讚她的孩子，同時感謝她撥空見我和提供她的見解。我走出餐廳，拿出手機，終於回電話給伊凡・麥肯納。我的訊息簡短又甜蜜：「伊凡，我是凱特。我想和你聊聊。」然後輸入我的手機號碼，最後加了句「再見」。

我把手機放回口袋中，看著走在甘斯沃特街鵝卵石道上的人群。他們看起來全都比我小二十歲以上，開朗的話語像是闇暗之中的雪花。男孩子們戴著上面有小球的針織帽——又多了一個我跟不上的新潮流——而女孩子們幾乎全都在頸間繞了兩三圈的條紋薄織圍巾。我看著自己：買了三年的海軍羊毛大衣、珍妮的毛衣、帆布購物袋，和已經磨損的黑色靴子。我嘆了一口氣，往上城走去，去見我的父親。

註1：此為紐約州紐約市的區碼。

註2：Chris Matthews，美國有線電視臺MSNBC的時事節目主持人。

註3：Venn Diagram，由兩個圓形組成，圈內分別寫上兩樣物件的特徵，中間重疊的部分是它們的相同之處，不重疊的部分則是不同處，它能讓我們對兩個人或兩件事的異同一目了然。

註4：Redbook，一九〇三年創刊，是為年輕職業婦女而編的雜誌，幫助讀者平衡緊張的家庭生活與工作。

19

「柏蒂。」我父親叫了我的小名。他打開大都會歌劇院後臺的門，把我摟進他充滿樟腦丸味道的懷中。他握著我的雙臂，上下打量著我，而我則是對他笑著。「妳的氣色很好，走吧。」他說，轉身走向地鐵站，而身旁的雙簧管盒也隨之搖晃著。他將地鐵卡刷過感應器，又幫我刷了一次。「妳肚子餓了嗎？吃過晚餐了沒？」

「我吃過了，但是我會陪你的。」我說。回到公寓，我小心地從餐桌上拿起他用來做簧片的刮鬍刀片，並且把外套掛在向來是我坐的那張椅子上。這裡一點也沒變。鋼琴還是用同一條流蘇臺布蓋著、上面仍放著相同的鑲框照片；昏暗客廳的牆上，依然掛滿著一排母親的照片——公演的照片或是舞臺上穿著戲服的照片。我把外套丟到粉紅色絨毛雙人椅上，整理出兩個月的報紙和外賣菜單。父親把桌子擺設好。我把所有在洗碗機裡的碗盤都拿出來，並且檢查冰箱中的食物，確定他有正常吃飯。冰箱裡有一包脫水熟食火雞、一罐已經長青黴的橄欖、兩片硬掉的麵包，和小一盒蘇打粉。

「我剛剛在路邊有點些外送食物。」他說。他脫掉外套和蝴蝶領結，吊帶垂在膝蓋附近。「我還有買牛奶喝，看到沒？」他搖著紙盒給我看，我點點頭。門鈴響起，父親去應門。幾分鐘後，廚房的桌上擺滿了熱氣騰騰的小排骨、餃子、雞肉炒甘藍、辣炒四季豆，還有炒飯。

「調查進行得如何？」父親問，把一顆荸薺丟進嘴裡。

「警方還是沒有抓到任何人。」我說。我喝了一口水，在他吃飯的同時，把從跟泰拉吃了起士漢堡到菲利普絕望的問題等，全一五一十地說給他聽。「他想要知道她是否幸福。」

眼鏡下父親的雙眼又大又溫柔。「那她幸福嗎？」

我單手壓碎一個幸運餅乾。「我不知道。每次見到她的時候，她總是事事井然有序的樣子。但是現在想想，她可能像我搬到康乃迪克州時一樣迷失，也可能有外遇，或者她先生有外遇。哎，謎團實在太多了。」

我父親把一根筷子插進炒飯裡，當他抬起頭時，眼中充滿了憂慮。「妳爲什麼對這件事這麼有興趣？是因爲妳是發現她的人嗎？」

「老實說，」我把餅乾碎片掃到掌心中。「我也不知道。或許她讓我想起了自己。她以前也是個作家，也住在紐約。」我壓碎另一個餅乾，把泰拉・錫恩告訴我的事情說給他聽。「她以前就住在我的附近，說不定她認識伊凡・麥肯納。」

「妳朋友伊凡？」他問。

我沒有回答，站起身，把裝著食物的容器蓋了起來。從某個愛我的人口中聽到他的名字，比自己在腦子裡想像他更痛楚。「或許跟他沒關係，又或許他們只是老朋友。也有可能她僱用他找出她丈夫偷腥的證據。」我聞了聞他驕傲揮舞著的牛奶紙盒，臉部抽搐了一下，然後全部倒到水槽裡。「媽最近還好嗎？」

「她快要回家了。」他說。「她今年春天在教碩士班。」

一句刻薄的話——**正好合她的意**——突然湧上我的心頭。我緊緊閉上嘴巴，深吸一口氣。「那應該不錯吧。你一定很想她。我知道孩子們很想她。」

他若有所思地看著我。我轉過身，把剩餘的食物放進冰箱。我逃到倫敦她身邊的那天，曾希望她會奇蹟似地變成電視或電影中的媽媽，可愛又熱心，給我安慰和濃厚的英國茶，可是她只是丟給我客房服務的菜單，便急忙地鑽進轎車中，去跟要幫她發行唱片的公司高層吃午飯。

他搖搖頭。「妳知道這不會一直持續下去的。她只是想要在她還能唱的時候盡量唱罷了。有一天她會回到我們身邊的。」

「有一天。」我重複他的話。我一輩子都在聽這句話。**夏天的時候我就會回來……聖誕節的時候我就會回來……當然妳畢業的時候我一定會到場，甜心，我絕對不會錯過！**謊言。她不是故意要說謊，只是每每都會發生別的事情——另一場表演、錄唱片的機會、交通的問題。反正都會有事情讓她無法信守承諾。

父親握住我的手。「她很愛妳。」

「我知道。」我說。

他一臉懷疑地看著我。「柏蒂，發生了什麼事？」

「除了發現屍體這件事以外嗎？」我勉強地笑著。「我不知道。大概是跟康乃迪克州這裡給我的感覺有關吧。」

「怎麼說？」他將茶壺注滿水，點燃瓦斯。「要來杯熱巧克力嗎？」他問，我點點頭。

「那種感覺就像……它讓史坦佛社區看起來像是革命的溫床般。」我把搞砸的生日派對、瑪麗貝絲·柯不使用尿布帶小孩黨等事情告訴他。其他沒說出口的：班很少回家，就算回家也都是在講電話或是上網；我跟蓮蓬頭發生性關係的次數，比跟自己的丈夫發生的次數還多；其他媽媽似乎滿足於跟孩子們花幾個小時玩「糖果樂園」或是做手工藝，而我只要進行十五分鐘就會想要尖叫或是逃出房子，這不禁讓我覺得這些媽媽們一定是某方面有問題，不然就是我有問題。

「這些女人。」我繼續說。「她們有你所見過最美的花園——妥善規劃、詳細繪圖，再小心地栽種和澆水。她們會在門上掛花環，就算不是聖誕節也掛。而且還分春天的花環、復活節的花環、感恩節的花環，說不定還有慶祝學校放假的花環。她們的房子看起來就像是雜誌裡看到的那種：**傳統型**、**殖民地型**、**其他不知什麼型**。她們都曾有過工作，卻從來沒開口討論過，更別提她們是否想念這些工作。除了花園、要裝潢的房子、孩子們……她們從來不討論其他的話題，我……」我清了清喉嚨。

「感覺又像回到高中的時候。」只是至少這一次，不會有人把衛生棉黏在我的椅子上。（也可能只是還沒發生而已。）

父親把熱巧克力放到我的面前。我雙手圍住那個有音符跳躍圖案、杯沿還有個缺口的瓷杯。這是二十多年前，我送他的父親節禮物。

「所以妳是在調查凱薩琳．卡瓦弄的死因？」

我喝了一口巧克力，把杯子放下。「我對她的人生更有興趣。」我說。「我想弄清楚她在搬到厄普丘奇前，到底是個什麼樣的人。」

「一定要小心。」父親嚴肅地說。

「我沒事的。」我說，心裡充滿更多的自信。

註1：Stepford，引自「超完美嬌妻（The Stepford Wives）」，也就是整個故事發生的地方——一個位於康乃迪克州的虛構小鎮。

20

當火車停在厄普丘奇車站時，已經將近凌晨一點。我是唯一下車的人。我將外套緊緊裹住自己，衝下月臺時，全身還在發抖著。停車場上只剩下我的小卡車，在街燈的照耀下，散發出鬼魅般的銀白色。我快步走在人行道上時，高跟鞋發出如同槍響般巨大的聲音，這時眞希望自己有帶一條圍巾。小卡車的雨刷下有東西在飄動著。是罰單嗎？我不確定厄普丘奇這個地方會開罰單。

那並不是張罰單。有張紙條塞進一個信封，信封上寫了我的名字。內容是寫在一張橫格紙上，似乎是從筆記本上撕下來的。上頭有一行粗黑的字體印著：**不要再問問題，否則妳就是下一個**。

我四下張望、心臟急跳，像是把紙條塞在雨刷下的那個傢伙會躲在附近觀看我的反應。可是周遭一部車或是一個人也沒有，但是我覺得（或是想像）我可以聽到逐漸接近的腳步聲，一開始緩慢，然後愈來愈快。我找出鑰匙、打開車門、抓住方向盤，用力地關上門，再上鎖。然後我看著後照鏡，全身因恐懼而無法動作，以爲會看到一個縮著的人影從後座伸長身子、張開雙手……但沒有，那只是孩子們的安全座椅。「好吧。」我對自己說。「好吧。」我拿出手機，雙手不停顫抖。我該先打給誰？班？凌晨一點他能做什麼？把三個孩子吵醒，然後來接我？

「冷靜下來。」我對自己說。我從購物袋中拿出史丹．伯吉朗的名片，撥打他的呼叫器號碼。在我輸入我的號碼後，掛斷電話、雙手抱住方向盤，直到它們不再顫抖，然後左右擺了擺頭，想像聽到了接近我的腳步聲或是看到某個人正接近我，或是有東西在後座沙沙作響。

警長的聲音透露出濃濃的睡意。「我是史丹．伯吉朗，剛剛有人撥我的呼叫器。」

「史丹，我是凱特．克萊。我在火車站的停車場裡。某個人在我的車上留了張紙條，上面寫著『不要再問問題，否則妳就是下一個』。」

「不要再問什麼？」

我的心一沉，賭氣地說：「問到底在格林威治的蒙特梭利幼稚園好不好。」

他沒有接話。

「是關於凱薩琳．卡瓦弄的事。」我說，聽到我的聲音已經接近尖叫。

在史丹明白他沒辦法再回去睡覺之後，嘆了一口氣，說：「到警局來找我，把紙條帶著。」

「我摸到它了。」我說。

「妳說什麼？」

「為了要唸上面的字，我摸到它了。上面有我的指紋。」

史丹壓低呵欠的聲音。「我們會處理的。快過來吧！」

史丹想要煮杯咖啡給我，但是搞不定那個咖啡壺。我把電源插上、量了水量和磨碎的咖啡粉，然後坐在我發現凱薩琳屍體那天所坐的桌子。

「妳不是唯一一個被警告的人。」他和善地對我說，把一本筆記本和筆推給我，好讓我把事情發生的經過寫下來。

「你說什麼？」

「蕾克西．赫根侯特下午也來過。她在慢跑時感覺有人在跟蹤她，還幾乎把她逼到路旁。」

「喔，天啊！」

「是啊！她的鄰居有一個十六歲的男孩，最近剛拿到駕照。我們十分確定跟蹤的人就是他。」他突然嘆口氣坐在我對面的椅子上。「最近每個人都很緊張。」

「你能怪我們嗎？」我把發抖的雙手放在膝蓋上，準備把我的調查報告寫出來，把我已經談過的人都列出來，從在遊樂場上的媽媽、蘿拉．琳．貝爾德、泰拉．錫恩，甚至是我父親。等我開車回到家，已經是凌晨三點，史丹的巡邏車跟在我後方。他陪我走到前門。我小心地在警報系統的按鍵上按下密碼，輕輕地打開了門。

史丹用手電筒照著門廳。光線掃過一堆棄置的玩具和童鞋、亂踢的運動鞋和芭比娃娃。「要我陪妳走進去嗎？」他輕聲說。

我搖搖頭。「我一個人可以的。」

我關上門、鎖好、重設警鈴，又慢慢地走上嘎吱作響的樓梯，在悄聲經過山姆、傑克和蘇菲的房間時，我屏住呼吸。再六步我就沒事了。五……四……三……二……

「媽咪？」

該死。

「快睡。」我小聲對女兒說。

「我要聽故事。」她也小聲對我說，從床邊桌上的一疊書中抽了一本給我。

我坐在她那張小小的、有頂篷的床上。蘇菲穿著粉紅色法蘭絨睡衣，細緻的棕色髮絲散落在臉頰上。她移動著身體，騰些空間給我，然後再躺好。

「在大大的綠色房間裡……」我開始說著故事。

「有一個電話。」蘇菲說。她把同樣穿著粉紅色睡衣的醜娃娃挾在腋下，翻著故事書的內頁。

「晚安，梳子。晚安，刷子。晚安，無名小卒。晚安，玉米粥。」

「媽媽，無名小卒是誰？」蘇菲指著空白頁問。

我，我想著。我想起回到城裡時，在街道上看到脖子上圍著薄織圍巾、談笑著走入黑暗的情侶們；我想起珍妮，她的光鮮亮麗、手袋、敲打著鍵盤的手指、聰明才智和能力，還有她的人生；我想起在倫敦時，母親把客房服務的菜單丟給我，連問我爲什麼來倫敦和在飛機上哭了很久而雙眼紅腫的原因都沒有，就棄我而去的身影；我想起當我在澡盆前蹲低身子時，班站在門口低頭看我，眼光不在我身上的時間，比在我身上的時間還要多。

但我沒說這些，只回答：「我不知道，甜心。」接著繼續把故事說完。「晚安，星星。晚安，空氣。晚安，每個地方的噪音。」我親吻了她，還有在她的堅持下，也親了她的娃娃，又躡手躡腳地走在嘎吱作響的地板上，回到我的房間。如果班醒來的話，我會告訴他事實。不管怎麼樣，我還是得告訴他。如果有人在擋風玻璃下塞了一張恐嚇信、如果我身陷危險，或是孩子們身陷危險，我丈夫都有義務要知道。還有三步。二步。一……

手機在我的口袋中發出聲響。走廊的另一頭，男孩的其中一個在睡夢中大叫。我慌亂地拿了出來，差點掉在地上，貼近耳朵說：「哈囉？」

我知道自己接下來會聽到什麼：一個低沉、咆哮、語氣黏滯，像每一個躲在床下的鬼怪所擁有的聲音說著：「我留了張紙條在妳的車上，凱特。妳以為門鎖跟警報系統就能保護妳的安全，可是妳錯了。我就在妳家裡。我現在就在妳的家裡……」

「凱特？」

就算是經過了這麼久，就算是我已經有三個孩子，他低沉溫暖的聲音，仍讓我的胃掀起一陣翻滾。我的腦海中浮現他在除夕夜雙眼微張，兩手弄亂我的頭髮的樣子。

「伊凡，你在哪裡？」我低聲說，走到孩子們用的浴室、關上門，坐在黑暗中的馬桶上。「警方在找你。」

「凱特……」

「凱薩琳‧卡瓦弄死了，在她的電話裡留有你的號碼，警方知道你是最後一個跟她通過電話的人。今天晚上也有人留了一封恐嚇的紙條在我的車上，上面寫著『不要再問問題，否則妳就是下一個』。」

「凱特，說慢一點。」

我深吸了一口氣，在黑暗中閉上眼睛。

「你在哪裡？」

「紐華克機場。我才剛從邁阿密飛回來。」

我的胃又翻滾了一次。我想像著棕櫚樹、白色沙灘，還有穿著比基尼的蜜雪兒。

「……我已經跟妳們當地的警方連絡過了。」他說。「我明天下午就會去厄普丘奇。我們可以見個面嗎？」

「我已經結婚了。」我不加思索地說出。

「我知道。」伊凡停了一下。當他再開口的時候，換上一副低沉取笑的聲調——我每次看到那些外送的晚餐和拼字遊戲（還有最近是我跟蓮蓬頭一起共戲的時候）時，都會想起他的這種口吻。「不過我還是可以見妳一面吧？」

我傾向前，汗濕的手緊抓著話筒。但是在我開口前，伊凡說：「妳沒事吧，凱特？妳的聲音跟從前不一樣。」

「我不能再講了，孩子們在睡覺。」我脫口而出，才想到這句話很可笑——現在是大半夜，孩子們當然在睡覺。他說我的聲音「跟以前不一樣」是什麼意思？他怎麼還聽得出來？我切斷電話、關掉手機的電源，慢慢地走下樓梯，再次檢查警報系統是否正常運作，以及每扇門窗是否都已緊緊鎖上。

21

從倫敦到紐約，是段長達六小時的航程。我在免稅商店突然小發了失心瘋，買了兩本甜蜜粉色封面的平裝本小說，內容是一開始不知所措的英國女主角們展開的詼諧故事，然後在最後給了個皆大歡喜的結局；四本沒什麼內容的雜誌、三條吉百利牛奶巧克力棒，跟一瓶半我準備好要偷溜進廁所狂喝的紅酒。我有一個眞絲眼罩和一對蘇格蘭蠟製耳塞。最後，萬一發生可怕的緊急事件或是無預期的狂飲後，我還有從去年夏天拔智齒時醫師給我的鎮痛劑。

我坐在機艙裡，脫掉鞋子，把毯子拉到下巴，拆掉第一條巧克力的包裝紙，翻開其中一本雜誌的封面，而一個高大、微屈著背、有張愉快、削瘦臉頰的男子坐在我的身旁。

「嗨。」

他大概跟我年紀差不多，口音和一口經過矯正的漂亮牙齒，毫無疑問是個美國人。我對他淺淺一笑、點點頭，雜誌攤開在大腿上，把臉轉向窗戶的那一側。「回答妳身體最私密的問題」雜誌上的標題這麼寫著，顯然英國版《柯夢波丹》雜誌的編輯們，相信我要是有私處發癢等私密的問題，是不可以在公開的地方搔癢的。

隔壁那個男人沒有因為我的冷漠，和頁首斗大粉紅色字體「陰道黴菌感染」等字眼而感到受阻。他把筆記型電腦放在前方椅子的底下，扭動著身體把皮夾克脫掉，問：「妳的症狀有比較好嗎？」

「它們教的方法很有用。」我做作地翻著另一頁，猜想我是不是真的要伸手去抓一抓，好讓他閉嘴不要再煩我。

他扣上了安全帶。「妳是從紐約來的嗎？」

我發出一個含糊的哼聲。**天啊，為什麼？為什麼是我**？我慢慢地把鎮痛劑從口袋裡拿出來。

「妳看起來很眼熟。」那個男人又說。我轉過頭看著他：在濃密的眉毛下是兩個有點靠近的棕色眼珠。削瘦的臉上長了一個鷹勾鼻，還有一個很好看的笑容、窄肩和肌肉隆起的手腕。每個人都會把他認為是某個明星。

「大概我有一張大眾臉吧。」我把藥片丟進嘴裡，喝了一大口瓶裝水把它吞下去。

「妳知道嗎？我一直沒辦法習慣這裡的一件事：水裡都不會先加冰塊。」

我對他微微點個頭，又把臉轉向窗戶。跟母親相處的十天，讓我學了一身最新的女伶表演技巧——輕蔑地打個呵欠，再加上空洞的眼神，然後馬上換一種語言。

「如果想要加冰塊的話，得自己開口要。」他又說。「你出去吃飯，但他們卻倒了半杯的溫水給你。誰要喝那個啊？」

「聽著。」我說，心裡決定如果我再不主動表示的話，就必須一直聽他講關於飲料偏好的屁話，直到藥效發作。

他把我的這個舉動誤認爲友善，對我笑了笑，然後伸出他的手。「我是班·波羅維茲。」

「我身上有把槍。」我對他說，也把皮包打開給他看。

他往後靠在椅背上，雙手高舉，好像我是一個叫他把手舉起來的警察。當然，當這些話從我口中說出的那一刻，我心裡掠過了一陣內疚。我輕輕地碰著他的手腕。他突然跳了起來，抓起一本機艙內的雜誌，翻到一則關於曼菲斯燒肉餐廳的特集報導。

「我身上沒有槍啦！」我說，把皮包拉得更開給他看。「那是個小粉盒。我媽在波多貝羅路上買給我的。」蕾娜跟我花了一個下午在血拼上。母親穿著及膝長裙、戴著彈頭大小的珍珠項鍊，走在濕答答的街道上，等著被眼尖的路人認出來，而我穿著牛仔褲和厚重的雨衣跟在她的後面，祈禱萬一她被認出來的話，千萬不要把我介紹給他們。

他向我瞄了一眼，我把粉盒拿出來給他看。「看到沒？」

「我明白妳不想被打擾。」他說，目光牢牢地盯著雜誌。

「沒錯，但是我也不應該嚇你。抱歉，我只是……」喔，天啊。我覺得眼皮有點刺痛，喉嚨也縮了起來。「前一段時間我的日子過得並不好。」

他從口袋裡拿出一條手帕——一條我用來擦拭眼角時，聞起來很乾淨又感覺上了很多漿的手帕。

「很抱歉打擾到妳。」他說。「不過妳真的看起來很眼熟。」

我聳聳肩，用力吸著鼻子，準備好回答他在什麼猶太人居住區域，或是常去紐約市的什麼地方、認識哪些人……的對話。「我在是上西區長大的，念皮姆高中。」

「妳是住在阿姆斯特丹大道嗎？」

我點點頭，把臉轉向他。

「妳有上過薩克斯風課嗎？」

「沒有，我上歌唱課。」我又喝了一口水，感覺自己已經逐漸陷入昏迷的狀態。「不過我住的那幢公寓裡，有一個教薩克斯風的老師。」

「我有學過薩克斯風。」他說。「或許那時我看過妳。」

「或許吧。」我試著把手帕還給他。

「不用現在還給我，妳留著用吧。」他微笑著說。「不過還是要還給我喔。妳願意找一天跟我共進晚餐嗎？」

我點點頭。他的笑容很好看，我想……或許這只是藥效發作才有的閒聊。我閉上了眼睛，當我醒來的時候，已經降落在甘迺迪機場，我的頭靠在班．波羅維茲的肩上。他將毯子緊緊裹住我，我們也小聲地詢問美麗的英航空服員，如何去掉皮夾克上面的口水漬，因爲他把皮夾克折起來墊在我的臉頰下。「抱歉。」我含糊地低聲說著。

「沒關係的。」班說。「不用擔心。」有一部車在等他。他會順道載我回家嗎？

我接受了他的邀請。一個星期後，我們出去吃了壽司。我問了關於他的生活、工作、朋友和嗜好等問題，並且在適當的時機點頭和微笑著，途中只有兩度溜到洗手間，查看伊凡有沒有留言在我的答錄機上。**他跟我很相配**。我這麼想著，傾過身跟這個兩年後成為我丈夫的男人乾杯。他是個跟我相配的男人。我們會有相配的生活，就算我知道我對他的愛不及伊凡。但是看看愛情給我的傷害。我想還是「相配」比較適合我。

我跟班去聖露西亞度蜜月，回來後搬到他位於六十五街與西中央公園交叉口的兩房公寓中，在那裡過了三年的幸福生活。我對工作和有珍妮這個朋友感到很滿意。已婚的感覺對我來說跟單身時差不多，只是手上多了一顆閃亮的大鑽石，還有不能再跟其他男人約會的這個小問題。現在我已經瞭解我的丈夫是個什麼樣的人。班之前顯然把他所有的空閒時間都用在跟我求愛上，可是他現在不會再這麼做了。晚上、週末、整個夏天他都在工作，除了偶爾會在週末，他會開車來席位於布里奇漢普敦的別墅找我和珍妮，一整天待在泳池畔，然後星期天再帶著曬傷的臉（除了耳際因為一直在講手機而留下的白色痕跡外）開車回去。

然後就是蘇菲出生。班在她出生的兩天後就回到工作崗位。我並沒有抱怨，但是很難不注意到珍妮和我父親請了更多天的假來照顧我們母女（蕾娜飛了很久的時間來親吻了寶寶後，就又飛回羅馬）。十天後，父親回到交響樂團，珍妮回到《紐約夜線》，又剩下我一個人既疲倦又困惑，身旁還有一個八磅半的尖叫機器，和一個超厲害的奶媽，很遺憾的是，她只會說俄文。

當蘇菲十二週大時，我去找莫里森醫師進行已經延了兩次的產後檢查。

「最近好嗎？」當我把雙腳套入產檢的腳蹬時，他親切地問。

「呃……」說眞的，在應付一個哭鬧不停的新生兒、一個不回家的丈夫、一個不斷答應會回來，然後又改變心意的媽媽，再加上一個只會透過咕噥聲、手勢和憤怒地搖頭的褓姆絲薇塔，我實在是沒有心力開口一次用兩個字以上的話來回答他。

「請把雙腿張開。妳有節育的計畫嗎？」

我虛弱地笑著。「你是指戒掉性生活嗎？」

當他仔細地檢查著內部時，咯咯笑了兩次，然後眉毛拉了下來。「啊？」

「啊什麼？」我問。我知道自己應該更擔心的，但是老實講，從蘇菲出生後，躺在她身旁，是我一生中最悠閒的時光。我所要做的就是不要打瞌睡。

「我想可能要照一下超音波。」

我聳聳肩：「爲什麼？難不成，呃，裡面還有東西嗎？」

「請跟我來。」他說。五分鐘後，莫里森醫師在我的腹部塗上黏膠，把超音波儀貼在上面，發現有兩個心跳。「恭喜妳，又要當媽媽了！」護士鼓起勇氣說。算她幸運，反應很快。我踢向超音波監視器的鞋子，差一點就擦到她的肩膀。我拉著褲子沒命似地逃離辦公室、走廊，一直到電梯中，連把褲子的拉鍊拉好或是釦子扣好都沒有。運動鞋也只是套在腳上而已，並沒有綁起來，身上穿的檢查服後面在空中飄動著，前面則是黏著照超音波所塗上的膠。

電話響了三聲後，班接了起來。「我是班．波羅維茲。」

「你這個王八蛋！」我叫的音量之大，害一群街角上的鴿子飛了起來，翻找著垃圾堆瓶罐、自言自語的遊民也上下打量著我，用清楚的聲音說：「小姐，妳瘋啦！」

「妳說什麼？」

「我懷孕了。」我說，開始哭了起來。「又懷孕了，而且還是雙胞胎！」

「妳懷孕了……」他的聲音逐漸變小。「我沒有想到妳會懷孕……我的意思是，這太快了！」

「告訴我這是怎麼回事。」我哽咽地說。

他清了清喉嚨。「我們現在要怎麼做？」

「我會的。」他答應我。

「你不能只說你會早一點回家，然後又不回來；或是你會洗衣服，然後又不做。我……」我把淚水用袍子的一角從臉頰上抹去。「我一個人不行的。」

我把頭髮從臉頰上塞回腦後，把袍子緊緊地裹住肩膀。「會有三個孩子吧，但是你要幫我！」

「我會幫妳的，凱特。我答應妳我會。」

那時，他的確是這麼說。至少在男孩子們出生、褓姆回去，而我母親又再度缺席後，那是我唯一依靠的信念。在我進行剖腹產手術十天後，珍妮和我父親又回去工作，我一個人跟一個很不快樂的十一個月大嬰兒，還有兩個新生兒待在公寓裡。問題是班仍耐心地一次又一次向我解釋，他正忙著建立事業、鞏固名聲，以及爲了日後不必每天每夜每週末工作的幸福樂園而努力著。「我是爲了我們才這樣的。」他說。而我則是點著頭說：「我知道。」

只要我繼續待在紐約、待在我父親和珍妮的身邊，我想我會一切安好。孩子們一定會長大的。他們會上托兒所、小學、中學……某天我能跟他們說話，而他們也會回答我的地步，我就可以做一些兼職的工作。我就可以重新過著沒有孩子們的日子，以及再次讓生活得到某種平衡。

可是有一天，我遇上娃娃車搶劫事件。

我跟孩子們正從自然歷史博物館（在那裡花了二十分鐘看海底生物展、花了相同的時間在換尿片，還有四十五分鐘在禮品部裡）走回家。那是個出奇溫暖的二月天，萬里無雲的晴空和微風帶來了春天的訊息。脾氣溫和的山姆和傑克，在這幾年間個性上沒有太大的變化，坐在娃娃車裡，很快地就睡著了。而常常哭到面紅耳赤，又不容易哄睡的蘇菲，則是張大了眼睛，站在我固定於娃娃車後面的板子上。

「媽咪，輪子為什麼是圓的？」當我們走在中央公園西路上時，她這麼問我。

「因為如果它們是方的，就不會轉動啦！」

蘇菲想著這件事。「為什麼？」

「這個嘛，因為輪子本來就應該要轉動啊！這樣它們才能帶著妳去很多地方！」

「可是為什麼……」

在蘇菲講完這句話前，一個戴著髒兮兮棒球帽的男人從垃圾車後冒了出來，抓住娃娃車的把手，把它轉向推往一個我從來就沒有注意過的暗巷中。

「嘿！」我大叫著，蘇菲機警地從娃娃車後方的板子上跳了下來，雙手抱住我的大腿。

「安靜一點，我叫妳安靜一點。」他說，把娃娃車抵住垃圾車，胡亂地在口袋中翻找著。當我看到槍的時候，心頭爲之一震。

「把妳的袋子給我。」

我叫蘇菲放開我，但是不要離開我的身邊。我彎下腰，在娃娃車底下拿出尿片袋。

「不是，給我妳的皮包！」

「我沒有！」我說。「我沒有帶皮包出門，只拿了小錢包放在尿布袋裡。」我把袋子拉開給他看，大腦一陣暈眩，胃裡一陣想吐的感覺。「拜託不要傷害我的孩子們。」

他把尿布袋裡的東西全都倒在人行道上。紙巾、尿片和一盒葡萄乾散落一地，除了我的錢包，因爲他已經把它塞進口袋中。「珠寶。」我把手錶和手環交給了他，並且在試著硬拔出婚戒時，逼自己看著他，他的臉和他的身體：他大概五呎十吋左右，或許有一百六十磅，面容蒼白，一頭髒亂的金髮，穿著褪色的牛仔褲和皮夾克。

「把娃娃車給我。」

「你說什麼？」

他看著我。「把小傢伙抱出來，娃娃車交給我。」

「妳站著別動。」我低聲對蘇菲說。她又緊抱著我的大腿，我彎下腰，用顫抖的雙手解開男孩子們的安全帶，心裡還是不敢相信眼前發生的事。

我把男孩子們抱在手裡。這個搶匪按下把手下的紅色按鈕。什麼事也沒發生。他看了一眼印在泡棉把手上的說明。

「這裡寫『單手就可以收起』。」

「是啊，但是……」

他又按了一次按鈕，上下搖動著娃娃車。還是什麼也沒發生。他踢了固定的橫桿一腳。

「不對，不是這麼收的。」我說，試著把手中六十三磅的小孩給抱好。「不，媽咪，不要！」蘇菲大哭著，因為傑克的腳踢到她的肩膀。「叫寶寶不要再碰我啦！」

「你在按下去的同時，要壓底下的那根桿子。」

「這一根嗎？」他問，用槍指著其中一根橫桿。

「不是那一根，再下面的那根。」我用下巴指給他看。我真不敢相信傑克和山姆居然還在呼呼大睡，但是蘇菲似乎已經看出來發生什麼事了。

「媽咪，為什麼那個人要拿我們的車車？」

「可能他要用車車吧。」我說，把男孩子們用另一個姿勢抱著。

蘇菲用她最大的音量叫著。「醜娃娃！」

該死。我心裡冒出：**第四十三章，我將變成一個填充的奴隸，無法再安慰蘇菲。**

「呃，不好意思？先生……」

「我的醜娃娃！」蘇菲還沒放棄，兩個男孩子也睜開了眼睛，看著他們的姐姐，開始大哭了起來。搶匪終於把娃娃車收起來，一把扛在肩上。

「我可不可以把我女兒的玩偶拿出來？」

「再買一個給她，妳這個有錢的賤人！」

「那個醜娃娃不一樣！」蘇菲大哭。

「那個醜娃娃不一樣。」我重複她的話。「我沒辦法再買一個一模一樣的給她！」

他嘆了口氣，停下手邊的動作。我趕緊走向前，蘇菲還巴在我的大腿上。我用一隻手在折起來的娃娃車底下的籃子中翻找著。果汁盒、洩掉氣的玩具籃球、裝滿切達起司餅乾的塑膠盒……

「醜娃娃！」

我終於找到醜娃娃，並且把它拿給蘇菲。她把姆指塞進嘴裡，一手抱著娃娃，抬頭看著搶匪，他抬起一邊眉毛看著我們四個人。

「還有什麼要拿的嗎？」

我咚一聲倒靠在垃圾車旁。「沒有了。」我說，看著那一台價值四百美元的德國製娃娃車，將從此在我的生命中消失。「沒有了，就這樣。」

有錢的賤人，他剛剛是這麼叫我的，我搖搖頭，把東西塞回尿布袋中、將孩子帶上人行道、叫了輛計程車，然後撥了通電話給我丈夫。

當天下午三點，班跟我們在警局碰面。他的眉毛全都皺在一起、雙唇緊閉、雙眼暴怒。「這裡就是這樣。」他說。「我們要儘快搬離這個地方的。」

我開口反對，卻發現自己很煩惱與不安，無法跟班爭辯我們應該要留下來的理由。四點鐘，班跟地產經紀人在講著電話。隔週，他把我們的公寓給賣了；再隔週，他帶我去看我們的「蒙特克萊（montclaire）」，並且把鑰匙交給我。再見了，紐約市；你好啊，康乃迪克州的厄普丘奇。

就在我們搬到這裡之前，甚至是在搬到這裡之後，我都幻想過自己的人生會不會變得不同。如果我再試著對伊凡努力點的話呢？如果我對眞愛更堅持一點，而不是跟這個我不夠愛的男人定下來呢？

我不該再這麼想了。第二天一早，我下了床，孩子們吵鬧著要吃煎餅，班吵著要把他的衣服拿去乾洗。如果沒有班的話，就沒有這三個孩子，我不敢想像沒有他們的生活。不過在我擺放餐盤和清洗襯衫的同時，仍會想著，萬一當初英航的電腦給我的是前一排或後一排的位子；或者當初我選擇到巴黎或邁阿密海灘去療傷，而不是倫敦；或者我提早一分鐘戴上眼罩，那麼，班．波羅維茲就不會看到我的臉，那我的人生會變成什麼樣子？

22

根據建築物前的花崗石紀念牌上的內容，厄普丘奇鎮公所建立於西元一九八四年。但無論是誰蓋了這幢房子，都嚴謹地考量到此鎮的殖民歷史：捨棄了有扶手和坐墊的禮堂折疊椅，在挑高天花板的空間中，裝置了一排排用以讚揚反奢華清教徒精神的高背硬木長椅，但從人們不斷變換姿勢和蠕動來判斷，這些椅子對現代人來說，是太狹窄了一點。

我根本就找不到地方可以擠進去。凱薩琳的追悼會預定在早上十點鐘展開，但是顯然所有其他鎮民都收到一張備忘錄，要求他們最晚在九點四十五分前到達。因此當我梳好頭髮、用後照鏡塗好口紅後，在九點四十三分踏進鎮公所時，每一張椅子上都坐滿了人，四周還放置了許多的折疊椅。

我緩緩往某個角落移動。卡蘿．金奈爾坐在講臺後三排的位子上對我揮著手。她穿著鴿灰色的裙子、白色絲質上衣、黑色高跟鞋，沒有了平常戴著的手鐲和小飾品，今天只戴了一對簡單的鑽石耳環。坐在她身邊的是蘇琪．沙瑟蘭德，她穿著淺米色的套裝，戴了雙串的珍珠項鍊。在蘇琪身邊的是蕾克西．赫根侯特，她把頭髮整齊地編成辮子，穿著長袖淺棕色連身T恤，從肩膀往下延伸，緊身的剪裁突顯她小腿的線條。

我穿著黑裙和深藍毛衣站在角落裡，眞希望事前有人通知我要穿比較柔和的大地色系衣服。「請各位禱告。」鎮上公理會牧師泰德．戈登宣告著。每個人都低下了頭，當然我也隨著衆人這麼做，而且速度快得都可以聽到脖子發出「卡啦」的轉動聲。「喔，天主，我們請求你接納我們的姐妹凱薩琳．卡瓦弄至你的懷中。我們請求你安慰她悲傷的家人們，以及她所愛的人：她的丈夫菲利普、她的女兒瑪德琳和愛默森、她的父母波妮及休……」

父母？我不記得在任何的訃文上，有提到她父母的名字。在泰拉．錫恩的網站上有說明凱薩琳娘家的姓氏和故鄉……而我記得「波妮」這個名字出現在凱薩琳房間的明信片上。

我極力眺望，看著前方的人群，是有幾對年紀足以當她父母的夫妻。而最前排，只有菲利普和女兒們穿著相搭配的海軍藍服飾，還有一對保養得很好的老夫妻，男的長得跟菲利普一模一樣，就像是菲利普老了三十歲的樣子，花了大半生享受著霜降牛肉和二十年酒藏的威士忌。

「主啊，我們祈求你救贖這個社區。」戈登牧師繼續說著。前方的牧師有著一頭捲髮、厚實的肩膀和認眞的表情。不過我覺得他現在一臉看起來像是很努力地憋著笑意，簡直就像是在「動物屋」[1]裡演方德的那個傢伙，以致於很難讓人嚴肅地看待他。「讓我們成爲彼此指引的光芒，以及給喪家的慰藉。」他說，雙頰因眞誠而抖動著。「當我們經歷這艱難時刻時，以及警方持續搜索以將這件慘案的兇手訴諸正義之前，讓我們擁有耐心和忠誠。」

戈登牧師傾身向前，緊緊抓著講臺的邊緣。他手上的金色婚戒在燈光下閃閃發亮。

「我們可以給凱薩琳·卡瓦弄一個什麼樣的稱號？」他問。「一個睿智的思想家。一個可親的母親。一個摯愛的伴侶。」

一個代寫作家。一個每週花三個下午去紐約，做些只有上帝知道的勾當的女人。

戈登牧師停了一下，親切地看著臺下的衆人。「我們可以對一個死去的三十六歲女人，給予什麼樣的評價？」他問。

我想我一定驚訝到連下巴都掉下來了。**我知道自己的雙眼也因爲驚嚇而睜大著。**一個被謀殺的女人的葬禮，而那個「方德」居然引用「愛的故事」[2]。難道凱薩琳不應該得到更好的對待嗎？我四下找著可以和我分享這個心得的人，但耳中只充斥著啜泣和吸鼻子的聲音。

戈登牧師讚揚凱薩琳身爲一個母親的溫和親切、身爲一個家庭主婦的百般武藝，以及她所烘烤的大黃草莓派之美味，曾兩度在教會每年所舉辦的「春季孚林舞烘焙節」上得到殊榮。他用最概括、最溫和的「激勵思想的文章」等字眼，來描述她的寫作，隻字未提她是幫另外一個人代寫的事實，同時對凱薩琳的書簡略一提而已——「將隨之長眠」。我悄悄地把右腳的高跟鞋脫掉（穿這雙鞋眞是愚蠢的決定），等著他提到任何有關凱薩琳在搬到厄普丘奇之前的生活——大學同學、醫院通訊刊物的編輯、紐約市的室友——結果什麼也沒有。關於她的父母、童年、大學或是紐約市，也都沒有再提起。

好像她在嫁給菲利普和搬到厄普丘奇之前，是個根本不存在、被杜撰出來的人物。**或者她的人生是被改寫過的**，我這麼想著，把右腳的鞋子穿上，又把左腳的偷偷脫了下來。

「現在，有沒有凱薩琳的朋友要跟我們說說話？」戈登牧師仁慈地看著大家。

高大寬廣的集會廳裡鴉雀無聲，只有間歇聽到吸鼻子或是換腳脫鞋的聲音。「方德」一臉期待地看著大家。我發現自己因爲凱薩琳的家人們雙唇緊閉、堅忍地直視前方，且瑪麗貝絲和蘇琪輕聲低語卻沒打算要走向前，而感到瀕臨掉淚的邊緣。爲什麼沒有人要出來說句話？她沒有任何朋友嗎？如果是我意外身亡的話，我很確定珍妮一定會爲我歌功頌德一番，把我講成一個風趣、可愛又稱職的媽咪，決不會提到山姆滾下床、傑克跌出汽車座椅，還有我在八小時之內進出急診室兩次的事情。何況凱薩琳不像我，她的確是值得好好讚揚一番的人。這些女人都是親眼看到凱薩琳如何無微不至地照顧她的兩個女兒，爲什麼沒有人要出來說些話呢？

終於凱文．杜蘭走到臺上，悄悄地跟戈登牧師說了幾句話。我吐了口氣，想著至少有人要代表凱薩琳說些話了，可是此時凱文輕聲說著，手也向外指著，指向群衆、指向房間的最後一排。指向我。

「你是指凱特．克萊？」牧師問。所有人都轉過頭看著我。突然間，人群交頭接耳、竊竊私語，就好像血流滿面的人是我一樣。我搖搖頭，可是泰德牧師似乎沒注意到。「凱特．克萊！」他說，然後試著用早上第一個類似說笑話的口吻：「快上來吧！」

我用力地搖著頭，用嘴形表達「不」，臉上還盡量保持著嚴肅的表情。可是我的那個「不」並沒有發生作用。有無數隻手抓著我的手臂，我發現自己穿著那雙超緊的鞋子，正向前移動著。不知怎麼地，我上了臺，凱文．杜蘭緩緩帶著我走向講臺。「抱歉。」他低聲說。「我一定是聽錯了，不過妳不是告訴我妳要為她的追悼會準備講稿嗎？」

死定了，我心裡咒罵著，可是我的頭卻上下點著，這是一個跟我的意志完全分離的動作。**好吧，凱特，就當妳已經喝醉了**。我死命地抓著講臺的邊緣，眼睛看著底下的群衆——我在康乃迪克州的三百個鄰居——大家都在想我要說些什麼。

我艱難地吞著口水，開口說：「凱薩琳．卡瓦弄是……」

「大聲一點！」後排的某個人大叫。

「我聽不到妳的聲音！」另外一個人也說。

我清了清喉嚨，調整一下麥克風，心裡對於噓聲退縮了一下，然後又試了一次。

「我們都聽過凱薩琳．卡瓦弄是個好媽媽，也是個好妻子。」我無力地說。「她正在做一件重要的工作，是一件關於……」**在紐約市度過不為人知的午后時光，或許還背叛了她那個早就在外面偷吃的丈夫**。喔，神啊，幫幫我吧！我痛苦地吞嚥著。「……研究當個好媽媽、好妻子，以及當個好人的意義是什麼。我們或許不見得都同意她的論點……」我擦了擦前額，後排傳來一個憤怒的聲音。「但是或許我們都同意當個父母親的確不是件容易的事。眞的，眞的很難。比書裡寫的還難、比電影演的還不容易。而在那一天，我想凱薩琳會因為鼓起勇氣詢問這些困難的問題、找出她自己的答案，並且當這些問題和答案出現在我們根深蒂固的信念中，也不會裝出漠不關心的態度，而活在各位的心裡。」我又用袖子擦拭著前額，感覺汗水緩緩地從背流了下去，浸濕了內衣的肩帶。我現在看起來可能就像是「收播新聞」裡的亞伯特．布魯克斯一樣。我那些與凱薩琳僅有數面之緣的記憶——我指真正見到面的記憶——快速地閃過腦海：凱薩琳穿著粉紅色亞麻材質的衣服，對我的女兒笑著；凱薩琳趴著死在自家廚房地板上，血液將她的絲質上衣變成陳年波爾多紅酒的顏色。

唱歌，把對她的讚揚給唱出來。我這麼想著。「因此……因此或許我們可以一起唱首歌。唱出對她的回憶。」我把食指慎重地放在上唇處，明白就算我上了這些年的歌唱課，也聽了不少的爵士唱片；以及就算世界最知名的女高音之一是我母親，而美國頂尖的雙簧管手之一是我父親，我還是想不起來任何一首歌的旋律，甚至是一句歌詞、一個音符……什麼都想不起來。腦中一片空白。除了……我深深吸了一口氣。「**如果你感到快樂，請拍手。**」我的聲音在最後一個字大聲了起來，底下的群眾全都目瞪口呆地盯著我。泰德牧師眉頭深鎖。凱文．杜蘭嚇得下巴掉了下來。終於，蕾克西．赫根侯特和卡蘿．金奈爾也開始拍著手，並且隨我唱了起來。

「**如果你感到快樂，請拍手。**」

又加入了三三兩兩的掌聲，那些人的臉上爲了維持禮節而毫無表情，聲音也是像小貓叫一樣。

「**如果你感到快樂，臉上的表情也會是快樂的。**」泰德牧師也用他的男中音加入我們。

「**如果你感到快樂，請拍手。**」凱文．杜蘭唱了起來。最後從觀眾席傳來的幾個掌聲，聽起來像是石頭掉進空井裡的回音。「謝謝你們。」我低聲說，同時緩緩走回擁擠的人群中。當其他送喪者側開身（喔，不，應該說是他們畏懼我）的時候，人群就像紅海一般散開。

我汗流浹背地努力經過他們身邊，然後回到我之前站的那面牆。我旁邊那個女人側過身按住我的手。「這……」她的嘴唇上下動了幾秒鐘。「這實在是太棒了。」

我無力地點點頭。

「最後，我們請凱薩琳的家人來跟我們說幾句話。」泰德牧師說。

喔，不。我的一口氣卡在胸間。菲利普．卡瓦弄左右手各牽著一個女兒，腳步不穩地穿越人群，像是小小的藍色拖船帶領著一艘貨輪進港。**喔，不。不要發生這種事**。我在皮包中翻找著紙巾，找出一團「乳品皇后」速食店的條紋餐巾紙。我雖然不太關心已逝的黛安娜王妃，不過對她的葬禮仍印象深刻——棺材上的一封折起來，寫著「給媽咪」的信紙，讓我如同自己的母親離開人世一樣啜泣（而事實上聚娜那時無病無痛，在丹佛市演出）。如果躺在棺材裡的人是我，蘇菲、山姆和傑克跟他們的父親遺留在這個世間，那又會是什麼情形？我想到之前那個晚上，留在小卡車上的那封信，仍不由自主地顫抖了起來。而此時，菲利普．卡瓦弄停下腳步，擦拭眼角。他的眼眶深陷，嘴唇泛白、微微抖動著，雙頰也消瘦下去，下巴鬆垮的皮膚也在行走時搖晃著。

他登上第一階臺階，然後是第二階，膝蓋在踏上第三階時不穩了一下，幾乎讓他跌下來，還好他及時抓住講臺。我聽到蕾克西．赫根侯特倒抽一口氣的聲音，也看到卡蘿．金奈爾輕拍她的肩膀。坐在前排凱文．杜蘭身旁的黑髮女人——我想那應該就是黛爾芬吧——靜靜地啜泣著，用手帕擦拭眼淚。菲利普伸出一根手指頭，輕輕地敲著麥克風，像是在確認它還在不在那裡。

「凱薩琳是……」他的聲音低沉、單調又刺耳。他清了清喉嚨，又說了一次。「凱薩琳是……」這次大聲一點了，也可能是他比較靠近麥克風說話。空間中滿是雜訊的迴音，然後是個隱約的砰砰聲。菲利普往前傾著身子，把臉埋在他的雙手中。

「這對他太過分了。」我左邊的那個女人悄聲說。然後泰德牧師走上臺，輕輕把菲利普帶回座位上。兩個女兒還在臺上，姿勢良好地站在麥克風前，像是縮小版的凱薩琳，閃亮的棕髮從蒼白的臉上，整齊地梳在腦後。她們看了對方一眼，然後其中一個（瑪德琳或是愛默森，我搞不清楚）往前踏了一步。「我們很愛媽咪。」她說。

時鐘滴答地走著。蕾克西．赫根侯特的臉上流下了淚水。菲利普的呼吸，在他努力地維持平靜時，顯得特別大聲，而泰德牧師無效地拍著他的背。另一個女孩也往前站了一步，站在她的姐妹身旁。「她是世界上最棒的媽咪。」

整個大廳擁擠不堪。菲利普的父母攙扶著他，泰德牧師則攙扶著另一邊，他整個人像一尊蠟像般站立著，兩手分別放在女兒的肩上。我在他們身後快速走著，像是有什麼緊急狀況一樣，試著不要聽到其他人對我的批評。（那些時髦又骨瘦如柴的女人，可能會相互問著：「那個胖女人……是誰啊？她到底在想什麼？」）我看到凱文和黛爾芬夫婦兩人走近菲利普的身邊，凱文給了菲利普一個擁抱，而臉上的妝已經花掉的黛爾芬，站在他的身旁，擦拭著眼淚。當菲利普給她一個擁抱時，我看到她退縮了一下。

我推開門，搶先在眾人之前到達停車場。一到停車場後，我隨即遺忘那些人的臉孔，專心於車牌號碼上。訃文上是寫著「麻薩諸塞州的伊斯特姆市」。伊斯特姆也是我找到的那張明信片，原本應該要寄出去的地方。康乃迪克州的車牌是藍白兩色，而麻州的車牌是紅白藍三色。我看到有三部車是掛麻州的車牌：分別是綠色菱形小標誌的Saab斜背式五門車、有黑色兒童安全座椅的凱迪拉克ＳＵＶ，和——我屏住呼吸——一輛四門喜美，大概已經開了五年，讓人一眼就能看出它是停車場裡最舊的一部車。車身是灰色的，駕駛側門邊有一個凹痕，在保險桿上貼了張「給和平一個機會」的貼紙。

我站在喜美和Saab之間，保持一點距離，但當一對老夫妻走到那部灰色車的旁邊時，我倒吸了一口氣。老先生滿頭花髮，身體看起來很虛弱，皮膚相當蒼白，過大的眼鏡後是一雙淚汪汪的藍色眼睛；老太太嬌小又纖瘦，一頭灰白的捲髮剪得很短，穿著寬鬆的綠色短洋裝，脖子上掛著一串琉璃項鍊，穿著黑色絲襪的腳上，套著一雙勃肯鞋。她的臉上沒有化妝，也沒有厄普丘奇婦女一般會擦的楓糖色唇膏。所以，她絕對是從外地來的。

我走在停車場的碎石地上。「打擾一下，請問兩位是凱薩琳的父母嗎？」我看著那個女人，努力地回想起凱薩琳娘家的姓。「您是波妮．維瑞嗎？」

他們在開口回答前，互望了一下。

「是的，我是波妮．維瑞，凱薩琳是我的女兒。」

「我是凱特．克萊。」我說，同時伸出手。

「我們聽到妳的致辭了。」她說。她握著我的手，那是一雙嬌小又溫暖的手。她跟凱薩琳一樣都有雙湛藍的眼睛，但也只有這一點相像而已。在波妮友善的圓臉上，找不出其他和女兒的相似點……而且凱薩琳至少比她母親高出八吋。

「妳是個畫家。」我說。

她好奇地看著我。

「我去過凱薩琳家……看過牆上那些美麗的海景畫。」

「喔。」她說。她先生把一隻青筋滿佈的手搭在她的肩上。

「我們該走了。」他說。「九十一號公路很塞。」

我點點頭，脫口而出：「我要向兩位表達我真的對這件事很遺憾。」

「謝謝妳，親愛的。」她說。

「我是發現她的那個人。」我說，然後閉上了嘴，一股懼意陡然竄升，發現自己這麼說根本像是在炫耀：**爲我歡呼吧，我是發現妳女兒屍體的人！**

「那一定很可怕。」她說。

我微微頷首，好像我是個蠻常會突然發現血流滿地的鄰居的人。「我希望可以更瞭解凱薩琳一點。」我緩慢地說，試著詢問有關於明信片的事情。**比我相信的還要快樂**。「我的意思是，我們常常在遊樂場見面，而且當然我也讀過《潮流》雜誌，也看過她寫的東西……」

「她寫的東西」這幾個字，讓這對老夫妻嚇了一跳。休蒼白、皺紋滿佈的臉上突然脹紅，波妮拉著他的手，無助地看著我。她丈夫大步走向駕駛座，用力把鑰匙插入門鎖，力道之大，害我以爲另一邊的門會掉下來。

「我很遺憾妳失去了女兒。」我說。

波妮搖著頭，她丈夫伸手越過排檔桿，推開她這一邊的門。「妳不明白的。」她輕聲地說，我必須傾過身才能聽到她在說些什麼。「休和我很久以前就失去凱蒂這個女兒了。」

她的話和她叫凱薩琳的方式，讓我驚訝不已。當波妮關上門，休打好檔位，車子從離我不到六吋的空隙中擦身而過，我全身無法動彈地站在原地，看著他重重地踩下油門，駛離這個停車場，往大街開去，輪胎發出吱吱叫的聲音。

我蹣跚走著，腳痛死了。在我快要跌倒前，有個人即時抓住我的手肘。

「妳沒事吧？」一個男人的聲音問著。

我雙膝一軟，跌坐在碎石地上。在掙扎著站起來時，腳踝傳來痛楚，掌心也滲出血漬。

「不好意思，謝謝你。」我說。那個抓住我的男人，約五十幾歲，矮瘦結實的身材、頭頂幾乎全禿、一雙棕色的眼睛、瘦窄的臉頰，和深棕色的肌膚。他讓我想起了瘦小、毛皮光滑，在水中比在陸地上更爲適合的「水獺」。

「天啊！」我說，希望多幾次的深呼吸能讓我的膝蓋不再抖動。「我跟凱薩琳的父母說話了。」

那個男人的臉上露出困惑的表情，伸出了他的手。「我是喬爾．艾許。」他說。

這個名字好耳熟，我馬上就想起蘿拉．琳．貝爾德曾提起過。他是《潮流》雜誌的總編輯，或許還跟凱薩琳上床過。

「你是凱薩琳的朋友。」我說。

他點點頭。「我試著當她的朋友。」他說，看著我把手上的小石子給弄掉。

「你們兩個認識很久了嗎？」我問。

他轉頭看著鎮公所的大門，穿著褐色與灰色衣服的哀悼者正魚貫而出，彼此間低頭細語著。「妳有空喝杯茶或咖啡嗎？」他問。「在回到城裡前，我還有一點時間。」

註1：Animal House（全名：National Lampoon's Animal House），是部帶有六〇年代早期懷舊風味的電影，為編劇克里斯．米勒根據他當年真實的大學生活經驗所寫。Flounder是個肥胖、笨拙、悲觀主義者，由Stephen Furst飾演。

註2：牧師唸的追悼詞：「What can you say about a thirty-six-year-old woman who died?」引用自一九七〇年代的電影「Love Story」裡的一句對白：「What can you say about a twenty-five year old girl who died？」

23

十分鐘後，喬爾．艾許和我坐在灰色屋瓦的布魯克菲貝果店裡，外面裝設著黃白條紋雨篷，與六、七張兩人坐的圓木桌；花個六塊錢就可以買杯很淡的咖啡，以及剛烤好的還有點黏糊糊的「驚奇麵包」[1]。喬爾．艾許咬了一口，臉上抽搐著，然後把它放在一邊。

「我知道，」我壓低聲音說。「很難吃對不對？」

「這……不是很好吃。」他說。他的表情看起來像是為了要把一嘴的假貝果吞下肚，還是要把它們吐到紙巾上而交戰著，最後決定繼續咀嚼。

「告訴我。」我說。「一個住在厄普丘奇的家庭主婦，怎麼會幫美國最重要的雜誌之一工作？」

那句令人生厭的恭維還飄浮在溫暖、充滿酵母氣味的空氣中，我伸手從袋子裡拿出了筆記本。

喬爾・艾許不遮掩他臉上的笑意。「妳現在這麼問，不會是想要搶她的飯碗吧？」

我搖搖頭。「我有很多事要忙。」

「這樣啊。」他說。「我是凱薩琳大學的老師，她畢業後我們還一直保持聯絡。實際上是凱薩琳讓我注意到蘿拉・琳的事情。我看過幾次她在CNN的節目，她的想法激起我的興趣。家庭主婦與職業婦女之間的戰爭，是美國女性經常爭論的議題。」

我點點頭，寫下**爭論的議題**幾個字。「我也是個母親，必須要告訴你，那的確是很棒的主題。」我自己也是個母親，在這麼忙碌的情況下，實在沒有時間讀這些報導，不過諂媚一下也無傷大雅。

「所以我撥了電話給蘿拉・琳，而她也很急著與《潮流》搭上線。」

「那是當然的囉！」我用一副理所當然的口吻說。

「可是她很忙，對時間的需求迫使她不得不……」他轉了轉棕色瘦長手指上的素面金色婚戒。

「找一個助理。而因爲我對凱薩琳在大學的研究非常了解。」

大學的研究，我寫下這幾個字。情節愈來愈複雜。至少，我是這麼希望著。「你在漢菲爾德大學是教什麼課程？」

「我在那裡擔任一學期的客座教授，教政治與媒體。」他仔細地把吃完的奶油起司盒包起來。

「凱薩琳眞是讓我印象深刻。她細膩的心思讓我佩服，還有她清晰有條的文字及非凡的觀點。」

「嗯。」我說，想著「非凡的觀點」該是從一個老色狼口中講出來的專業用語嗎？凱薩琳以前在學校裡一定很討人喜歡——一頭巧克力色的頭髮，用髮帶繫在腦後，再加上年輕氣息的臉龐和穿著牛仔褲和漢菲爾德運動衫的曼妙身材。

「她以前總是聰明又開朗的樣子。」他說。「而且上課又認眞、每次都準時交報告。我幫她找到的第一分工作，是在紐約的聖法蘭西斯醫院寫院內的通訊期刊。當蘿拉．琳需要找人的時候，我就引薦她們彼此認識，事情就是這樣。」

事情就是這樣，我寫著這幾個字，心臟猛然急跳。他們在大學裡認識、他讚揚她的聰慧、這麼長一段時間都還有保持連絡、在極競爭的紐約幫她找到了兩份工作。如果這還不叫做「外遇」的話，我不知道還可以用什麼形容……那代表討人厭的蘿拉．琳說對了一件事。「我必須說，她眞的很厲害，可以找出時間寫作。有時候孩子們是會煩死人的。」

他大笑著。「我太太也這麼說。」

我陪著他一起笑，想著他太太跟我可能有不少的共同點——難得在家裡看到丈夫一面；只喜愛妻子與孩子的概念，而不是要一個實際存在、爲了小小的羞辱或是腳趾骨折而嚎啕大哭、吵著要吃垃圾食物或是要買爛斃的塑膠玩具，以及在睡覺時、洗澡時、吃飯時和任何時間都會哭鬧的孩子的男人。

「她們共事的情況如何？」我問。

「她們通常是透過電子郵件和電話。蘿拉．琳會從機場、溫室或是任何地方打給她。她們會討論主題、提出概要，然後凱薩琳再撰寫草稿，蘿拉．琳會審核內容，最後凱薩琳再將完稿寄給我。」

「她不進辦公室的嗎？」

他搖搖頭，看起來很痛苦，也似乎起了些疑心。「這個嘛，其他作家……」他伸手在口袋裡拿出一盒旅行包的阿斯匹靈，搖了兩顆出來，想了想，又加了第三顆。我自己把他沒說完的話加以補充：

在《潮流》的其他作家或許還不知道蘿拉．琳並不是自己寫「好媽媽」的內容，所以讓凱薩琳出現在辦公室裡，可能會招致一些不必要的麻煩。

「那她的政治立場是什麼？」

他大口吞下藥丸，茫然地看著我。我又說了一次。

「蘿拉．琳非常反對職業婦女。」我說，但他還是一臉茫然，不知道我要問什麼。「她覺得女人不應該在自家以外的地方工作。」

「妳不能這麼解讀她的文字。」他反對我的話。我想，在我找出殺了凱薩琳和警告我是下一個被害人的兇手後，總有一天會揭開這件事。

「我所猜測的是，凱薩琳是不是對職業婦女也抱持著相同的看法。」

喬爾．艾許拆開他的紙袋，在桌面上撫平著。「妳瞭解她，不是嗎？難道妳們並不是很親密的朋友？」

我試著用假笑掩蓋過去。「這個嘛，你也知道情況。我們通常是聚在一起討論孩子們喜歡吃哪一種花生醬。」

哈哈哈，喬爾笑著。

「學校方面呢？在漢菲爾德大學裡有許多保守分子，對吧？」從我當記者和我以前念書的經驗，我知道的確有這種情況，當時此處因爲孕育了菲利絲．斯拉夫利[2]和派特．布坎南[3]而惡名昭彰。「凱薩琳也是其中之一嗎？」

「我無法肯定回答這件事。」

「那她怎麼會願意幫蘿拉．琳代……」

「協助她。」喬爾．艾許扮了個鬼臉說。

「好吧，協助蘿拉．琳寫一些她自己不相信的事情？」

喬爾．艾許又大大地咬了幾口貝果。我看到他的牙齒陷入軟呼呼的麵團中。「爲了拿到一張Entrée（入場券）。」

「抱歉，你說什麼？」

「這讓她可以拿到一張Entrée。」他邊嚼著東西說。「幫《潮流》雜誌寫東西，等於是給了她某種的cachet（認可）、某種éclat（名聲）、某種……」

「下一個字請用英文。」我說。

他眉頭微蹙。然後臉上的肌肉放鬆了下來。他的下巴微揚，雙眼看著天花板。「好吧。」他說。「英文，好吧。」他的表情多了幾分沉思。「她是個風趣的人，妳知道的吧。妳知道她怎麼稱呼這個地方嗎？」

「哪裡？你指布魯克菲貝果店嗎？」

「不。」他說。「是厄普丘奇。她說這裡是『迷失之地』。」

當我發現藏在完美母親面具下的凱薩琳，居然也像我一樣，曾經對家園感到倉皇失措時，心裡油然生出一分同理心。至於她是個風趣的人？誰知道啊？「那她為什麼搬來這裡？」

我原本以為他會用另一個聳肩、茫然的眼神或是我得自己解讀的答案回答：**因為她丈夫住在這裡，她才會搬過來**。不過喬爾・艾許的答案卻讓我嚇了一跳。

「我想她會搬來這裡，跟她願意替《潮流》雜誌工作，以及寫那些她不見得同意的內容的原因一樣。」

「cachet（認可）。」我引用他的話。「還有 éclat（名聲）。」

他的薄唇嘴角微微地抬起。「身分地位，以及進入權力圈的能力。」他說。「讓她可以進而接觸到那些在上位的人，參加那些慈善餐會和募款餐會。如果她拿起電話說：『我幫《潮流》雜誌撰稿、我幫蘿拉・琳・貝爾德進行一些研究。』那她就可以跟參議員，甚至是總統說到話。」

「她不介意書上沒有她的名字嗎？」

他又咬了另一口難吃的貝果，搖了搖頭。我開始覺得絕望，而他也焦躁不安了起來。「聽著。」我說。「我不是要打聽些什麼，或是要管什麼閒事，我只是心裡很害怕。我們所有人都在這裡，而警方至今還沒有逮捕到兇手，這裡的媽媽們都有如驚弓之鳥。你可以把知道的一切都告訴我……什麼事都可以……」

「我很抱歉。」喬爾說，然後低頭看了手上的錶。「我希望自己也有答案可以告訴妳，但是我真的該走了。」他站了起來。我跟著他走出餐廳大門。

「你覺得蘿拉・琳的讀者有可能萌生殺機嗎？」我在走到停車場的路上這麼問他。喬爾走得很快，我得跨大步伐才能跟上他。我的腳踝好痛，應該已經腫起來了，現在每走一步都像是踩在刀尖上。「我知道她有收到恐嚇信。」

「蘿拉．琳有收到恐嚇信。」他糾正我的話。「是我把信轉寄給她的。無論信的內容有多粗糙、多危險或是錯字連篇，她都說想要看看。」

我加快腳步，想著對喬爾而言，危險又錯字連篇的內容依然讓人害怕。「凱薩琳有看到那封恐嚇信嗎？」我問。「她知情嗎？」

他摸著頭，雙手插入口袋，把鑰匙拿了出來。「我真的不知道。」他說。我知道那並不是個回答。我伸手搭住他的肩膀，把他轉了過來，不耐地看著他。太陽把我們的身影投射在布魯克菲貝果店的停車場上。已經正中午了，時間正好——可是也讓我生氣，接孩子又要遲到了。

「聽著。」我說。「如果我問了什麼讓你困擾的問題，請原諒我，或許是在家帶孩子讓我的神智不清。但是，這不合理。你幫凱薩琳．卡瓦弄找到了兩分工作，其中一件還是分不錯的工作，而她現在被謀殺了。這個美麗、睿智、上進又風趣的女人已經死了。難道你不想找出是誰下的手嗎？」

「我當然想。」他冷靜地說。

「你有跟她上過床嗎？這是你幫她找工作的原因嗎？」

他的身體僵硬，兩眼直視著我。我聽到大街上車輛往來的聲音，以及貝果店後方小溪微弱的流水聲。涼爽的微風吹動我的髮梢。我做好準備，想著可能他會大笑、震怒或是跳上車離去。

「不。我沒有跟她上床。老天啊，她都可以當我女兒了。」他深深吸了一口氣，把鑰匙從左手丟到右手。「很感謝妳對她的死因感到興趣。我也很希望可以多給妳一些協助，但是……」他停了一下，然後難堪地說：「我很遺憾妳失去一個朋友。」

註1：Wonder Bread，美國最著名而普及的麵包，為全國各超級市場皆可買到，它有七十五年的歷史，全國有六十家麵包生產工廠，就近提供新鮮的麵包給各超市。

註2：Phyllis Schlafly，保守派學者，知名反女性主義及反平權修正案人士。

註3：Pat Buchanan，共和黨極右大將。

24

我到達紅推車托兒所的時候，已經是十二點十分。山姆和傑克肩並肩地坐在園長室外紅色長木椅的中間。蘇菲站在他們的前面，雙手握拳叉在腰上，臉上表情悶悶不樂。「媽咪，妳又遲到了。」

「我知道。」我說，在袋子裡找著錢包，準備又要被黛耶托太太教訓了。

我看到她坐在灰色金屬桌的後面，桌角有個彩繪陶製蘋果，另一邊放著一個銀色字母押花信封，兩者中間則是放了一個有裂痕的咖啡罐。「妳應該知道這學期妳已經是第五次遲到了。」我不好意思地笑笑對她說抱歉時，她這麼對我說。「如果再這樣，我們就得對妳的行爲召開正式的會議。」

「對不起。」我又再次低聲說，把三十元的罰金塞進咖啡罐中，然後走出去帶孩子。

「以後請不要再這樣。」她大叫。

「別碰我的古柯鹼。」我低聲抱怨著。蘇菲的咯咯笑聲，被黛耶托太太聽到了，一臉不高興地看著我。

她快步走在我們身後，眼鏡珠鍊在她胸前左右搖晃著，「如果妳不滿意這裡，或是我們的老師不符合府上的要求，這附近還有其他的托兒所，別的孩子們會很樂意取代這三個名額的。」她說。

「我明白。」我轉過身看著她說。「我很抱歉。」可惡，她說的一點也沒錯。有許多家長會扯其他人的後腿，得到每個學期得付九千美元的入學機會，好讓某些過於富裕、教育程度過高的教師們能夠看顧他們的孩子們。我勉強地笑了笑，發誓這種事絕對不會再發生，然後叫孩子們離開這幢有白色鑲邊、紅色護牆板的建築物，把他們趕上車。

「我們肚子餓了。」蘇菲在回家的路上發著牢騷，兩旁的楓樹枝椏在路的上方伸展著，交織出陽光從間隙灑落的紅金色頂篷。整幅景象就是從一個歡欣鼓舞的祝賀卡片中跳出來似的——我從來沒買過也沒寄過這種卡片——恍惚間我有回到紐約的錯覺：我對所住的那個區域非常熟稔，書報攤和賣沙拉的舖子、牆上有個洞的咖啡店、乾洗店的那個男人，還有小雜貨店裡的女孩子們。在山姆決定只穿跟艾爾摩一樣的幫寶適紙尿褲，不僅一次幫我走進堆滿貨品的倉庫裡把貨搬出來，甚至是在我推著孩子們走在街上時，遊民還會對我吹口哨，叫我一聲「辣媽」呢！

「坐好。」我對他們說。蘇菲抱怨著，兩手捂在肚子上。

「肚子餓餓。」山姆或是傑克說。

「再一下下就好。」我說。然後，我做出簡直就是在向厄普丘奇的一切挑戰的行為——把車開到麥當勞，點了三分快樂兒童餐，請他們送到停車場來，然後開車回家。

「遊戲日。」蘇菲滿嘴薯條地說。她對油炸的食品，還有各種加在奶昔裡的東西毫無抵抗力。

「妳說什麼？」

「我們今天應該要去崔斯坦和伊索德家玩。」她說。

糟了。我撥了通電話給蘇琪．沙瑟蘭德。「我們會晚一點到，不過我已經餵過他們午飯了！」

「不用擔心。」她用爽朗、好媽媽的愉快聲調說。「我們正要做用來佈置感恩節餐桌的裝飾品，還有亞麻籽鬆餅。」

「聽起來眞不錯！」我說。

在沙瑟蘭德家的車道上，我把孩子們臉上、手上會洩露秘密的蕃茄醬漬給擦乾淨，告訴他們要守規矩後，讓他們在的蘇琪家門口下了車。我把車開回家，經過錢柏蘭家，還有蘭登家。當小卡車轉了個彎時，我看到一個男人、兩手插在口袋裡、臉上帶著笑容，站在我家的車道前。褪色的藍色牛仔褲。寬闊的肩膀。黑色超過耳垂的捲髮。伊凡．麥肯納，站在離我的前門不到五十碼外的地方。

我瞬間的反應是踩下油門，繼續開；第二個念頭則是油門再踩重一點好撞死他。我想像他的身體像蘇菲的洋娃娃一樣飛在空中，然後我解開兒童安全鎖，又搖下窗戶，大叫「這就是你讓我傷心的報應！」最後朝著夕陽駛去，就像「末路狂花」那部電影一樣，差別是小卡車取代了雷鳥跑車，再少掉死亡的部分。

當然，我並沒有這麼做，而是緊急踩下剎車停在路邊，用了百萬分之一秒感謝我早上有梳頭、前一天唇上也剛去過角質，猛然推開副駕駛座旁的門，說：「快滾上車！」

伊凡慵懶地笑著看我。「這是在重演『沉默的羔羊』嗎？」

「快上車！」

他聳聳肩，脫掉頭上的帽子，塞進背後的口袋中，轉身坐進我旁邊的位置。就在他關上車門時，我快速駛離路邊，速度快到足以在地上留下兩條輪胎痕跡，讓我先生一回家就會發現。就在看到第一個停止標誌而踩下剎車時，我聽到自己的心臟噗通噗通直跳，雙手顫抖。

「嗨。」伊凡說。

我試著把頭轉向右邊。他還是用跟幾年前一樣的甜蜜眼光看著我，他的雙頰因天寒而凍紅，濃密的雙眉也和從前一樣四處橫生，微笑時嘴唇還是同樣彎成好看的弧線。

「你在我家門前做什麼？」

他聳聳肩。「我告訴過妳，我必須跟警方談談。可是我才一出現，他們就立刻認出我來了……」

我死命地握著方向盤，好讓雙手不再顫抖。「你不可以在我家出現，而且還在路中間亂逛！鄰居們看到會怎麼想！」

「凱蒂。」他拿下臉上的太陽眼鏡，裝出嬉皮笑臉的神態。「只不過是老朋友來拜訪嘛。又不是我們被抓姦在床。」

我感覺雙頰滾燙，突然緊緊夾住大腿——因為出門前找不到絲襪或是連身褲襪，所以裙子下的大腿有一絲涼意。我想我能夠聽到裙子的絲質襯裡，隨著我的移動，輕輕掃過肌膚的聲音。更糟的是，從伊凡的笑容判斷，他一定也聽到了。

「關於我們共同認識的朋友，我有些資訊要告訴妳。」

「快說。」我又踩下油門。好吧，這麼做或許有用。他把秘密告訴我，我再把他丟在火車站。這樣子大概只要十分鐘而已——最多二十分鐘，這點時間不會再讓我愛上他。

「天啊，妳一定覺得我過得很好。」

「伊凡……」**我一點也不想你**，那是我想要說的話。**騙人**。哎，隨便啦！

「妳吃過午飯了嗎？我想吃點東西。」他用力嗅著。「妳車裡好像有薯條的樣子。」

「那只是我的香水味。」我正眼也沒瞧他說。萬一我看了他一眼，事情就大條了。那會跟直視著太陽的下場一樣。

「拜託，凱特。我們已經好幾年沒見面了。」他的手搭上我的肩。「我好想妳。」他靜靜地說。

我用比平常更快的速度左轉上了大街，假裝不理會。我不相信我現在可能說出的話。

伊凡又聳了聳肩，轉頭看著窗外，看著這個屬於我的新家園：外飾白色護牆板的教堂，尖塔像是要戳破萬里無雲的晴空；上覆俗氣裝飾的老舊維多利亞風格斑剝外牆，已變成銀行或是法律事務所；融和磚造和玻璃的鎮公所；還有老街藥局裡的是一位你得在櫃檯大喊自己的名字和處方籤，直到整個鎮上的人都知道你要買抗焦慮症藥物、落健或是威爾鋼，他才會聽到的半聾藥劑師。

「哇！」他說。「這裡不是大西洋城，對不對？」

我極力保持著鎮定，心裡卻有個聲音說：**只要你開口，我就跟你私奔**。

伊凡還在對他所看到的景色加以評斷。「這裡有兩家塔伯茲服飾店？」

我驕傲地抬起下巴。「其中一家還是塔伯茲的大尺碼店呢！」

「喔，是喔？」他抓抓頭，我聞到一股乾淨的肥皂味、洗衣精的味道，還有另一個淡淡甜甜的味道，總是讓我想起營火和全麥餅乾，以及躺在漆黑星空下嘴中的一股甜味。「妳喜歡這裡？」

「這裡很好。」

「珍妮最近怎麼樣？」

「很好，很棒，棒得不得了。她現在是《紐約夜線》的大牌編輯了。」我停在一個閃黃燈的前面。「蜜雪兒呢？」我偷偷看了旁邊一眼。伊凡又把頭朝向窗外。「她沒有嫁給你嗎？」

他聳聳肩。「我們結婚了，不過只維持了一段時間。」

他的手掌心向上放在大腿上，臉上的表情有點暗淡。「眞令人遺憾的消息。」我強迫自己說。

「我有試著打電話給妳……」

「是你的電話壞了，還是根本就沒撥？」我淡淡地問。

「可是妳先是在倫敦，然後……」

「然後你搬走了！就在我打開行李，還在適應時差的時候，你人就不見了。」

「我們沒有搬家。」伊凡耐著性子說。「我們是被趕出去了。妳不知道嗎？珍妮買下了整幢大樓，叫我們滾蛋。」

我在Super Shop超市前的紅綠燈，重重踩下剎車，轉頭看著他，心裡一半震驚，一半不信，對珍妮所做的事情感到畏懼。「她做了什麼？」

「她買下那幢房子。」伊凡重複他剛剛說的話。「限我們十天內打包閃人。她說如果再看到我，或是知道我跟妳連絡的話，會找人打斷我的腿。她甚至還想把我驅離出境。」

後面的車子對我「叭叭」兩聲。我又踩下油門。「我知道你在開玩笑，你是個美國公民欸。」

「是啊，妳知道、我也知道，不過顯然美國移民歸化局不知道這件事。珍妮找到另一個住在布魯克林的非法移民、也叫伊凡．麥肯納的傢伙……啊，算了，說來話長。反正都結束了。」他的嘴唇一陣抽搐。「好險有另一個伊凡．麥肯納。移民局的人把他趕回老家愛爾蘭科克郡了。」

「希望你不會期望我對你說出什麼很遺憾之類的話。」我的話語尖酸刻薄，但是眼眶中卻開始盈滿淚水。「你在九一一之後也沒有打給我。每個人在那之後都有打電話給朋友。在《紐約時報》上還有一篇文章講這件事呢！」我在後方那部 Range Rover 按喇叭時，趕緊把眼淚擦掉。

「我真的這麼想過。」他說。「我真的想要打給妳。」他把安全帶拉開胸前，又猛然讓它彈回去，重重地撞在他的身上。「可是那年夏天我有看到妳，在中央公園，還有在動物園裡，身邊有另一個男人。妳看起來一臉幸福的樣子，所以我想，何必去打擾妳呢？」

我輕蔑地哼了一聲，用力地扳動方向燈桿，害它差點就斷在我的手中。我記得他說的那一天：美麗的八月午后，我在班的午餐時間跟他見面。我們買了幾片披薩，拿在手上邊走邊吃，還看著海獅享用牠們的午餐。那真是美好的一天……但是就像班和我每次離開紐約市時，總有一部分的我仍忍不住看著周遭的人群，等著伊凡現身，對我挑著他的眉頭，伸出他的手，說：**我錯了，凱特。我們是天造**

地設的一對。

「你到底……」我的聲音哽咽。「你到底惹上了什麼麻煩？」

他並沒有回答我。我轉上高速公路，塞在往北至哈德福的車陣中。當他開口的時候，聲音之低，讓我不得不豎起耳朵才能聽到他說些什麼。

「從那天晚上之後，我常常想起妳。」他說。「連現在也還是。」

我轉過頭，看他是不是態度輕浮地說著這句話。或許他覺得這對一個被困在她自己所鄙視的郊區，而且還寂寞、不知所措、不適任的母親來說，是個很好的笑話。可是他臉上沒有輕浮的笑容。他看著我，一雙綠色的眼珠向我靠近。「妳想我嗎？」

每一天都在想。「偶爾吧。但是那已經不重要了吧？」我問，聽到我聲音中的絕望。

他嘆了一口氣。「**如果我有倒轉時間的能力。**[1]」他開始唱了起來。

我用好笑又震驚的表情看著他。「那是雪兒的歌嗎？」

「**如果我找得到一種方法。**」他繼續唱著。

「喔，拜託不要再唱了。」我說。「不然你請我吃午飯怎麼樣？」

他整個人靠在椅背上，一臉開心地說：「成交。」

註1：「If could turn back time」歌詞。

25

我把伊凡帶到我認爲最不性感、最不會讓他想到不軌行爲的地方，也就是離厄普丘奇有兩個鎮遠的「咯咯笑起士」連鎖餐廳。我們不會遇到任何熟人，萬一碰到的話，也不會有人把在一間陽光滿室、消費對象是六歲幼兒的主題餐廳見面的男女，當成是在外幽會。

「不錯的地方。」伊凡說。他握著門把，在我們走向帶位小姐時，輕碰了我的手肘。「氣氛不錯。我們可以玩打地鼠的遊戲嗎？」

「我已經結婚了。」我直接了當地回答他，藉以掩飾雙膝的顫抖。「這些年間把我拿來當地鼠打的人就是我丈夫。」

「還是玩滾球臺好了。」他說，表示同意地聳了聳肩。我很快地往旁邊瞄了一眼。他的眼角多了幾條皺紋，這讓他看起來更具魅力，像是英武的天神般。相反地，皺紋和白髮對增進我的美貌，一點幫助也沒有。

「歡迎光臨！」一個笑容可鞠、綁著馬尾，站在橘黃色塑膠講臺後方的女孩說。她一手拿著紙做的派對帽，另一手拿著塑膠花環。「兩位是來參加崔佛的生日派對嗎？」

伊凡搖搖頭。「對，我們是來參加派對的。」我說，從她的手上接過帽子和花環。我把帽子戴在頭上，挑釁似地看著伊凡，直到他聳聳肩，也把帽子戴上。現在我能夠看著他，而不用回到七年前的時光重頭來過。

我們坐在一張幼童尺寸大小塑膠桌前的兩個塑膠矮椅子上，點了一個披薩和一大罐汽水。

「告訴我。」伊凡仔細地看著我。那頂派對帽壞掉了，我索性把花環丟在桌上，甚至想著要不要跟那個帶位小姐要一個小丑鼻，或許還可以拿來惡作劇用。「妳爲什麼會搬來康乃迪克州？」

「我丈夫覺得這裡比較安全。」我簡單地說。

他挑著眉看我，幾絡捲髮掉在前額，幾乎快要到眉毛的高度，如同以往，我還是想要伸出手把它們撥開。「妳就這麼聽他的話？丟下妳的工作？還丟下珍妮？」他搖搖頭。「我眞訝異她居然沒有買下整個康乃迪克州，逼妳搬回紐約。」

「我那時已經有了孩子。我有孩子們的照片，你看。」我拿出一個字皮製的資料夾，裡面有一疊兩年前山姆、傑克和蘇菲的照片。「這是我的一對雙胞胎，山姆和傑克，在拍這張的時候，他們還是小娃娃，現在已經三歲了。而這個是蘇菲……」我翻著照片，然後把資料夾放在我的左手臂下，就像聖經一樣，好給我力量。

「他們很可愛。」他說。「妳喜歡這裡嗎？」我不知道要怎麼回答他，這時女服務生送來汽水和兩個杯子。他幫彼此都倒了一杯。

「我……」我拿起塑膠杯喝了一口。「我想念……」

他又倒了一些汽水在我的杯子裡。「紐約市嗎？」

「那裡的生活步調和無窮的精力。能夠一走出門，就可以到某個地方。你了解嗎？不用搭車子，或是事先約好一個遊戲日。我想念那些首輪電影，雖然我現在不像以前還有時間可以去看。我也想念我的工作。我想念每個星期四馬克丟椅子的身影。我想念那些外帶食物、計程車，還有樣品特賣會，以及那間女牛仔咖啡屋、木蘭烘焙屋、第五大道上各店家的櫥窗、河畔公園的網球賽，還有……」

你。我突然閉上嘴，也閉上了眼。「住在這裡是個很大的改變。」我說。當我睜開雙眼時，發現他正直直看著我，仔細地觀察我臉上的表情。

「自從妳離開後，一切都變得不同了。」

女服務生送上一個熱騰騰的披薩。我拿起黏呼呼、還會牽絲的一塊，咬了一大口。當融化的起司燙到我的舌根時，我臉上的肌肉不由自主抽搐了一下。「你才是離開的那個人。」就在我又能夠開口說話時，我指著他說。

「我知道。我的意思是……」他換了個姿勢，遞了張紙巾給我。「當妳住在走廊的另一頭，當我、妳還有珍妮三個人出去鬼混的時候，我覺得那時是最快樂的時光。」

「當然囉！」我挽起頭髮，噘起嘴，把披薩吹涼。「你擁有一切。你有我們兩個陪你吃飯、陪你玩樂，還有蜜雪兒每天晚上陪你上床。有哪個男人不愛這樣的生活？」

他拿起一片披薩。「妳這麼說不公平。」

我把莫薩里拉起司繞在手指上。「你說什麼，對蜜雪兒不公平嗎？」

「不是，對妳自己不公平。妳又怎麼知道自己不是我每天晚上想要一起上床的那個人？」

「因為我對你投懷送抱！我很迷戀你……能做的事我都做了，只差沒有在私密空間釘上一個『歡迎光臨』的板子……」

伊凡笑著說：「妳的私密空間？」

我覺得雙頰緋紅。「蘇菲都是這麼叫的。」我咕噥著說。「她的私密空間。」

「她是個小美女。」伊凡說。「長得很像妳。」

我覺得自己的眼眶又一次充滿了淚水。眼前浮現瑪德琳和愛默森兩姐妹站在厄普丘奇鎮公所的臺上。**她是全世界最棒的媽咪**。「是呀。」我說，無助地點點頭。「我小小的女兒。」我擦掉手上的淚水，又抬起手擦臉上的淚。我決定了，不可以再這樣下去。

我喝了一口汽水，振作了精神。「你認識凱薩琳？」

伊凡點點頭，把紙巾揉成一團。「在紐約就認識了。她是我的客戶，每隔一陣子就會給我一個男人的名字，叫我去調查那個人的底細，像是住哪裡、何時結婚、有沒有小孩之類的基本資料。」

「哪一類的名字？有多少個？是因為《潮流》雜誌工作所需的資料嗎？她要找什麼？」

「嘿嘿嘿，放輕鬆點。」他說。他給我一個笑容，從口袋裡拿出一本筆記本。「從一九九八年開始，我大概幫她調查過六、七個人。」

「都是男人？」

「都是男人。幾乎都住在紐約，其中有一個是住在緬因州的眼科醫生，有一個還住在華府。」

「她爲什麼要調查這些人？她想要知道什麼？」

「就像我剛剛說的，她只要他們的基本資料，一些可以在網路上找到的資料。至於原因嘛……」他如同挫敗般地吐了口氣，雙手攤在桌面上。「我知道她有訪問一些人，有些還是很重要的人物，像是政治家、大學教授之類的，不過並非都是這樣的人。但問題是，在做這種工作時，不可能都去問客人原因，他們也不會主動說。凱薩琳就不會。」

「那她有再打給你嗎？」

「兩個星期前。」他說。「我們談了一下，她說她要終止這次的調查。」

「什麼調查？」

伊凡又給了一個讓我抓狂的聳肩動作。「就像我說的，不問，不說。她說很確定自已已經找到要找的東西，不過還有一些小問題尙待解決，又問我是不是還在做偵探的工作。我跟她說是的，她說會再跟我連絡。她有另一個名字，只是不放心在電子郵件或是電話上透露。所以我就等她。」他搖搖頭，又把另一張紙巾揉成團。「再來我就接到警察的電話，說她被謀殺了。」他傾向前。「我曾問過她認不認識妳。」

整間餐廳開始旋轉了起來。「你知道我搬到厄普丘奇？」

他聳聳肩。「我調查過妳。」

「怎麼會？我知道珍妮早就不跟你說話了。」

「拜託，凱特，這是我的工作。而且妳的結婚喜訊曾登在《紐約時報》上。」

「她……」我深深吸了一口氣，把伊凡關切著我的思緒，先放到一旁。「她是怎麼說我的？」

「她只認識在遊樂場上的妳，不過她說妳看起來很聰明、很風趣，對孩子們也很好。」

我艱難地呑著口水。「她是這麼說的？」**聰明、風趣，對孩子們也很好**，並不在我所期待凱薩琳對我的評語中，**不適任、愚蠢、急需一個私人訓練師**，可能比較合適。

「所以她沒有把那個名字告訴你？」

他搖搖頭。

「那些以前她要你去調查的人，都是些什麼樣的人？」

他從筆記本上撕下一頁給我，上面有四個名字。我認得其中一個——艾密特．詹姆士，他是文學評論家和詩人，同時也在耶魯大學教書。

「我找不到所有的紀錄。只有這些。這個人就是住在緬因州的醫生。」伊凡說，輕點著紙面。「這個人是做樂器的。」他指著一個人名：大衛．林德。「還有這個人……」

我傾過身，看著紙面上最後兩個名字，覺得事情又變得昏暗不明。「波．貝爾德？」

「十年前，她叫我去查這個人。」伊凡說。「在她幫蘿拉．琳．貝爾德工作前。在蘿拉．琳還沒成為蘿拉·琳前。妳好好想一想吧！」

我盯著那張紙看。「這兩者之間有什麼關係？」

「我不知道。我只知道波·貝爾德並沒有殺……」

「但有可能是蘿拉·琳下的手。」我說，汗濕的雙手在裙子上擦拭著。「或許跟錢有關，因為蘿拉·琳拿了一大筆的預付款。」

我們停下來，抬頭看著彼此。我從袋子裡拿出自己的筆記本。

「妳跟那些人談過？」他問。

「你怎麼知道我做這件事？」

他笑了笑。「凱特，我太瞭解妳了，所以知道妳會採取哪些舉動。妳不會坐視不管的。」

「是啊。」我抱怨著，同時努力不去理會聽到他叫我的名字時，下腹部所產生的那股悸動。「我還是跟從前一樣，只是睡覺時間變得比較少。」

他手中的筆敲著空白頁，看著我時，臉上還泛著笑容。「放棄吧！」

我翻到筆記本的第一頁，把每件事都告訴他：我懷疑菲利普·卡瓦弄跟裸姆上床，以及老天才知道他還跟多少個鄰居太太有曖昧的情事；黛爾芬在凱薩琳搬到厄普丘奇前，曾經是她的朋友，而凱文·杜蘭單戀著死去的凱薩琳；我把蘿拉·琳猜測喬爾·艾許之所以會幫凱薩琳找工作的原因，以及我跟喬爾見過面後，覺得這件事有高度可能性的事情也告訴他。我把跟泰拉·錫恩見面的過程，還有菲利普·卡瓦弄的問題「她幸福嗎？」也告訴他。最後，在遲疑了幾分鐘後，我把車上那張恐嚇紙條的事情也告訴伊凡。他聽完後眼睛睜得大大的。

「嘩！」他草草地寫下一些東西，又抬頭看著我。「妳有什麼計劃？」

我玩弄著一綹頭髮，手中的筆在空白紙面上敲著。「確定外遇的部分。菲利普跟誰上床？凱薩琳又跟誰睡過？」

「很好。」他說。「非常好。我們也應該重新再調查我名單上的這幾個人。」

我們。他剛剛是這麼說的。**我們**。我的心飛了起來，隨即又掉了下來。沒有**我們**。我已經結婚了，還有三個小孩和一幢在郊區的房子。我不應該把「我」、「們」這兩個字連在一起。

「我去查這幾個男的吧。」我說。「我也會叫珍妮一起來幫忙。你負責調查那些鄰居、杜蘭夫婦，還有菲利普．卡瓦弄和喬爾．艾許。看看你可以從他們身上挖到什麼情報。」

他點點頭，把這幾件事寫下來。「妳的計劃是？」他問。

我心不在焉地在頁面的邊緣畫著心型圖案，一邊想著我的計劃。我花了一點時間才發現自己可以用跟鄰居們一起喝東西的機會，趁機問她們凱薩琳．卡瓦弄的生活和平常的作息。「班和我在星期六會邀請他的同事來家裡玩。我也可以請鄰居們一起過來。」

「那是個好方法。」伊凡說。我能夠看得出來，在他的眼中有著對我的讚許。我把頸部周圍的頭髮撩起來，左右甩了一下，然後讓它們散落在背上，同時也發現他的目光都跟隨著我的動作。

「我該穿什麼去呢？」他問。

我拿下派對帽，扮了個「**去死吧！**」的表情。「你，我的老朋友，不在邀請的名單上。」

26

在我的雙胞胎男孩生日派對前，我一直覺得自己是個不錯的女主人。跟珍妮住在一起的時候，我也辦過幾次派對，不過就是買個十磅的冰塊、一箱箱的啤酒，還有一堆特價的散裝酒，就簡單地辦起來了。

在我結婚之後，所有事情的步調就慢了下來。當然我們辦了結婚派對，不過大多都是班的母親在主導。蘿娜．波羅維茲很高興地讓我父親安排弦樂四重奏，我們也花了六個週末，在一家接著一家的婚紗店裡逛著，不過當蕾娜說要在我走在紅地毯上時，獻唱「聖母頌」時，蘿娜驚訝地閉上嘴。「我可以做一些比較猶太式的表演！」蕾娜從海的另一邊的雪梨市，後知後覺地說。「『大家來歡樂（Hava Nagila）』、『科尼吉（Kol Nidre）』或是『屋頂上提琴手（Fiddler on the Roof）』裡的歌曲？」當蘿娜終於從驚嚇中恢復時，她說：「感謝妳，但是我心領了。」蕾娜很滿足地隨著弦樂四重奏的「結婚進行曲」和聲哼唱著，直到我站在彩篷[1]下瞄著她時，她才閉上嘴。

在那之後，我們公寓中的派對就變得低調得多。尤其是在孩子們陸續出生後，我們邀請班的同事在星期天晚上來享用外帶泰國菜，或是買一些燻鮭魚和貝果，也邀請蘿娜、班的弟弟馬克和他的女友來共進早午餐。不過我在孩子出生後，邀請《紐約夜線》的同事來玩的那一次就不太順利。有六、七個記者和事實調查員在午夜後到達，原本期待有杯觥交錯、翩翩起舞的畫面，事實上並不然，他們播放著丹・札尼斯[2]的歌曲，我一手抱個睜大眼的兩歲小孩，而珍妮則是在成堆的紅酒和香檳中，瘋狂地找著幼童用的水杯。賓客們玩得不夠盡興、小孩睡不著，而我則是第二天聽到蘇菲說有人在她的幼兒用便盆中嗯嗯時，抓狂地尖叫了起來。

這次我一定要辦好。沒有芝多司、沒有紙板遊戲，只有精緻的食物和花朵。我唯一擔心的是，隨著時間過去，我的賓客名單會如同滾雪球般增大：班請了二十多個同事來商討選後的一些意見；我這邊加上了杜蘭家、沙瑟蘭德家、柯家和金奈爾家，還有遊樂場上的其他媽媽和她們的丈夫，以及一部分他們要另外帶來的賓客。然後我隨口跟父親提了一下，他也想參加；如果蕾娜碰巧在城裡的話，也會一併出席。我邀請了珍妮、她父親和他的新妻子，甚至還示好地開口邀請托兒所的黛耶托太太。

一大堆的準備事項，包括租借亞麻布桌巾、額外的椅子、訂花、用三個大垃圾袋把客廳裡的玩具收起來……已經讓我忙到沒有時間去管凱薩琳・卡瓦弄的謀殺案，以及伊凡再次出現的事情。從上次披薩店的見面後，和他就是透過電子郵件聯絡，他說正在仔細調查杜蘭夫婦、喬爾・艾許和菲利普・

卡瓦弄。我擦亮上好的瓷器、租了一個五十人份的咖啡壺，還在舊郵路上的酒店裡，買了五百元的紅酒和含酒精的飲料。

星期六的晚上，屋子內外一塵不染、閃閃發亮（感謝我僱用的那幾個清潔工），廚房裡飄著美味佳餚的香氣，從滿滿一匙含有雪莉酒泡沫的蘑菇湯，到迷你油封鴨泡芙（全都出自光輝食品公司，自曼哈頓一路送過來），孩子們穿著剛熨好的高檔衣服（熨衣服的工作要感謝裸姆葛莉絲，而高檔服飾則要感謝珍妮在巴尼斯百貨的血拼）。

我最好的朋友在晚上六點整準時抵達，穿著高叉黑裙和鋼藍色緞質上衣，外披一件毛皮長大衣，無疑全都是我從來沒聽過的設計師品牌貨，我是既負擔不起，也不會穿短於膝蓋的裙子。

「我永遠的好友。」她說，給我一個擁抱，然後拉著個小牛皮旅行箱走進門廳。她足蹬一雙超高繫帶黑色高跟鞋，黑色緞帶纏繞著小腿，臉上則化著誇張的眼線，還噴滿膩死人的香水。頭髮應該是剛染過的，牙齒也閃著耀眼的潔白；如果全身上下加起來的效果還沒讓別人的眼睛瞎掉，耳垂上還有一對小指指頭大小的鉑金鑲鑽耳環，正散發著光芒。

「那箱是什麼？」

「喔，只是一些要給孩子們的東西。而且我會留在這裡一陣子。」她說。我拎起箱子，帶她走上樓。孩子們「砰砰砰」跑下樓來迎接她，三個人全都被她擁進懷裡。

「你們知不知道誰比全世界的人還要愛你們啊？」

「珍妮阿姨！」

「你們知不知道誰買漂亮的禮物給你們啊？」

「珍妮阿姨！」

「是誰甩了那個戴假髮的男人，只因爲她在他的浴室裡找到治療陰蝨的藥品？」

「珍妮阿姨！」山姆和傑克說。

穿著紅色天鵝絨禮服、頭上繫著同色系歪掉的蝴蝶結的蘇菲皺著鼻子問：「因爲他有陰蝨嗎？」

「沒錯！」我明快地說，給珍妮一個殺死她的眼神。「不過我相信他已經治好了。」我把孩子們交給葛莉絲，帶珍妮到我的房裡，然後關上門。

「對不起！對不起！」她迭聲道歉著，縱身一躍，大字型地躺在米色鵝絨被上。我很想問她是不是眞的把整幢建築物都買下來，只爲了要把伊凡和蜜雪兒趕出去。不過如果我提起這件事的話，她就會知道我跟伊凡見過面，天知道她又會對他做出什麼事。或是對我。或是對我們兩個。

「我可以留在這裡一陣子嗎？」珍妮問。

「聽起來像是我有拒絕妳的機會。」

「那就好，因爲我今天有任務在身。」

我正設法脫下卡在屁股上的黑色裙子，並從衣櫃層架上尺寸不合的鞋子裡，翻找著那雙天鵝絨芭蕾軟鞋。我記得在這裡看過。「妳說什麼？」

她微笑著，坐起身，將一連串文章標題脫口而出：「『郊區生活的恐懼與憎恨！』、『應許之地的謀殺與暴行！』」她停了一下，說出最重要的那個。「殺了母親的犯人。」

「這是我聽過最糟的標題。妳要把這個放在《紐約夜線》頭條嗎？」我問，心裡也知道雜誌的封面很少會放名人和毒品以外的標題。

「那個會放進重要新聞裡。」珍妮沾沾自喜地說。「這個專題將會討論那些離開城市以尋求安全的人們，結果卻遭遇不幸的事情。」她翹起腳，讚賞著自己的鞋子，然後厭惡地看著我的。「妳要穿那雙嗎？」

我看著自己：黑色八分裙、灰色喀什米爾毛衣，配上黑色芭蕾軟鞋。「這樣不妥嗎？」

她上下打量著。「嗯……妳有絲巾嗎？還是項鍊？或是另一套衣服？」

我聳聳肩。珍妮開始翻找著衣架。「我很想妳。」她咕噥著。「妳知道我最受不了每年的這個時候。太多觀光客了。」

我穿上她遞給我的黑色細肩帶上衣——我希望她找出另一件可以披在外面的衣服——然後走進浴室把頭髮吹乾。「妳父親會來嗎？」

珍妮沒有回答。

「妳有邀請他吧？」

她彎下腰，重新綁好鞋子。「發生了一點小問題。」

我把捲髮器上的灰塵給吹掉，插上插頭。「什麼問題？」

「妳知道他又再婚了嗎？」

我點點頭。珍妮嘆了一口氣。「這個……他和他的新老婆都不跟我說話。」

我覺得很乏味地搖搖頭。「妳做了什麼事？」

她的腳在地上前後磨著。「他們星期天度蜜月回來，我打給海關說她的旅行箱裡有大麻。」

「珍妮！」

「哎唷，那天是我的生日嘛！我爸每年都會帶我出去吃大餐啊，就我們兩個而已。我想如果她被警察盤問的話，我爸就有空啦！」

「結果警察有逮捕她嗎？」我用捲髮棒捲著瀏海，聽到半乾的頭髮碰到高熱的鉗子時所發出的滋滋聲時，不禁皺起了眉頭。

「沒有，只有拘留她而已。」珍妮不爽地說。「才八個小時。席也取消了晚餐。」她轉了轉眼睛。

「他說新娘還在監獄裡，他沒有心情吃飯。」

「他的騎士精神還沒消失嘛！」我把頭髮從捲髮棒上取下，仔細地看著效果。嗯，還不錯。

「他們兩個也沒好到哪裡去。她的皮箱裡雖然沒有毒品，但卻有一堆沒有申報的東西。」

「天啊！」

「我猜她是個購物狂。那真的會上癮的。」她說，丟給我一條珠珠披肩。我不記得有買過這一條，所以應該是她的。

「告訴妳吧。」我又開始捲起頭髮，一派輕鬆地說。「如果妳幫我在LexisNexis資料庫找幾個名字的話，我就幫妳去跟席求情。」

「沒問題。」她的語氣聽得出來鬆了一口氣。「只要別告訴席我有喝酒的事情。」

「妳有嗎？」

「沒有，不過如果他覺得我有的話，一定會把我送到《六十分鐘時事雜誌》介紹過的那個牙買加的青少年罪犯中心。」

「我不覺得可以在違抗個人意願的情況下，把一個成年人送到那個地方。」

珍妮微微蹙著眉。「席有他的辦法。現在告訴我，我要調查哪些人？」

就在我把伊凡交給我的那張紙遞給她時，我避開她在鏡中的目光。「一些凱薩琳．卡瓦弄可能調查過的人。」

「妳從哪裡得到這些名字的？」

我把目光放回捲動棒和鏡子。「我也有我的門路。」

珍妮搖搖頭。「好吧，不過我說啊，以前聽到伊凡．麥肯納就沒有什麼好消息，而現在也還是。」她對我在鏡中的倒影眨了眨眼。「別慌張，不然妳手中的鉗子會燒起來的。」

我把水梳在冒煙的頭髮上，並且把梳子跟捲髮棒拿給珍妮，此時孩子們也衝進房裡，在床上蹦蹦跳跳。我披上披肩，看著鏡中的倒影，當初懷孕時增加的重量現在都變成實際的體重了，或許是因爲三個孩子帶給我的忙碌生活讓我把這件事給忘了。

「蘇菲，我們該拿妳媽咪怎麼辦？」珍妮問。

「我不知道。」蘇菲上下跳著，用顫抖的聲音說。她頭上的紅色天鵝絨蝴蝶結飛了出來，落在班的枕頭上。「她沒救了！」

「好吧！」珍妮說，用髮刷指著蘇菲。「妳，不要再跳了。而你們兩個，」她指著山姆和傑克說。「站在這裡當我的助手。然後，妳，」她對我說。「坐下來。」

蘇菲停了下來，把蝴蝶結夾在醜娃娃的耳朵上。男孩們站在床邊。我則坐在浴室的鏡子前。

「妳應該把妳的能力用在好的地方，而不是用在亂七八糟的小事情上。」我對珍妮說，她已經開始弄著我的頭髮。「想想妳對中東可以有什麼貢獻。」

「妳有去過中東嗎？」珍妮問，握著我的下巴，把我的臉轉向左邊，然後是右邊。「那裡不適合居住，對我的皮膚不好。面紙。」她說，用髮刷指著男孩子們，他們急忙應和她的命令。我閉上眼睛讓她打理著。當我偷偷睜開眼睛，想確定沒有變成什麼誇張的造型時，看到頭髮捲成了美麗的弧度，柔順地貼在頰上，美麗的程度讓我懷疑自己有沒有能力可以梳成這個樣子。最後我體認到，要用每天早上二十分鐘的空檔時間弄成這樣，簡直跟外星人降落在我家的草坪上的機率一樣低。

門鈴響了。「嘿，妳怎麼不叫孩子們去看是誰來了？」珍妮建議我，在他們走出門時一人給了一個禮物。孩子們急忙衝下樓。珍妮放下手中的髮刷，伸手拿過她的手袋。

「妳今天晚上的計劃是什麼？」她問。

「我要跟黛爾芬．杜蘭聊一聊。而妳有三個任務。」我說，把化妝品放進梳妝檯的抽屜裡。「首先，去確認菲利普．卡瓦弄有沒有跟褓姆上床，還有他有沒有可能殺了自己的老婆，或是僱個人來做這件事。」

「收到。」珍妮說。

「第二件事，看看妳能不能打探到任何關於凱薩琳跟一個叫做喬爾．艾許的男人上床的八卦。她是凱薩琳在《潮流》的編輯。」

「喬爾．艾許。」珍妮重複這個名字。「第三件是什麼？」

我塗了些唇蜜在嘴唇上，上下抿一抿，看看效果，又用手帕擦掉大部分。「注意樓下的馬桶。有時候會塞住。」我說。

「褓姆、馬桶、編輯（sitter, shitter, editor）。」珍妮笑著說。「我瞭解了。喔，妳看，我買了個禮物送給我們自己。」

「什麼禮物？」

她陰陰地笑了笑，手伸進珠珠包中。「妳猜！」

「我不知道。口氣清新薄荷糖？」

珍妮轉了轉眼睛，咧著嘴對我笑，張開她的拳頭。掌心躺著兩顆白色小藥丸。

「那是什麼？」

「搖頭丸！」她說，淡褐色的眼睛閃閃發亮，臉上的神情就像是第一次把得到A的報告拿回家的小孩一樣驕傲。

「珍妮。」我緩慢地說。「妳為什麼帶搖頭丸來我的派對？」

她做了個鬼臉。「以防萬一派對很無聊。」

我伸出了手。「給我！」

珍妮把雙手縮到背後。「它是吐眞劑。我會把一顆丟到菲利普．卡瓦弄的飲料裡，然後……」

「他會殺了妳？」我說。

珍妮閉上嘴。「我想他會勾搭上我吧！」

「珍妮，那就是在他的自制力還沒降低前，他平常的所做所爲。我不覺得我們會想知道他在沒有自制力的影響下，會做出些什麼事。」

「好吧。」珍妮嘟著嘴，一臉不高興地說，把藥丸放回袋子裡，勾著我的手，拉我下樓，走向我的派對。

註1：猶太婚禮通常在彩篷（chuppah）下面舉行。彩篷是一種由四根竿子撐起的天篷，通常會有花朵點綴。彩篷象徵著天，表示神臨在於這場婚姻中；在彩篷下新郎站在最前面。新郎的雙親和新娘的母親及祭司尾隨著。最後是新娘由新娘的父親或一個親人引導著，在樂器及聲樂的伴隨下從衆人中出現。

註2：Dan Zanes，原為The Del Fuegos樂團的主唱，樂團解散後，他出了許多兒童音樂專輯。

27

瑪麗貝絲．柯和她丈夫帶了瓶香檳來。卡蘿和羅伯．金奈爾帶了瓶紅酒，以及給孩子們看的「愛冒險的朵拉」錄影帶。班的合夥人傑若米和艾爾，帶著他們的妻子、一大盒比利時巧克力，和一大堆民主黨在選舉當天差勁表現的八卦消息。紐約州首席檢查官泰德．費區，也是班在下一次大選的頭號客戶，帶著紅通通的鼻子到達——不知是因爲天氣冷，或是前一場派對的愛爾蘭咖啡而染紅的。

「哈囉，凱特！」他伸出雙手抱住珍妮，而她輕輕地掙了開來，指著我的方向。

「喔，凱特，當然了！」他說，在有身體上的碰觸前，先在我的頰上給了一個專業的見面吻，然後轉身去找吧檯。

凱文．杜蘭把我介紹給他的妻子黛爾芬認識，她輕聲用法文說了句**晚安**（聲音略顯沙啞），又努力脫掉身上的外套，露出低胸挖背的超緊身黑色洋裝。我驚嘆地看著在場所有男人的目光都飄往她的方向，好像他們的眼珠是鋼珠，而她的股溝是磁鐵一樣。**喔，天啊**！我正這麼想著的時候，我的母親突然走了進來。

「凱特，親愛的。」蕾娜說，同時自動調整我的披肩。「妳看起來眞可愛！」

「謝謝妳，媽。」我說，知道此時我應該心存感激，至少她沒有邊說邊擁抱珍妮。「嗨，爸。」

「哈囉，柏蒂。」他說。他吻了我的臉頰，另外給我一束紅色康乃馨。

蕾娜從門廳走進客廳，壁爐檯上點燃了大大小小二十多枝蠟燭。她把身上的斗篷脫在一張椅子上。「孩子們在哪裡？我帶了禮物給他們！」

「那太棒了！我會……」母親和我短暫用力拉扯著她手中的禮物盒——只是她再怎麼用力抓，以她的年齡來說，充其量也不過就是雙手顫抖地抓著罷了。通常她都會買一些可能會讓孩子們窒息的危險昂貴禮物，但這次好多了。她買了雙頰粉嫩、頭髮上了彩漆的法國瓷娃娃。山姆得到一尊主持人，傑克得到一尊馴獸師，而蘇菲則是得到穿著粉紅色絲質緊身衣，在空中走著鋼索的娃娃。

「這些娃娃眞漂亮！」我說，把它們交還給吹鬍子瞪眼睛的蕾娜，她又花了點時間和其他媽媽們打招呼，才登上了樓梯。然後用眞假音反覆地唱著她外孫們的名字，讓所有人的談話都停了下來，也讓半徑一哩內的狗兒開始嗥叫了起來。

在這個時間，我把她的斗篷與一堆客人的外套掛好、把父親送的花插在花瓶裡，也處理了一件冰箱空間危機，然後門廳又再度擠滿了人。蕾克西．赫根侯特在她寬鬆的黑色天鵝絨短洋裝上面，是曬得紅通通的臉頰，她丈夫丹尼扶著她的手肘，像是在保護他的財產。丹尼是個有著紅金色頭髮、手勁大到可以在握手時捏碎別人手骨的健壯男人。他在達里恩鎮和丹伯里市經營了一家汽車銷售公司，把Range Rover賣給那些實際越野開車經驗是在晚餐時喝多了酒，以及在他們價值四百萬美元豪宅的車道上開過頭的男人們。

在結霜的窗戶外面，我和孩子們下午裝設的燈籠蠟燭正散發出溫暖的橘黃色光芒，在我們的車道上形成一道弧形的光線。天氣預報說今天會很冷，甚至還會降雪。就在我看出窗外時，幾片碩大的雪花緩緩、悄悄地滑落在地面上。

「看起來一切都不錯。」班說，在經過我身旁時，輕輕摟了摟我的肩膀。在我答應要辦派對的時候，他整個人都興奮了起來。除了可以沖銷稅款外，我想他一定把這場派對視爲繼孩子的生日派對後，挽救他的社交關係的機會。

門鈴響起，門開門關，最後出現一個手拿著帽子，雪花從他的圍巾上掉落，一臉悲傷的鰥夫。

「菲利普！」即便是身處吵雜中，我仍能聽到自己大叫的聲音。「眞高興你能來！」

「謝謝妳邀請我。」他說。他的語音柔和，一頭金髮清爽地從鬢角梳到腦後，身上有檀木和萊姆的香味。我伸出手取過他的深藍色羊毛大衣，他的目光從我的臉上緩緩向下移動到我的胸部——那一對擠在細肩帶上衣裡的乳房，而且還是極低胸剪裁的那種上衣——並且停在那裡。

「最近好嗎？」我問。

他對我聳聳肩。「我會帶女兒們去佛羅里達一陣子，去散散心……」

我點點頭，接過他的外套，順便告訴他吧檯的方向。「介紹你給我母親認識。」我在蕾娜又重新出現在我的左手邊時說。「這是菲利普·卡瓦弄。這是蕾娜·丹豪瑟。」

菲利普轉過身，微微地低著頭，目光從我的胸部轉移到蕾娜的身上。「是那個蕾娜嗎？」他問。母親上下眨著她的假睫毛。「哈囉。」她說。

「認識妳真是我的榮幸。」菲利普說，微微欠了個身，臉停在她的手上，彷彿要親吻一樣。

母親假惺惺地笑著，似乎不去注意菲利普的禮節，好讓他可以好好地欣賞她的乳溝，而他也充分利用這個優勢而飽覽著。我不得不稱讚蕾娜幾句：已經五十七歲了，額頭仍平坦得連一絲皺紋都沒有（或許得歸功於她經常攝取羊胚胎，以及偶爾打個一針肉毒桿菌和膠原蛋白的緣故），雙唇依然嬌嫩欲滴，頰骨和前額上的象牙色肌膚，也還保持完美無瑕的狀態，頭髮也仍烏黑亮麗。她看起來大概還不到四十五歲的樣子，可能到死之前都還會維持這樣——而且還是在舞臺上死去。

「我有這個榮幸替妳倒杯飲料嗎？」菲利普對她放電微笑著，然後轉身往吧檯走去。一旦他走出聽力範圍後，蕾娜伸出手抓著我的肩膀。

「妳看到那個男人了嗎？」她問。「妳看到了嗎？」

我掙脫她的手。「他是凱薩琳·卡瓦弄的先生。」

「那個死去的女人？」蕾娜深吸了一口氣，塗著深紅色蔻丹的雙手在一對豪乳前發抖著。我不確定謀殺案受害家屬的這個身分，對菲利普的魅力到底是有加分還是減分的效果。

「對，那個死去的女人。」我確認她說的話。「不用太同情他。他放電的功力，就像鼻涕蟲會分泌出東西一樣。」嗯……鼻涕蟲會分泌出什麼東西？「像黏液。」

母親嘟著嘴。「我覺得他蠻可愛的。」

我點點頭，給她一個笑容，找了個藉口離開，想到母親如果知道傑佛瑞．丹墨[2]有買她最新的專輯，也會覺得他很迷人的。

珍妮靠在客廳的火爐旁，一隻手隨意地擱在壁爐檯上，跟菲利普聊著天。我看到他的指間夾著一綹珍妮的髮絲，兩個人有說有笑。而在另一頭，我看到蕾克西．赫根侯特小腿上的肌肉抖動又拉緊著。蕾克西就算是坐著，也會找機會運動。

八點半，我幾乎要恭賀自己辦了場不錯的派對。滿室的賓客、兩個忙碌不堪的酒保，承辦宴會的人端著滿盤的菜餚來回穿梭，鄰居和政客們都相處得不錯，就算所有的政客都是共和黨員，而我知道多數的鄰居們並不是。當我的孩子們走出來時，到處響起驚嘆的讚美聲。班的左手抱著山姆，右手抱著傑克，帶著他們轉圈圈，讓男孩子們得到比以往一整個月加起來還要多的父愛。蘇菲用香檳杯喝著天然氣泡礦泉水，不願再上樓回到房裡。「這裡比較好玩！」她坐在外公的膝蓋上說。然後她轉過頭咯咯笑著，擺明就是對她的珍妮阿姨表達好感。她甚至綁了一條髮帶在她的小腿上。

「我知道，甜心，每個人都喜歡看到妳，可是現在很晚了……」

蘇菲揮著傲慢的手勢叫我站遠一點。「蕾娜說要過十點後才會有好玩的事情。」

「嗯……但是妳媽咪覺得八點半是刷牙跟換睡衣的最好時間。」

「喔，凱特，就讓他們玩晚一點嘛。」父親插嘴道。他的椅子旁有一盞檯燈，在燈光照耀下，顯得他的髮絲稀少。「我會照顧她的。」他說，把蘇菲又放在大腿上。「妳就好好玩吧！」

我嘆了口氣，把這件事告訴葛莉絲，又回到派對中，喝了杯紅酒，嚐了些食物，眼角瞥著黛爾芬·杜蘭的身影，一直在等她身旁沒有別人（雖然以她身上的衣服和吸引男人目光的程度，我不敢確定她身旁會沒有人）。食物眞是美味，不過也太豐盛了一點。在嚐了一口燻鮭魚、一小片肉派、幾顆餃子，和三大匙加入雪莉酒的蘑菇湯後，我開始有點想吐。

可是我還有任務在身。當凱文輕吻他老婆的臉頰，轉身往擁擠的吧檯走去時，我朝著她走過去。黛爾芬坐在火爐旁的一張黑色扶手椅上，雪白的雙腿交叉著，黑色的頭髮鬆鬆地挽成個髻，雙眼化了誇張的眼影，看起來比我們這些外表乾淨整齊的郊區太太們還要成熟。我看著她將檸檬角擠汁到飲料中，然後突出的下巴停留在手上。

「哈囉。」我說。

「**晚安**。」她又用法文回答。

「需要我幫妳拿點什麼嗎？」

「不用麻煩了。」她搖搖頭，禮貌地笑了笑。「一切都很棒。」

我舔了舔唇，希望已經把剩下的一點點唇蜜給擦掉了，彎下腰貼近她身邊。「我知道妳跟凱文是凱薩琳很親密的朋友。」

她點點頭，那張心型臉孔就算是蹙眉也很美，但是雙眼中卻透露出不安。

「妳跟凱薩琳常常膩在一起嗎？」

她好奇地看著我。

「我的意思是，我最好的朋友珍妮和我，每年夏天會找時間一起去旅行。」這當然是謊言。每年夏天我們的確是有想要一起去旅行，不過總是會有突發狀況：其中一個孩子生病、或是班要加班……最後哪裡也沒去。「就算我現在有了孩子，而她還沒有，我們還是會試著找出空檔一起去。我們會去山裡……或是海邊……可是我知道凱薩琳好像不喜歡把女兒留在家，一個人出去的樣子。」

黛爾芬看起來好像呆住了，然後她手中的酒杯輕敲著潔白袖珍的前牙。微小的響聲，在突然安靜下來的房間裡清晰可聞。她的眼眶盈滿淚水。「每個人都說凱薩琳是個好媽媽。她其實做得比那更好。」她說，言語中少了些法國腔……臉上的表情非常悲傷。「她是……」

但是我永遠也無法得知黛爾芬對凱薩琳的觀感，因為某個紅髮綁成馬尾的可愛女服務生輕拍我的肩膀。「波羅維茲太太？妳的電話在響。」

我對她道了歉，把手機接過來聽。「哈囉？」

「我送了個禮物給妳。」另一頭傳來一個聲音。

我匆忙地走在走廊上，經過浴室來到地下室的門口。我緊緊關上身後的門，在黑暗中急忙走下樓梯。「你不能打電話來這裡！」我低聲道。

「我剛剛在試心電感應的效果，不過好像沒用。派對辦得如何？」伊凡．麥肯納問。

我慌亂找著電燈開關，在扳動的時候，聽到三個燈泡有兩個爆掉的聲音。「還不錯。」他的聲音低沉又甜蜜。「妳希望我也在嗎？」

「哈，這場派對簡直就是世紀盛會呢！好了，我眞的該回去了。」我把披肩緊緊裹住肩膀。

「好吧！」他說。「妳的禮物應該明天會到。」

我的呼吸急促，猜想著伊凡・麥肯納會送我什麼東西。

「漢菲爾德校友錄。」他說。「給妳兩本，我自己留兩本。看看裡面有沒有誰是妳認識的吧！」

「那眞是……呃……」我其實想說**那眞是聰明啊**，但是我可不想現在就給他甜頭。「你可以幫我一個忙嗎？」

「悉聽尊便。」他說。我緊緊閉上雙眼，夾緊雙腿。

「黛爾芬・杜蘭。」我調整好情緒後說出這個名字。

「那個律師的老婆。」伊凡說。「凱薩琳的房間裡有她的照片。」

「是的，她現在人在這裡，而且她……」我停了下來，想著我要用哪個字——在我身爲伊凡的助理調查員、打擊不法的夥伴時，從我愛用的字詞中挑一個出來。「不太對勁。」

「不太對勁？」他說。他的聲音似乎在笑。「我會去調查她的。妳去玩吧！」他說。我掛斷電話，停了一下，試著讓自己鎭定下來。地下室都擺滿孩子們不要的東西：穿不下和坐不下的汽車安全座椅和防雪裝，還有好幾個垃圾袋裝著、我原本要拿去慈善團體做公益的嬰幼兒用毯子跟衣物。在唯一一個燈泡的微弱燈光下，幼兒用高腳椅和入睡彈力椅在牆上投射出歪斜的影子。

我把頭髮稍微抓鬆，沿著樓梯走上去。心臟急跳、手中的門把冰冷異常。當我轉動的時候，它卡住了。

我又試了一次。還是轉不動。有人鎖住了嗎？我敲敲門，先是小力地敲，再來用力地敲。「哈囉？」我左右轉動著門把，拳頭用力地敲著門。「珍妮？班？哈囉？」門外有人小跑步地經過地下室的門口，又消失在牆的另一邊。我放聲大叫，又用力搥著門。「班？」

最後，門把轉動了，我幾乎跌在走道上。「發生了什麼事？」那個紅髮女服務生問。

「我不知道。」心臟在胸腔中噗通急跳，我的腦中一陣暈眩。「一定是有人不小心鎖起來了。」

我安慰說我沒事，把電話放回座中，大口喝下半杯酒，然後再回到客廳裡，故意抓住班，告訴他我們要找一個滅鼠業者來家裡清除，最好是能夠在週末的時候來。

珍妮把我拉到角落，在我耳際低聲說：「別慌張，可能出了點小狀況。」

「妳說什麼？廁所塞住了嗎？」我問，她一臉嚴肅地搖搖頭。「孩子們還好吧？」

「孩子們沒事。」她說，一手拉著我走進廚房。廚房裡侍者們正忙著把保鮮膜蓋在迷你泡芙、小蛋糕和切片糖漬水果上。她伸出粉紅色的舌尖潤濕雙唇，不經意地玩弄著耳環。

「好吧。」她說。「我知道妳叫我不要用搖頭丸，但是菲利普要了我的電話號碼，又叫我帶他參觀整個房子，所以我想……」

「所以妳就把搖頭丸給他吃了？」

珍妮開始扭動著雙手。「我弄碎一顆藥丸，丟進他的酒杯裡，接下來我……」

「妳把搖頭丸給他吃了！」我想，再重複一次會讓事情的眞實性更提高一點，也讓我知道下一步該怎麼做。

珍妮的肩膀抖動著。我花了一點時間才發現她在笑，不是在哭。「珍妮，到底怎麼了？」

「妳……妳媽……」她喘著氣說。

我覺得一股寒意從頭而下。「喔。喔，不。不，不，不。」

「她在我阻止前，拿起了酒杯，然後我說**那是菲利普的酒杯**時，她一副我要偷走那個杯子般瞪我，然後用義大利文說了一串話，妳知道我不會說義大利文的……」她舉起雙手，做出投降的樣子。

「喔，天啊。」我痛苦地吞下口水，轉身走在走廊上。我心懷恐懼地看到眼前的事物——一個裝著用過餐巾和半滿酒杯的大銀盤、蘇菲在牆上玩她的 Tiny Tykes 摩托車所留下的黑色痕跡、蘇琪·沙瑟蘭德和瑪麗貝絲·柯一臉很開心地在廁所外竊竊私語著。

而在客廳裡，丹尼·赫根侯特雙手背在背後，看著班的客人們——那些政客和顧問們，在電視機前圍成自己的小圈圈。金奈爾夫婦跟我父親還有蘇菲，坐在火爐前的沙發上。蕾克西雙手握著酒杯，一臉絕望地走來走去。而在房間中央……

「這是什麼布料啊？」蕾娜問，雙唇噘起，手指在超低胸的領口游移著，另一手的指間夾著菲利普的外套，更讓我驚恐的是，她又把掌心貼在他的胸口撫摸著，像是在撫弄一隻溫馴的大狗。

「呃，我想這是羊毛。」菲利普說。「或是羊毛混織……」

「太棒了。」蕾娜發出囈語說。

好吧，凱特。冷靜下來。「媽，妳可以來廚房幫我一下嗎？」

「**妳說什麼？**」她一副理所當然地用義大利文問我。

「我們得把她弄出這裡。」珍妮在我耳邊說。

「我們上樓去哄孩子們睡覺。」我拉著母親的手肘，試著把她拉起來。可是紋風不動，簡直跟要拉動一個五呎九吋的花崗岩一樣。宛如慢動作一般，我看到蕾娜空出來的那隻手飄在空中，停在菲利普的臉頰上。

「你眞是個帥哥啊！」她大聲說。

「謝謝妳的稱讚。」菲利普說，同時慢慢地往後退。他拒絕蕾娜的調情。蕾娜的手指還在玩弄著他外套的領子，所以當他往後退時，她也往前跨了一步，對他恍惚地笑著。

「媽……」我說。

「克萊太太。」珍妮也試著喚醒她。

「你讓我想起在巴塞隆納遇到的那個男高音。」

父親站了起來。「蕾娜？」

「他是個漂亮的年輕人，聲音有如天使的歌聲一般。在表演結束後，他陪我走回飯店……」她的手指在如凝脂般的胸脯上滑動著。**喔，我的老天啊！**父親的臉上一陣慘白。

我發出噓聲，示意母親不要再說下去了。她完全不理我，雙眼直視著菲利普。

「你想要聽我唱歌嗎？」她問，眼睫毛上下拍動著。

「我……呃……」

蕾娜就是需要這一點鼓勵，才能表演她最愛的詠嘆調。她深深吸了一口氣，胸脯脹起，像是要頂破衣服般，然後朱唇微啓，「Sempre libera degg'io/Folleggiare di gioia in gioia（**解放自己，在歡樂之間暢遊**）……」[3]

「喔，天啊。」我低聲說著，蜷縮在牆邊。黛爾芬的股溝已經失去了鋒頭，在場的每一個賓客都看在我母親。蕾娜的歌聲一如往常般甜美清透，而音量之大，我開始擔心那盞水晶吊燈。

「Vo' che scorra il viver mio/Pei sentieri del piacer（**在歡樂的道路上沒有休止符**）……」

我喚著父親，急忙比了個上樓的手勢。他點點頭，抱著雙胞胎往樓梯走去。這時，蕾娜依然抓著菲利普的外套，我一臉恐懼地看著她的手在他的領子上游移著，然後停在他的胸膛上。我鑽過客廳的人群，抓住她另一隻手，打斷她的音節，伴隨著零零落落的掌聲，以及蘇菲要她再唱一首「O Mio Babbino Caro（**親愛的爸爸**）」[4]的安可聲中，慢慢把她拉出客廳。

「坐著。」我說，在廚房的水槽裡裝了杯水。「把這個喝下去。」

蕾娜一臉迷茫地看著我。

我輕聲對珍妮說：「去幫我拿些東西。」

「去拿什麼？」她問，擦掉眼角的淚水。「電音舞曲跟『戴帽子的貓』[5]頭上的那頂帽子嗎？」

「凱……凱特？」蕾娜的聲音顫抖著。「妳爲什麼把我帶來這裡？」

「把這杯水喝掉，媽。」我儘可能用著淡然的語氣說：「妳是不是有吃什麼醫生開的藥？」

她眨著眼睛。「爲什麼這麼問？」

「喔，好奇而已。」我說。

「蕾娜？」我轉過頭，看到班和父親走進廚房。臉上分別帶著暴怒和擔心。「還好嗎？」班問。

在理想的狀況下，是有一些方法可以輕鬆地把「妳的好友不小心把禁藥讓妳的母親吃下肚」的事情，告訴妳丈夫和父親。但是在眞實的情況中，我連怎麼開口都沒有頭緒，所以我決定用「蕾娜不舒服」當成藉口掩飾過去。

「我沒事！」母親抗議著。「我只是跟那個帥哥菲利普聊幾句而已。」她口齒不清地說。父親跟我的眼神在蕾娜頭頂上方交會。*她喝醉了嗎？*他用嘴形問我。

蕾娜用力把水杯丟向水槽。我聽到一陣破碎的聲音。她不以爲意，將金色流蘇天鵝絨披肩圍住裸露的肩膀，並且調整黑色緞質馬甲上衣。「我一點都不渴！」她說。

「蕾娜……」班說。

「我全身好痛！」她說。我把她交給一臉疑惑的父親，將班拉進餐具室。

「先聽我說，」我低聲說。「別慌張，蕾娜可能吃了搖頭丸。」

「搖頭丸？」班震怒。「她從哪裡拿到搖頭丸的？」

「這說來話長，但是……」我可以感覺到班的怒視，就像是將強酸倒在我的皮膚上。我又羞又愧，知道加上這件事，我又毀掉了另一場派對。禁藥比甜潘趣酒和釘驢尾的遊戲還要更糟。

同時，蕾娜拉開了餐具間的門，雙唇因驚訝而形成「O」字型。「我吃了搖頭丸？」她尖叫著。

「妳應該叫它『E』。」珍妮說。「它讓妳唱得更好聽。」

班的嘴唇緊緊抿著，一副不認同的樣子。「我們應該送她去醫院。」他抓住母親的手臂，對父親點頭示意，然後帶著他們兩個走向門廳。

其餘的賓客們手拿著酒杯，從客廳伸出頭，聚在一起看著他們經過，臉上全是擔心的表情。

「沒事吧？」卡蘿．金奈爾問。

「沒事。」班簡潔地回答她，一邊把手臂伸入外套，檢查口袋裡有沒有鑰匙。「凱特，我會撥電話回來給妳。各位，請繼續享受今天晚上的派對。」他大聲道。就在班的車輪磨擦兩旁點滿燈籠的車道，又轉到外面的街道上時，滿屋子安靜了下來。

現在一定有人會覺得納悶，丈夫和雙親怎麼會在派對的中途，急忙開車到最近的醫院，讓歡樂的派對無法繼續下去，同時也中止任何原本計劃好的調查行動吧？賓客們匆忙放下他們手中的酒杯，急著取回他們的外套帽子圍巾，握完手親完頰後就快速逃出我家，躲進各自的車子所能給予的安全裡，同時可想而知，一定紛紛掏出手機，開始詢問醫院有沒有進行驗屍的動作。

在服務生們開始收拾著桌上半滿的酒杯和用過的餐巾時，我頹然坐在沙發上，踢掉鞋子，希望自己現在能立刻死去。我抬起頭，看到珍妮拉著蘇琪．沙瑟蘭德與瑪麗貝絲．柯走到我的身邊。「姐妹悄悄話時間！」她說。「別再生氣啦！凱特。」然後她轉頭看著蘇琪和瑪麗貝絲說：「請妳們把跟我說的事情，再說一次給凱特聽。」

她們交換了個愧疚的眼神。瑪麗貝絲前後搖動著她的腳跟，蘇琪玩弄著她外套上的一顆鈕扣。

「那只不過是個八卦罷了。」她最後說出口。「我不確定我想的對……」

「我答應我們會把任何妳說的事情，都列爲最高機密。」珍妮嚴肅地說，而此舉只是讓瑪麗貝絲和蘇琪更爲不安。

「我不要這件事上報。」蘇琪看著珍妮說，而她也點點頭。

蘇琪嘆了口氣。「那個男人。」她說。「妳先生幫他工作的那個男人。」

我花了一點時間才搞清楚她說的是誰。「泰德．費區？」

蘇琪點點頭。「他看起來很眼熟，但是我想不起來他是誰。」

我傾向前，仔細聽著每一個字。

「我好像在城裡看過他。」蘇琪說。「跟凱薩琳．卡瓦弄在一起。他們在生命水餐廳裡，吃著午餐……」蘇琪的手在外套上磨擦著，一臉不安的樣子。「而且凱薩琳在哭。」

註1：Dora the Explorer，是美國最受小朋友喜愛的卡通節目。專門為學齡前的小朋友所設計，開發小朋友的口語表達、人際關係互動技巧，還有日常生活上的挑戰與解決。

註2：Jeffrey dahmer，誘拐青少年的同性戀殺人魔。

註3：兩句歌詞均出自「茶花女」一劇。

註4：出自普契尼歌劇「強尼．史基濟（Gianni Schicchi）」。

註5：美國著名作家蘇斯博士的作品。

28

星期一一早，我醒來的時候，班已經不見人影。他貼在咖啡壺上的紙條寫著我父親來過電話，說母親已經沒事，兩個人都在家裡休息。還有，我不用等他回來吃晚飯。

「說眞的，這也不完全算是沒有收穫。」珍妮說，一邊把早餐穀片倒給孩子們，又幫我倒了杯咖啡，挑了挑眉毛，在我的杯子上方揮動著一瓶愛爾蘭奶酒。我呻吟著，搖搖頭，知道再多的酒精也沒辦法減輕星期六晚上的羞辱。我該如何在紅推車托兒所接送區面對其他的媽媽們？我繼續呻吟著，想著如果我把孩子們送到轉角的地方，他們應該會自己走進教室吧？

好消息是珍妮解開了菲利普和褓姆之間的謎團。其他的媽媽們把中間狀況不明的部分補足了。菲莉普和莉莎之間的確是有一腿，不過一切都在莉莎於某場校園集會中被他人所救，並且將生命都榮歸上帝的那一年就結束了。難怪她會對婚外情和謀殺的事情，露出不悅之色。

「關於泰德．費區的事情，現在要怎麼做？」珍妮問。

「我有個計劃。」我正準備告訴她的時候，門鈴響了。我打開門，一個送快遞的傢伙盯著我看。

「包裹。」他咕噥著，臉上的表情像是我毀了他美好的早晨。他把電子簽名板塞給我，趁我簽名的時候，用力拉著鼻子上那顆痣長出來的毛。我把包裹拿進房子，然後急忙地拆開。裡面是兩本伊凡答應要給我的校友錄。我翻著裡面的內容，珍妮注意到退貨地址欄裡的名字。

「喔，天啊！」她說。「又是這個名字。」

「我一直想要問妳。妳是不是真的把伊凡趕出去？」

珍妮弄著頭髮，又重新整理她身上那套男性條紋睡衣的領子。「我是打了幾通電話。」

「妳買下那幢房子，只爲了把他踢出去？」

她把一盆切碎的莓果放在桌上。「地產公司都得保持房子的價值。」

「感謝妳告訴我這一點。」我給自己倒了一碗麥片，開始更仔細地翻閱著其中一本校友年鑑。

在第一百三十九頁上，我看到年輕的凱薩琳，一隻手搭在另一個女孩的肩上。兩個人都咧嘴笑著，露出亮橘色的牙齒運動護套，手上拿著陸上曲棍球棒。「凱薩琳．維瑞和多莉．史帝文生慶祝另一場勝利。」照片的說明這麼寫著。

珍妮從另一邊瞄到。「那是誰？」

我吞下一大口的麥片糊，想到多莉在凱薩琳的追悼會上，穿成像是包著粉紅色包裝紙的金色棒棒糖一樣。「我今天應該要去看一下蕾娜。」

「喔，拜託。一小顆搖頭丸不會害死人的。」珍妮停了一下。想著。「安非他命可能就會……」

「什麼是安非他命？」山姆問。

「來吧！」珍妮對孩子們說。「上樓去換衣服，珍妮阿姨今天得工作。你們會說『普立茲獎』這幾個字嗎？」

我把桌面清乾淨，將碗盤都放進洗碗機中，替自己倒了杯咖啡，然後打開電腦。我眞是幸運。漢菲爾德校友會網站顯示多莉・史帝文生在一九九一年的時候，在普林斯頓大學擔任《道瓊商業新聞》的財務分析師，她同時也是個高階分析師，我得通過層層的轉接，才能跟她本人說到話。

「請問妳現在有空跟我談一下嗎？」

她怔了一下，低聲說：「爲什麼？」

「或許聽起來很唐突。」我說。「我只是這附近的媽媽之一，因爲警方到現在還沒有逮捕到兇嫌，我想試著查出有關她的事情，如此才覺得自己對這事有一些貢獻。妳了解這種感覺嗎？」

「大概了解。」多莉說。「不過我不覺得自己能幫得上什麼忙。」

「我還是想跟妳談一下。」我們約好第二天早上十一點見面。明天早上我沒有安排托兒所，不過有把握強迫珍妮早上帶孩子們去滑冰課，下午再找褓姆來照顧他們。我掛斷電話，用海棉將桌面擦拭乾淨，然後走上樓，想著該穿什麼衣服才能讓道瓊的財務分析師重視我的問題。

「關於凱薩琳的第一件事就是，她長得很漂亮。」星期二早上多莉．史帝文生說。「第二件事是，她不知道自己有多漂亮。」她舔了舔雙唇，甩甩淡金色的捲髮，從秘書拿進來的銀色盤子中，拿起一個巧克力牛角麵包，大大咬了一口後，眼睛快速地轉了轉。「那個，」她說。「眞難吃。」

我點點頭，寫下「漂亮」兩個字。我早上六點出門前，告訴班我要去莫里森醫師那裡做檢查。「好。」他說，眼睛連抬都沒抬。「祝妳檢查順利！」珍妮在我急忙出門之際，在我身後高聲喊著。

我點點頭微笑，想著至少今天穿對了衣服。藍色套裝和巧克力色的懶人鞋，讓我看起來像曾在這裡工作過，而那些保證可以減少頭髮捲曲狀況的造型產品，也的確發揮了它們的功效。

多莉．史帝文生所在的這間辦公室，牆上漆著桃色和奶油色的漸層色。她的辦公桌、我們所坐的椅子，和盛裝著小點心的盤子，看起來都是貨眞價實的古董。她告訴我她是曼菲斯人，而我從她的南方口音軟化了過大呼吸聲的話語中也略知一二。

我拿了一個杏仁可頌捲、倒了一些鮮奶油到我的咖啡裡，說：「妳應該來厄普丘奇看看她的。她是個完美的母親，有幢完美的房子，而且她總是看起來……」

多莉微笑著，吞下另一口的牛角麵包。「讓我猜一下，妳要說……完美？」

我點點頭。「她在大學時也是那樣嗎？」

她嘖嘖嘴。「一開始的時候不是。」她小口咬著手中的牛角麵包，把玩著領子上的貝殼別針。「就像我告訴妳的，她是我的室友，我們也曾經是很要好的朋友，可是在大二那年之後……我們有了不同的生活圈。我想妳一定會問爲什麼。我是有跟她見面，不過……」她又聳聳肩，喝了一口卡布其諾，把嘴裡的小點心和巧克力吞了下去。「我餓了。這次……」她往下看了一眼胖嘟嘟、膚色蒼白手腕上的那隻金錶。「進行了『南灘減肥法』，十八個小時。我個人最佳紀錄是十九個小時。」她搖搖頭，又咬了一口。「如果發生核子戰爭的話，我可以一直活下去呢！那些瘦巴巴模特兒身材的人？想都別想。」

我點點頭，也咬了一口我的杏仁可頌捲。六年前，多莉．史帝文生一定有那種會讓男人流口水的身材——豐唇、豪乳、比例完美的手臂和大腿。在現代這個民智開化的社會中，她一定時時刻刻都在減肥或是把這件事棄之腦後。當多莉哼著歌，快樂地把最後一口牛角麵包吞下去，然後用濡濕的指尖把盤子裡的碎屑刮起來時，我想她應該是時時都在減肥，或是目前只是稍微中斷一下的那種人。

「好吃，這個眞好吃。」她讚嘆道。她的眼皮上下拍動著、舔了舔嘴唇，從曲線精緻的椅子中坐直了身子。「好吧。所以，回到凱薩琳的話題。」

「她長得很漂亮。」我提示她。

「她長得很漂亮，而且任何時候都是一副準備充分的樣子。」多莉說。「我們都提早一個星期開始準備到校。漢菲爾德有一個特殊的計劃給……天啊，他們是怎麼稱呼我們的？」她閉上眼。「對啦！經濟多樣性創始入學方案。」她的眼睛突然張開，微笑著說。「那代表我們都是窮人家的小孩，但是稱呼上不能這麼說。所以他們提早讓我們入學——所有領取獎學金的清寒學生，再加上少數族群學生，甚至是那些去英國艾斯特大學，或是雙親都是耶魯教授的小孩——叫所有人都去露營。」

「露營？」

「喔，等等，我記得是『讓我們早點習慣大學的環境』。或許他們要確定我們知道怎麼用銀器餐具，還有那一類的東西。」她的笑聲起起落落，但我想我聽到了笑聲底下的傷痛。

「妳跟凱薩琳是室友？」

「我們曾同睡一個帳篷。」多莉說。「他們帶我們去某個教授的後院，而不是什麼荒野草原，可是凱薩琳帶了一堆那個地區的地形圖，還有她個人的打火石盒。她告訴我，她整個夏天都在看救生手冊，所以知道哪些蘑菇有毒，以及如何從樹上的苔蘚辨識出北方。」她搖搖頭。「她連背包裡都準備了食物。我永遠也忘不掉那一幕。她似乎以為那些人不會給我們食物吃，所以準備了泡麵、豆子湯罐頭……」她又大又圓的藍眼睛閃著淚光。「她總是把什麼事都準備好好的。」

什麼事都準備好好的。我寫下這幾個字。多莉抬頭看著天花板，眼睛眨動著，一隻手在眼睛底下扇動。

「漢菲爾德不適合凱薩琳。」她說。

「什麼意思？」

她嘆了口氣，甩了甩頭，姿勢優美地從托盤中拿了個覆盆子丹麥麵包。「妳是那裡畢業的嗎？」

「我是念哥大的。」

「那妳可以用想像的。」她說。「校園裡有開著私家車來上課的女孩們，她們甚至還有自己專屬的一匹馬。她們擁有一切事物——名牌的服飾、剪一次頭髮要二百美元、鑽石耳環、珍珠項鍊、畢業後等著她們的美好生活。」她皺著鼻頭。「或是至少有信託基金在等著她們。」

我點點頭，想著皮姆中學和那些漂亮的女學生們，她們全身上下散發出自信，知道與他人之間的連結和一大堆的現金，可以克服生活中的任何問題。「凱薩琳沒有擁有其中的任何一項嗎？」我想到停在鎮公所停車場上的那部撞凹的本田汽車。

「她很漂亮，就像我剛剛說的。」多莉一字一句地說。「但是她有……」她在頭頂揮動著另一隻手。「鋼絲大蓬頭，妳知道嗎？妳以為她是刻意把頭髮燙得又蓬又捲嗎？不是，鋼絲頭、一臉濃妝，對漢菲爾德大學來說太俗艷了。她在開學一週後才明白這一點。她把一頭捲髮剪短，也不再戴那些金光閃閃的東西——但是，妳知道的，」她聳了聳多肉的肩膀。「她給人的第一印象已經定型了。」

我點點頭，試著把我知道的那個完美、優雅、妝容無懈可擊的凱薩琳，換上可怕的捲髮和厚重的藍色眼影，卻發現做不到。

「她會忌妒其他人嗎？」

「不會。」多莉慢慢地說。「不太會。應該說她很清楚自己沒有她們有的那些東西。但是怎麼可能完全不忌妒呢？當聽到其他女孩子聊著週末飛到紐約血拼，或是春假時到瑞士渡假……我想實在是很難不去注意自己身處的世界吧。只是……」她停了下來，把胸前的麵包屑掃掉。「不是每個人都會想要改變這件事。」

我傾身向前，沒注意大腿上還沒吃完的點心。「凱薩琳做了什麼？」

多莉迅速低下頭。「我不想講這些。」她往後一靠，認真地看著我。「她是個好女孩，有副好心腸。每個人在大學時都會做一些傻事。」她試著一笑置之。「大學不就是這樣嗎？」

「拜託。」我說，一隻手貼在心上。「妳所說的一切，都不會有第三個人知道的。」

她又嘆了一口氣，搖搖頭。「老男人。」她靜靜地說。

我指尖冰冷地寫下這幾個字。

「妳必須瞭解她是個美麗又亮眼的女孩，而且貼心又聰明，還有……」多莉的指尖又在盤中劃著圈圈，像是盤子的邊緣鑲有她所要的那個字眼。「如果妳生病的話，她會關心妳，還會用熱湯盤盛雞湯給妳喝；而且她的手很巧，如果有衣服破掉的話，她會幫妳補好衣服。她是個……」她又用手揚著眼睛，也吸著鼻子。「在她處理好頭髮的事後，可以跟學校裡的任何男孩子約會，可是她卻跟……」

多莉的嘴唇不自覺地噘成厭惡的樣子。「那些五十幾歲的男人。」

喔，天啊！我快速地寫著。「她有跟教授交往過嗎？」我問。「喬爾．艾許？」

多莉突然坐直了身子。「妳知道那件事？」

我點點頭。

多莉扭著手中的餐巾。「那太可笑了。」她說。「他送玫瑰花來我們的寢室，還寫了詩送她——很糟的一首詩，我跟凱薩琳都取笑裡面的內容。紐約市的大總編，只能寫出『妳的眼睛像是矢車菊』這樣的字眼。我有問過她：『凱薩琳，爲什麼？爲什麼是他？』如果他長得像哈里遜．福特的話，年紀有點大、成熟、長得又很好看，會帶她去血拼、教她這個世界的一切，那我還可以理解。」

「喬爾．艾許沒有那麼做？」

多莉笑了——短暫、憤怒不屑的笑聲。「這個嘛，他帶她去買東西，一副珍珠耳環。她可驕傲的呢！在接下來的日子中，每天都戴著那副耳環。我猜他也幫她安排了工作，至少我是這麼聽說的。就像我剛剛說過的，我們不再是朋友。她知道我不贊同她的這些行徑。」她把盤子放回茶几上。「我父親爲了另一個女人——比我母親年輕的女人，而拋棄我母親，所以妳能夠想像我對她跟另一個女人的丈夫搞在一起的事情，一點都不會覺得高興。我那時是個有崇高理想的女人。」她嘆了口氣說。

「妳記得其他男人的名字嗎？」

她又搖搖頭。「我不會去過問。我並不喜歡這種事，所以她也不告訴我。他們打電話來的時候，她會把電話拿到走廊上，叫他們到圖書館去接她——他們也不想到宿舍來吧，我想。」她用一條淺粉紅色亞麻餐巾輕拭著嘴唇，看著桌上的那個桃色與淺綠色的景泰藍瓷器時鐘。

「妳問她原因的時候，她有告訴妳嗎？」

她給我一個悔恨的笑容。「她說她有自己的理由。我告訴她，無論她要什麼、她在追求些什麼，像她這麼亮麗的女孩，都有別的方法可以得到。她是一個這麼善良的女孩。」她的雙眼又充滿淚水。她眨眨眼，輕輕拍掉眼淚，睫毛上下拍動著。「我應該再努力一點告訴她的。可憐的凱薩琳，還有她可憐的女兒們。」

● ● ● ● ● ● ● ● ● ● ●

註1：South Beach diet，是由邁阿密地區的心臟病科醫師亞瑟·阿加斯頓（Arthur Agatston）所提出，強調要攝取「好的碳水化合物」與「好的脂肪」。

29

「嗨，凱特！」班的助理是個留著一頭及肩紅褐色捲髮、每一隻耳朵上釘了四個耳洞的纖瘦年輕女子，她同時還是喬治城大學公共行政系的碩士。

「梅莉莎，見到妳眞好！」年輕的梅莉莎穿著森林綠的短版麂皮外套、黑色打褶短裙、絲襪和矮跟淺口鞋，一副青春洋溢的樣子。「我剛好來城裡買東西，順道來看看班可不可以請我喝杯咖啡。」

「喔，不好意思。」梅莉莎說，看來她沒注意到我手上並沒有什麼購物袋，也沒發現B Squared顧問公司的辦公室是位於商業區，離第五大道上的百貨公司或是精品店並不近。她從椅子上跳了起來。「他去參加公民自由聯盟的午餐會了，大概四點左右才會回來。」

「喔，不會吧。」我裝出失望的樣子。我當然知道班這個時候絕對不會在辦公室裡。早上出門時，我就已經看過他的行程表了。「聽著，別告訴班，但是我剛剛在想……想……」

梅莉莎傾身向前，她的臉因期待而漲紅著。

「重新裝潢這個地方！」我說。「那些地毯已經用了很久。」

她平滑的眉頭微蹙。「事實上，這些去年才換過。」

「喔，對啦，當然了。不是地毯，我是說辦公桌！」我說，努力想起班的辦公室裡有哪些傢俱。

「那個老東西！」

梅莉莎一臉疑惑。「那是張古董桌。」

喔，天啊，快讓我再想起另一個東西吧！「沒錯！它比較適合搭配我們家裡，而不是這間辦公室！」我說，慢慢地走向班的辦公室。「我看一下，嗯，順便量一下尺寸……」我把手伸進珍妮借我的那個奶油色Marc Jacobs小背包中，一副像是在找捲尺或是布料樣品的樣子。「還有，我要用一下主管洗手間。」我給她一個不好意思、就我們兩個人知道的笑容。「剛剛吃的壽司好像不太新鮮。」

親愛的天主啊，就在我快步閃進班的辦公室、關上身後的門時，我這麼想著。我爲什麼會對瑪波小姐[1]在每一次的冒險中，從來不會用上廁所這一招來得到重要的線索，而心存懷疑呢？

「如果妳要什麼的話，就叫我一聲。」梅莉莎貼心地說。

「我會的！」我坐在班的Aeron椅上，調整一下高低，這樣扶手的部分才不會卡到我的腰。我點了一下滑鼠，希望班在出去吃午餐時沒有登出系統。好險，沒有。

我開始搜尋任何有包含關鍵字爲「泰德．費區」的檔案。當螢幕上的手電筒圖示來回擺動時，我屏住呼吸，而此時一臉高興的梅莉莎在門的另一邊接起電話。我手機的迪斯可鈴聲害我嚇了一跳，差點從椅子上摔下來。

「哈囉？」

「喂？」珍妮的聲音微弱又擔心的樣子。「我問妳，妳有教孩子們怎麼坐馬桶吧？」

「有啊。」我說。「三個都有。怎麼了？」

「那不應該會這樣啊！」她說。「沒事了，我要掛斷電話了。」

「找到十個檔案。」微軟作業系統的迴紋針小幫手說。

「等一下。如果妳們在外面的話，男孩子們要上廁所可以帶他們去女廁，沒關係的。」

「太好了！」她說。「妳不用擔心啦！待會兒見！」

我放下電話，開啓第一個檔案。

「費區的個人經歷」，我按下列印鍵。「費區的意見書」，我也印了這一分。「九月的行程」、「十月的行程」、「十一到十二月的行程」，一定要印的。最後，最有價值的東西——「費區的競爭對手」。我是在看「The War Room」（這是班偷燒的詹姆斯．卡維爾[2]評論DVD）的時候，知道這個內容是對競爭對手的調查。班的團隊必須挖掘出他們的候選人的一切，好在敵方陣營發現時可以準備妥當。一共三十七頁。**當然也要印囉！**

在印表機飛快地運作時，我聽到敲門聲。「凱特？」梅莉莎問。「妳還好吧？」

「我在把一些丈量的結果印出來。」我愉快地回應她，看到門把來回轉動著。

「門鎖住了。」梅莉莎注意這一點。**鎖住才好呀！**我心想，並一把抄起雷紙印表機中的紙張。我倒是想知道喬治城大學的學位，對一個女性的觀察力上會有什麼樣的幫助。

「是啊，等一下……我，呃，現在不舒服。」

梅莉莎的聲音透露出她的憂慮。「請不要碰任何東西好嗎？班不喜歡有人動他桌上的東西。」

「喔，不用擔心，」我說。「我有使用印表機的特權！」天啊，特權？我變成誰了啊？

梅莉莎現在用力地轉著門把，我擔心會不會就這麼被她轉斷。

「讓我先處理好這些！」我急忙打開班辦公室裡通往廁所的那扇門，按下馬桶的沖水鈕，然後用班那罐肉桂味的空氣清新劑，遍灑整個房間。「列印結束。」電腦發出提示的聲音。在吐出最後一頁時，我急忙走到班的辨公桌後方、關閉所有檔案、把印出來的紙張一股腦地塞進皮包裡、猛然打開門，差一點跟梅莉莎撞個滿懷。

「呼，抱歉吶。」

她皺著鼻子看我。這不能怪她，因爲現在這個地方聞起來就像被乾燥花炸彈炸過一樣。「妳沒事吧？」

「很好！」我說，把皮包緊緊抱在胸前，像是得到便秘的螃蟹一樣側身閃過她，往電梯的方向快步走。「妳等一下再進去裡面吧。」

「妳拿到妳要的東西了嗎？」

喔，老天啊！我面無血色，四肢無力，就算是瑪波小姐也沒辦法解決這個局面。她知道我在裡面做什麼了。「妳說什麼？」我問。

「丈量的結果。」梅莉莎說，表情像是我撞到破掉的管子，或是空氣清新劑影響了我的大腦。

「有啊！現在我可以找一些比較適合這個地方的傢俱了！」我說，臉上的笑容活像個白癡。「幫我一個忙，別告訴班這件事。我想給他驚喜。」

她懷疑般地點點頭，並沒有再追問下去。我匆忙走在灰色與象牙色的走廊上、搭了電梯，又通過一樓的旋轉門到建築物外的人行道上。我叫了部計程車到中央車站，好搭四點十五分的火車回家。就在我買好票、坐進隆隆作響的北郊鐵路火車上的某個角落時，我拿出那一疊費區的資料。第一段枯燥無味，下兩頁會讓人呼呼大睡，超速的罰單、把聖誕樹丟在路邊的五十元罰單……我還是耐著性子看。終於在第四頁找到我要的東西——比我想像的更好，或是更糟。

註1：珍・瑪波小姐（Miss Jane Marple）為阿嘉莎・克莉絲蒂（Agatha Christie）筆下的主角之一。在阿嘉莎的故事中，瑪波小姐住在聖・瑪莉米德村，是個天生的偵探，年齡大概六十至七十歲，終生未婚，是一個典型的鄉下老姑娘。

註2：James Carville，為美國前總統柯林頓的競選謀士。

30

當班的車子晚上七點鐘停在車道上時，房子裡寂靜無聲。我叫珍妮帶孩子們去外面吃晚飯跟看電影，自己則坐在客廳裡等著班的歸來。我身上穿著當記者時常穿的藍色套裝，把頭髮挽到腦後，大腿上是一疊該死的泰德．費區的報告。

「我可以跟你聊一下嗎？」班在掛外套的時候，我很客氣地對他說。可是當我清楚地看到他手裡拿的東西時，心沉了一下。

《厄普丘奇公報》的標題寫著：「友人永誌懷念厄普丘奇婦女」，還有一張我張大嘴、頭髮捲曲，站在講臺上的照片，體積龐大得猶如木星的某個衛星。

「我在加油站遇到史丹．伯吉朗。」班說，我的心繼續往下沉。「他問我妳從那天晚上的驚嚇中復原了沒有。我問他是什麼驚嚇……」

我的喉間有如被石頭哽住。「我本來要告訴你的……」

「我居然是從別人口中得知有人要威脅妳的生命。」

「……可是你都不在家，我不知道該怎麼告訴你。」

我們兩個同時停下來，雙眼看著對方。班捏了捏他的鼻樑，又開始揉著那塊發紅的肌膚。從我們搬來這裡之後，他就日漸發福，他每吸一口氣，就擠壓了一下肚子上那條黑皮帶。「好吧，從頭告訴我。」他對我揮著手中的報紙。「妳去凱薩琳．卡瓦弄的追悼會——不，我說錯了，妳在凱薩琳．卡瓦弄的追悼會上演講。」

「那是意外。」我低聲含糊地說。

他的黑色濃眉挑高。「難道有人用槍抵著妳的頭說，『快上臺，不然我就轟掉妳的頭』嗎？」

「差不多。只是少掉那把槍的部分。」

「妳還到處問人家問題？」

我看著他，脖子一陣發緊。「我以前是個記者，你記得嗎？我是靠那個吃飯的！」

「妳是那種問搖滾巨星們的生殖器上有沒有長疣的記者吧。」班說。「這根本是兩回事。」

我抬起下巴。「從來就沒有什麼生殖器長疣的事情。」我維持著我的尊嚴說。「偶爾是有報導青春痘之類的事。況且那不是重點。無論你怎麼看我報導的題材，我以前的確是個記者。」

「可是妳現在已經不是了！」班大吼。「凱特，妳已經不再是個記者了，也不是個偵探，妳只是個家庭主婦！」

我把那一疊資料用力甩到桌上，大步地走進廚房，把冰箱裡的食物全都搬了出來：一盒雞蛋、一罐黑豆、一串葡萄。班跟在我的身後。

「我不是這個意思。」

我不想聽到他說話。「你要吃晚飯嗎？」我問，繼續搬著芥菜、美乃滋、火雞和起司，然後發現麵包已經吃完，做不成三明治了。

「我只是要妳平安而已。那也就是我們搬到這裡的原因，記得嗎？妳不能做一些把自身安全置之度外的事情。妳也不能做一些會讓孩子們身陷危險的事。」

我覺得天旋地轉，因憤怒而臉頰發熱，也因羞愧而噁心想吐。我內心深處知道他說的一點也沒錯，可是我並不想承認。因爲只要一承認，我的所有調查和整個過程讓我在七年的婚姻生活和有了三個孩子之後，又重新有了活力十足的感覺——我還懷抱著伊凡．麥肯納總有一天會愛上我的可能性時，心裡那股活力感——就會消失無蹤。我將會回到讓我生不如死的枯燥生活。這個地方我沒有辦法融入、我沒有朋友，而且從現在到孩子們整天都待在學校之間的日子，將無止盡地延長。我不覺得自己能夠受得了。

我說：「你眞的認爲我會做出任何一件，眞的有這個可能會做出傷害孩子們的事情嗎？」

「誰知道呢？」班說，他的聲音愈來愈大，嘴唇也愈來愈蒼白。他伸出一隻手指。「妳有一個會把禁藥丟到其他人杯子裡的朋友。」

「喔，你這麼說不公平。」我氣沖沖地說。

他又伸出另一隻手指頭，檢察官要做出毀滅性總結的時刻來了。「妳在鎮上到處問人問題，那根本就不關妳的事。」

「我的一個朋友被謀殺了。」我指著冰箱前的一點說：「在她家廚房裡，就在這個鎮上。這難道不關我的事嗎？」

「她不是妳的朋友！」班大叫。「妳根本就跟她不熟！我不知道妳為什麼不願意鬆手！多照顧孩子們吧。多注意妳自己。如果妳真的要找些事打發時間的話，培養一個興趣嘛！」

一陣紅霧降落在我眼前。「找些事打發時間？」我重複他的話。「你知道我每天做了些什麼嗎？你知道你的孩子們每天做了些什麼嗎？你知道嗎？」

他抬著下巴看我。我推開他，拿出平底鍋，彈了一小塊奶油到平底鍋裡，然後把爐子開大火。

「在你想那些問題的時候，我還有另外一件事要問你。」我說，打了兩個雞蛋到冒著泡的奶油上面。「你為什麼要幫一個強暴犯工作？」

班的臉一陣抽搐。「妳在說什麼？」

「你心裡有數。如果你不知道的話，看一下我印出來的東西。」我伸手拿鍋鏟。「那個應該可以讓你回想起來。」

班走到客廳，手上拿著紙張走回來。我把蛋盛起來，砰的一聲放在桌上。他坐在我的對面，翻閱著那些內容，然後抬起頭看著我，搖搖頭。

「這是非常私人的資料。」他終於開口，姆指和食指在鼻梁上磨擦著。

「班，我一直以為你……」我思索著正確的字眼。「我以為你是個正直的人。」

「他說那是在你情我願的情況下發生的。」班不耐地說。

「他掐傷她！」我說。「你情我願會掐傷一個人嗎？」

「那是她的說法，沒有人能證實這一點。沒有警方的調查報告，也沒有醫師的檢查報告。」

「你以為這個女人……」我瞄了一眼紙張上的名字，好確定自己沒有說錯，「珊卓拉．威利斯是捏造這件事囉？你覺得她說謊？」

班抬起頭，看著天花板，像是那樣才能讓他有繼續談話的能力。「無論發生了什麼事，也是很久以前的事了。年少輕狂，難免會發生一些事。」

我驚訝地看著他。「你是在開玩笑嗎？年少輕狂是指山姆弄丟他的樂高積木，而不是指在二十歲的時候，強暴一個維薩學院的女生，然後叫你老頭付錢塞住每個人的嘴，好讓這件事不會見報！」

「別說了！」他大吼。「別再說了，凱特。妳根本就不知道事情的來龍去脈。」

「我不知道些什麼？還有什麼是我不知道的？還有續集嗎？」

他的嘴唇一點血色也沒有，他的語音也簡潔有力。「泰德．費區是個戰爭英雄。他在擔任檢察總長期間，絕對是清清白白的。而當他當選參議員時，也會用傑出的表現來服務紐約州的人民。」

「是呀。」我說，邊戳著煎蛋。「只要不要讓他去波啓浦夕就得了。他老婆知道這件事嗎？」

「我不知道。怎麼？妳要打電話告訴她嗎？」他拿起無線電話，丟到我的大腿上。「怎麼還不打？」他的聲音提高，語尾變得像「山谷女孩」一般上揚。「嗨，妳不認識我嗎？我叫做凱特．克萊，我老公替妳丈夫工作。總之，我是來城裡血拼還是什麼的？而且我恰巧到我老公的辦公室？」他壓低了聲音。「對了，我要告訴妳，妳能找到這些，我還蠻驚訝的。」

「什麼意思？」

他的手指梳著頭髮。「這麼說好了，講到我工作方面，妳眞的不是一個體貼的配偶。」

「這不是我們談話的重點。」

「其他人的老婆來的時候，都是來對老公表示關心的。」他繼續說。「艾爾的老婆甚至在他加班時，還會送晚餐來給他。」

「艾爾住在翠貝卡，而且他老婆做了那麼多次整型手術，說不定她腦後還眞的有一對眼睛。」

「妳離題了。」班厲聲打斷我的話。「重點是她會帶晚餐來。」

「這樣啊，那原諒我沒有衝到曼哈頓，送個該死的鍋派給你吃！」我站了起來，把盤子丟到水槽裡，然後打開水龍頭。

「既然妳不是帶鍋派來給我，那妳在我的辦公室裡做什麼？爲什麼突然對泰德．費區感興趣？」

我把還沒洗的平底鍋放在瀝水架上。「泰德．費區和凱薩琳．卡瓦弄早就認識了。」

班在桌邊推了一把。「喔，眞棒啊！」他說，聲音中充滿了藐視。「妳到處調查我們的鄰居還不夠，現在竟來騷擾我的客戶？」

感覺我的心被狠狠揍了一拳。「蘇琪．沙瑟蘭德在她被謀殺前，看到他們兩個在酒吧裡談話。凱薩琳當時在哭。」我在他面前揮動著那疊紙。「我敢打賭我知道原因。」

班的臉色蒼白，聲音平靜，但是我看到他抓著櫃臺邊緣的指節泛白。「凱特。妳是當眞的嗎？」

「他有不在場證明嗎？」我反擊他的話。

他抬起下巴。「我不會回答妳的問題。」

「好吧。」我用腳踢上洗碗機的門。「我會自己找出答案的。」我一把抓過電話，提高聲音學他剛剛用的那種嘲笑假聲。「**嗨，我是凱特·克萊，我已經知道你掐傷一個不想跟你發生性關係的女性的事情。我只是在想，你可以告訴我當凱薩琳·卡瓦弄被殺的那一天，你人在哪裡嗎？**」

他的手指深深陷我的手肘上方。「如果妳跟我的客戶說上任何一句話。」他咆哮著。「只要超出『哈囉』、『再見』和『恭喜』以外的話，讓參議員……」

「你會怎麼樣？」我扭開我的手。「強暴我嗎？」

他鬆開手，一臉驚恐地看著我。「凱特。」

我抓起那疊紙，塞進我借來的皮包裡。「你今晚睡客房。」

我走上樓，甩上臥室的門，胡亂換上睡袍，仔細研究這位現年五十七歲，曾是耶魯與哈佛法學院畢業生、得過越戰的青銅星章，當過助理地方檢察官、地方檢察官、州檢察總長，並且如果我丈夫成功的話，就會是下一任的紐約州共和黨參議員的艾德華·泰德·費區。**他是兇手嗎？**我想著，盯著《時代雜誌》上他宣布參選時，所刊登的照片與報導。他是把刀插在凱薩琳背上的那個人嗎？班會試著找出答案嗎？只要不影響到泰德·費區的參選資格，班是不是就會關心答案是什麼？

我把被子蓋到耳際，聽到用力關上車門和側門的聲音，以及班和珍妮慌亂地送孩子們洗澡上床的聲音。「媽咪。」蘇菲還在說。「我要媽咪。」

九點鐘，在喝完最後一杯水，也說完最後一個故事後，珍妮輕輕敲著門。

「沒事吧？」她輕聲地問。

我開了門，把臉埋在枕頭中，整個人趴在床上。「沒事。哎，我不知道。」

「好吧。」珍妮說，也躺在我身邊。她綁了個馬尾，穿著一條我的工作褲，鬆垮垮地垂在腰下。

「很高興我們把事情搞清楚了。」

我把那一疊費區的檔案給她看，也對她做了十五秒的簡報。珍妮瞪大了眼睛。「哇。」她說。

「嘩嗚。」最後是驚訝加上滿足的「喔……我……的……天……啊……」

「現在該怎麼辦？」

「找出泰德．費區是不是有不在場證明。」我翻了個身，想著：**接下來我要想想，嫁給一個幫那樣的人工作的男人，會是多麼令人緊張的一件事。**

註1：「山谷女孩」（Valley Girl）一詞出現於美國一九七〇年代。原本指住在加州洛杉磯San Fernando Valley地區的富裕年輕女性。後於一九八〇與一九九〇年代擴大泛指年輕女性卡通似的單音說話方式。其特徵是似問句般的語尾上揚，以及在語句中加入「like」、「way」、「totally」與「duh」。

31

第二天一早我醒來時，班已經失去蹤影。衣架上沒有他的大衣，地板上不見他的公事包，車庫裡也空空盪盪。不過在冰箱上有一張用「第一名的媽咪」磁鐵貼的紙條，上面寫著：「**凱特。什麼也不要做，什麼電話也不要打。下個星期結束前，我會回答妳的問題。**」我的名字後面還加上一個憤怒表情的斜線，而且紙條上沒有署名，也沒有寫上「愛妳」之類的貼心小語。

不用了，謝謝。我把紙條揉成一團，塞到睡袍的口袋裡，想起班昨晚裝出的那種小女孩似的上揚尾音。**我會自己找出答案的。**然後我撥了通電話到紅推車托兒所幫三個孩子請假，也到樓上跟珍妮說我們即將展開田野調查。

在擁擠的火車上，帶著三個小孩的我們，看到了一些令人費解的情景。好像突然間，這些拿著公事包和筆記型電腦的上班族和職業婦女們的眼光，完全無法透過《華爾街日報》看見其他的東西，當然也就不會自願把身旁的空位讓給我們。去年夏天，我也帶著三個孩子搭火車去波士頓跟母親見面，然後再開車去「坦格塢音樂節」。那時蘇菲已經會走路，兩個男孩則是坐在雙人手推車裡，完全找不到剛好有兩個空位的位子。在東倒西歪地走過三節車廂後，我最後把三個孩子和攜帶式DVD機放到行李車廂的空地上。就在我把男孩子抱出娃娃車，DVD也開始播放著「艾爾摩的世界」時，一位把雨衣和公事隨意放置在她身旁空位上的女士，給了我們一個燦爛的笑容，做作地說：「好可愛喔！」我也回了一個笑容給她，把「**妳知道什麼會讓他們更可愛嗎？有位子坐！**」的話給吞下肚。

我已經領教過這些人。今早珍妮和我帶著孩子們坐上這班往下開往紐約的火車，就面臨到這堆上班族每個人都各自佔著兩人的位子的情況。

「嗯。」珍妮說，一手拿著一杯咖啡，踩著三吋高跟鞋（白色小山羊皮製，搭配她身上那件百分之百兒童不宜的外套和手袋），皺眉看著眼前的座位。她的頭髮夾了個假髻，身後拉著那個附輪行李箱。「打擾一下！」她對一個左方正在用黑莓機的上班族，以及他對面一個正在講手機的女人說。「嗨，我們帶了三個孩子要去旅行，而且我穿著很高的高跟鞋。兩位介意坐在一起，讓我們跟孩子坐在一起嗎？」

那兩個人看了她一眼，又看了對方一眼。然後男人繼續低頭看著他的黑莓機，而女人繼續滔滔不絕地講著。「哈……囉！」珍妮說。「你們聽不懂英語嗎？女人！小孩！很高的高跟鞋！」

「別操心，」我低聲說。「看我的吧！」我今天穿得很醒目，或者應該說這是我穿得最醒目的一次。珍妮用平板燙夾把我的一頭捲髮打理得平直順滑，而我也穿著最好的那條黑色羊毛長褲和黑色毛衣——XL尺寸，大小剛好合身。

「來吧，蘇菲！」我用宏亮的聲音說，出奇不意地讓女兒坐在穿著海軍藍西裝、滿臉通紅的男人旁那個放著雨衣的座位上。「妳坐在這裡。」我對她眨眨眼。「媽咪去前面幫山姆和傑克找位子！」

藍西裝先生嚇了一跳，關上原來在使用的手機。「女士？」他說，雙眼中透露出驚恐。「妳不會眞的讓她自己待在這裡吧？」

「喔，她自己一個人不會無聊的。」我說，從尿布袋裡拿出一盒果汁，在他面前揮舞著。「蘇菲，這是給妳的。不要像上次一樣弄得到處都是喔。」

藍西裝先生發出聽起來像是不滿的哼聲，拿起了報紙、公事包、雨衣和手機，然後坐到其他人的旁邊。珍妮趕緊一屁股坐了下來。

「好啦，山姆。」珍妮讓山姆坐在一個穿著灰色法蘭絨的男人旁邊，給他一枝馬克筆和著色本，也對他眨了眨眼。「我知道你很興奮穿上這件新的大男孩褲褲，如果你要尿尿的話，要記得告訴我喔。我會坐在那邊……的某個地方……」

穿著灰色法蘭絨的傢伙嘀咕著：「喔，天啊。」然後快步走向餐車車廂。珍妮對我笑著。現在我們已經有了兩排自己的位子。

「我眞是不敢相信。」珍妮搖搖頭說。「這些人是怎麼了？」她的聲音提高，也站了起來。「這裡有女人和小孩，各位！女人和小孩應該優先有位子可以坐！」

「珍妮。」

「你們有沒有看過『鐵達尼號』啊？要對得起良心！」她坐了下來，深吸了一口氣，喝了一口雙分義式濃縮咖啡，然後又站了起來。「我眞爲你們感到羞恥！」她大聲說，同車的其他乘客縮了一下身子，把他們的鼻子又更埋入早報中。我拉著珍妮，要她坐在我身邊。

「好啦，感謝妳的發言，不過我們現在要讓心思集中一點。」我遞給珍妮一個粉盒、腮紅刷和我的iPod，然後把費區的檔案從皮包裡拿出來。

「既然我們覺得是費區下的手，所以可以略過上次的那些名字。」珍妮說，又喝了一口咖啡。

「他的可能性的確很高，而且也有動機。」我說。「或者至少我們知道泰德和凱薩琳是舊識，這也代表她會開門讓他進去。所以他有下手的機會。」我繼續說。「我查過他的行程表。凱薩琳被殺的那天，他只有一場晚餐餐會要參加而已——在威徹斯特參加同濟會的募款餐會。」

「離厄普丘奇只有一小段航程。」珍妮說。

「他有施暴的紀錄。」我說。「那個珊卓拉……嗯。」我看著孩子們。男孩子們低頭畫著著色本，蘇菲把耳塞塞進耳中，把亮粉刷到臉頰上。「那個被他玷汙的珊卓拉。」

「長得不錯的男人。」珍妮說。「不過我不會投給他。」火車在鐵軌上行進發出轟隆隆的聲音，她則是緊緊抿著剛擦好口紅的雙唇。「至於講到動機。聽說他對蘿拉．琳和凱薩琳寫的東西感到不滿。無論他有多不滿……」她在磨損的窗戶上看著自己的倒影。「他會因此就玷汙她，或是只要寫寫民意論壇就算了？」

「他已經叫底下的人寫了。」我心不在焉地說。「不過或許他在意的不是她寫的東西？」

「或許那是一時衝動！」珍妮的雙眼發亮。「喔，喔，這太棒了！」她伸手在袋子裡拿出筆記本——記者用的正式筆記本，讓我看了心裡一陣痛苦——然後開始寫著東西。「他們兩個有一腿！」

我壓低了聲音，希望珍妮也會這麼做。「不要這麼快就下結論。」

「她喜歡老男人，對不對？所以他們這樣算是有外遇。」她繼續說。「他告訴她會跟老婆離婚，但是他改變了心意，而凱薩琳不接受這樣的結果，這也就是她爲什麼在餐廳裡哭泣的原因。他可能說：**到選舉結束之前，保持低調一點**。但是她說：**不，我不能保持低調，我不能活在謊言之中，我已經有你的孩子了，泰德……**」

「珍妮，孩子們在聽。」我輕聲說，除了我之外，其他人都在笑。

「小費區耶！還沒出生的小費區耶！」

「如果有的話，警方在驗屍時就會注意到了。」我說。

但我的話對她一點用都沒有，珍妮還是繼續說著。「**我沒有辦法忍受你的忽視，泰德**。她對他說。**你必須讓我們的孩子認祖歸宗**。就在他瞭解她不是開玩笑的時候，她說要把這整件事公布給八卦媒體……」

「或是《潮流》雜誌。」我說，補足珍妮的肥皂劇劇情。「她不用告訴八卦媒體，她自己寫就可以了。」

「或者也可能……」珍妮說，然後誇張地停了一下。「她想告訴妳。所以她那天晚上才會打電話給妳！所以她才會要跟妳見面！她知道妳是個作家，還有……」珍妮說，在最後的時候停了下來。

「她知道妳認識我。」

「她怎麼會知道這件事？」

珍妮皺著鼻子。「妳沒有常常提到我嗎？」

「我有！」蘇菲尖聲說。

我盯著蘇菲，突然間驚覺她可能已經聽到我們說的每一句話，也瞭解大部分的意思。我對珍妮比了個閉嘴的手勢，她點點頭，不過還是快速地寫著筆記。

「他殺了她。」在蘇菲又把注意力轉回化妝遊戲時，她輕聲說。「還有他未出世的兒子……」

「或是女兒。」我打斷她的話。

「而且他以爲這個秘密就此隨著她的死而石沉大海。」她說。

「直到凱特·克萊這個王牌大偵探出馬，破了這個案子，還把他送上電椅！」

珍妮和我擊了個掌，又皺著鼻子。「當然，如果他入獄的話，班就會失去他最大的客戶，但是我卻會拿到一個棒透的故事。」

公眾選後舐傷日（The public post-Election Day would-licking），又名美國大集會（Rally for America），是由兩個紐約市最大的勞工聯盟與紐約州民主黨委員會所贊助，正在市政府對面的廣場舉行。

我們一行五人在等著一輛休旅車大小的計程車，司機要我們在一大群忠實信徒的中間下車。許多人背著紅白藍三色、上寫「選民要圖變」的標語，推測這些人也願意把接下來的十一個月，將時間花在所有能夠確保民主黨不會再一次把寶座讓給別人的事情上。

今天的天氣雖然還蠻冷的，不過卻很晴朗。天空是淡藍色的，而街道上擠滿了午餐時間休息的工人們，以及忙著在聖誕節前促銷而採買的人群。空氣中充滿蜂蜜花生和熱狗的味道。珍妮幸福地吸了一口氣，孩子們也跟著她這麼做。

我看著講臺，馬上就認出泰德・費區的身影。他全身上下跟標誌與愛國旗幟的顏色搭配得恰恰好：紅鼻子、白頭髮和正藍色的外套，我猜班事前一定有針對年齡介於三十四歲到五十四歲之間的女性選民進行調查。

泰德是名單上的第三個人，列於副市長麥可・蘇瑞茲與州主計長之後。我個人認爲副市長的長相過於俊美，不應該浪費於公職上，應該轉行當個演員之類的。而州主計長已經六十多了，是個職業政客，有四十年的時間都待在阿爾巴尼市[2]，因此無論聲音或是外表都像是半死的老人。珍妮和我帶著孩子們走進臨時集會處，一個友善的警衛隊長給孩子們一人一個氣球。珍妮把氣球綁在他們的手腕上，我拿出筆記本和筆，泰德・費區正踏上講臺。

「我是泰德・費區，將會成爲大紐約州的下一任參議員！」他得到零星的掌聲。在他講述著論點：大美國的多樣性、現有政權的專制與壓迫、美國將如何開展新圖，以及他需要這些忠誠信徒——整個美國裡眞正的美國人的支持——好讓他的美夢成眞時，我仔細看著他消瘦的長臉，和他的鷹勾鼻及薄唇。「感謝各位的支持，天祐美國！」他最後結尾道。在他跟其他達官顯要們握手、吻臉頰，同時跟他們派出來唱國歌的十歲小孩擊掌時，掌聲變多了，也變得熱情一點。終於，他走下了講臺。

「待在這裡。」我對珍妮說。我把筆記本塞到黑色羊毛海軍外套口袋裡，穿越重重的人群，走到停在舞臺邊的林肯 Town Car 豪華禮車旁。司機們斜靠在車門旁聊天抽煙。我問了前三部車的司機，都對我搖搖頭，只有第四部車的司機給了我好消息。此時泰德．費區在走下樓梯時，與兩旁的群眾們握著手，工作人員則是護送他走回座車，我站在車旁等著他。

「哇，眞是個大驚喜啊！」他說，抱了抱我的肩膀，在我的臉頰上留下冷淡的吻。在這個距離下，我發現泰德看起來沒有競選海報中那麼帥，也沒有在我家辦派對時，擁有的那副好氣色。他的眼袋很大，嘴角也有塊白色的發炎。

「可否打擾你幾分鐘？」我問。

「當然！」他用坦率熱情的聲音回答我。這個男人已經準備好要把明年用在握手、親吻孩童，以及對他遇到的每一個人都表現出極有興趣的樣子上。「有什麼我可以效勞的嗎？」

我往前踏了一步，低聲在他的耳畔說著，讓他那些新面孔的工作人員不會聽到。「我們可以私下聊一聊嗎？」

泰德．費區點點頭，臉上寫著不解。「在車裡可以嗎？」

我想都沒想就答應他，直到尷尬地坐進寬大的後座，車門砰一聲關上時，才開始覺得後悔。我是想要私下跟他談話，不過兩旁的深色玻璃和黑色皮質內裝，讓我覺得自己好像跟泰德．費區一同關在一個地下室裡。

「要喝水嗎？」泰德問。我搖搖頭，他幫自己開了一瓶，又倒了一把藥在手掌中。「紫錐花、鋅、維他命Ｃ、銀杏。」他解釋著。「我得有個強壯的身體。」

我點點頭。他喝了一大口水、眨了眨眼、喝下更多的水，又吞下更多的藥丸。「凱特，一切還好嗎？班現在怎麼樣？」

我搖著頭，雙手在褲子上磨擦著，突然間希望我們是待在外面清新寒冷的空氣中。「我要問你關於凱薩琳．卡瓦弄的事情。」

我仔細地看著他臉上的表情，是不是有眨眼、痙攣、摸耳朵的動作，或是大叫**沒錯！是我殺了她！**可是他的臉上一無所動。「那個作家。那命案真是可怕啊！」他說。「她不是妳的鄰居嗎？」

「是的，而且也是我的朋友。」我提醒他。

他閉上眼睛好一下子，感覺像是個時間過長的眨眼和短暫的抽搐。「我們是認識一些共同的朋友。」他謹慎地說。

我換了個姿勢，感到有一滴汗流過我的乳房，浸濕我的腰帶。暖氣送出來的空氣很悶，轟隆隆的聲音讓我覺得自己得用吼叫的方式說話。「我知道你很忙碌……」

「還不都是妳老公害的！」泰德．費區用「妳可以準備滾蛋」的笑聲說著。「是他讓我到處跑來跑去！」

「凱薩琳被謀殺了。」我很快地說著，感覺自己汗如雨下，知道得在完全失去勇氣前把這些話說出來。「警方還沒有逮捕任何人。我知道在她被殺前，你跟凱薩琳曾在生命水餐廳共進午餐。所以我只是想知道……」呼，凱特，冷靜下來。「我想要知道你跟凱薩琳之間，到底是什麼關係。」

泰德．費區噴出帶有薄荷味的鼻息。「妳覺得我跟她的死有關？」他雙眼直視著我，臉上「當個好的人民褓姆」的表情蕩然無存，取而代之的是極度的惱怒。「誰給妳這個權力？妳現在改行當偵探了嗎？」

我搖搖頭。「我只是個家庭主婦罷了。」

泰德．費區不耐煩地咆哮著，伸手握住門把。「我沒空理這種無聊的事情。」

我又在大腿上磨擦著雙手。「珊卓拉．威利斯。」我說。

他放開了把手，頹然地坐回椅子上，耳尖泛紅，一臉土黃。「天啊！」他輕聲說。「主耶穌基督啊！妳跟班一定在枕邊細語時講過這件事。」

「這不是班親口告訴我的。」我說，這是事實。「我以前是個記者。」這也是事實。

他嘆了一口氣。「那報社現在已經知道這件事了。這件事……呃……跟珊……呃……」

「珊卓拉．威利斯。」我又說了一次。「我想報界還不知道這件事。那不是我在意的事，我在意的是凱薩琳。」

他旋開水瓶的蓋子，又把它旋緊。「我不覺得我們應該談論這件事。」他說。

「是啊，珊卓拉．威利斯也不覺得她想要跟你發生性關係，不過你沒有因為這樣而罷手，對吧？」就在這幾個字脫口而出的同時，我知道我又犯錯了。

他的臉又扭曲著。「現在給我滾出去。」這次他的手越過我，前臂如同兩吋乘四吋的硬木抵住我的胸部，抓住我這一邊的門把。他將門推開，我又用力關上。

「在她死前，你們有會面。你們談了些什麼？她爲什麼在哭？你們之間有什麼嗎？她有……」我想問出口「懷孕」這兩個字。除了我的意圖外，珍妮先前在火車上說的故事一直盤旋在我的腦海中。

臉孔已經脹成醬紫色、呼吸沉重的泰德‧費區，又坐回位子上。

「妳想知道？」他用似乎哽住的聲音問。「妳想知道她要什麼嗎？」他把手伸進口袋裡。

喔，天啊。這次抓著門把的人換成是我。「或許我們下次再談這件事……」

他抓著我的手，把我拉回座位上。「妳要嗎？」他問。他的表情扭曲，把一團紙丟給我。「拿去吧。快滾！」

我半走半拖著走上人行道，才發現他丟在我大腿上的東西是什麼。錢。我用顫抖的雙手攤開那一團皺巴巴的二十元鈔票，他的 Town Car 豪華禮車車門立刻關上，急馳而去。

「嘿！」

珍妮帶著孩子們和他們的氣球急奔而來。「你們的友好關係最後是付錢收尾嗎？」她問。然後她仔細地看著我的臉。「發生了什麼事？妳沒事吧？」我搖搖頭，她壓低了聲音，一隻手搭在我的肩上，看著我的臉。「現在怎麼辦？」

「現在，」我深吸了一口氣，全身發抖著，把三個孩子緊緊擁在懷中。「我們去吃午飯吧。」

我們把接下來的時間都花在紐約市裡最愛的地方，假裝一切都沒發生過——我從來沒搬去康乃迪克州、沒有人被謀殺，而且也沒有被一個政客丟錢在大腿上，再把我趕出他的車子。我們在「奇緣餐廳」吃著熱乳脂軟糖聖代冰淇淋（珍妮和我就是在這裡決定要住在一起），我們也讓孩子們在「迪倫的糖果吧」[3]花掉泰德．費區的二十元。我們又去了自然歷史博物館看鯨魚，再到洛克斐勒中心看其他人滑冰後，孩子們已經累翻了。珍妮送我們到火車站。「我會查名單上的人。」她答應我，把賴在她身上的山姆和愛睏的傑克抱給我。「你們回到歡樂谷[4]的時候，記得打通電話給我。」

在坐回厄普丘奇的四點鐘的火車上，只有稀稀疏疏的幾個乘客。我把男孩子們放在鋪著外套的座椅上睡覺，在靠窗的座位上用圍巾和帽子做成一個枕頭，讓蘇菲睡一下。她黏答答的手上握著一根棒棒糖。我輕輕地拿開，在她有甜甜糖果漬的頰上親吻了一下。「蟲蟲走開。」她說，眼睛半開，用力拍著我的手。

我坐在自己的座位上，拿出筆記本，試著把這一天整理清楚。*妳想知道她要什麼嗎？*他問，然後把錢丟在我身上。*凱薩琳跟他要錢？*我寫下這幾個字。*她每天都戴著那副珍珠耳環……*我急亂地寫著，任何一個部分都吸引著我，也讓我筋疲力盡。或許凱薩琳是爲了錢才跟男人上床；或許那是大學男生沒辦法給她的東西。如果眞的就像班說的，菲利普在工作上的表現不好，那她眞的會需要錢。

我愈是想著這些事，脈膊跳動得愈快：凱薩琳身上背負著私立學校的學費、六位數的房貸、車子、衣服、去海邊或是滑雪的渡假、在厄普丘奇過著優渥生活所需的一切事物，她發現唯一能擁有這些東西的方法，就是用她幫別人寫作的機會，在某個不引人注意的午后，還可以來場賺取數百元的兼差。我很好奇多莉知不知道，或是有沒有懷疑過她的前室友到底在忙些什麼。我很好奇當泰拉，錫恩得知她的敵人的代寫人，居然有致命的缺點，身體是用來賺錢的工具時，會有什麼感想。

回到厄普丘奇，車庫裡是空的，屋子也是漆黑一片。我弄了雞塊給孩子們當晚餐，幫他們洗澡，唸《小紅帽》的故事給他們聽，然後帶他們上床睡覺。我坐在沙發上，看著筆記本、吃著雞塊時，電話響了起來。

「哈囉？」

「請問是凱特嗎？」我花了一點時間，才想起這個低沉聲音的主人是丹尼·赫根侯特。「抱歉打擾妳，不過不知道妳有沒有看到蕾克西？」

我想了想。「最近的一次就是在派對上看到她，再之前，就是在溜冰課的時候。」她在哈德利練習向後滑的時候，將布萊爾里用一條色彩鮮明的瓜地馬拉披肩，綁在胸前。蕾克西跟寶寶都戴了一頂紅金色附耳罩的毛線帽，把他們的一頭金髮給遮住了。她拒絕喝我在販賣機買的熱巧克力，從口袋裡拿出一顆青蘋果，張口就啃了起來。

「是嗎？」他的聲音粗啞。「她昨天晚上沒有回家。」

喔，我的天啊！我想起史丹說蕾克西被跟蹤的事情。「孩子們沒事嗎？」

「沒事，孩子們昨天有褓姆在照顧。現在布萊爾里在我身邊，而哈德利……**哈德利，不要動那個！**」我聽到他高聲呼叫，同時還聽到東西碎掉的聲音。在丹尼回到線上時，氣喘吁吁地說：「他一直吊在陽臺上晃來晃去。」

「你有沒有收到紙條或是留言？」

「沒有，什麼也沒有。我八點回到家，孩子們已經在床上睡覺了。褓姆說不知道蕾克西去哪裡，也沒有說幾點會回來。屋裡沒有被翻弄過的痕跡，也沒有東西被拿走，更沒有旅行箱或是衣物不見。只有她的皮包跟車子不在，連珠寶也在，還有……**哈德利，我剛剛是怎麼告訴你的？**」

另一次的重擊聲、尖叫和刺耳的撕裂聲。丹尼花了更長的時間才又回到線上。「抱歉。」

「你報警了嗎？」我說。

「已經報了。」他回答。「可是他們說一定要失蹤滿四十八小時後，才會展開行動，就算……就算已經發生了任何事。」

「你知道她可能會去哪裡嗎？」

「她母親沒有她的消息。她的姐妹也不知道她去哪裡。她也沒接電話，所以我現在一個個打電話問她的朋友們。**哈德利，住手！**」

又是重擊和尖叫聲。我想起來參加派對的蕾克西，當她看著菲利普摸著珍妮的頭髮時，表現出雙肩緊繃和小腿痙攣的樣子。「抱歉問了這些問題。」

「不，不，想問什麼請問，只要……」他的語音漸微。「只要可以幫我找到她。」

我在失去勇氣之前，很快地發問著。「你跟蕾克西之間有沒有什麼問題？」

電話的那一頭突然有股令人不安的、憤怒的沉默。「我們很好。」他語氣生硬地回答我。

「很好，那就好。那有沒有什麼我可以幫忙的？還是要我幫忙打誰家的電話？」

「沒有。」他說。「不用了，妳是最後一個。」

我想也是。丹尼連再見都沒說就掛斷了電話。我把話機在手中把玩著，然後撥了卡瓦弄家的電話。菲利普在響第四聲時接起了電話。

「我是凱特・克萊。我剛剛跟丹尼・赫根侯特通過電話。」

「我也跟丹尼通過電話。」他說。「這太可怕了。」他的聲音聽起來是真心的，像個真正在擔心的鄰居，而不像是會把蕾克西剁成碎塊，再冰進冰箱裡的嫌犯。可是我又真的知道殺人犯的聲音是怎樣嗎？

「你最近好嗎？」我問。

「喔，還是很忙。」菲利普說。「我已經請好假了，明天會飛去佛羅里達看女兒們。」

我點點頭，想起來有這件事。「她們跟你父母住那裡？」

「我母親。」他說。「我父親會留在這裡照顧公司。」

我祝他旅途平安，以及我和孩子們給他的女兒們最深的祝福。然後我掛斷電話，在筆記本上寫下**菲利普去佛州**，想著萬一他被發現不是一個人旅行的話，我大概也不會驚訝吧。

我走上樓，蘇菲踢掉了被子，穿著粉紅色和白色條紋睡衣，像是縮小版的珍妮，呈大字型地躺在床單上，而醜娃娃也穿著一樣的衣服，躺在她的臂彎中。山姆側向左邊，傑克側向右邊，兩個人都在上下鋪中安穩地睡著，我想像他們還在我肚子裡時，應該也是這個樣子吧。我躡手躡腳地穿越小推車和積木，彎下腰吻著他們的臉頰。然後我慢慢地走下樓，拿起電話，撥給卡蘿・金奈爾——她是這一群快速減少中的厄普丘奇超級媽咪們中，最不具威脅性的一個。我想問她有沒有聽到任何關於蕾克西的事情。

註1：芝麻街系列。
註2：Albany，紐約州的首府。
註3：Dylan's Candy Bar，名設計師 Ralph Lauren 的女兒 Dylan Lauren 為實現童年的夢想而開的童話糖果屋。
註4：「歡樂谷（pleasant ville）」在美國是相當受歡迎的一齣電視連續劇，劇集裡充滿人情的溫暖與人性光輝，由於是五〇年代的作品，因此整齣電視連續劇是黑白的。九〇年代的電影「歡樂谷」，則藉兩兄妹在一個因緣巧合下，進入了黑白電視劇「歡樂谷」裡，對美國媒體文化進行大批判。這裡有將厄普丘奇反諷為「歡樂谷」之意。

32

「我聽說了，」四十五分鐘後，班開始說著。「妳今天去找我的客戶。」

我從電腦螢幕抬起頭，挑眉看著他。我剛剛又在瀏覽更多蘿拉．琳的專欄內容。「你說什麼？」我有禮貌地問他。

他不耐地呼著氣。「在集會上，凱特。」

「喔。」我說，避開他的目光，輕點著滑鼠。「喔，對啊，我們小聊了一下。」

「我也跟他聊過了。」班說，「啪」的一聲把一個薄薄的牛皮紙資料夾放在我的旁邊。「大部分的時間，都在試著說服他不要撤換我們公司。」

「你還想繼續爲他工作？」我問。「對不起，我想我不應該這麼驚訝的。」

「妳眞是讓我難以置信，妳知道嗎？」他咆哮著。

「我知道，但是讓你難以置信並不是項滔天大罪。你的客戶有不在場證明嗎？」我問。

班指著資料夾說：「凱薩琳．卡瓦弄被殺的時候，他正在吃午餐。」

「有目擊證人嗎？」

班停了一下。「他的情婦。」

「泰德最好是有情婦。」我說。我關上電腦，看著他丟給我的紙張。有一張公寓的照片、一張屬於芭芭拉．道寧的駕照印本，金髮藍眼，五呎五吋高，三十六歲。我翻閱著這些資料，看了其他照片，但是只有候選人走出Town Car豪華禮車、進入公寓的模糊長鏡頭照片。「什麼？沒有裸照嗎？」

班的臉抽搐著。

「只因爲他有個情婦，而且會穿任何他要她穿的衣服，這不代表他沒有殺了凱薩琳。」

班的鼻孔翕動著。「妳覺得他有時間開車來厄普丘奇、殺個人、清理自己，再回到城裡，好在威徹斯特晚宴前，可以先在三點聽簡報嗎？」

「總是有辦法的。」我甜甜地說。「我早上把小孩送去紅推車托兒所、洗了三堆衣服、去拿你的乾洗衣物、換車子的機油、去雜貨店買東西、又去載小孩，然後在車上餵他們吃午飯，好在一點半時趕到小圈圈手工藝教室。那都是時間管理啊！如果你告訴我要去殺個人，我很確定也可以搞定。」我給他一個笑容，然後又低頭看著電腦。

「妳還是認爲是他下的手？」班問。

「沒有證據可以證明不是他。而且，他們兩個之間好像有發生什麼事情。除非丟錢是，呃，他的怪癖。」我從班疑惑的表情中得知，無論泰德．費區把我在集會場上把他攔下來的事情，告訴他哪一部分的內容，都絕對沒有把他丟二十元鈔票在我大腿上的事情包括在內。

「凱特……」班疲倦地搖搖頭，把紙張放回資料夾裡。

「不過他有情婦的事，的確讓我心安了一點。」我說。這是某個曾經在自己的恥毛上發現彩色黏土的女人，所發表的崇高道德宣告，不過我是眞的這麼想。我走進客廳，拆掉孩子們昨天蓋好的枕頭城堡，把抱枕放回沙發上。「把你替他工作的原因，再告訴我一次。」

「因爲他是這裡最棒的候選人。」班說。我直視著他。他聳了聳肩。「因爲其他人更爛。」他用手指梳著頭髮。「不是女人就是酒。如果不是這兩者，就是有孩子在坐牢或在勒戒中心，不然就是亂七八糟的離婚官司，再加上一個吵著要把故事賣給八卦雜誌的前妻。」他揉著太陽穴。「比爾．柯林頓改變了動物的天性。」他說。「在後尼克森時代中，你必須是個唱詩班的少年才能當選，因爲媒體會把你放在顯微鏡下檢視。任何一件你做過的事，或是想要做的事，都會變成頭版新聞。現在……」他聳聳肩。「……只要你臉皮夠厚、笑容夠甜，沒人會管你過去做了些什麼。」

我弄鬆最後一個抱枕，然後蹲下來撿起地上的積木。「你認爲泰德會殺凱薩琳嗎？」

他毫不遲疑地搖著頭。「我們雖然不是朋友，但我也跟了他很長一段時間。我看過他醜陋的樣子，也看過他發脾氣、亂罵人的樣子。」他低著頭，一副意志薄弱和累壞的樣子。我看到他手腕上的靜脈血管跳動著。「他今天對我很不高興，可能是針對妳。他會大吼大叫，還會亂丟東西。不過我就是看不出來他會殺人。」

我把積木放進玩具盒中。「如果不是他下的手，那會是誰？」

班的手指又再度滑過他的髮間。「妳可以不要再管這件事了嗎？」

「不行。」我說，站了起來，撫平我剛剛坐的那個抱枕。「未來也不會。」我又加了一句。

「爲什麼？」

「因爲這個鎮上的女人——像我一樣的女人——一個個地消失和死去。」我把茶几上硬掉的畫筆和硬紙板收起來。「蕾克西．赫根侯特已經失蹤了。她先生剛剛才打過電話來。」

他看著我。「難不成妳連那個也要調查？」

我覺得火氣突升，不過仍然保持聲音平靜。「爲什麼不能？那對你來說，也會造成麻煩嗎？」

他只是一逕地搖著頭。

「聽著，我……」我把繪畫和手工藝用具放下，想著我要說的話。「班，這是我最擅長的工作。我從來就不曾擅長過任何東西。」

他揉揉眼睛。「妳在說什麼？妳是個好媽媽啊。」

好的程度只到保有孩子們的四肢健全。「按照厄普丘奇的標準並不是。我一點都不適任。我是個好歌手，卻不是頂尖，甚至完全達不到我母親的那種水準。我是個好作家，但是又比不上珍妮。」我把畫筆放進它們的玻璃瓶中。「我只有擅長這一點而已。或者至少我覺得自己做得到。」

他看著我。「妳還是要繼續查下去？」他問。「妳覺得這可能是……」我已經無法再忍受他話語中的懷疑了。「一分工作？」

「我不知道！或許是！孩子們很快就會整天待在學校裡，我也必須找一些事情來做。我不想只是去上瑜珈課，或是去博物館當義工！」

「爲什麼不行？」班問。「我覺得這樣很好啊。」他打量著我，尤其是我的屁股。「或許妳還可以去上健身房。」

「我不想回應你的提議。」我站在班的面前，伸手跟他要那些關於泰德．費區外遇對象的照片。班又嘆了口氣，把照片給我，低聲說：「我放棄了。」拖著沉重的腳步走過我的身邊。我聽到他走過我們臥室的聲音，然後客房的門開了，又關上。

我躺在床上，快睡著時，手機響了起來。我連看都沒看是誰打來的，就接起了電話。「哈囉？」

「凱特？」伊凡說。「一切都還好嗎？」

我的心差點就跳到喉嚨。**每件事都不好**。「一切都很好。」我說。

「我有事情要告訴妳。」他說。

我坐直了身體。「什麼事情？」

「是關於黛爾芬的事情。」

「她怎麼了？」

「我想，私下告訴妳會比較好。」伊凡說。「我們可以出來喝杯東西嗎？」

我告訴他得過幾天。「別打電話給我。」我說。「我會打給你。」

33

「他們弄丟了妳的子宮頸檢驗報告？」三天後，班在吃早餐的時候問我。「怎麼會呢？」

「我不知道。這種事偶爾總會發生吧。但是莫里森醫師說，如果我九點以前到的話，他可以勉強抽出時間幫我重新檢查。」

班搖搖頭。「妳眞的該在康乃迪克州這裡找個醫生。」

「可是我愛莫里森醫師！」我裝出純潔母性的表情，試著壓抑身體裡的那股罪惡感，因爲我跟醫師並不是約今天。「我會找啦！不過他們是不一樣的。莫里森醫師是接生我們孩子們的醫師。」

班雙眼直視著我。「妳還好吧？」

「我做完檢查才會感覺比較好。」

我把孩子們載去托兒所。卡蘿・金奈爾說她很樂意在放學後帶男孩子們去她家，而葛莉絲會先帶蘇菲去修指甲，然後再載她去卡蘿家。

班和我一同搭火車去紐約，兩人肩並肩坐在骯髒的橘金色條紋座椅上。班把報紙折成相等的三等分大小。當他看完頭版後，一句話也沒說，就把報紙遞給我。《厄普丘奇公報》的標題是「厄普丘奇母親下落不明」，旁邊還有一張蕾克西抱著剛出生的布萊爾里的照片。頭版內容刊出了所有丹尼告訴我的內容。蕾克西目前仍下落不明、警方還在搜尋，也設置了免付費電話，好讓任何有相關訊息的人士可以進行通知，不會詢問任何問題。我看著窗外，想到凱薩琳和蕾克西、喬爾・艾許、泰德・費區、菲利普・卡瓦弄，及慘遭白髮人送黑髮人之痛的凱薩琳的雙親。

「要喝咖啡嗎？」班問。

「好。」我說。看著他把杯子遞給我，然後他穿著藍色西裝、繫著紅藍條紋領帶的修長身體站了起來，把報紙丟掉。他在咖啡裡加了我喜歡的人工糖精，還用紙巾包著厚紙板的杯子。但是當他又坐下來的時候，他的大腿磨擦到我時，立即收了回去，還說了聲「抱歉」。我想要伸出手握住他，說：**「我們忘掉這一切吧！你不要去上班，我也別去做什麼假的婦科檢查，我們就去博物館逛逛，然後去吃午餐。再去找間旅館開房間，享受一下午的歡愉，然後趕六點十一分的火車回家。」**

這些話卡在我的喉嚨裡，直到火車到站時仍沒有說出口。我看著他的側臉、蓬亂的黑髮和濃密的眉毛，以及三個孩子都遺傳到的嘴唇和下巴。若他真的認爲我在等著孩子們上小學後，才能享受早上去健身房、中午吃幾片萵苣當午飯，再和朋友們互送飛吻，下午去沙克斯或是諾斯壯百貨公司挑選派對所需的正式禮服——在那些場合裡，我得做更多的飛吻、吃更多的萵苣，腳也因爲高跟鞋而痛死了——那他就太不瞭解我了。而這也讓我剛剛想要他不去上班，以及去開房間的事情，更不可能成眞。

「祝妳好運。」班說，委婉地指著我的下腹部。

「等等。」我說，但是他已經消失在中央車站的人群中。我嘆了口氣，走下地鐵站，趕赴我的第一個行程：跟珍妮吃早餐。

珍妮買了什錦早餐三明治和貝果。當我到達以前工作的辦公室時，她已經把這些東西舖放在桌面上，還有用保鮮膜包好的切片藍莓優格麵包和瓶裝水。

「妳自己拿吧！」她說。她戴著一副讓人過目難忘的方框眼鏡，左右鏡腳上都有Prada的字樣，鏡片則是透明壓克力材質。珍妮的視力很好，不過偶爾會配戴眼鏡來搭配造型。我小口吃著貝果裡的蛋和起司，邊打量著四周。《紐約夜線》的編輯室跟我五年前離開時，並沒有太大的改變。鼠灰色的地毯用圖案更精細的綠色地毯給換掉了；壞掉的檔案櫃也搬到另外一邊，除此之外，仍和當初沒兩樣。

我看著珊卓拉小口喝著Man Show瓶裝水，對著某本爛小說皺著眉頭，而我們的前老闆不老妖精波莉，在販賣機買了椒鹽脆餅和橘水汽水。

「嘿！」珍妮在我面前彈著手指。「妳神遊啦？」

「沒有啦！抱歉。」在她從辦公室最上面的抽屜裡拿出一個資料夾時，我回過神來。「妳有什麼要給我？」我問，同時總編輯馬克對著手機的免持聽筒，大聲吼著像是「他媽的」這類的話，大腳一踢，把垃圾桶踢到辦公室的另一邊。

「我這兩天很忙。」她放下手中的玻璃杯，打開了資料夾。「大衛．林德。」她說，拿出一張有著一雙謹慎的藍眼睛和灰色馬尾的六十幾歲老頭照片。「一個弦樂器的工匠，住在奧勒崗州的尤金市。說他不認識什麼凱薩琳．維瑞或卡瓦弄什麼的，也沒見過她。」

「妳用電子郵件寄給他？」

「我親自拿給他看的。」

「跑去奧勒崗州？」

「席借我他的噴射客機。妳去過嗎？」她問。「那裡超漂亮的！」這就我愛珍妮的原因之一——她可以把太平洋西北岸區，說得像是她想要買的那個晚宴包一樣輕鬆。

「他不認識凱薩琳？」我說，心往下沉了一下，「為了錢陪老男人睡覺」的故事也開始瓦解。

「那是他的說法。但我仔細調查了他的資料，」珍妮說，又翻到另一頁新的資料。「就我所知，他們從來沒有同時出現在同一個地方過。他已經住在奧勒崗州有二十年了，而他最後一次來紐約的時候，是在她出生之前。」

「或許凱薩琳從家裡打電話給他。」我說，不過立場很薄弱，我自己也知道。

「不用擔心。接下來的消息會比較好。」珍妮說，把大衛．林德的照片放回資料夾中。她拿出另一張照片。「這個是哈洛德．沙奇歐。緬因州的眼科醫生。」

哈洛德．沙奇歐一頭薑黃色的捲髮，在耳後雜亂地生長著，戴一副大眼鏡，還有個紅通通的酒糟鼻。如果他的膚色再黑一點，就會像是我孩子的玩具「薯頭先生」的孿生兄弟。

「我才一提起凱薩琳的名字，他就掛掉我的電話。」

我的手指緊緊握著照片邊緣。「有趣的情況。」

「而且也沒接我後來的十八通電話。」

「哇！」

「就在我到他辦公室外的停車場跟他打招呼時，他把實驗室的外套披在頭上，還威脅要以非法侵入報警逮補我。」

「妳也去了緬因州？」

「緬因州也是個漂亮的地方。」珍妮說，用手調整了一下眼鏡。「他想要打發我。然後我指著停在對街的新聞採訪車，說他可以私下跟我聊一下，不會有任何的拍攝，我也不會叫攝影師拍攝他羞愧地走回賓士車的樣子。」

我的下巴簡直要掉了下來了。「哪來的採訪車？」

「朋友的朋友。」珍妮淡淡地說。「他欠我一分人情。」

「妳在緬因州有認識的人？」

「我交友廣闊啊！」她隨口說，把閃亮的髮絲輕撥到肩膀後。「再回到這個哈利大眼怪身上。我們開去一家在波特蘭市的餐廳，一路上他一直在碎碎唸。」她做了個鬼臉。「那個人說話的方式就跟拍賣商一樣快，口音又很重，身上猛流汗，一直在脫衣服。大衣、西裝外套、領帶……」她的臉抽搐了一下。「他這麼做的時候，我眞的很害怕。我問：『關於凱薩琳．卡瓦弄，你知道些什麼？』他說那是很久以前的事，什麼年少輕狂、不想再討論這件事、那時他過得不好、他很遺憾，還有他現在有幸福的家庭之類的屁話。」

我的掌心和腰際開始冒著汗。「這麼說他認識凱薩琳囉？」

「在紐約認識的。」她搖搖頭。「他不願再提到凱薩琳的名字，只是不斷地說在紐約就發生那一次而已，而且都過去了。我不知道他所謂的過去，是指凱薩琳要伊凡去調查他的那個時候，還是指兩個星期前。然後當我問他細節時，像是何時認識、誰牽的線、一次多少錢……」她嘆著氣。「他馬上撥了通電話給他的律師，說如果我還有更多的問題要問，就得申請傳票。然後他拿張支票塞給我。」

「混蛋！」我說。「還讓妳跑這麼一趟去找他。」

珍妮點點頭，把哈洛德的照片塞回信封中。「波．貝爾德已經死了，所以不在嫌疑名單上。」

「不見得，他的女兒是蘿拉．琳，記得嗎？」我大聲說。「萬一她發現，她老爸居然跟她的代筆人有一腿的話呢？」

「刻意結識她並且付她錢？」珍妮說。「我想至少這值得跟我們的朋友史丹說一聲。」

「那艾密特．詹姆士呢？」

珍妮做了另一個鬼臉。「那個進行得不順利。」她從信封裡拿出第四張照片，如果說其他兩個人都是盛年之齡，那艾密特．詹姆士可是說是半個人都在棺材裡了。他是個瘦小的男人，穿著黑色打褶褲與寬鬆的白色襯衫；光禿如蛋型的頭上，只有稀少的幾撮白髮，削瘦、浮著青筋的手貼在大腿旁。

「艾密特．詹姆士。」珍妮說。「英國文學榮譽退休教授，專攻現代英美詩詞。九十二歲，住在康乃迪克州新漢文市，是個坐著輪椅的老人。所以不用推斷他有沒有能力，我不覺得他會是殺人兇手……我也不能想像他會花錢買春。至少不是在這個世紀。」

我仔細地看著那張照片。「妳有問他關於凱薩琳的事嗎？」

「有。」珍妮說。「或者應該說，我有**試著**問他。他真的、真的很老了。」她喝了一口咖啡。「他引用了一首詩。我們坐在他的辦公室裡，有著好幾排落地書櫃，還有這麼高的小窗戶，一點光線也沒有。簡直就是電影『魔戒』裡咕魯住的地方。」

「他唸了什麼詩？」

「莎朗．奧茲[1]的作品。」她把資料夾裡的最後一張紙遞給我，一張沒有空行列印的詩，標題是「母親生我之因」[2]。

我唸了出來：

也許我是她一生的渴求

吾父如母

也許我是她人生的投影

當她初相遇他，高大、瀟灑

立於校園之中，集

強烈男性光采於一身，於一九三七年……

我停了下來。「一九三七年？」

「我沒問。我告訴過妳了，他那時人不舒服。」珍妮說。「打擾他我已經夠內疚了。」

我點點頭，掠過其他內容，找尋其中有沒有關於賣淫的線索或是參考內容。我注意到了這幾句：

當我躺在這裡，

就像在她的臂彎中，一隻寵愛的小動物

感覺她的目光穿透我

如鑄劍般銳利的目光投注在他的臉

那剛強的美男子

「那是什麼意思？」

「或許沒有意義。」珍妮說。「這個傢伙就像是點播機一樣，隨便按個鍵就會唸首詩出來。」

「他有給妳的詩嗎？」我問。

她輕輕點了點頭，引用他的話：「她丰姿綽約，如同黑夜。」[3]

「很棒的一首詩。」我把照片和詩放進信封中。「妳做了這麼多，眞不知道該怎麼謝謝妳。」

「這沒有什麼，反正我也是爲了自己的工作做的。」

「照這樣看下來，可能查到最後會發現是郵差下的手。」我發著牢騷，同時站了起來，把資料夾塞進我的托特包中——這個袋子是用來證明我絕對沒有試著要打動伊凡．麥肯納。

珍妮站了起來，一隻手搭在我的肩上。「嘿。」

我抬起頭。「什麼事？」

她盯著我看，嚴肅地說：「妳有沒有過無力感？」

「啊？」

她嘆了口氣，又把我輕輕推回椅子上。「我很擔心妳，只是不知道該怎麼說而已。妳也知道，我不是個有母愛的人，所以我有試著多看電視了。」

「妳是看電視的廣告吧！」我說。

她的目光一閃。「還有一個我覺得不錯的節目叫『賀軒名人殿堂』。我生命中有兩小時就這樣不知不覺一去不復返。」她抓著我的手，看著我，說：「真的，凱特，我很擔心妳。」

「我沒事。」我說。

「妳跟班之間呢？」她問。

「也很好。」

「孩子們呢？喔，讓我猜猜……」她說，用惱怒的表情看著我。「妳一定也打算說他們很好。」

我看著我最好的朋友，把一綹頭髮纏在指間，對她全盤托出。「班說我需要培養一個嗜好。他說我是個家庭主婦，不是偵探。」

「喔。」

「妳覺得我需要培養一個嗜好嗎？」

珍妮摘下臉上的眼鏡，小心地收在一個上面有著Prada字樣的圓筒狀皮質眼鏡盒裡。「我呢，」她終於開口。「我只希望妳凡事小心。如果妳或孩子們發生了任何事……」

「珍妮！」

「他們找到蕾克西．哈姆雷特了嗎？」她問。

「是赫根侯特啦！」我說，然後搖搖頭。「我們不會有事的。」我說，但是就算我這麼說，其實自己也不怎麼相信。我的腦海中盤旋著另一句詩：一個女人，高大、不潔、乖戾、易怒……那是指凱薩琳嗎？還是指我？

「我愛妳。」珍妮說，傾過身給我一個擁抱。「我只要妳平安。平安而且快樂。」

「我也愛妳。」我說。但是就算我抱著她時，就算我感謝她所做的一切時，目光仍忍不住瞄往袋子，確保那些照片和那首謎樣的詩安全無恙。我知道自己絕對不會現在就罷手，就算我想要也不會。

●●●●●●●●●●●●

註1：Sharon Olds，一九四二年生於舊金山，從一九八〇年出版的第一本詩集《Satan Says》開始，幾乎本本都獲獎。她的詩主要以家庭生活為題材，尤其是家庭暴力以及家庭成員間的隔膜冷淡更是她詩歌的一個重要方面。她的語言直率流暢、具有很強的感官性，而同時又巧妙地具有某種象徵意味，正如評家所言，她的詩描繪了「家庭的愛與痛所呈現的情色圖」；而她似乎不經意地偶然撩起日常生活的帷幕，使得細心的讀者不得不承認每人的私人生活都可能具有某種歷史況味。

註2：「Why my mother made me」摘自Sharon Olds的《The Gold Cell》詩集。

註3：摘自拜倫的「She Walks in Beauty」一詩。

34

離正午還有十五分鐘時，我走進時代飯店的酒吧，準備跟伊凡見面。酒吧中有多張矮圓桌，中間是抛光石面，而周圍是軟棉棉的長方形座椅。酒吧裡空無一人，燈光暗淡，在經過室外寒風的吹拂後，室內益顯溫暖。吧檯上懸掛的兩台電視，正播放著那個名樸克牌魔術師的節目。我寄放了外套，把帽子和手套放在袋子裡、珍妮的檔案夾旁邊；然後去了洗手間，仔細看著鏡中的自己。燈光眞是無情，我的氣色很差，頭髮又毛又躁，而皮包裡唯一可以修補這個情況的，就只有一支年代久遠的口紅，可以回溯到我還奢望有一天和伊凡能變成情侶的日子。我嘆了口氣，沾濕了一張紙巾，擦拭嘴唇上方和眼睛下方。然後我用口紅仔細地爲嘴唇上色，又塗了些在指尖，輕輕抹在兩邊頰骨的上方。我看著口紅——顏色是珍珠粉紅色，想著它可不可以也當成眼影使用。

我又看了鏡中的自己一眼，希望在出門之前，能夠在臉上多添一些色彩。我希望腳上已經做了熱蠟除毛。我希望有讓珍妮說服我去做日式直髮療程。我希望穿了另一套會讓自己好看一點的衣服，而不是現在這身卡其工作褲和黑色毛衣。我希望有時間可以去購物。我希望自己沒有讓蘇菲把「艾爾摩的葛蘭島歷險記」的節目，錄在我的瑜珈減重錄影帶上。

這太可笑了。我是個成人、一個已婚婦女、一個有三個孩子的母親，而不是什麼利用午餐時間，在樂團室跟她心儀對象見面的十四歲少女。我丟了顆薄荷糖到嘴裡、把頭髮順了順、哼了幾小節讓我心情變好的「我是女人」[1]，然後推開了洗手間的門。

伊凡站在吧檯，一對綠色眼珠閃閃發亮，看起來就像是多年前我記憶中的那個樣子（而最近我對他的記憶，則是跟「蓮蓬頭」有關）。這些都在他傷了我的心、在我的孩子們出世、在我丈夫單方面決定我們要住哪裡，以及我在私人時間被允許可以進行的事情之前。也在我變成不受重視的無名小卒之前。**晚安啊，無名小卒**。

「來吃午餐的人不多嘛。」我在經過空桌子走向他時，這麼對他說。

「凱特。」伊凡給我一個微笑，他的手在拿起玻璃杯時微微顫抖，走向房間後方角落的一張桌子。我坐了下來，感覺雙頰緋紅，心跳加速。伊凡坐在我身邊，把手中的飲料放在紙巾上。

「你要吃什麼？」我問。

他對我笑著。「妳先點。」

我搖搖頭。「先把杜蘭夫婦的事情告訴我。」我說。

「好吧，凱文跟凱薩琳之間並沒什麼不可告人之事。從我發現的種種跡象看來，他對老婆非常忠心，而且是從婚後一直如此。」

我點點頭，對於凱文並沒有單戀凱薩琳的這個結果感到失望，但同時也對至少有一樁厄普丘奇的婚姻，是建立在穩固基礎上的事情而感到高興。

「但是，實際上黛爾芬．杜蘭這個人並不存在。」伊凡說，從口袋裡拿出一張紙，是凱文．杜蘭與黛比．法柏結婚證書的影本。

「黛比．法柏？」

「她出生於紐澤西州的哈肯薩克市。我猜她一定是改過名字，或是最近才剛開始叫自己黛爾芬。」他又把紙折了起來。「現在換妳了。」

我坐直了身體，把蕾克西．赫根侯特失蹤的事情，以及泰德．費區說過的話、做過的事，和我所知道關於他的事情（但是隱瞞假藉要裝修辦公室，而溜進班的辦公室的事情），全都告訴他。

「妳覺得凱薩琳是個賣淫的妓女嗎？」伊凡問，侍者在此時也拿水過來，我也點了早就知道一杯價值八美元的汽水。

「我想，在她人生中的某段時間，應該有用身體來換取某些東西。」我說，想起多莉告訴我的珍珠耳環，也想著像凱薩琳這樣的女人，怎麼會做出出賣靈肉的事情，還有她的身價怎會如此廉價。

「所以，一個妓女……」伊凡說。

「沒有那麼正式啦！」我回答他。

「什麼？」他問。「難道她沒有加入工會嗎？」

我抱怨了幾句，佯裝生氣地閉上了眼睛。

「別那麼認眞嘛！」他說，一隻溫暖的手掌放在我的背上。

在我的幻想情境裡，我刻意把他當成只是個嚴格卻敦厚的男人。我打開珍妮的資料夾，對他們兩人調查過的男人做更深入的分析。然後，我站起來、拿起包包，感謝他、很快地握個手，並且答應會保持連絡。在我的幻想裡，我必須搭四點鐘的火車回到厄普丘奇，準時回到家，用無脂蛋白質和全麥穀類替家人做一頓健康的晚餐、幫孩子們一一洗澡、刷洗澡盆、唸枕邊故事給他們聽、給每人一個擁抱和親吻，然後十點鐘我上床躺平，用道歉和答應會立即改進的方式，跟班重修婚姻關係。

但在眞實世界中，我讓伊凡將我的頭往後仰。我閉上眼、張開口，在他的唇壓上我的唇時，我也回吻著他，貼近他的身體，感受他的肌膚，連他的心跳聲也聽得一清二楚。就好像這是他第一次吻我。昏暗的酒吧、時代飯店、凱薩琳．卡瓦弄的謀殺案和可能違法的雙重生活、這整座城市、這整個世界，如同潮水般退去，只留下我們兩個緊緊相擁。

伊凡拉開了身體，狂亂地喘息著。「我們去開個房間。」

我掙開他的懷抱，雙唇腫脹、雙頰緋紅，整個身體因渴望而顫抖著，我知道他如果再這樣吻我一分鐘的話，我大概會連理智也失去了。

「不。」我的雙腳無力。「我不可以這麼做。」

「妳可以的。」他握著我的手說。「妳可以做任何想做的事。我希望……」我用紙巾沾著冰水，擦拭著嘴唇時，他的聲音逐漸低落。「我希望我們兩個之間，會變得不同一些。」

如果願望是馬匹，乞丐也會有馬騎。我把紅色羊毛帽緊緊戴在頭上，也戴上我的紅色羊毛手套。左手卡到我婚戒上的寶石。「我要回家了。」

他點點頭。「妳會打給我吧？」

「我……」

他站了起來，重新調整我的帽子，吻了我的鼻尖。「我會想妳的。」他說。

「再見了，伊凡。」我說，心裡知道我也會想他的。

●●●●●●●●●●

註1：I Am Woman，海倫．蕾蒂（Helen Reddy）在一九七二年的冠軍歌曲，充分表達出七〇年代美國女權主義。

35

下午五點半，我敲著卡蘿．金奈爾家的門，屋內傳來一陣蘋果派的香味。「媽咪！」我的孩子們大叫，在她廚房的地板上奔跑著，雙手抱住我的大腿。卡蘿站在火爐旁，向我揮著手。

「你們玩得開心嗎？」我問。

「開心！」山姆說。

「開心！」傑克說。

「感謝妳給我一個愉快的下午。」蘇菲看了門口一眼，然後有禮貌地說。

「等等，甜心。我必須跟金奈爾太太說聲謝謝。」

「喔，別客氣了！歡迎你們隨時來玩！」卡蘿說。她在孩子們穿上外套時，壓低了聲音說：「沒有人聽到任何關於……一點消息也沒有。」

「妳覺得是殺了凱薩琳的那個人……」我把聲音壓低至耳語的程度，「對蕾克西下的手嗎？她們兩個有共同認識誰嗎？」

卡蘿皺著鼻子，耳環發出細微的聲響。「她們認識的人幾乎都一樣。同一所學校、同一間教堂、同一群朋友、同一個小兒科醫師、同一間健身房……」她看著我身後的家庭娛樂室，電視正無聲播放著CNN的新聞。「我得開始準備晚餐了。妳回到家記得撥通電話給我，好嗎？」

我答應會打給她，然後帶孩子們上車。腰間繫著紅白格紋圍裙的卡蘿，站在明亮的門口，看著我們上路。

「查理上完廁所都不沖水。」蘇菲在我繫上她的安全帶，並且給她和兩個男孩子一人一塊放在儀表板置物處上以防萬一用的萬聖節糖果時，低聲這麼說著。

「這樣啊，那他不乖。」

她揮揮手，不想繼續這個話題。「我晚餐可以吃韓國泡菜嗎？」

「可以。」我說。「當然可以。」

我回到家，鎖上門，然後打電話給卡蘿，跟她說我們已經到家。我餵了孩子們晚餐（男孩子們吃火雞熱狗，而蘇菲則是吃著我在扎巴氏網路商店訂購的韓國泡菜）、幫他們洗澡，然後唸了男孩子們假裝不愛聽的《灰姑娘》故事給他們聽。

八點半，三個孩子都入睡後，我洗了個澡，穿上寬鬆的舊睡袍和一雙其中一隻已經沒有彈性的襪子，再躡手躡腳走進孩子們的房間，確認每一個人都安穩地睡在床上。在我鑽進被子、閉上眼睛時，我很確定那時只不過是做給自己看的罷了。克制自己沒有吻伊凡，讓我無法安然入眠，但是當我醒來時，外面的凍雨濺濕了窗戶上的玻璃，孩子們爲了某件事在爭吵，而且從客房裡皺巴巴的枕頭和亂丟成一團的被子來判斷，我根本就沒注意到丈夫有回家又出門過。

「喔，我的天啊。」珍妮在手機的另一端大叫著。「妳不會吧！」

「我沒有。」我說，一邊懶懶地吃著早餐。我把肉桂吐司切成一片片後，放在孩子們的面前。一直到早上，我才體認到自己幾乎犯下的滔天大罪。只是這個體認，是我覺得自己罪有應得——或是罪惡感已經讓我的免疫系統失去作用。只要一起床，我的胃就會隱隱作痛，每十分鐘就要跑一次廁所，孩子們爲此還哈哈大笑。「但是我很想這麼做。」

她停了一下。「我還是有辦法讓他被驅逐出境的。」

「妳不用擔心，我不會再跟他見面的。」我在回家的火車上就下了這個決定。我並不是要戒掉這種偷來暗去的情事，而是覺得這樣很卑賤又良心不安……而且在邏輯上來說，我們也不可能有結果的。這種像是偷情的事，已經讓我瀕臨崩潰邊緣。我沒有辦法再編造藉口溜進城裡。班已經相信一次莫里森醫師弄丟我的子宮頸檢查報告的謊話，不過一定不會再有下一次了。

「妳還愛他嗎？」珍妮問。

我發出一聲嘟噥當成回答。

「妳還愛班嗎？」她問。

我發出更大的嘟噥聲。「這很重要嗎？」我問。「我已經結婚了，也有小孩。」

「就算妳有小孩，還是可以離婚吧？不過我不是在鼓勵妳離婚啦！」她趕緊補上這一句。

「當然不行。」我說。我伸手拿起已經沒氣的氣泡礦泉水，逼自己喝了一口。「就只會發生這麼一次而已。」我說。「我需要他的幫忙。」

「而他也幫妳的忙了？」

我又喝了一口水，雙腳顫抖地走進廁所，坐在馬桶上，想著怎麼會發生這樣的事：我怎麼會在一夜之間，變成自己發誓不會成為的那種人？我是一個說謊的女人、一個幾乎背叛丈夫的女人，而且還是一個為了在飯店中廉價的歡愉，差點就拋夫棄子的女人。「他幫忙找出了黛爾芬·杜蘭這個人並不存在。」

「啊？可是她不是活生生出現在妳的派對上？」

「那不是她的本名。」我說。「她以前叫做黛比·法柏。」

「喔。」珍妮說。「好吧，如果是這樣的話，通知史丹，叫他現在就去逮捕她。」

我說了再見、掛斷電話，又走回廚房，孩子們正為了蠟筆、娃娃屋或是我在紐約買的兩本一模一樣的貼紙書而爭吵著。「不行！」蘇菲大叫，手中揮動的吐司麵包，就像法官的木槌一樣。「不行，你們這兩個便便小童，把它放回去。」

凱特·克萊，這就是妳的人生。我想著，同時試著找出發生這場蠟筆爭執的原因。

我在客廳的火爐生了個火，然後跟孩子們玩了三盤的「上下樓梯」和一盤的「糖果樂園」。我熱了雞湯罐頭當午餐，心裡很清楚其他的厄普丘奇媽咪們，都是自己煮東西來餵她們的孩子。

當微弱的陽光穿透雲層時，我洗了手臉，把盤子放進水槽，帶著三個孩子坐進我那台小卡車。地面還是濕的，不過溫度已經回升到華氏五十幾度，迎面而來的風也不再那麼刺骨。氣象預報已經說這個週末會下六到八吋的雪。

在蕾克西家的轉角處，停著兩輛沒見過的小貨車，而我眼角瞄到在富利農場路的卡瓦弄家前，也停了第三部沒見過的車子。厄普丘奇的媽媽們，聚集在遊戲場的鞦韆旁，用壓低的聲音說著話，眼睛還左右張望，好確定沒有別人會偷聽到她們的談話。

「妳聽到了嗎？」芮妮．威克斯問。她把女兒莉莉用背帶緊緊裹著，即使莉莉是個快要兩歲，而且體重至少有十磅重的女娃兒。可憐的莉莉被粉藍色的防雪裝和背帶給束縛住了，連轉身都沒辦法。

「妳是指蕾克西的事嗎？有沒有人……」我痛苦地吞嚥著。我無法鼓起勇氣，說出找到她三個字，因爲這樣聽起來像是在問找到走失的狗了沒──或一具屍體。「她回來了嗎？」我改問問題。

芮妮搖搖頭。「我聽說ＦＢＩ已經在她家附近的森林裡搜查。」她停了一下，臉色痛苦，壓低聲音說：「他們也派搜查犬去找。今天早上我有看到他們出發。」

我戴著手套的手，掩住自己的嘴。我忍不住想像發現蕾克西的情景，就像我發現凱薩琳屍體時一樣──呈大字型俯臥在一灘冰冷的血泊裡，一把刀插在她充滿肌肉的雙肩中央。

我頹然地坐在長椅上。山姆和傑克戴著珍妮買給他們的同款紅色流蘇帽，在鞦韆後面玩著海盜的遊戲。我看著他們互相揮舞著假想的劍，大聲喊叫著。而戴著粉紅色流蘇帽的蘇菲跟其他孩子們去玩躲貓貓。卡蘿．金奈爾坐在我身邊，將刺繡皮包放在大腿上。

「羅伯要把房子賣掉。」她說。她的手伸進散發廣藿香味皮包裡，而我也瞥見一個沒料想到的東西——一個紅白相間的煙盒。她拿出一顆奶油糖，拆開包裝紙，然後丟進嘴裡。「像是這裡的一切都變質了一樣。」她的笑聲尖銳刺耳。「我一直吃個不停。昨天晚上就把一整包的M&M's給吃掉了。」

「你們要搬去哪裡？」

她聳聳肩，拆開手掌中那顆糖果的玻璃紙。「懷特普林或是新卡納吧！有好學校、離城裡也不會太遠的地方。」她貼近我一點。「我們還不是唯一有這個念頭的。我打給地產經紀人時，她說我們是到那一天爲止的第三家。」她的手又伸進了皮包。「要不要來一顆奶油糖？」她問。

「謝謝。」我把糖果塞進嘴裡，感覺痛苦又驚訝。聽著身邊的耳語，像是這些厄普丘奇的超級媽咪們，突然感覺這個小小的伊甸園，已經不再是天堂了。但是事實上，這些話語是令人欣慰的。它讓我想起從前在紐約的日子，其他的媽媽們就像我一樣既困惑又疲累，每個星期都聽到又有誰的婚姻出了問題、誰的丈夫丟了工作，或是無止盡地抱怨他們的工作，或是妻子們愛上她們的婦產科醫師、水管工還是又回到她們身邊的舊男友，而且前男友看起來還意氣風發。

「媽咪！」

每一個人都轉過頭。蘇菲倒在溜滑梯的底座，雙手抱著肚子。

我站了起來，用最快的速度越過蘇菲身前幾呎冒著蒸氣的水坑，一把把她抱在懷中。

「妳怎麼了？發生了什麼事？」

「我的肚子痛痛。」她呻吟著，然後嘔了幾聲就吐了，而且還是吐在我狠下心買的，好跟遊樂場上其他媽媽看起來一樣的初剪羊毛外套上。

「喔，蘇菲，對不起。來吧，我們回家。」我把三個孩子送進車裡。「你們兩個還好嗎？」我問山姆和傑克。

「肚子痛痛。」傑克說。山姆抱著肚子，發出呻吟的聲音。喔，天啊，這還眞是一個精采豐富的下午啊！

我坐在雜貨店旁的停車場裡，臉埋在雙手中。要帶孩子們進去嗎？還是要他們待在車門鎖上的小卡車裡兩分鐘，好讓我可以進去買點雞湯和鹽味蘇打餅？

我沒辦法決定，乾脆發動車子開回家，在接下來的四小時中，帶著孩子來回進出浴室、洗衣服和床單，還有最後山姆來不及走到廁所，而吐在男孩房的地毯上。

五點鐘，三個孩子都睡著了。我把一大堆的衣服從洗衣機搬到乾衣機裡，脫掉滿身汗臭的毛衣，然後打開了電腦。

我告訴自己要花五分鐘，看一下新聞──《厄普丘奇公報》的網站，甚至是CNN──好得知關於厄普丘奇媽媽失蹤一案，有沒有新的進展。「您有一個新郵件。」我的電子郵件精靈發出提醒。當我看到收件匣中最上面的那一封郵件時，心臟停了一下。「寄件人：伊凡．麥肯納。收件人：凱特．克萊。主旨：妳。」

如同以往，伊凡的訊息總是簡短又直指重點。「我想妳。」他寫著。「什麼時候可以見妳？」

喔，天啊。喔，天啊。我按下刪除鍵，然後又點擊清空資源回收桶，甚至以防萬一，按下了清除暫存檔。再來我按下了重新開機，等著電腦關掉電源。我得告訴他不要再煩我。但是那必須先破壞我「不要再跟他說話」的誓言，才能告訴他我不要再跟他說話，這麼一來所引發的後續道德和倫理的問題，又會是什麼？

我站在樓梯的底部，豎耳傾聽，什麼聲音也沒有。因此我拿著手機走進了車庫，走到一個我覺得不會因爲不貞而玷汙了這個家庭的距離，但又可以聽到孩子們需要我的聲音。然後，我按下了他的電話號碼。

伊凡在響第一聲時就接起了電話。「凱特。」他說。

聽到他呼喚我的名字時，我雙唇緊閉，雙膝顫抖。

「不要寄電子郵件給我。」我脫口而出。

「好……吧！」他拖長著聲音。「那我們要如何保持連絡？用燃燒的煙嗎？還是發電報？」

「我不會再跟你連絡了。」我說。我現在講話的姿態，可以對衆多動作片裡的女英雄致上崇高的敬意。這個語氣聽起來就像是我認眞地提出這件事。「我們沒有理由再連絡。」

「就算是簡單地交換資料也不行嗎？」

我靠在車上。「什麼樣的資料？」

「關於黛爾芬，也就是黛比・法柏的小道消息。」他說。「好消息，還有關於妳那個失蹤鄰居的消息。」

「說吧！」

他發出咯咯笑的聲音。「我怎麼覺得自己好像被利用了。」

「快說！」

「好吧，但是當面說應該比電話裡說清楚些。今天午夜的時候，在妳家巷子底等我。」

我的心智打轉著。「我不能……班今天會晚一點回來……三個孩子都生病了……」

「好吧，那就明天午夜。」

「伊凡。伊凡！」我對著電話的嘟嘟聲大喊。「該死！」我站起來，轉身走回屋內。蘇菲抱著脖子上掛著塑膠聽診器的醜娃娃，汗濕的頭髮黏在她的臉頰上。

「妳說了那個S開頭的字。」她說。

「對不起。」我說，因爲罪惡感而感到不安。「媽咪壞壞。」

「妳怎麼會在這裡？」

「我要打電話，不想吵醒你們。」我拉起她的手。「兩個弟弟也下樓了嗎？」

她一臉嚴肅地點點頭。「我叫他們去畫畫。」

山姆和傑克坐在廚房的餐桌旁，出奇安靜地在著色本上著色。「嗨，小傢伙們！」我的聲音顯得太大聲，也太有元氣了一點。「你們好一點了嗎？」

兩個人帶著病容的臉，點著頭。

「有沒有人要吃點心？」

山姆聳了聳肩。傑克點點頭。「要不要吃卜卜米[1]？」蘇菲問。

感謝上帝，她還在具有影響力的年紀——或者至少因爲他們兩個的沉默，可以決定要吃蓬鬆的米飯和棉花糖。「你們不會再吐了吧？」

蘇菲代表三個人回答，抬頭嚴肅地看著我。「我們不會吐了。」

我倒卜卜米給傑克。山姆打量著那一碗蓬鬆的食物。蘇菲攪拌著，每轉一次湯匙就大聲數著數字。「一、二、三、四、五、六、伊凡[2]。」喔，天啊！我有聽錯嗎？她有聽到我和伊凡的對話嗎？萬一她在班的面前說出這個名字，我該怎麼辦？我有告訴過班，我曾經希望和伊凡之間不只是朋友的關係而已嗎？或是我因爲內疚和偏執，而把蘇菲說的「七」聽錯了？但是或許……

「媽咪？」

蘇菲捧著攪拌碗，雙眼直視著我。「抱歉，小寶貝。」我說，然後把卜卜米分到她的盤子裡。

註1：Rice Krispies，口感有點類似爆米花，是種早餐穀片。

註2：這裡指七的英文Seven透過小孩的童音下唸出來和伊凡的英文Ivan有點像。

36

「哈囉？」

「哈囉，請問是波妮・維瑞嗎？」

「我是。」電話線另一端的聲音說。

「我不確定妳是不是還記得我。我是凱特・克萊。」

「**如果你感到快樂，請拍手。**」她立即就回了這句。好吧，她記得我。

「抱歉打擾妳，夫人。」事實上我對於從跟伊凡・麥肯納之間的聯繫，到把凱薩琳的追悼會搞成一個歌唱會這些事情，都覺得不安，可是現在沒有時間管那麼多了。現在是星期日的早晨，班和我帶孩子們去上音樂班的補課內容，由班帶著他們進去上課，留我一個人跟手機待在小卡車上。（我告訴他我要打電話給附近的太太們，看看有沒有任何關於蕾克西的新消息。）「我不知道能不能和妳談一下凱薩琳的事情？」

「爲什麼要談？有什麼好說的嗎？」她的聲音變得尖銳了起來。「是關於什麼代寫的事情嗎？」

「不是，就只是關於她這個人。」

我在筆記本上畫了一個問號。「我想我得負一些責任。畢竟我是發現她的那個人，而兇嫌到現在還沒有落網。我……」這是最難的部分。「我想或許我們稱得上是朋友。我們有許多相同的地方，我們都曾住在紐約。」

「凱薩琳很愛那裡。」波妮說。她的聲音似乎在回想著從前。

「妳知道她把厄普丘奇稱呼爲『迷失之地』嗎？」

「她會這麼說，我並不訝異。」她說，然後嘆了一口氣。「我們還住在伊斯特姆，凱薩琳從小到大住的那幢房子裡。妳來這裡之前，先撥個電話給我吧，我們可以聊一下。」

我迭聲向她道謝，掛斷電話，把剛剛談話的內容做些記錄時，窗戶上響起啪啪啪的聲響。我從座位上跳了起來，頭撞到天窗。

「哇！」

我轉著頭，看到蘇琪・沙瑟蘭德那張沉著的臉。她的指甲敲著我的車窗。我把車窗降下一半。

「要來杯茶嗎？」她問，把一杯花草茶遞了進來。聞起來像是煮過的貓尿。

「不用了，謝謝，我很好。」我回答。蘇琪戴著頂奶油色的羊毛帽，搭配同色的圍巾，沒有沾染過嘔吐物的初剪羊毛大衣，以及一雙不適合在雪地裡行走的高跟皮靴。

她臉上的笑意更開了。「好吧。唱道別歌的時候再見囉！」

「再見。」我說。她揮了揮手。我坐在駕駛座上，又過了幾分鐘，想著要用什麼婦科或是其他的藉口，才能找到時間去一趟科德角。

當晚，我躺在床上，內心百感交集，手裡拿著一本露絲．藍黛兒的書，看著我那得意洋洋回到這張夫妻共躺的床上（或者應該說是夫妻共用的臥室裡）的丈夫，正用衣架掛他的褲子。他將褲子從褲腳上下顛倒地轉了過來，抖動著，仔細看著，又再次抖動著，好確保上面沒有皺褶的痕跡。

「那本書好不好看？」他問。他的肩胛骨從兩側聚集在白色棉質內衣的下方。

「還好。謝謝你帶孩子們去上課。」

「不客氣。」他拘謹地說，又抖了一次褲子，將褲腳夾到衣架上。「妳可以找個時間拿這些去乾洗店嗎？」

「可以。」

「謝謝。」

「班，拜託別這樣！」我把書丟在床腳。他撿了起來、闔上書，整齊地放在床頭桌上。我把頭髮束在頸後，說了能夠讓男人停止動作的六個字。「我們得談一下。」

班把褲子掛進衣櫃裡，臉上露出木然的表情。

我深吸一口氣，開始哄騙他帶我去我想去的地方。「我知道我們最近的關係很僵。」

他哼了一聲，臉上的表情依舊冷淡、深色的眼珠裡有一抹哀傷。我把稍早在吃卜卜米時排練過的道歉詞，一股腦地全說出來。「我很抱歉對於凱薩琳．卡瓦弄的謀殺案這麼入迷。」**還有我也很抱歉騙你我會不再管這件事；我也很抱歉趁你不在的時候，偷溜到紐約；喔，對了，我也很抱歉跟伊凡．麥肯納接吻了。**

他的背脊似乎慢慢放鬆了。「嗯，我也很抱歉。」

他要抱歉些什麼？爲了叫我們搬來這裡、爲了我操勞家務而表現出高傲的樣子、爲了說我是一個需要培養興趣的家庭主婦，還是爲了好幾個對我星期不理不睬而道歉？

不過如果他眞的如此工於心計的話，從他的行爲可一點也看不出來。他開始小心翼翼地把襯衫掛到衣架上。好吧，步驟二。我把被子拉到下巴，遮住我爲了今天晚上所穿的低胸睡衣，看來它是沒有發揮作用了。

「我在想，感恩節的時候，如果可以找個地方慶祝，應該不錯吧？」

他的背又變得僵直。「這是妳剛剛做的決定嗎？」

「我們可以去近一點的地方，來個小小的旅行。佛蒙特州？我們可以查一下那些民宿還沒有房間。或者……」我不經意地說。「你去過科德角嗎？」

「去過一次。」班說。「很久以前。我很小的時候，父親帶我去過。我記得我們還租了獨木舟。」他臉上的表情柔和了下來，而且我感覺到這個話題會讓班想起他與父親共有的三個最佳回憶—

—班的父親在他八歲時就過世了——也剛好讓我有機會跟凱薩琳的父母見上一面。

「我想感恩節的時候，那裡會很安靜吧。我們可以在海灘上散個步，升個火，孩子們會很喜歡的，甚至還具有教育性呢！」我不經意說出今早在網路上查到的資料。「你知道那些移居美國的清教徒，在普文斯鎮登陸的時間，還早於那些在普里茅斯岩登陸的人嗎？」

班一副似乎頗感興趣的樣子。「眞的嗎？」

「是啊，但是之後他們覺得那裡太放蕩了。」

我想我看到他在搖頭前，唇邊的那抹微笑。「我現在不適合遠行。」他走進浴室，關上門。「我還要跟泰德·費區一起去拜訪很多地方。」

我臉部的肌肉抽搐著。「可是那時是感恩節欸！」我大叫。他不回應我。「就算是政客也要跟他們的家人一起過節吧！」他還是不回應我。「或是跟他們的情婦！」班悶不吭聲。我翻了個身，把枕頭捲成一團壓在身下。「你總是說：**有耐心一點，凱特，不會永遠都這樣的**。我一直都很有耐心。但是蘇菲明年就要上全天的幼稚園，男孩子們也會長大，我們從來就沒有全家一起出遊過。」我躺在那裡，聽著他在一旁用牙線潔牙的聲音，心裡對自己把孩子當成達到私人目的的藉口深感厭惡。班關掉浴室的燈，穿上睡衣，躺在我的身邊。

「布萊恩·大衛斯在那邊有幢房子，他欠我一個人情。明天早上我再問他吧。」

「太棒了！」我說，在他鬍渣滿布的臉上親了一下。

他翻身看著我，給我一個微笑。「想要表達妳內心有多感謝嗎？」他問，手伸進我的睡袍，摩搓著我的左胸。當他的手指拂過我的乳頭，我眼前浮現伊凡的唇壓上我的唇的情景。在他溫暖的手滑過我的背時，我把他的手推開。

「不行。」我說。

班一臉的慾望瞬間變成了蹙眉。

「因爲子宮頸檢查……」我向他解釋。「還有一點出血……是沒有太大的關係，只是……還有一點點痛。」

「喔，喔，好吧。」他急忙說。我帶著寬心又內疚的心情躺回枕頭上，沒有什麼比**那裡還有一點點痛**的藉口，更能阻止男人的性慾。

「抱歉。」我說。班沒有回話。一分鐘後，他已經躺平，大聲打呼著。

我把枕頭翻了過來，踢著被子想要找一個舒服點的姿勢，只是遍尋不著。我看了一下時鐘，十一點三十八分。**不行，我想，當然不行！**可是我的大腦就像是與身體分家、飄浮在空中一般，從那個室內設計師選的義大利進口吊燈的位置，看著我翻開被子、躡手躡腳地走過房間、穿上我掛在床邊扶手椅後的工作褲。**不應該這樣的**，我這麼想的同時，穿上粉紅色V領長T，底下沒有穿上胸罩，又悄悄地走下樓梯。

我只是跟他說句話而已。我在將沒穿襪子的腳套進靴子裡、穿上初剪羊毛大衣、關掉前門的警鈴、踏進霧夜、走過草坪時，這麼對自己說。我只聽他要告訴我的事情，然後我會告訴他別再來找我了。就這樣。如果他有來的話。

但是當我看到熄燈停在我們這條死巷子底的那部車子時，仍忍不住心跳加速，腳步加快，小跑步，甚至是邁大步地跑了起來。髮絲在我腦後飛揚著，胸部在我隨意清洗的大衣下彈跳著，我聽到每一個微小的聲音——靴子踩在雪堆上的聲音，以及氣息混入寒夜中的吐氣聲。在逐漸接近那部車時，我感到血液發出歡呼的聲音。透過擋風玻璃，我看到伊凡的臉在儀表板昏弱的燈光下微笑著，而在他頭上，我看到了滿天繁星。

我是眞的想要把所有事情都保持得井然有序。我想像自己用非調情的語氣來開頭。「所以，你有什麼要告訴我的？」我眞的覺得至少我有穿上了大衣。但是當伊凡打開車門那一刻，他臉上的表情是如此溫柔、如此地充滿慾望，在他把我拉進懷中時，我發現自己的大衣已經敞開，什麼冷酷的問題都拋到腦後了。

「不行。」我在第一個吻後對他說。「不要！」在他的手滑向我的T恤、發現我沒有穿胸罩而發出呻吟聲時，我嚴厲地對他說。「住手！」我在副駕駛座上扭動著。

「凱特。」

我們兩個人都氣喘吁吁，車窗因冷空氣的凝結而發出銀白色的光澤。我低下頭，不讓自己盯著他看——他頰上的紅緋、他的黑髮、他的雙眼，以及那一雙會懾人的藍綠色眼珠。而此時我看到一個上面有我的名字的馬尼拉紙信封。

我艱難地吞了口口水，又吞了一次，終於能夠用低沉沙啞的聲音說出話。「你有什麼消息要給我？」這幾個字比在我腦中計劃好的還要更「不」冷酷。

「蕾克西。」他說。「關於蕾克西．赫根侯特。我到處查訪著，從厄普丘奇鄉村日校門口的管理員那邊，問到了一些有價值的內容。蕾克西每天早上都會去那裡跑步，當她兒子……」他從儀表板上的凹槽處拿出筆記本。

「哈德利。」我補充道。

「沒錯。利用哈德利去上托兒所的時候。蕾克西會把小寶寶放在慢跑用的推車裡，然後跑個六、七哩。但凱薩琳死的前兩個月，她開始會說些理由繞過學校的器材室。停車場上也停著一部藍色賓士車，車主是……」

「菲利普．卡瓦弄。」我說。我想像蕾克西和菲利普在折起來的體操墊上交纏著，兩旁是半洩氣的籃球和裂開的排球網，而布萊爾里在推車裡安穩地睡著。蕾克西或許會發現所有的運動器材都能引起不一樣的刺激。「那蕾克西現在人在哪裡？跟菲利普在邁阿密海灘上嗎？」

他用手背擦拭著嘴唇。「從她失蹤後，沒有任何使用信用卡的紀錄。她的手機也沒有撥打的紀錄。但是……」

「什麼？」

「黛爾芬．杜蘭，也就是黛比．法柏，倒是留下了紀錄。」

「為了什麼事？」

「拉客賣淫。」就在他說出這幾個字時，我覺得頸後的毛髮豎了起來。沒錯，這就是「黛比」消失的線索。「她在紐約已經被逮捕過三次——街頭滯留罪、妨害公眾安寧和拉客賣淫。她用之前的名字，接過一些平面的工作。」他快速打開信封，把一本雜誌交給我。我瞥看了一下刊名：《海獺》，一九八九年春季號。

「喔，天啊。」

「第三十七頁。」他說。

我翻到相關的頁面，看到一個全身赤裸的黛爾芬．杜蘭，頂著一頭八〇年代晚期的誇張大爆炸頭，私處則是剃得窄窄的恥毛，跟兩個有著碩大生殖器的壯男一起擺著姿勢。在她身下的那個男人，前臂處有著一個蠍子圖案的刺青，她右邊的那個男人，則是梳了一個紅棕色的飛機頭。我翻著雜誌的內頁，看到黛爾芬把兩根手指塞入某個地方——一般有教養的女人不會把手指放進去的地方，至少有攝影師在場的時候不會這麼做。

「我再補充一點。」伊凡說。「她在屁股上有一個心型圖案的刺青。」

「喔，天啊。」我說。「那現在怎麼辦？」

「邀她出來，問她問題。」伊凡說。

「她有教彼拉提斯。」我說。「我應該能夠預約一堂私人課程，跟她開誠布公聊一下。」

「別在她叫妳倒掛在器材上時做這件事。妳要小心一點。」

我闔上雜誌。「這本我可以留著嗎？」

他挑著眉。「婚姻生活有這麼無聊嗎？」

「我……」我的手指撫過封面上金光閃閃的「海獺」字樣。「我不想談論婚姻生活。」

「好吧！」他說。「那就不要說。」他把我的臉轉向他，溫暖的手指留在我的臉頰上。我想要撫觸他身體的每一吋——他的雙耳、下巴、頸部絲緞般的肌膚。*伊凡‧麥肯納*。我的手指滑過他的背肌、他的手掌撫弄我的頭髮，我能夠聽到自己用一種不認得的聲音說著他的名字。

可是突然間，這個世界轉變成血紅色和紫藍色。在我們後方傳來單音狂暴的嗚嗚聲。我從起霧的後視窗瞇眼看去，不過伊凡比我更早一步認出來。「警察。」他說，同時把我的襯衫拉下來。「讓我來處理。」

「不，伊凡，讓我……」

我們同時打開了門，跌撞進寒冷的黑夜中。我身上單薄的T恤幾乎都還捲在上頭，伊凡身上的格子襯衫解開的三顆釦子相隔很遠。

史丹‧伯吉朗用他手電筒的光芒認出了我們。「晚安，波羅維茲太太。」

我虛弱地揮揮手。

「麥肯納先生。」

「晚安，警官。」他說。

「史丹，我可以解釋這一切。」我說。同時那本《海獺》從副駕駛座滑了下來，散落在路面上，發出該死的微小聲響。「我也可以解釋那個。」我急忙說。「裡面有黛爾芬‧杜蘭的照片。」

史丹看著那本雜誌。「我不太相信她會去拍這種照片。」他說。

我再試一次。「蕾克西．赫根侯特跟菲利普．卡瓦弄有一腿。」

史丹只是點點頭而已。從他臉上的神情看來，我知道這並不是什麼大新聞。

我又試了一次。「你知道黛爾芬．杜蘭改過名字，還有賣淫的紀錄嗎？」

史丹關掉他的手電筒。

「妳知道現在有宵禁嗎？」

「啊？」

「宵禁。所有人在午夜後都不得出門，或是逗留在停放的車輛裡。」他拿著手電筒，在伊凡的車牌上照了照。「那是針對青少年所設的。」他在筆記本上寫了些內容，又把光照在我們身上，看著我們衣衫不整的樣子。

「波羅維茲太太正要回家。」伊凡說。

「我們只是在聊天。」我無助地說。我低著頭，害怕地扭著雙手。「聽著，史丹，如果你在加油站遇到班，請別讓他知道這些。什麼事都沒發生。我的意思是，我知道這樣看起來很怪，但是……」

「我陪妳走回妳家吧，凱特。」伊凡說。

史丹搖搖頭。「不，麥肯納先生，你得跟我來。」

伊凡直視著他，一臉茫然。「我只是要跟她說聲晚安而已。」

史丹又把手電筒打開。我聽到卡搭一聲，又聽到金屬碰撞的聲音，發現他拿出了手銬。「你最好乖乖地走過來，不然我會強制逮捕你。」他說。

伊凡的聲音透露出他的懷疑。「爲什麼？」

「我剛剛說過了，宵禁。」史丹說。

「你要爲了我半夜出門而逮捕我？」

「還有你的不在場證明。」史丹又說。

「他的不在場證明？」我問。

「我的不在場證明？」伊凡重複這句話。「我已經告訴過你我當時人在哪裡了，也給你看過我的機票、旅館的收據……」

「問題是，」史丹說。「旅館說你不是四個晚上都待在那裡。你入住的時候是登記四個晚上，也付了四個晚上的錢，但某個客房清潔人員，他說凱薩琳死的那天，你並沒有在房間裡。」

我的血液瞬間凍結。我慢慢地轉頭看著伊凡，他舉起了雙手。「事情不是你想的那樣。」我聽到他這麼說。「我那天跟一個朋友在一起。」終於，這段時間以來誰是騙子或是殺人犯的謎團，已經得到答案。「我可以解釋的！」

「爲什麼我們不到警局再解釋清楚？」史丹問。他轉向我。「晚安，波羅維茲太太。」

「好吧。」伊凡看著史丹，又看著我。「不用擔心，凱特。這一切都是天大的誤會。」

我看著史丹領著他坐進巡邏車的身影。「我會打電話給妳的！」伊凡柔聲地說。車子開走了，留下我一個人穿著敞開的冬季外套，在寒風中顫抖著。伊凡的車停在我家前面，一本成人雜誌躺在車子的旁邊。我撿起了雜誌，轉身跑過院子，打開門，重新設定了警鈴，然後脫掉腳上的靴子。**這是一場**

惡夢，我低聲說著。**惡夢、惡夢、惡夢**。然後我悄悄走上樓，確認三個孩子還在沉睡。

一早，我心跳加速地往臥室的窗外看去。伊凡的車不見了，我精神爲之一振，還以爲這整件事是我的幻想。不過當我穿上外套，準備去超市買東西的時候，《海獺》還乖乖地塞在外套的口袋裡，袖子上也聞得到一股淡淡的膽汁味。

37

「媽咪！」蘇菲說，身體往前傾，像是要試安全座椅的椅帶能夠拉到多長一樣。

我抑止住要嘆氣的動作，裝出有耐心的笑容，轉頭對她說。「什麼事，親愛的？」

「傑克和山姆想要知道我們到了嗎？」

我又把頭轉過去一點，看看這兩個有問題的小傢伙，是不是還在自己的椅子上打瞌睡。「蘇菲，他們在睡覺。」

「他們告訴我的。」她倔強地說。「他們很好奇。」她上個星期學到「好奇」這個字，然後就一直用個不停。我咬著雙唇，好讓自己不要笑出來。蘇菲將醜娃娃換上針織的粉紅色比基尼。我已經一而再、再而三地告訴過她，雖然我們是要去海邊，天氣還是太冷而不能去玩水。而且，醜娃娃不是男的嗎？「妳看。」我拿出班用來輔助MapQuested[1]方向的Triptik[2]。「我們在這條路上。」我指著I一九五說。「一直走，然後到了這條路……」我指著二十五號公路。「然後我們會經過一座大橋。」

蘇菲睜大了眼睛。

「這樣我們就會到科德角了嗎？」

「沒錯，但是我們還要一直開，到我們要住的地方才會停下來。」我指著地圖上的某個藍點。

「特魯羅。就在這裡。就在臂狀部分，手腕的這個地方。」

「喔。」她想了一下，然後開始有節奏地踢著駕駛座的椅背，大概是在班腎臟附近的地方。我知道自己應該叫她停下來，但是我閉上眼，隨她去踢。星期一早上，我從紅推車托兒所的停車場撥了通電話給史丹，知道伊凡一早就被釋放了。

「所以確認他的不在場證明了？」

「他似乎的確有不在場證明。」史丹說。「我們將會跟西棕櫚灘的某個派對進行確認。」

「在西棕櫚灘的派對？」我喃喃地重複他的話，想像某個曬成古銅色肌膚的比基尼美女。

史丹停了一下。「妳是成年人了。」他說。「我不想管妳的私事。」

「史丹，什麼都沒有發生，我發誓……」

「小心一點。」他說。我答應他我會小心。可是，在班連續好幾天，每天都工作十四個小時，確認泰德·費區不會失去黨的支持，好讓他可以換得四天的假期時，我還是把每一刻醒著的時間，都花在想伊凡的事情上。萬一我過去七年的生活（還有孩子們）都是一場誤會呢？萬一我始終都註定要跟伊凡在一起呢？萬一他是像所有情歌所描述的「我的眞命天子」呢？然後我聽到腦海中珍妮的聲音告訴我，伊凡只是喜歡追逐的遊戲，而去追逐他得不到的東西，無論對象是我或是蜜雪兒或是其他人。那我現在該怎麼辦才好？

我閉上眼。當我又睜開時，已經停在一個陡峭、弧形的車道上，兩旁盡是光禿禿、上覆雪花的棕色樹枝。

「我們到了！」班在將車子停進一幢像是用三個灰色鞋盒拼湊出來的摩登大房子的車庫時說。

我看著那扇過大的玻璃拉門。「你確定嗎？」

「就是這裡。」他遞給我一張紙，上面有這幢房子印出來的照片。

我仔細看著照片，又看了房子一眼，灰色傾斜的外觀因過大的正方形窗戶而切割成東一塊西一塊。

「沒錯，就是這裡。」我停了一下。「眞是令人心情愉快的地方。」

「布萊恩說這幢房子遺世獨立。」班說。他把車停好。三個孩子都已經睡著。我們靜靜地坐了一會兒，聽著冷卻引擎的滴答聲和風聲。「裡面很漂亮。」他說。

「我相信布萊恩的話。」我說，下了車，檢查著閒置的花床，還區分爲單純的長方形花床，和上覆護蓋物的花床，不過當然每一個都是空的。

「來吧！」班說。他把所有的行李和裝著二十磅重火雞的六大袋食品雜物都拿了下來，放到前門的地板上。他一定是下了決心，或是有寫了一張備忘錄——**要努力跟老婆重修舊好**。因爲一路上他都表現出最佳的那一面：在我開口要求他之前，就先停下來，買了我最愛的旅行零食（Dunkin' Donuts的咖啡和向日葵瓜子），還讓孩子們一路上唱「狗狗波爾卡」裡的所有歌曲。

「我會把東西都拿進去的。妳可以到處去看看。」

「好啊！」我踩過碎石步道，拉開那扇玻璃拉門。樓下有三間臥室，以奶油色的磁磚相連接。在每一間房裡，陽光從門和過大的窗戶中射入，在地板上形成一個個溫暖的金黃色正方形。

我登上了樓梯。「喔，哇！」整個二樓——起居室、廚房、餐廳——是一個開放空間，用一扇扇落地玻璃拉門連接起來，可以俯看科德角灣藍綠色的海水。

「妳看那個景色。」班說。我往上跳了一點點，他的臉頰撫過我的後頸。「我們的臥室應該在走廊的另一邊。」他拉著我的手，帶我走進一間寬闊挑高的房間。我的右手邊有更多扇玻璃拉門，可以看到外面的空花床和沿路開過來的綠色山丘。在我的左手邊，穿透另一排玻璃門和挑高的窗戶，是個有著兩張躺椅的小型露天平臺。越過平臺，即看得到海景。輕柔的海浪拍打著海岸。「妳看這個！」臥室裡有獨立的浴室，內設足以容納兩個人的大型按摩浴缸，還有隱藏在小隔間裡的馬桶。「你可以一邊上廁所，一邊享受海景。」我說。

班的手滑下我的肩膀。「那樣眞不錯，我親愛的老婆。」

在感恩節後第二天一早，要擺脫家人一點都不困難。我告訴班我需要幾個鐘頭的時間，刷洗鍋碗瓢盆，或許之後再散個小步。他點點頭答應我。「別太累。」他說，讓我心裡的那分罪惡感愈來愈深。「記得休息一下。」他對我說，吻了我的臉頰。「妳做的每一樣菜都美味。」當他把三個孩子塞入車裡，要帶他們去海盜博物館時，我給他一個虛弱的微笑。當小卡車開出車道時，我倒了半瓶的洗碗精到火雞烤盤，以及我用來做班母親拿手菜的烤甘薯棉花糖的砂鍋裡，在水槽裡放滿了熱水，然後拿起了電話。

「我們在韋爾弗利特和伊斯特姆交界的地方。」波妮這麼對我說。

「我用走的能到那裡嗎？」

她想了想。「騎自行車會比較好。」她說，同時告訴我如何到那裡。「大概要騎半小時左右。」

「給我一個小時吧。」我說。「我得確認一下自己還記不記得怎麼騎自行車。」

我想像著她在回答時嘴角泛起笑容的樣子。「有些事情是不可能會忘記的。」

騎腳踏車去晃晃。我在紙條上這麼寫著，黏在冰箱的門上後，急忙走進臥室，穿上牛仔褲、長袖運動衫和健行靴、剛洗好的初剪羊毛大衣、紅色羊毛帽和羊毛手套。感謝上帝，車庫裡那輛自行車的輪胎還有氣，鏈條也才上過油。我把它推上陡峭的車道，外頭的寒風刮得我兩頰發疼；我坐上座墊，搖搖晃晃地騎在有高大枯黃樹木和藍莓灌木叢夾道的柏油小道上。

十分鐘後，我脫掉帽子和手套。又再過十分鐘，在某個山丘頂上氣喘吁吁，我脫掉了外套，用自行車上的彈性繩，綁在後座椅上。又過了十五分鐘後，我滑下另一個長下坡，頭髮隨風飛揚著，然後向左急轉彎，騎過韋爾弗利特小小的鬧區，出了六號公路，又騎上某個可以到達維瑞家後門的自行車小徑。

波妮與休住在一幢科德角風格的小房子裡，屋頂上是銀色的西洋杉木瓦。廚房地板舖設著亞麻油地毯、黃色佛麥卡工作檯面，以及深色木頭餐桌與看起來約是一九七五年左右的蒂芬妮風格燈具，但是所有東西都擺設得整齊又乾淨，而且已經有些磨損的過濾式咖啡壺，正飄出濃濃的咖啡香。牆上的畫作與我在凱薩琳家客廳裡看到的那幅風格相同：明亮、色彩豐富的具像派海景畫——深藍色的海洋、金色的沙灘、明亮的紅色與橙色遮陽傘，天空中有遨翔的白色海鷗。

波妮在桌上放了一籃藍莓瑪芬。「用冷凍莓果做的。」她說，此時我正把汗濕的頭髮在頸後綁成個髻。「是我去年夏天摘的。」她倒了些咖啡在厚重的陶土杯中，遞給我，一臉期望地看著我。

「我聽說一些關於妳女兒的事情。」我說，雙手握著杯子。「有一些……呃……有一些……」

她低下頭像是準備好要上斷頭臺的樣子。她穿著略為寬鬆的紫色套頭毛衣、一串紫色寶石項鍊，皮拖鞋下是一雙穿著藍色厚羊毛襪。她的眼神透露出謹慎的目光，臉上是緊張的神情，似乎等待著聽見更多的壞消息。「說吧。」

「這看起來像是……這麼說好了，很多人說……」

「妳儘管告訴我沒關係。」波妮催促我。「我不認為還有什麼會讓我覺得比現在更糟。」

別說不可能。「我想她可能跟賣淫的案子扯上關係。」

波妮睜大了一雙藍眼睛看著我，然後突然彎下身子；我看到她的雙肩顫抖，聽到她喘氣的聲音。她一直到坐直了身體才不再顫抖和喘氣，擦了擦眼角，我才發現她並不是在哭，而是在笑。

「凱薩琳？」她喘著氣說，圓潤的身軀因為大笑而抖動著。「我的凱薩琳？賣淫？喔……喔，這太……喔，我的天啊！」她說，又笑到彎下腰，我坐在椅子上，雙頰緋紅，完全不知道她在笑什麼。

當波妮再度恢復鎮靜時，她對我說了聲抱歉後，嚴肅地說她瞭解我一定對這些調查花了很多心思，她甚至很確定我被某些資料給誤導了。「那些老男人，對不對？」她問。

我沉默地點點頭。

波妮嘆了口氣，又擦了擦眼淚。「她跟那些人沒有上床，也沒拿他們的錢。無論她到底做了些什麼事，她是我見過最有道德感的人。除了實話外，她從來沒奢望從這些人身上得到什麼東西。」她說，然後站了起來，走向咖啡壺又倒了些咖啡在杯子裡。

「關於什麼的實話？」

波妮重重地坐了下來，說：「凱薩琳在找她的父親。」

在我逐漸理解她所說的話的過程中，我的下巴一定驚訝到掉下來了：凱薩琳不願意告訴多莉她跟這些老男人在一起的原因；凱薩琳跟泰德．費區共進午餐時的哭泣；喬爾．艾許用我現在得知是懊悔的表情看著我，說整件事不是我所想的那樣，畢竟他的年紀已經大到可以當她的……

「父親？」我看著波妮。「但是……」

她搖搖頭。「凱薩琳不是我親生的。」她說。「她是我姐姐茱蒂絲的女兒。」

我心裡有成千上百個問題要問她，但我挑了那個最明顯的問題。「警方知道這件事嗎？」

波妮點點頭。

「到底發生了什麼事？」

波妮的手指撫過她的項鍊。「事情發生在六〇年代。」她開始說著。「我想這可以解釋很多我要告訴妳的事情。」她拉起胸前的寶石，又讓它們掉落下來。「我父親是個警官，他對我們非常嚴格。茱蒂絲和我在平常的晚上十點前就要回到家，而週末則是十一點；到十六歲之前都不可以交男朋友、不可以開車、不可以在沒有人陪伴的情況下去別的地方……」她搖搖頭。「這些對我是還好。我是個家庭至上的人，但是茱蒂絲……」她嘆了口氣，再次搖搖頭，而我從那個痛苦、悲傷的手勢中，看到了凱薩琳的身影。

「妳們的母親發生了什麼事？」我問。

「死了。」波妮說。「乳癌。那年茱蒂絲十一歲，我九歲。」

「很抱歉聽到這件事。」我低聲說，倒了些咖啡在我的杯子裡。

她點點頭。「我想，我父親就是因爲害怕失去我們，才會如此嚴格。可是我姐姐偏偏就是父親對她愈嚴格，愈是禁止她做那些事情，她就愈故意去做。她會從窗戶爬出去，在屋頂上抽煙；或是從地下室的門溜出去，跟朋友們去跳舞。當她一滿十八歲的時候，就離開這個家了。」

「到紐約去？」我說出我的猜測，波妮點點頭。

「她想要當個畫家。」她指著牆上的畫作說。「這些都是她畫的。」

我更仔細地看著那些畫。所有的畫作都是海景畫，有藍綠色的海水和蜂蜜色的沙灘；有著夕陽西下的海景，或是點綴著遮陽傘的日間海景。但是每一幅畫裡都沒有出現人。只有海水、沙灘和飛翔在空中的鳥兒。

「她能靠這個過活嗎？」

波妮嘆了口氣。「在科德角？可以吧。她可以找間畫廊展出她的作品。她的畫都很美。茱蒂絲本人也是個美女。」波妮說。「她有一頭黑色及腰的長髮，身材高挑勻稱。這些或許可以彌補她在才能上所欠缺的。她在這裡可以活得自由自在，可是在紐約……我就不這麼認為了。」她的手指在紅白格紋的桌巾上磨擦著。「世界上有很多漂亮的女孩子，她們當中有許多人在一九六〇年代[3]時搬到紐約，都曾夢想成爲藝術家、歌手、演員、模特兒之類的。茱蒂絲的畫雖然不錯，但是並不是主流。所有人都在畫抽象畫，根本沒有畫廊要展出美麗的海景。如果她早一點調查一下市場的話……」波妮又嘆了口氣。「茱蒂絲從來就沒考慮過成功的可能性。她在十八歲那年從高中輟學，跑到西村住了下來，傷透了我父親的心……不過那卻是我們這群朋友所能想像最浪漫的一件事。」

即使是在四十年後聽到這段故事，我仍能聽到波妮話語中的那分苦澀，以及對姐姐離家這件事不情願的羨慕。

「這裡。」波妮說，在牆邊木桌的抽屜裡拿出一張照片。我看到一個高瘦、有著一頭跟凱薩琳一樣黑色長髮的女子，穿著一件露出光滑黝黑肌膚的低領農夫裝上衣，以及展現修長雙腿的迷你裙。

「這是在她十七歲時拍的。」波妮說。

「那她在紐約發生了什麼事？」我問。「她有找到工作嗎？」

波妮聳了聳肩。「我父親有寄錢給她，不過我不應該過問這些事。」我不確定她是否能聽出自己聲音中的那分痛苦。「茱蒂絲有寫信回家，關於她住的那幢沒電梯的公寓、她的室友、她工作的餐廳等等。她也有寄城裡風景的明信片——像是中央公園、帝國大廈。」她伸出手拿回照片，放回抽屜中。「她在紐約待了七年，當她再回到家時，已經有了六個月的身孕。」

「她在紐約結婚了？」

波妮搖搖頭。「茱蒂絲覺得婚姻是中產階級壓迫者的一種手段。她想要以像是周遊列國的方式，體驗不同的男人。她不想被束縛。我因爲跟她共用一個房間，所以是唯一聽過她暗夜哭泣的人。過了一陣子，她坦承她愛上了孩子的父親，但是面前有個障礙。」她的手撫過一頭銀髮。「她說他對她很重要。他已婚，卻想從這段婚姻逃出，等到他成功的時候，他們就會在一起。她說他也愛她，她知道他們終究會在一起。」她的語音變得粗啞，雙手按壓在兩眼上。

「妳有……」我說。

波妮搖搖頭。「她從來沒說出他的名字。」她挺直雙肩。「我希望我能有一張茱蒂絲懷著凱薩琳時的照片。就可以讓妳看看她那時的樣子。她完全沒有變胖，產後也沒有留下疤痕，連手指都沒有變腫。我知道這聽起來像是陳腔濫調，但是她眞的散發出母性的光采。彷彿她呑下那些點燃的蠟燭，或是她內心隱藏了某些秘密——某些有趣的大秘密，永遠也不用昭告天下。」

「哇！」我在懷孕的時候，也從來沒有散發過什麼光芒。我所能想到的自己，就是通常在大吐特吐之後，把冷水潑到臉上，一張臉變得紅通通的樣子。

波妮嘆了一口氣。「就算已經是懷胎九月，以前念書時認識的男孩子們，還是會來約她出去。他們會帶著禮物來給她——薰香蠟燭、報紙雜誌、她在海恩尼斯的購物中心看上的刺繡枕頭、一箱滿滿的龍蝦……」

我一定是不小心做了個鬼臉，因爲波妮很生氣地看著我。「龍蝦也是要錢的，而且茱蒂絲懷孕時很愛吃龍蝦佐檸檬汁。」她又撫平著桌巾。「她根本不理那些男孩子，一心只等著紐約的男人。在她生下凱薩琳後，體力一恢復，就拋下了凱薩琳回到紐約。」

我不敢相信她說的話。「她就這麼走了？」

波妮聳聳肩。「她那個大人物男友在西村租了間房子，要她在那裡等他。她就這麼回去了。」

「他要她，但是不要小孩？」我說。

波妮突然站了起來，桌子震動著。她把杯子放進水槽裡。暗淡的冬陽從白色棉質窗簾中射了進來，將她臉上的線條形成明暗的對比。「茱蒂絲眞傻。」她說。「她以爲他會離開老婆而娶她，然後讓凱薩琳認祖歸宗。她到死還是相信。」

「後來發生了什麼事？」我問，雖然心裡也知道故事的結局是什麼。

「凱薩琳七歲的時候……」她的聲音卡在喉嚨。「喔，妳應該已經看過她們兩個的合照。凱薩琳很愛她母親。她會在茱蒂絲回家的時候，點燃所有的蠟燭，而無論茱蒂絲阿姨給她什麼東西——帝國大廈的小塑膠雪景球，或是上面寫著『我愛紐約』的杯子，她都視爲珍寶。她會把茱蒂絲的東西放在枕頭旁伴著入睡。」

我點著頭，感到眼皮刺痛著，腦海中浮現珍妮帶禮物來時，孩子們奔跑去開門的身影。

「我們給她每週二美元的零用錢，她從來沒有花過。我們帶她去普文斯鎭的糖果店，或是在海恩尼斯的購物中心，她從沒幫自己買過任何東西。她會自己動手爲我和休做生日卡、聖誕節禮物。休常常取笑她，說她是個小守財奴。但是我知道她存這些錢是爲了什麼。當她夠大的時候，她對我說她要買張到紐約市的車票，跟她的茱蒂絲阿姨住在一起。」

「凱薩琳知道茱蒂絲是她母親嗎？」

她坐了下來。就連她灰色的捲髮和衣帶也都垂了下來。「我們一直試著要告訴她，到她已經大到能夠理解這一切時。只是休和我對於那個時機，總是無法取得共識。凱薩琳在十二歲時發現了這件事。是我父親的某個老友告訴她的。」她痛苦地說。「那個人來我家過聖誕節，多喝了幾杯酒，說凱薩琳應該要知道事實的時刻到了。」

「她的反應是？」

「她很生氣我們騙她，又問她母親不要她的原因。」波妮說。「我應該要告訴她什麼？這些答案又是什麼？茱蒂絲那時已經死了。」她低頭看著雙手。「因爲吸食海洛因過量致死的。」

「喔。」我說。

波妮的雙眼閃著淚光，說話時雙唇顫抖著。「警方告訴我們那是件意外。我想或許……或許並不是意外。他們說毒品並沒有經過稀釋，她服用的量足以殺死一打人。這點怎麼樣都不能讓我相信。」她搖搖頭說。「我知道茱蒂絲是有做一些……一些違法的事情。我知道她有抽大麻，也吃些迷幻性菇菌類[4]，但是她從來沒有吸食海洛因。她一向很怕打針的。她每次要打針的時候，就會昏倒在小兒科診所裡，而那個星期——她死的那個星期……」她從口袋裡抓出一把面紙，從中抽了一張擤了鼻子。

「她打了通電話給我，說他們終於要在一起了。我在她的皮包裡找到一張明信片，就在警方通知我她……她……」她喝了一大口咖啡，雙抱環抱在胸前。「她很幸福。他們終於要在一起了。」

在一起。我想起在凱薩琳房裡找到的明信片。我們終於在一起了。比我想像的還要幸福。

「他叫什麼名字？」我問。

波妮搖了搖頭。「她從來沒說過。」她說。「而當她……在她……」她打起精神。「在茱蒂絲死了之後，我們等待他出現在公寓……或是她的葬禮。」她怒氣沖沖地擦去淚水。「或許他騙了她。或許茱蒂絲只是厭倦了等待。無論發生了什麼事，凱薩琳在發現了一切後，就完全變了個人。從此我們就失去了她。」她說。「她的成績很好，一堂課也沒有缺席過，也沒有跟男孩子出去鬼混。但是她就像是活在自己的小圈圈裡。她很少跟我們說話，一旦開口，都只是要問茱蒂絲的事——她去過什麼地方、她認識些什麼人、她怎麼過日子的、她是怎麼死的。她對我總是很冷淡，對休更是不比從前，態度像是沒有對她坦白的話，凱薩琳就會怪他。我想，從那件事之後，她就不再相信任何人。不管是我們、她丈夫……沒有一個人是她相信的。」她的語音發抖著，倏然而止。「除了她的女兒們外。她們有來過這裡……今年夏天。」她開始啜泣起來，話語間上氣不接下氣，讓我想到山姆、傑克或蘇菲跌倒或是受傷之後哭訴的樣子。「我帶她們到海邊去玩水，還帶她們去採藍莓和挖蛤蜊……」她那雙瘦小顫抖的雙手摀住了眼睛，坐在椅子上沉重地呼吸著，直到她又看再度看著我。

「凱薩琳實現了要找到他的任務。」她說。

我點點頭，想到艾密特．詹姆士唸給珍妮聽的那首詩：**當我躺在這裡／就像在她的臂彎中／一隻寵愛的小動物／感覺她的目光穿透我／如鑄劍般銳利的目光投注在他的臉／那剛強的美男子。**

凱薩琳已經長大，成爲她母親的劍了。

「幾年後，她問我幾個問題，包括我認不認得這幾個名字、我記不記得茱蒂絲有去渡過假。」波妮說。「我知道她想要知道些什麼。如果這個世上有個男人取走她母親的生命——無論是直接或是間接，這個男人就該付出代價。」她在椅子上前後擺動著，又再次將項鍊纏繞在指間。

「喬爾·艾許是其中一個嗎？」

「是的。」波妮點點頭說。「他跟茱蒂絲是在西村認識的。凱薩琳告訴我他不是她父親，卻對她很好。他一定是覺得自己得負一些責任。即使沒有辦法挽救茱蒂絲，但是可以幫助她的女兒。妳知道他給凱薩琳一分工作的事。」她換了個姿勢，將臀部附近的衣服拉好。

「專欄的工作。」我說。「代寫人的工作。」

「『好媽媽』專欄。」波妮搖著頭說。「或許寫這些離家工作的母親們的事情，撫慰了她心裡的某些部分吧。她愛茱蒂絲，但是她怎麼可能會不生氣？她自己的生母離開了她，我想這對每一個孩子來說，都是很難承受的吧。」

現在換我點著頭，想起「好媽媽」專欄裡部分謾罵的文字，用極惡毒的言語來凸顯那些覺得離開家庭，不得已離開孩子出外工作，剝奪他們享用無盡的母愛，是件可以接受、甚至是值得讚賞的事情的女人。

「休對於專欄的事情很生氣——畢竟，我已經努力過了。我把凱薩琳說的話告訴他——寫『好媽媽』專欄是在紓發情緒，同時也是結束的途徑。」波妮說。她拭著眼角的淚水。「她在死前的那個星期對我說，她發現了某個重大的結果，然後她就要罷手了。我叫她要小心一點。凱薩琳說她知道自己在做什麼……」她無助地聳聳肩。「我應該叫她不要再追查下去的。」她說。「我也跟凱薩琳一樣是個母親。我應該告訴她過去的都過去了，而她的未來——她的兩個女兒，才是最重要的。我應該要讓她住手的。」

註1：MapQuest是涉足網路地圖技術公司的元老，一直處於領先地位。它的歷史可以追溯自一九六七年，一九九六年二月五日正式獨立上網，三年後上市，二〇〇〇年為美國在線收購。

註2：旅遊規劃圖。有詳細路線，路上那裡會有施工，都會標示出來。

註3：一九六〇年代，著名的「動盪年代」，同時也是新文化活絡社會的年代。因民生問題得以解決，美國社會瀰漫自由解放的氣息：零星反戰、社會運動、反主流文化運動在歐美盛行，較為保守的日本社會發展經濟持續，後來居上，富裕的社會讓美式文化流行民間。雖然社會運動參雜了某些不理性的暴力因素，但那段思潮卻形構了現代許多邊緣運動的雛形，也直接改變了世界的整體面貌。

註4：從一九五八年起，迷幻性菇菌類自美國西岸開始被濫用，流傳到澳洲、英國、歐洲大陸、日本等國家，臺灣最近幾年也開始有人使用。可直接生吃、混入食物調味或泡入茶中飲用，氣味與食用磨菇類似。食用後，會有肌肉鬆弛、心跳過速、瞳孔放大、口乾、噁心感及迷幻作用，藥性約持續六小時。大量食用會有嚴重幻覺、精神失常、驚慌、焦慮與恐懼。然而目前並沒有證據顯示會產生生理上成癮之副作用。

38

「媽咪，媽咪！」

我將自行車騎上車道，看到蘇菲搖搖晃晃地走過露天平臺，用力提著一個紫色的水桶，裡面的水把她的上衣、牛仔褲和蓬鬆的紫色羽絨外套都給濺濕了，而兩個弟弟分別跟在她的左右兩側。她的頭髮梳成髮辮，手指甲也擦上深淺不同的粉紅色。「爸爸在看完博物館後，帶我們去了麵包店，我們有喝熱巧克力，也有吃油煎餅和會黏牙的小麵包。然後我們還去海邊，我抓了一隻小螃蟹。我們現在在用吃剩的火雞肉做三明治！」

「眞是太棒了！」我說，彎下腰仔細看著她。騎車回家的路上，我不斷想著凱薩琳就像是個希臘女神，高大而尊貴，大步行走於曼哈頓的街道之上。我想像紐約市那些權傾一時的人物，用他們汗濕的掌心，緊握著凱薩琳的手，捧起她閃亮的巧克力色秀髮，讚美她頸部蒼白的線條。在她呼喚她母親的名字時，她俯視著這些人，仔細看著他們的臉孔，尋找與自己相同的眉型，或是相同的鼻子形狀，那些閃亮的雙眼中有沒有個孕婦的身影在其中。

「牠叫費歐納公主。」蘇菲說。

「眞好聽的名字，可是妳怎麼知道牠是女生呢？」

蘇菲想著這個問題，然後又盯著那隻螃蟹。「因爲牠很漂亮啊！媽咪，牠可以跟我們回家嗎？」

「嗯……我們在科德角的時候，牠可以住在陽臺上，不過我覺得牠應該不會喜歡康乃迪克州。」

「爲什麼？」

「因爲牠會想念這片海洋啊，對不對？」

蘇菲抓了抓鼻子，彎腰看著水桶。「費歐納公主，妳會想念海洋嗎？」她問。

班隔著玻璃門，對我疲倦地笑了笑。三個小時後，當渾身是沙的孩子們都脫掉了髒衣服、洗好了澡、換上乾淨的衣服、餵飽了肚子，並且到樓下昏暗的臥室中睡午覺後，班和我肩並肩地坐在客廳的沙發上，俯視著外面的那片海洋。他在火爐裡生了火，我們的手靠在一起，卻沒有握著。

「你現在還是不贊成我這麼做嗎？」我問。

「有一點。」他說，然後喝了一小口加入威士忌的咖啡。浪花不斷地拍打著，海面上的白雲低掛在長春花藍的天空之中。海天一色的黃昏落日，十分壯麗。我的杯子在雙手間轉動著。在騎了這麼長的一段路後，威士忌加上火爐的暖意，讓我昏昏欲睡。我希望自己能夠蓋著毯子、在沙發上伸個懶腰，將一切關於凱薩琳．卡瓦弄、黛爾芬．杜蘭、波妮．維瑞與她姐姐茱蒂絲，當然還有伊凡．麥肯納的事情，全都拋到腦後，好好睡一下。

班把杯子放在茶几上。「凱特，有件事我要跟妳討論一下。」

我愣了一下。**他知道了**。有人在時代飯店看到我了，或是看到伊凡的車停在我們的巷尾。我嚥下口水，準備迎接枯燥沉悶的指責，以及他那些一再重複、對配偶來說是言之有理的要求（不要跟謀殺案扯上關係、不要像電影「史酷比」裡那些愛管閒事的孩子一樣、不要溜到紐約跟個不知哪冒出來的傢伙差點就上床、不要把謀殺的罪名套在他最重要的客戶身上，或是編造謊言來掩蓋上述的事情）。

「什麼事？」我問。

班轉過身看著我，一隻手搭在我的上臂。「我很難過這段時間因爲凱薩琳．卡瓦弄的事讓妳很不快樂。」他的手臂滑過我的肩膀。「我知道妳懷念那段可以動腦的時光。」

「我非常樂於當個母親。」我說。

「但是孩子畢竟還是孩子。」班說。他輕拍著我的肩膀。「妳現在也只能跟一個四歲的小孩說話而已。」他用鼻子撫弄著我的臉頰，我屏住呼吸。「所以我一直在考慮一件事。」他說。「妳要不要偶爾來幫我工作？」

「我……」我掙脫他的手臂，兩眼直視著他，我一定是聽錯了。「你說什麼？你要我去做什麼？泰德．費區又不喜歡我，而且我對政治一點都不瞭解。」

「拜託，這又不是火箭科學。」他大笑著。「妳可以幫忙接電話、處理郵件……」

「處理郵件？」我重複他的話。「所以基本上我算是個什麼？實習生？」

班臉上的表情，以及他的手縮回去的速度，都說明他感受到這句話錯誤的強度。「喔，不，不是實習生。妳會參加所有重要的會議、協助執行媒體計劃……」

「我還眞是幸運啊！」我輕聲地說。「那我是不是也要端咖啡？或者這是別人的工作？」

他轉過身，嘆著氣。「凱特，我在試著幫妳啊！也在試著幫我們。」

「我不覺得幫你工作是個好主意。何況，我一點也不喜歡政治。」

「那妳到底喜歡什麼？」班問。「死掉的名人？」

「生殖器上的疣。」我說。

「好吧。」他拘謹地說。「妳去床上躺一下，好好放鬆地睡一覺。」

我慢慢關上臥室的門，躺在有淺橙和藍綠花色的被套上，閉上眼，試著讓威士忌酒發揮效果。十五分鐘後，當班悄悄躺在我身邊時，我仍緊閉著眼睛，把呼吸調緩。

「我愛妳，凱特。」他輕聲說。我低聲說著無意義的囈語。我們之間的距離愈來愈遠，最後就如同窗外的那片海洋一般遼闊。在他關上門後，我數到一百，然後從口袋裡拿出手機，躡手躡腳地走進浴室打電話。

「跑去渡假的傢伙，我聽不到妳的聲音。」珍妮在接起電話時，這麼抱怨著。

「我知道。」我說。「這裡的收訊很差。」糟到我得蹲在按摩浴缸的中央，才有訊號可以撥出電話。「妳可以幫我查一些事情嗎？」我問，然後把波妮對我說的一切都告訴她，包括茱蒂絲·麥迪羅的姓氏和死亡年分與死因。「妳一定有朋友在警界服務，對不對？」

「當然。」珍妮說。「我在主要的轄區裡都有認識的人。讓我猜一下，妳想要知道她的死，是不是真的是意外？」

「所有的事情。」我說。「我想要知道所有的事情。妳星期一早上有空嗎？」

「妳知道我不愛星期一的，」珍妮說。「也不愛早上。」

「相信我。」我說，同時離開了浴缸。「我有一個好理由。」

39

我在黛爾芬早上九點的彼拉提斯課上，待不到十分鐘，就差點死在那個地方。從身旁傳來的氣喘聲來判斷，我最好的朋友應該也差不多。

「腳尖伸直、指尖伸直、丹田用力，把頭抬起來，一！二！三！」

「我們得做幾下？」我對躺在旁邊的瑪麗貝絲·柯抱怨著說。

「一百。」她平靜地說。我注意她到根本就沒有喘氣、流汗、脹紅臉，或是看起來一副要死不活的樣子，有的只是容光煥發。「這個動作的名字就是百次呼吸操。」

「九！十！十一！」

當我上下拍動著手臂時，腹部像著火了一樣。我從來沒有體驗過這樣的痛苦，就算在生蘇菲的時候或是剖腹生雙胞胎後的第一次咳嗽也沒有這麼痛。

「十八！十九！二十！」

穿著黑色連身緊身衣的黛爾芬・杜蘭，來回走在這群仰臥的女人中間，而她身上那套衣服緊貼的程度，我想如果我仔細一點看的話，或許可以看到她身上的刺青——在她繃緊的肩膀與深棕色精瘦的背部上，纏繞著複雜圖案的帶子，露出她纖瘦的手臂。她閃亮的棕髮在腦後挽成一個法國髻，上了粉底的臉上也沒有留下任何一滴汗漬；她修長能抓地的腳趾甲上，塗了淺粉色的指甲油，而無名指上那一大圈鑽石閃閃發亮著。跟從前在赫肯色市時相比的話，現在的她已經有很大的改變。

「三十一！三十二！三十三！」

「該死！」珍妮喘著氣說，用「妳把我拖出曼哈頓來這裡受苦得付出代價」的眼神掃射著我。

「四十六！四十七！四十八！」

我原本的計劃是來這裡上一堂課，然後在停車場或更衣室攔下黛爾芬，問她關於凱薩琳的事情。很明顯的，這個計劃需要重新修正。上完這課堂後，如果我還活著的話，大概也沒辦法去堵任何人，而已經被其他人用擔架抬出去了吧。

「六十三！六十四！六十五！」

我試著注意蘇琪・沙瑟蘭德的腿——修長、精瘦，而且腳趾甲修得很美——好轉移自己的注意力。只是忍不住腦中又浮現那個從我搬到厄普丘奇之後，已經懷疑過不下數百次的問題——這些女人到底怎麼找出時間去做這些事？

「八十八！八十九！九十！」

天啊，請不要讓我死在一間康乃迪克州的彼拉提斯教室裡，身旁全是我無法忍受的女人。我在心裡這麼祈禱著。

「然後……一百！手放在頭上，深深吸一口氣，慢慢地吐氣，坐直身體。」黛爾芬命令著所有人照她的話做。我覺得很氣餒，發現我是唯一汗濕運動型內衣的人。「手再舉過頭一次，深呼吸……」我伸出手、呼吸著，然後往前伸展著身體，看見珍妮呈「ㄇ」字型地撐跪在地板上。她維持這個姿勢幾分鐘，雙手不停抖動著，最後向後倒在墊子上。

「**結束了嗎？**」她用法文輕聲問我。

「我想是吧。」我也輕聲對她說。蘇琪．沙瑟蘭德不屑地看著我們兩個。我一邊伸展著身體，假裝沒注意到。「妳還好吧？」

珍妮臉色有一點發青地點點頭。黛爾芬在教室裡到處走來走去，握住她的雙腿、下腰，讓我們看清楚她的那對圓翹的臀部，然後按下音響上的某個鍵。當恩雅撫慰人心的旋律在教室中飄揚時，她調暗了燈光，向我們用法文說了聲**再見**，然後就走出通往更衣室的那扇門。

我站了起來，雙臂像煮過頭的義大利麵，雙腿像Jell-O果凍一樣，腹部則痛到不行，只能淺淺地吸著氣，才能避免大口呼吸所帶來的疼痛。「珍妮……」我虛弱地叫著她。

她啪地一聲，腹部著地趴在墊子上。「我動……不了，」她虛弱地說。「妳自己……去吧。」

「不行！」我低聲說，抓住她的手，用力把她拉了起來，這動作讓我腹部的疼痛遠勝於她的。

我們推開通往漆成淡紫色與粉紅色更衣室的迴轉門。黛爾芬．杜蘭正站在一排水槽前，其後有一整面的落地鏡。她拿掉頭上的髮夾，黑色的緊身衣放在腳邊，現在全身赤裸裸的。

「**阿羅**，凱特！」她很高興地叫著我的名字，像是我們曾經一起在星期日的午后出去散步、而且我們兩個都衣衫整齊，她也沒有在剛剛的一小時十五分鐘內試圖殺了我。「妳們喜歡這個課嗎？」

「妳有時間嗎？我有一點事情想要請問妳。」我說，儘量不讓自己汗流浹背的樣子出現在鏡子裡。黛爾芬．杜蘭的身材，是我所見過的女人中最好的：乳脂般的肌膚、尖挺的乳房、盈手可握的纖腰、大腿上沒有一絲肥胖紋，恥毛還用熱蠟除毛修整成細細一條。當我沒有看到在《海獺》雜誌裡注意到的心型小刺青時，還稍微慌張了一下，但我看到原先有刺青的地方，現在是一塊沒有毛細孔的光滑肌膚。她一定是用雷射把刺青去掉了。或許也是那時她決定要去法國。

「什麼事？」

「關於凱薩琳．卡瓦弄。」我說。「只要一點時間，不會擔誤妳太久的。」

「只要一點時間。」黛爾芬給我一個親切的笑容，或許是因爲我的臉色還是醬紫色的關係。「這樣啊，我沒有時間欸。」她抬頭看著更衣室門上方的時鐘。「我要跟凱文去吃**早午餐**。」

早午餐。好吧。她還眞是會濫用法文啊。

「改天好嗎？」黛爾芬說，迷人的笑容尙未褪去。

「不如就現在吧，」珍妮說。「黛比。」

黛爾芬的笑容抖動著。「**妳叫我什麼？**」她把她的頭傾斜成她覺得是個疑問和迷人的角度。我看到她的目光飄向門口。她或許在試著確認更衣室裡沒有其他人，也沒有人聽到珍妮剛剛叫的名字。

「黛比．法柏。」珍妮大聲說了出來，突然拉斷她紫黑色瑜珈服的衣帶。「一九七二年出生於紐澤西州赫肯色市。十五歲時高中輟學。十六歲時第一次被逮捕，罪名偷竊、重大竊車犯、使用致命性武器施暴、流鶯。」

「那是我母親的車！」黛爾芬咕噥著說，她的口音裡再也聽不到一絲巴黎味兒，只剩下原汁原味的紐澤西腔。「因爲她的新丈夫討厭我，所以才會報警說車輛失竊！還有我不是妓女！」她抬起了頭，看著我們兩個；等到她又開口時，是用著極爲尊貴的語氣，好像有點時空錯置的感覺。「我只是馬伕而已。」

珍妮不屑的哼聲回盪在更衣室中。我用手肘推了她一下，說：「那個不是我們關切的重點。我只要跟妳談一下關於凱薩琳的事情。妳是她的朋友。」

黛爾芬的雙手緊緊搗住胸前，彷彿現在才發現自己是裸體的。

「跟我們來吧。」珍妮說。「喝杯咖啡，不會花太多時間的。」

黛爾芬抬起了頭。不悅讓她精細的五官扭曲成醜陋的面容。「如果我不要呢？」

「這樣的話，」珍妮說。「我們就把妳的眞名和妳以前用以維生的勾當，告訴妳的客戶。搞不好她們會對『妓女』和『馬伕』之間的差別有興趣。」她把手機拿給黛爾芬。「打給妳老公，說妳會晚一點去吃**早午餐**。」

「聽著。」黛爾芬在二十分鐘後說。她纖瘦的前臂交疊在橘色的塑膠桌上。她拒絕去厄普丘奇的任何地方，也不去格林威治與達里恩市。最後，我們坐在位於I-84公路上湖郡的麥當勞裡。我點了個蘋果派，珍妮點了個大麥克餐。黛爾芬什麼都不點，喝了一口我買來配蘋果派的蛋酒口味奶昔後，面前就只有一張紙巾而已。「我會跟凱薩琳認識，完全是我一個在紐約的客戶所牽的線。」

「是誰？」珍妮和我同時脫口而出。

黛爾芬搖搖頭。「那不重要。那個人不是她要找的人，而且他五年前中風了。他不是妳們的對象。妳知道關於……」她的聲音愈來愈小。

我點點頭。「波妮告訴過我。」

「波妮。」黛爾芬說。她那雙在睫毛膏下的雙眼清澈透明，少了法國腔的語音喜悅低沉。「她是個好人。凱薩琳和我住在紐約的時候，有一次去她那裡過感恩節。」她將雙手環抱住手肘。「我以前告訴過凱薩琳，有個父親並不見得好。但是她就是無法停止找尋。對她來說，那就像是……」她從紙巾盒中抽出兩張新的紙巾，開始把它們撕成一條一條。「強迫症。是她無法克制自己去做的事。」

「妳們兩個怎麼會搬到這裡？」我問。

「我們在城裡時就是朋友。」黛爾芬說。「我們會一起去健身房，然後再一起去喝杯咖啡或是凍飲，平常也會聊聊天。她是個好人。」

當黛爾芬轉著手指上的鑽石戒指時，她的臉孔扭曲著。

「我試著幫她。」她兩眼低垂著說。「有時……我在工作的時候，會偶然遇到凱薩琳有興趣的男人，然後我就會安排他們見個面。而她也會幫我。她幫我弄到健康保險，也在我……」她玩弄著一絡捲髮，又玩著緊身服上的衣帶。「惹上麻煩時，幫我搞定。她說像我們這樣的女孩子，需要相互照顧。」

「像我們這樣的女孩子？」我重複她的話。

黛爾芬點點頭，細瘦的手指仍在將紙巾撕成碎紙花。「像我們這樣孤身一人在這個世間活著的女孩子。」

「所以妳們是在紐約認識的。」我提醒她。

「而她和菲利普是透過菲利普的父親認識的。那時她正在研究關於保險法革新的內容，所以得訪問他。她後來跟菲利普結婚，也把我介紹給凱文。」一講到她丈夫，她的嘴角立即泛起眞誠的微笑。「我去上了演講課跟其他的課程，所以聽起來……就像是我可以融入這裡。不過我跟她們處得不好，所以……」她聳聳肩。「現在我是個法國人了！」

「那對妳是件好事。」珍妮說。

我瞥了她一眼，黛爾芬豎起食指放進嘴裡，開始咬著指甲，一副十六歲小女孩的模樣。「我應該做得比她更好。我對她說，她對菲利普太好了，但是她卻聽不進去。」

「什麼意思？」珍妮問。「爲什麼說她對他太好？」

「因爲他不斷地欺騙她。」黛爾芬說。「欺騙她、對她說謊，還跟所有活著的動物上床。而她就只是默不吭聲。他……」她眼皮低垂，我大膽地說出我的猜測。

「他曾勾引妳？」

「他勾引每個人。」她用單調的聲音說著。「但她就是不離開他。她說兩個女兒應該要享受父母的疼愛，也要和父母共同生活在一起，所以無論發生什麼事，她都不會離開她們一步。我告訴她，與其把時間浪費在追逐一個不想被找到的父親，倒不如把心力投注在丈夫和女兒身上。就在……」黛爾芬把指尖抵在她眼睛下方嬌嫩的肌膚。「在那之後，我們之間起了一些變化。」她輕拍著雙眼，低頭看著被撕爛的紙屑。「我替她祈禱。每天晚上。我祈望在她過世之前，能夠找到要尋找的那個人。」

「又一事無成。」在珍妮和我將黛爾芬載回她的教室後，兩個人坐在車裡，我這麼抱怨著。

「**正好相反，我的妹妹**。」珍妮用法文回答我。「首先，花點時間跟個妓女相處在一起，倒是蠻有趣的。第二，她給我們一個很大的線索。」她對我笑了笑，同時開進布魯克菲貝果店的停車場，拿出她的手機。

「妳說什麼？」我問。「什麼線索？」

「關於保險法的事情。」珍妮引用黛爾芬的話。「拜託，就算是有刊登治療失眠藥品廣告的雜誌，也不會刊登那麼乏味的內容。凱薩琳先生公司的名稱是什麼？」我說出那個名字，她撥了通電話。「是的，在康乃迪克州，叫做厄普丘奇海事保險企業的公司。」她停了一下，等電話進行轉接，然後對接待人員說：「嗨，請接菲利普‧卡瓦弄先生。」她停了一下，又說：「老的那一個。」

我全身突然起了雞皮疙瘩。「妳難道認爲菲利普的父親……」

珍妮用手勢要我閉嘴。「哈囉，我是西格地毯的珍妮‧西格。請問你們有承接小艇的保險嗎？」

「喔，天啊！」我呻吟著。

「儘快。」珍妮爽快地回答。「是的，三點鐘沒問題。到時候見。」她掛斷電話，我啞口無言地看著她。

「妳覺得他也有可能是她父親嗎？妳覺得她和菲利普……喔，我的天啊！」

「簡直就是《閣樓裡的花》的劇情嘛。」珍妮塗著唇膏、用力抿了一下，然後啪地關上鏡子。我的身子在副駕駛座上沉了下去。「喔……我……的……天……啊……」

「打起精神來。」珍妮說，輕快地開出了停車場。「我剛約好了一個會面，現在就出發。」

「這麼說的話！」老菲利普．卡瓦弄說，他龐大的身軀坐在胡桃木辦公桌前，已經有三個小時；現在他對我們微笑著，一口潔白的牙齒，讓人直覺想到那是假牙。他的臉簡直就是一部預告片，猛一看就是他兒子老了三十歲的樣子——一雙藍色的眼睛因充血發炎而分泌著黏液（臟器的情況也反映在臉上了），而下垂的雙頰因為毛血管破裂而發紅著。他身上的西裝雖是高級品，但款式已舊；黑色翼尖式皮鞋上的一條鞋帶已經斷掉，並且繫成一個結。「妳……」他戴上半月型的眼鏡，低頭看著珍妮填寫好的表格。他早上一定忘記刮鬍子，下巴上有一條灰色的鬍鬚。「要緊急投保小艇？」

當他看著珍妮時，我則趁機四處張望。我原本期望在這間辦公室裡，可以看到多一點關於航海的東西——前方或許有飄揚的海盜旗，或是在沙發上有白色與藍色的抱枕，不然就是窗戶的形狀做成像船隻的舷窗那樣。至少有一些航海的感覺。不過對老菲利普來說，比較適合有錢人的裝潢是：沉重深色的木桌、鑲板牆面和皮革，在角落還有一台除濕器。這可讓人印象深刻，同時對於一個業務沒有擴張的公司來說，也比較安全一點。前方的秘書桌並沒有人使用，只有一具轉盤式的電話機。等候室裡空盪盪的，牆面上除了以前掛有畫作所遺留下來的淺色方塊，沒有掛任何東西。停車場中唯一的一部車，是我在凱薩琳葬禮上所見過的十年積架老車。

「不是。」珍妮說。「我的小艇已經有投保了。」

他對我們眨著眼，充血通紅的雙眼深陷入兩個眼袋中。「喔？」

「我們希想跟你聊一下關於你媳婦的事。」我說。

他拿下半月形的眼鏡，用領帶將鏡片擦亮。當他又戴起眼鏡時，目光突然銳利了起來。「我認出來了。妳是那個在凱薩琳葬禮上致辭的年輕太太。」

我緊抿著雙唇，點了點頭。

珍妮突然插進話。「你是不是凱薩琳的父親？說眞的，因爲如果你是的話，而她又嫁給你兒子，當然我不是在評斷些什麼，但是……」

「珍妮！」我對她發出噓聲。

老菲利普・卡瓦弄暴怒的雙唇抖動著，西裝內龐大的身軀如同洩了氣般。「我不是！」

「但是你可能是。」我說。

他似乎振作起精神，坐直了身子，雙眼直視著我。「我認識她，但只是短暫的一陣子。凱薩琳告訴我，她母親有很長一段時間財務狀況都不好。茱蒂絲和我之間……」他搖動著笨重的頭。「那個三言兩語就能解釋清楚。」

「告訴我，凱薩琳是怎麼找到你的？」我說。

他重重地搖著頭。「大約是九年還是十年前，她來找我，說是爲了一篇文章找些資料。我們那時在紐約有公司……」他痛苦地環顧四周，像是現在才發覺自己已經不再擁有那些公司了。「她問了些很好的問題，還做了筆記。一個鐘頭後，她在桌面上遞給我一個信封，裡面有一張照片。」

「茱蒂絲。」我說。

他緩緩點著頭。「我們早就熟識了。在紐約的時候。」

「後來呢？」珍妮問。

「凱薩琳要我去驗血。」老菲利普・卡瓦弄說。「她說這個意圖是很正直的——她不是要錢，只是要個確定的答案。醫學上的或是其他別的什麼。」他羞怯地抬起頭看著我們。「當然我也對她抱持著懷疑的態度。」

「你以爲她是要來勒索的。」珍妮說。

他痛苦地點點頭。「我對凱薩琳說我需要一點時間考慮，並對她解釋這會是個很尷尬的場面：我已經娶了芙蘿娜，當然，也生了菲利普。就在她離去的同時，我跟律師通了個電話。艾力克・布萊儂，我的一個家族老友，把這件事告訴他。他起草了一分協議書，連夜就送了過來。」

「裡面寫了些什麼？」

「要她答應不控告我。」老菲利普說。他又摘下了眼鏡，看著我，像是答案不言而喻。「如果我是她……呃……」他打起精神，一臉泛紅，下垂的頰肉抖動著。「父親。如果我是的話，我得……我想協議書是這麼寫的：讓她認祖歸宗。」

我點點頭，想像著那個場面。**嗨，芙蘿娜！嗨，菲利普！來見見我失散多年的可愛女兒！**

「那分協議書也允諾，呃……相當的金錢補償。可是她拒絕了我。她對錢跟見家裡的其他人，一點興趣也沒有。她只是想要知道眞相罷了。」

他走過去拿起除濕器旁深色橡木桌上的雕花玻璃瓶裝威士忌，幫自己倒了一小杯。那件事到現在還是沒有答案。驗血的結果是陰性。」他說，臉上的痛苦稍減些許。「我對她說我很抱歉。我想她應該是接受了這個結果吧，並沒有大哭大叫或是歇斯底里。她跟我握了個手，感謝我撥空跟她見面。我應該早一點知道……」他的聲音再度微弱。「我心裡的大石放了下來，就因爲我不是……那個人並不是我。我應該早一點知道我沒有這麼簡單就能脫身。」

「發生了什麼事？」珍妮問。

老菲利普調整了一下坐姿。「我兒子正那天正好到公司來，遇到了凱薩琳。」

「啊！」我能夠想像那會變成什麼場景——小菲利普．卡瓦弄走進他父親的辦公室，看到高挑纖瘦、有著一雙湛藍雙眼的凱薩琳。她會怎麼看待面前的這個男人？從小在優渥的環境下長大——有健全的雙親家庭、財富，以及錢財可以買到的安逸舒適。他則是帶著渴望和肉慾的眼神看著她。她可能會看著他，心想：**這個傢伙取代了我的地位，擁有我原本應該有的一切。**「一見鍾情。」我說。

「他對她。」老菲利普痛苦地點點頭。「他追求凱薩琳，即使他那時還跟其他女孩子在交往，她仍是我兒子真心要共度一生的人，而最後他們也結婚了。」他沉重地說，又搖了搖頭。

「自此，一切都變了調。」珍妮用如同VH-1音樂頻道「音樂背後」節目講述者的聲調說著。

老菲利普似乎沒有注意到她說了些什麼。或許他不是「音樂背後」的忠實觀眾吧。「我不知道菲利普是怎麼讓她覺得他就是她的白馬王子、厄普丘奇就是他們的幸福樂園的？但是有一天，我們全家還有菲利普的那時的小女朋友，一起去俱樂部吃早午餐，然後凱薩琳也來了。她旁若無人地走向他，就像這個世界上只剩下他們兩個一樣，然後一開口就說：我願意。」他搖搖頭，笨拙地玩弄著眼鏡。「我根本不知道他已經跟她求婚了。」

我也能夠想像那個場景——穿著亞麻質套裝的凱薩琳，深棕色的頭髮在腦後綁成俏麗的馬尾，輕快地踩著高跟涼鞋。她看著四周的人們、瓷器、水晶、金錶和鑽石戒指，還有停車場裡的各式車輛。她看著腳下厚重的地毯、天花板上的水晶吊燈、窗外綠意盎然的高爾夫球場，或許同時她還想像著她母親的一生與死亡、某人給她的承諾，此時一切都破滅。她自己的人生與她孩子們的人生，有了她身邊像菲利普·卡瓦弄這樣的男人，絕對不會是那個樣子。

「我應該早點警告他的。」老菲利普語帶淒涼地說。「我應該早點把整件事告訴他的。夜復一夜，我總是清醒地躺在床上，想著我可以做些什麼……唉，我可憐的孫女們。」他看著我們兩個，布滿老人斑的雙頰羞紅著，厚實的雙手攤在辦公桌上。「小姐們，妳們已經得到想要的答案了嗎？」他問，語帶嘲諷與悲傷。

「我們只想知道是誰殺了她。」我說。

他搖搖頭。「不是我，如果妳有這個想法的話。要我猜的話，那很可能就是：凱薩琳在尋找著她的父親，而她終於找到了那個人，或是那個人找到了她。」

我直視著他，直到他不屑地哼了一聲，把他的吸墨紙推過桌面。「警方已經調查過我的不在場證明，而且我也沒有殺她的動機。她是我兒子的妻子、我的媳婦、我孫女們的母親。」

「她對你的名聲也是一大威脅。」我直指這一點。「凱薩琳出生於一九六九年。表示你在娶了芙蘿娜之後，才跟茱蒂絲．麥迪羅交往。」

「這的確是很難以啓齒的事情。」他承認。「但是我卻倖免於這件事。男人都是這樣。」他大手揮過皮製吸墨紙的封面。**這些話夠誠實了**，我想。

註1：Flowers in the Attic，是V.C. Andrews的第一本恐怖小說，在一九七九年出版之後便受到讀者的喜愛。內容描述在維吉尼亞一戶富裕人家中的四個小孩，被奇怪的祖母關在閣樓裡長達四年之久的故事。因為書中太多對亂倫和性的描述，在一九八三年時，此書被所有學校禁止閱讀。

40

當晚在餐桌上，班用叉子戳弄著盤中的義大利麵，捲起幾條，懷疑地問：「這是冷凍的嗎？」

我點點頭。他嘆了口氣，或許在我的名字底下又加上另一個汙點。不聽管教、身材走樣、置孩子們於危險之中、下班後還給我吃商人喬超市賣的冷凍即食白酒奶油寬麵條。

我看著他。他的雙眼疲累，下巴還掛著一條麵。「是不難吃啦！」他說。他伸過手，試著要握住我，不過卻打翻了蘇菲的牛奶。

「爹地！」蘇菲生氣地看著他。我站起來拿紙抹布，珍妮丟給我一個海棉，班又倒了些牛奶給蘇菲，然後彎下腰幫我清理汙漬。男孩們咯咯笑著，覺得他們的父母跪在地板上擦洗，是個很有趣的畫面，所以也把他們的杯子弄倒。「小傢伙們！」我說著站了起來，頭撞到桌角，把珍妮的健怡可樂也打翻，罐子還打到我的頭。

「喔！該死！」我說，把眼裡的汽水給擦掉。

「媽咪說了那個Ｆ開頭的字。」蘇菲大聲說。

「凱特，妳沒事吧？」珍妮問，一臉關心地彎下腰，手裡還抓著個海棉。

「怎麼會有人喝這個鬼玩意兒？」我問，同時拿起空罐，想到我第一個訪問的對象：蘿拉．琳那隻瘦巴巴的手和一頭捲髮，以及那一桶塞滿了飲料的冰桶，讓我失去了判斷力；還有她客廳前方、中央書架上的銀框相片裡的她父親的相片。

「閣樓裡的花。」我輕聲說。「喔，我的天啊！」

「什麼？凱特，妳說什麼？」珍妮問。

「妳沒事吧？」班問。

「沒有兄弟，但是有個妹妹。」我胡亂地說著。「妳記得波．貝爾德嗎？」

「他是在……他是凱薩琳名單上的一個！」珍妮說，巧妙地避免在班的面前提到伊凡的名字。

我跳了起來。「而且泰拉．錫恩說過，蘿拉．琳在她父親過世後，有精神衰弱方面的疾病。」

班豎起三根手指。「妳看到幾根手指？」

「波．貝爾德！」我重複說著這個名字，越過他的身邊，往我放在角落的筆記型電腦奔去。

「班，你有沒有聽過他有私生女的傳聞？或是嗑藥？吸食海洛因？」

「妳說什麼？」班跟在我身後，手中還拿著一瓶牛奶。「凱特，慢一點！誰是泰拉．錫恩？」

我沒回答他的問題。「他死在波士頓的某家飯店裡，身旁還有另一個女人，對不對？」

「我應該要叫救護車嗎？妳看東西有沒有疊影？」

我坐在電腦前抬起頭，距離足以用雙眼直視著他。「我的頭沒事，而且我在問你問題！」

他把牛奶放在廚房的中島上，用一本正經、像是跟學生講話的語氣說：「波・貝爾德因為到處偷吃而聲名狼藉，但是我從來沒聽過他有私生子或是服用海洛因之類的事。現在告訴我妳剛剛到底在說些什麼，否則我要叫醫生來了。」

「她是凱薩琳同父異母的姐姐。」我咕噥著說。這一切都逐漸成型。凱薩琳不單是蘿拉・琳的代寫人，而且還是同父異母的妹妹；巧合的是，她也是對兩代守舊者所代表的所有事物，一個活生生的譴責，也是某個覺得單親媽媽是西方文明世界的結束的女人的非婚生姐妹——同時還是對她七位數版權預付款的合法要求共同作家。我一把抓起鑰匙和皮包。「來吧，珍妮！」我大叫。珍妮也拿起皮包，跟著我的身後，而孩子們則是看著這一切的發生。

「我很快就回來！孩子們，乖乖把牛奶給喝完！還有，呃，記得要刷牙，不要把爸爸給逼瘋！」

我往車庫走去，班跟在我身後。

「妳要去哪裡？」班抓住我的肩膀，將我轉了過來，但是我一時想不出要用什麼藉口回答他。補牙？生理問題？我突然想起星期一晚上六點半要去當陪審員？

珍妮冷靜地把一隻手貼在他的頰上。「臨時發生了一些事情。」她說。

「我們該走了。」我說，同時掙脫他的手，坐上了駕駛座。當我開出車庫並且開下車道時，班站在車道上看著我遠去。他的手插在口袋裡，臉上的表情讓我捉摸不定。

蘿拉．琳．貝爾德打開門，一看到我的臉，就想要把門關上。珍妮把穿著尖頭鞋的腳伸了進去。

「讓我們進去，不然我們就要叫警察了。」

「又要我告訴妳們什麼？」蘿拉．琳用清脆的聲音說。「要叫警察的應該是我。」

「不用管什麼警察了。我們會叫媒體來。」我說。「告訴他們波．貝爾德在外面有個私生女。」

或許這是我一廂情願的想法，但是我看到蘿拉．琳一臉慘白。「妳瘋了。」她破口大罵，然後關上了門。我用力頂住門往回推，想起凱薩琳的屍體趴在地板上，還有她兩個女兒說**她是這個世界上最棒的媽咪**的樣子。

「妳自己的妹妹被殺了，妳有什麼感覺？」我問。「我敢打賭那對《潮流》雜誌來說，應該是一篇不錯的題材。」

蘿拉．琳骨瘦如柴的身軀倒在門柱上。「她不是……我不……」

珍妮推開我，拉著蘿拉．琳的手臂，把這個比她嬌小瘦弱的女人拖進客廳，裡面的三台電視都開著，一台播著CNN、一台播著MSNBC，而第三台停格在蘿拉．琳自己的特寫上。「瑪！」蘿拉．琳對著樓梯的方向大叫：「帶寶寶去洗澡！」

瑪喊了一句我聽不懂的話。蘿拉．琳坐在客廳的沙發上，大口喘著氣。她穿著一套香奈兒的焦糖色套裝，只是這次是赤足，沒有穿著任何鞋子。腳趾上粉紅色的指甲油已經有些許掉落，經過吹整後的直挺金髮約與肩齊。臉上沒有化妝，呈現出病態的泛紅，說明她最近有進行化學換膚。

當我走到沙發後方，開始提出問題時，珍妮則是轉身正視著她。「發生了什麼事，蘿拉？凱薩琳有把她的身分告訴妳嗎？她有說她要自己的署名，或是她要分更多的預付款嗎？或者……」我閉上了嘴，她靠在沙發生，雙眼直視著我。「她要寫書，把自己的故事昭告天下？一個悲慘的故事。右翼的新聞大亨是她素未謀面的父親、媒體公主是她同父異母的姐姐，而母親的死或許不是件意外。像這樣的一個話題，要花多少時間，才會紅遍所有的電視節目？」

蘿拉．琳用力扯著如同稻草般僵直的頭髮，無言地看著我們。

「她是妳同父異母的妹妹。」我重複這句話。蘿拉．琳歪著嘴。

「她是妳的競爭對手。」珍妮說。

「所以是我殺了她嗎？妳們兩個是這麼想的嗎？」她憤怒地大叫。「妳們要找出更多的證據。」她站了起來，一頭金髮遮住了發紅的雙頰。「爲什麼不現在就行動？」

「好啊！」珍妮說，抓起放在蘿拉．琳那只有字母圖案冰桶旁的無線電話。「我想，我們先來打幾通電話吧。幾家報社，或是電視臺的脫口秀。或者……」她說，把電話交給蘿拉．琳。「我應該讓妳先打。妳怎麼不叫瑪先上樓呢？讓她聽一些內幕消息，好上遍各大深夜脫口秀節目？」她噘起雙唇。「我想茱蒂絲是不是也有讓妳父親穿她的衣服？」

蘿拉．琳的雙眼充滿了淚水。她猛然將淚水抹去。「我受夠了。」她說著一把抓起茶几上的遙控器，對電視機揮了揮，轉到沒有任何節目播出的頻道，又打開一罐健怡可樂。

「我在第一次見面時，就知道她在尋找什麼。」她說，用外套上覆有流蘇的袖子擦了擦嘴。「那次應該是工作上的面試，但她只想要打聽我的人生。我有沒有兄弟姐妹、我們都去哪裡渡假、我有沒有住過紐約……我一點都不想回答，可是她是喬爾的愛人，我沒有別的選擇。」

珍妮靠在書櫃旁，翻開一本蘿拉．琳珍藏、由某個保守派婦女所寫的書，內容是關於給虔誠的女孩們的約會秘訣。「妳從哪得知凱薩琳要的是什麼？」她一邊翻著書問。

蘿拉．琳沒穿鞋的腳跟敲著沙發底部，像是個進入休息時間的孩子。「她告訴我，她母親和我父親……」她伸手握住那罐汽水，把罐子舉到唇邊，然後喝了一大口。「一開始我根本就不相信她的鬼話。她叫我回家問我父親。我說算了吧，我父親身體不好，我不會做出讓他的健康情形惡化的事。她說如果我不開口的話，她就要自己做這件事。我對她說，她永遠也無法踏進這扇門。」

「然後呢？」珍妮問。

從我們闖進來後，蘿拉．琳首次顯出猶豫的樣子。「我……我父親……我不想讓他面對一個陌生人出來指控他的事情。所以我騙了他。」她說。「我說我的醫生要一分血液樣本，好進行家族病史記錄。他和我一起進城、跟他的醫生見了面，然後我帶著這個樣本回到紐約。妳瞧……」她走過房間，將牆上的一台電視機搬了下來，露出一個保險箱。她轉動著外面的號碼，打開了保險箱。裡面有一個信封，還有一本用紅色素面紙包覆著的平裝書。蘿拉．琳把兩樣東西都拿了出來——我看到書的封面上有「未修正校樣」的字眼，也有她所說的雙署名：「蘿拉．琳．貝爾德與凱薩琳．卡瓦弄合著」。她拆開了信封，取出其中一張黃色的紙，紐約勒諾克斯山醫院一式三分表格的複本。

「看到這裡了嗎？」她指著紙張中央的某一行，用勝利的語氣唸著：「結果爲陰性。」

當我掃視著整分表格，發現波與凱薩琳的名字時，感覺心臟突然縮了一下。「喔。」

「是啊，喔。」她說，把我手中的紙張一把抓過去。「妳們兩個可以滾了。」

她現在語氣中雖仍有怒氣，但是臉上卻呈現出虛弱與疲累的神情，像是一個穿著媽媽套裝，玩著扮家家酒遊戲的小女孩；像是一個需要好好睡個覺的小女孩。當她又頹然坐在沙發上時，我看到她的腳底很髒。我看著那張紙上的日期。

「這是六年前做的檢驗。」我說。

她點點頭。

「所以如果妳那時就知道凱薩琳並不是妳的親人，爲什麼還讓她替妳工作？」

她低頭看著大腿。「可能是心裡覺得很對不起她。她是個如此完美、如此聰明的女人，只是一提到她母親，就會……」她瘦弱的雙手在身前揮動著。「瘋了。這裡。這個妳拿著吧。」她把那本書交給我。我看到封面上凱薩琳名字的上方，用粗黑墨水寫著的「好媽媽」字樣。「我已經把事實都告訴妳了。她是個好作家。也是個好媽媽。」

「眞糟。」珍妮在我們開下蘿拉．琳的車道，轉進寒冷的黑夜時，這麼對我說。我緊緊地閉上眼，渾身顫抖，大聲呻吟著。

「我要怎麼告訴班？」

「讓我來處理。」珍妮說。

我搖搖頭，對於她會捏造的藉口心生畏懼，但是後來卻發現我不用杞人憂天。就在我們開進車庫時，整幢房子漆黑一片，門也都上鎖，三個孩子已經在睡覺，而且主臥室裡沒有人在。班顯然又睡在客房裡，而不要我陪在他身邊。第二天一早我醒來的時候，他已經出門了。

十點鐘，我穿上從髒衣籃中找出來的牛仔褲和長袖運動衫，把孩子們載去蘇琪·沙瑟蘭德家玩，並且調了一大壺超濃、超辣的血腥瑪麗。珍妮和我一早上就坐在廚房的桌邊，喝著那壺調酒。

「眞糟。」珍妮說，「如果菲利普是她的丈夫……又是哥哥……丈夫……哥哥……太酷了。」

我喝了一大口調酒，然後把杯子推開。蘇琪說她到三點前都可以照顧孩子，但是我如果喝得東倒西歪去接他們，會讓其他的厄普丘奇媽媽們更看不起我——這個可能性頗高。

「或者如果蘿拉·琳是她姐姐的話，」珍妮說。「那對我來說也不錯。」

「不是老菲利普·卡瓦弄。」我說。「不是波·貝爾德。不是喬爾·艾許。不是泰德·費區。那我現在應該怎麼辦？去紐約試著找出還有誰跟茱蒂絲·麥迪羅睡過嗎？」

「妳知道我愛妳，」珍妮說。「不過如果妳是這麼計劃的話，那妳自己去吧。」她舉起了酒杯。

「那個女人的社交生活還眞複雜。」

我切了顆萊姆，放進榨汁器裡，擠了些果汁到我的杯中。「茱蒂絲的事情調查得如何？警方有告訴妳什麼嗎？」

「那是宗懸案。認眞說起來，其實它根本就稱不上是案件。單身白人女子，又是個未來的藝術家，死的時候手臂上有個針頭，這在當時的格林威治村，根本就不會引人注目。驗屍報告上的確是寫她身上沒有施打海洛因的針孔……」

「妳看過驗屍報告？」

珍妮給我一個滿意的笑容。

「妳可以叫他們再重開案件嗎？」

她攪拌著飲料，冰塊因碰撞而發出咯咯聲。「我會試試看。」

「或許伊凡的手上有更多的名字。」我說。一想到這整件事是從誤打誤撞開始、找出更多的人、追蹤他們的過去、詢問他們問題，已經讓我筋疲力盡了。

「我們再從頭釐清一次。」珍妮說。「爲什麼會有人要去謀殺另一個人？是爲了愛還是爲了錢？是臨時起意還是因爲……孤注一擲？」

「這幾種說法都具有可能。」我嘆了口氣，因爲失望而讓我動都不想動，酒精與前一天的彼拉提斯課，更是讓我連吸口氣都困難。我雙手交叉置於桌上，頭靠在上面。

「妳知道現在該做的是什麼嗎？妳去洗個澡，」珍妮說。「我去載孩子們。」

「妳確定嗎？」我問，抓起鑰匙，丟過桌子的另一邊。

「只要她不講起奶頭的事，我就ＯＫ。」珍妮說，把我趕往樓梯的方向。

五分鐘後，珍妮小心地將小卡車開上車道。又過了五分鐘後，我撥了通電話去《潮流》雜誌社，而這一次那個傲慢的接待人員馬上就幫我接通。

「感恩節的時候，我去了一趟科德角。」我對喬爾．艾許說。「也跟波妮．維瑞談過話，她告訴了我凱薩琳在找的是什麼。」

喬爾．艾許沒有回話，只傳來低不可聞的哼聲。我想像著他坐在如同我在《紐約夜線》工作時所使用的那張傷痕累累辦公桌後面，閉上雙眼。

「我是個笨蛋。」他脫口而出。「她對我這麼有興趣……」他隨即又陷入沉默。我的心思繼續對他的辦公桌加上更多詳細的想像：有一台時髦的銀色筆記型電腦、一台雅緻的小型音響、幾幅加框的家人照片。「我心裡很高興。」他終於又開口。「而且……喔，我得承認，我是很喜歡她，也有追求她的舉動，直到她告訴我爲什麼對我有興趣的原因。那時我覺得自己像個笨蛋。」他痛苦地笑著。

「但是你有試著幫她。」

「我是在試著對她好。」喬爾說。「我並沒有做什麼。打幾通電話……讓她跟蘿拉．琳．貝爾德見個面……」

還有一副珍珠耳環。當我想起會爲我付出一切、會在他認爲我身處危險時，第一時間趕到康乃迪克州的父親時，心裡絞痛了一下。我想起凱薩琳在遊樂場上的身影，當時以爲她擁有全天下最美好的一切，孰知我才是她最想成爲的對象。

「今晚要結束這一期雜誌的作業。」喬爾說，把我拉回現實。「還有什麼我可以幫忙的嗎？」

「沒有了，謝謝你。」我說完，我掛斷電話，腳步沉重地走上樓梯。

二十分鐘後，我躺在只用過一次的超大雙人浴缸內，看著積聚在天窗上的雪花，心裡感到前所未有的挫敗。感恩節已經過去了，接下來就是聖誕節。紅推車托兒所在十二月，會有大部分的時間處於休息狀態，這代表了孩子們會佔據我所有的閒暇時間，讓我的調查無法進行。凱薩琳的死仍是一宗懸案。凱薩琳的父親與她母親的死因，也是一團迷霧。蕾克西．赫根侯特依然行蹤不明。而我也不知道把恐嚇信放在我車上的人，到底是何方神聖。所有這一切調查是出於擔心，可是我所表現出來的，卻只是一場可笑的追悼會致辭、一場陷於危機的婚姻，以及不知如何解決另一個極富誘惑力的男人，不斷出現在我身邊的情況。

我一邊懶懶地用絲瓜布刷著腳，一邊想著：黛爾芬以前曾經做過賣淫的事情，而凱文．杜蘭是住在郊區的塞浦路斯王匹邁利安[1]。凱薩琳是在尋找她的生父，她母親的死因則跟紐約市某些有錢有勢的大人物有關。所以班的客戶，只是「疑似父親」名單上的一員，波．貝爾德與老菲利普．卡瓦弄也是榜上佳賓。

「愛情。金錢。」我憋了一口氣，整個人潛入水中，髮絲漂浮在肩膀四周。這意味著我一事無成。珍妮不同，她可以帶著一個精采的故事離開厄普丘奇。她眞是幸運，至少可以離開這個鬼地方。

我放在毛巾架上的手機發出鈴聲。我伸出手，一把抓了過來。「嗨，珍妮。」

「洗得開心嗎？」

我閉上眼。「還好啦！」

「很好。我們現在在串節日要用的覆盆子和爆米花花環。」她壓低了聲音。「這個眞是無聊斃了，還好孩子們玩得很開心。」

「聽起來不錯。那就祝妳們玩得愉快。」我試著讓自己的聲音聽起來熱情一點，但是卻徒勞無功。「等會兒見。」

我又躺進水中，想著厄普丘奇的女人們，這些嚴格的超級媽咪們，永遠也不可能成爲我的朋友。我想起遊樂場上的凱薩琳，蹲在我孩子們的面前，一頭深棕色的頭髮與陽光下古典精緻的五官。然後我想像想走進鄉村俱樂部的凱薩琳，一雙長腿在洋裝下交錯行走著，三色堇藍的眼睛看著老菲利普、芙蘿娜與小菲利普，順了順她的裙子，對他們微笑著，坐在替她拉開的椅子上，坐在她的位子上，專爲她一人的位子上，夾在老菲利普與……

「喔，我的天啊。」我猛然坐了起來，溢出來的水在磁磚地板上形成一片汪洋。我踉蹌爬出浴缸，伸出手拿起電話。

老菲利普．卡瓦弄顯然很不高興聽到我的聲音。我一點也不在乎。

「我只要再問一個問題。」我說，水從我赤裸的肩膀流下，在腳踝處形成小水坑。

他笑的聲音很沙啞。「好吧，妳問。」

「當凱薩琳出現在鄉村俱樂部時……」

「走進來的姿態充滿自信。」他不高興地說。背景傳來冰塊碰撞的聲音。看來不是只有我跟珍妮是藉酒澆愁的人。「我眞懷疑她親生父親是不是猶太人？」

我沒理會他的嘲弄。「你說菲利普有帶他那時的女伴出席，她叫什麼名字？」

沉默了好一段時間。「一個胸部豐滿的小女孩。」他終於開口。「叫蘇琪什麼的。」

我們以前約會過。我記得聽蘇琪這麼說過，嘴角還泛起謎樣的微笑，上了粉的臉頰緋紅著，女孩不敢相信心儀的男孩居然會回頭對她笑的那種羞赧——伊凡出現在羅金旅館，還在大街上吻我的那個除夕夜，我臉上也是如此的紅暈。**不過那是一百萬年前的事了**。

我連再見都沒說就掛斷電話，跑出浴室，打滑在潮濕的磁磚上，結果一屁股跌坐在地上。我不理會疼痛，用顫抖的雙手按著珍妮的手機號碼。她的電話響著一聲、二聲……三聲。

「哈囉？」

「珍妮，快把孩子們帶離那裡！」

「啊？」

「珍妮，聽我說。隨便找個藉口，現在就帶他們離開那裡，快！」

「好。」她懷疑地說。

「我在路上了。」我從浴室地板上拿起衣服，穿上襯衫和長褲，然後把濕答答的雙腳塞進球鞋裡。我奔下樓梯，希望珍妮在開走我的小卡車時，有留下她的鑰匙。我的雙手在門口那一堆雜物中摸索著：垃圾郵件、過期的報紙、兩週前孩子們帶回家的手指畫，最後在一串字母圖樣的鑰匙圈中找到了她的車鑰匙。

我衝出前門，越過積雪，坐進珍妮的保時捷駕駛座，把手機貼在耳上。「抱歉，伯吉朗警長下午沒上班。」同樣還是那個我在發現凱薩琳屍體的那一天，有跟她說過話、用鉛筆尖搔著頭皮、聲音聽起來很討人厭的調度員說。

「那就呼叫他啊！」我尖叫著。

「請告訴我妳的名字好嗎？」

我把鑰匙插入點火裝置，重踩離合器，突然往後急駛，直直撞到我的信箱。「該死！」

「太太，妳也不用罵人吧！」

我發動引擎，把車頭轉正，又往後退了一點距離壓在信箱的碎片上，然後呼嘯地開出自由巷。

「找個人跟我碰面！」我說。「我正要前往富利農場路十二號。蘇琪．沙瑟蘭德那個女人的身上有武器，極度危險！」我大叫著。

「妳能不能再說一次，太太？」那個調度員問。

「富利農場路十二號！」我大吼。我轉向左，差點就撞到一輛休旅車，裡面的車主看著我，大聲按著車子的喇叭。時速四十英哩。四十五。五十。我用力打著排檔桿，在富利農場路前轉了一個大圓時，保時捷的懸吊系統發出吱嘎聲。我撥了伊凡的電話號碼。「……囉？」

「伊凡嗎？你聽得到我講話嗎？」

「……不行……沒有……」

「這個該死的鎮！」我用最大的音調吼叫著。雪花飄落在擋風玻璃上，但我不知道怎麼用雨刷。

「好了。」伊凡說。「我聽到妳的聲音了。」

「你快來這裡！」我大叫。「我知道是誰下的手了，還有……」

「凱特？再說一次！」

「富利農場路十二號！」我用蓋過引擎聲的音量大叫著，然後掛斷了電話，在蘇琪家門前猛然踩下剎車，把鑰匙留在點火器上，而車門也大開著，我全力跑向她家大門。

我沒有敲門，也沒有按門鈴。門在我一觸碰到門把時就滑開了。蘇琪．沙瑟蘭德站在門口，一臉微笑著。

「凱特！」她說，棕色的雙眼睜大著，但是眼中卻沒有一絲驚訝，像是我要來借一杯糖、喝杯咖啡，聊一下最近鄰居們的八卦一樣；像是我全身乾爽、打扮整齊，而不是現在上氣不接下氣，一身濕淋淋，在華氏三十度的冰天雪地中，沒有穿著帽子、大衣或是襪子的樣子。蘇琪一派優雅地穿著厄普丘奇媽媽們的制服，一頭棕髮閃亮著，燙得筆挺的卡其褲和粉紅色珍珠鈕扣安哥拉羊毛衣，更是完美地突顯她手中握著的那把銀色手槍。「進來站在冰箱旁邊好嗎，凱特？」

我腳步沉重地按照她所說的話做。「我的孩子們呢？」

「凱特？」當我聽到珍妮的聲音隱約從地下室那邊傳過來時，讓我鬆了一口氣。「嘿，我們在下面！」

「我等一下就來救妳們！」我大叫。蘇琪手中的槍抵住我的心窩。

「妳朋友剛剛還想要衝出去。」她搖搖頭說。「妳知道我本來可以不要理他們的，也可以不要理妳的，可是妳偏偏不罷休！」她用槍管抓了抓後背，又搖搖頭。「這可花了我一整個下午。」

她用槍比了比，我只好搖搖晃晃地走到冰箱旁。我可以聽到蘇菲打嗝般的啜泣聲，以及珍妮試著要他們安靜下來的聲音。「**如果你快樂的話，就拍拍手。**」我聽到她這麼唱著，後面跟著兩聲遲疑的掌聲。蘇琪·沙瑟蘭德，我始終覺得兇手就是她。一個會把她的孩子取名爲崔斯坦和伊索德，而且會把她買的罐頭食品按照字母順序排好的女人，不是非常令人懷疑嗎？

「妳的孩子們呢？」

「在瑪麗貝絲家。」她說。「我送他們去她家玩，到四點前都不會回來，這足夠讓我有很多時間了。」她看著沒有握著槍的那隻手上的錶。「我們來看看。」她說，用像是在查看家裡那些雜貨快要用完的家庭主婦口吻說著。「叫孩子們坐進妳的車。叫妳朋友開車。」她看著我。「妳車上有足夠的安全座椅吧，對不對？」

我點點頭，想著：**她都要殺掉我們了，竟然還在關心安全座椅？**「妳……妳要做什麼？」

「帶妳們去河邊。」她說。「把妳們丟進水裡。眞是可惜啊。」她說，對我揮舞著那把槍，直到我緊貼著她那台不鏽鋼冰箱。「妳殺了凱薩琳，因爲內疚和無法再保守這個秘密而發瘋。然後殺了妳的孩子們和妳的朋友，再開車衝下大橋。這眞是令人遺憾啊。」她露齒笑著，我可以看到她整口閃亮潔白的牙齒。「眞是糟塌了一部這麼漂亮的小卡車。」

「是妳！」我把額頭上的一綹濕髮給撥開，試著讓自己的雙腿不再顫抖。

「是我！」她確認著我的呼叫，微笑著點了個頭，好像我們只是在討論誰要主辦是下一次紅推車托兒所家長日一樣。

「妳殺了凱薩琳！」

她點點頭。

「在我車上留紙條的人也是妳。」**繼續講下去**，我這麼想著，我的膝蓋也加入顫抖的行列。**讓她繼續講，那我……我要怎麼做？大叫嗎？逃跑嗎？希望那個調度員眞的會叫警察來，就算我沒有給她我的社會福利號碼和我母親娘家的姓氏嗎？**

「是的。」她說，像是剛得到諾貝爾獎般地露齒而笑。「如果妳管好自己，不要像是得到靜脈曲張的南茜．德路[2]一般到處跑來跑去，就不會讓自己惹上這麼多麻煩。喔，對了。」她聳了聳肩。「還有妳的損失。這眞是可笑啊，對吧？」她歪著頭。「妳總是以爲自己是最聰明的。是啊，眞是聰明！比我們這群待在無聊寒冷的康乃迪克州鄉下的笨媽媽們，都還要來得聰明，是吧？」

「妳是這麼想的？」我問。**得到靜脈曲張的南茜．德路**，這句話在我腦海裡迴盪，如果她不幸沒有殺了我的話，我也會殺了她。

「只有凱薩琳不這麼想。」她臉上盡是誇張的悲傷，搖著頭。「她覺得妳很漂亮。」

「她……她眞的這麼認爲？」

蘇琪聳聳肩。「當然，凱薩琳不會針對個性做出評斷。她以爲她丈夫眞的很愛她。她以爲我是她的朋友。快伸出妳的手！」她說，從口袋裡拉出一條粉紅色與金色交雜的絲質領巾。

我不理會她的命令，把手伸入口袋裡。「菲利普是眞的愛著她。」我說，這句話讓蘇琪臉上沾沾自喜的表情瞬間消失。

「才不是！」蘇琪氣沖沖地說。「不像他愛我那樣。」

「妳？」我嘲笑著。「喔，拜託。」我這個讓她繼續說的計謀，又加入新的策略：**讓她氣死**。讓她因為氣到不行，而做出錯誤的決定，也希望她不要現在就把我一槍給斃了。她不會在廚房裡殺我，還讓我的血噴到她那塊手繪墨西哥磁磚防濺板上。「妳只是個墊背而已。」我冷笑著。「凱薩琳才是他的白雪公主。她這麼聰明，又是個成功的女人，也體諒他的工作不順……」我聳聳肩。

「妳在胡說些什麼？」蘇琪咆哮著。

「鎮上的每個人都知道。菲利普需要一個成功、有野心的妻子，因為他自己並不具有這些特質。他只能幫老爹工作，不然他就只是一個窩囊廢。」

「那不是真的！」她大叫，將槍瞄準我的胸膛。「他聰明又機伶，只是沒有人給他機會罷了！」她喘吁吁地瞪著我，然後拿起了絲巾。我敢打賭那是愛瑪仕，我最愛的設計師品牌。真可惜我可能無法活著好好欣賞它。「手靠在一起。」

我雙手放鬆懸在身體兩側，緩緩往她廚房的中島走去。「在妳把這些競爭對手殺掉之後，你們兩個打算怎麼辦？妳打算怎麼讓他繼續光鮮亮麗？在街上賣亞麻籽瑪芬鬆糕嗎？還是去教彼拉提斯？」

我真幸運，蘇琪家也是「蒙特克萊」型的房子，廚房跟我家的一模一樣，只是少了水槽裡待洗的碗盤和牆上蠟筆的塗鴉。我的指尖滑過中島花崗岩櫃檯底部，悄悄地拉開抽屜。

「我們的事不用妳操心。」蘇琪說，撥去一綹平板燙過的頭髮。

「要去佛州嗎？」我說，看到這兩個字在她的眼中產生了效果。「他是這麼對妳說的嗎？他有講到南灘的歡笑與陽光，而沒有在器材室裡用這些話來哄騙蕾克西？」

「不要管蕾克西了。」她說，眼下的肌肉跳動著。

「爲什麼不要管她？妳對她做了什麼事？」我問。「我希望妳沒有也把她丟下大橋。一條河可塞不下這麼多家庭主婦，妳不覺得嗎？」

「閉上妳的嘴。」她說，舉起槍，對準我雙眼之間，她的雙手顫抖著。

我悲傷地搖著頭，手指滑過砧板和鍋蓋，最後碰到某個用大理石做的冰涼物體。

「我敢打賭菲利普說過他會離開凱薩琳，但是他並沒有這麼做，對不對？」

「凱薩琳那個賤人。」蘇琪尖聲說。「妳根本就不瞭解她。她就跟她媽一樣下賤，她永遠都不知道自己的爸爸原來就是……」

「但是她發現了，不是嗎？」我說，蘇琪臉頰上的肌肉更咬牙切齒了。「她發現了這件事，而且要離開他，不要任何一毛錢。」我做了一個悲傷的表情。「也沒有什麼出書的預付款。老菲利普年紀這麼大了還得工作，不然就是妳得拿錢出來給他用。現在凱薩琳再也不會煩他，他可以過著無憂無慮的生活。用著凱薩琳的錢。用著她人壽險所賠償的錢，也不會有什麼醜陋的扣押爭奪。然後接下來呢？跟蕾克西．赫根侯特雙宿雙飛。」我又搖搖頭，臉上故意做出令人不解的表情。「這是妳的老情人對待妳最好的方式。」

「妳這個婊子！」蘇琪大叫。她的手向後高舉，像是準備要用槍狠狠打在我臉上一樣。我將桿麵棍盡量舉高，用力打在她的前臂上，聽到令人滿意的碎裂聲。那把槍銀光一閃，從中島滑到角落。蘇琪大叫並且撲向我，手掌彎成爪子狀，直向我的眼珠而來。我繞著中島跑，用頭去撞她的胸部。她嘴中發出嘶嘶聲，腳步不穩，倒在地板上。

「不要動！」我大叫，快步拾起角落的那把槍，同時從口袋裡撈出手機。蘇琪用力在我小腿上踹了一腳。我的屁股撞到中島，也用力摔到地上──力道之大，連牆面都晃動著。我的牙齒猛然咬到舌尖，溫暖的血液馬上就溢滿口中。

我大叫，站了起來。蘇琪也大叫著，撲在我的背上，用力拉扯我的頭髮。我向兩側轉動著身體，將她的身體甩到中島的基座。她重重地落在地上，呻吟著，又踢了我幾腳。我也倒在她身邊。我們兩個人都倒在地板上，喘著氣、拖著自己的身體向槍的方向爬去。蘇琪伸出手中握著的那個古老天使像，而我則是盡力左右移動著身體，並且用全身的重量壓在她身上，抓住握著槍的那隻手。感謝上帝，我不是那些體重只有一百一十磅、愛跳有氧運動減肥的媽媽們。槍掉在地方，我撿了起來，同時前門被撞開來，史丹衝了進來。

「把那個放下，波羅維茲太太！」史丹大喊。

蘇琪把血流滿面的臉歪了一邊，一臉乞求地看著史丹。「拜託，叫她滾開！」她哀求著。「她想要殺了我！還有她重死了！」

我抓了蘇琪的一把頭髮，用力把她的頭打撞到硬木地板上。我得承認，這一下眞是讓我心裡爽到極點。「她殺了凱薩琳．卡瓦弄！也殺了蕾克西．赫根侯特。還把我的孩子們關在地下室裡！」

「還有妳最好的朋友！」珍妮憤怒地大喊。

史丹一臉困惑地看著我們，然後拔出了槍，不是對她，居然是對著我。蘇琪尖叫，珍妮大叫，我的孩子們在地下室裡放聲大哭。

「人是她殺的！」我大叫，不管受傷的舌頭。

「站起來。」史丹說。我這麼做時，蘇琪用力咬著我的姆指。我又驚又痛地尖叫。槍從我手上掉了下去。蘇琪的動作快得像隻貓，一把就搶了過去。她站了起來，低頭看了一下槍，又抬頭看著我，然後看了史丹一眼。她的頭上又是血又是碰撞的腫脹，她的臉現在就跟人體假模特兒一樣蒼白和死板。血從她的臉上流下，滴在那件粉紅色安哥拉羊毛衣覆蓋的胸部上，而我在她的眼中，看到接下來將要發生的事。

就當史丹瞄準著我們時，我伸出雙手。「別做傻事，蘇琪，拜託，把槍給我，我們……我們可以好好談一下！我來煮些茶還是什麼的……順便找一些冰塊敷在妳的手上……」

我可以聽到珍妮用力敲打地下室門的聲音，試著要把這個當成遊戲。「敲敲門，敲敲門！」她大叫，我的孩子們也跟著她大喊。「敲敲門，敲敲門！」

「我愛他。」她低語著。

「我知道。」我往前踏了一步，然後又踏了一步。「我知道妳愛他，蘇琪。我知道那種感覺。」

「我愛他。」她又重複了一次。三步。四步。我已經近到可以觸到她了。

「我知道。」

「我們原本可以是……」她用慢動作的速度舉起了槍，但是槍管不是對準我，而是對著她自己。她最後的一句話，簡直就是嘆息。「幸福的一對。」

「蘇琪，不要……」

「沙瑟蘭德太太，拜託……」

史丹和我在同一秒碰觸到她的身體，但是這一秒已經太遲。她閉上了眼睛，扣下扳機，那一聲槍響是這整個宇宙中最大的聲音。

註1：塞浦路斯國王匹邁利安（Pygmalion），因有感於身邊女人傷風敗俗，便憑藉自己精湛的雕刻技術，用雙手雕出心中完美的女人，並深為自己的創作所吸引。美中不足的是，雕像畢竟無法和他共享哀樂，於是匹邁利安便向上天祈求，希望能遂其所願，賜予這座無氣息的雕像生命。在維那斯女神的協助下，雕像竟緩緩地動了起來，僵硬的石像變成一個有生命的女人站立在匹邁利安面前，成全了他的心願。

註2：Nancy Drew，美國著名少女偵探小說的主角。

41

「我不用去醫院。」在史丹把珍妮和我的孩子們從地下室裡放出來，又叫我們所有人都離開房子後，我這麼對他說。從凱薩琳死後不斷在我們這附近巡邏著的警車，呼嘯開進這條死巷子，而在凱薩琳死的那天載我回到凱薩琳家的那名粉紅臉警官，正用「刑事現場，請勿進入」的黃色膠帶圍住整個草坪。我看到有幾台新聞採訪車在巡邏車後方到達。我可以想像坐在裡面的新聞播報員，正在他們的臉上撲著粉，準備好要告訴世界，這個故事最後的結局。

「妳跟孩子們應該離開這個地方，這樣比較好。」他把一條沙沙作響的銀色毯子繞在我的肩膀，但是我還是渾身抖個不停。我把三個孩子緊緊抱在懷中，珍妮站在我身邊，她那張如同蘇琪家草坪上降下的雪花般白的臉上，全然都是放鬆下來的神情。

「我們沒事了。」我說，此時兩個警官推著一張擔架走出前門。他們用裹屍布將蘇琪緊緊地包覆著。我把孩子們的頭貼住我的身體，不讓他們看到這個景象。

「妳需要找個人談談。」史丹說。

「我會跟你談的。」我說。「你還需要一分正式的聲明報告，對吧？」我的牙齒上下打起架來。

「要打電話通知妳先生嗎？」

我閉上眼。**我絕對不會做出任何危及孩子們的事情**。我曾答應過班的。我垂下頭。「不用了。」

「我會打給他的。」珍妮用微弱得一點都不像是她的聲音說。

我用力將山姆和傑克拉開身邊，好把手機從口袋裡拿出來，並且交給珍妮。蘇菲在吸吮著姆指，男孩子們則是一臉茫然。「你們還好嗎？」我說。「我知道這件事很可怕，但是現在都沒事了。媽咪沒事，珍妮阿姨也沒事……」我停下來，吐出一口血，太慢發現這並不是什麼「沒事」的徵兆。

「妳應該去看一下醫生。」史丹說。我點點頭，他讓我們所有人——我、珍妮、蘇菲、山姆和傑克——全都坐進另一部救護車的後座，載到醫院去。

三個小時後，醫生在我的舌頭上用會溶解的線縫了四針，也開了止痛藥給我，還給了我三個兒童治療師的電話號碼。孩子們被帶到另一個叫做「家庭室」的地方，有社工人員在跟他們談話。珍妮撥了通電話給班，還搞到一些鎮定劑和一個俊俏實習生的電話。我們五個人縮在床上，我把那件濕透、上面有血漬的T恤換掉，穿上醫院的病人袍。而此時門突然大開。

我以爲會是班衝上來給我一個擁抱，可是面前的卻是一個熟悉的、全身穿著毛皮的人影衝了進來，身後還跟著一陣超濃的香水味。

「外婆！」蘇菲說——這是從發生事件後，我聽到她說的第一句話。

「外婆！外婆！」山姆和傑克附和著。

「凱特！」蕾娜急忙走到我的床邊，外套翻動著、手環發亮著，然後緊緊把我抱入她的懷中。我訝異於自己會這樣讓她抱著，十秒鐘後，我嚎啕大哭了起來。

「喔，媽。」

「噓，噓。」她撫著我的髮。「沒事了，沒事了。妳現在很安全。」

我上氣不接下氣地啜泣著。「孩子們……孩子們當時也在房子裡。蘇琪手上有槍……」

「噓，噓。一切都結束了，凱特。妳已經安全了。」

「班會殺了我！」我脫口而出，才想到這麼說不妥當。「他叫我不要再插手，而我沒有……」

「噓，噓。」她柔聲哼著。「妳沒事了，妳安全了。」

我將臉頰緊緊貼在她的毛皮大衣上，試著相信她說的話。

她和珍妮帶孩子們到走廊上。止痛劑開始發作，讓一切東西的邊緣都帶有令人愉悅的光圈，而我的全身也漸漸覺得無力、放鬆了起來，像是有人把溫暖的沙子塞入四肢一樣。

「凱特。」

我慢慢把頭抬離枕頭，看見班正在站在門邊。「對不起。」我語音模糊。

他無力地靠在門上，我瞇眼看著他的臉。「凱特。」他說。他的聲音在我耳中引起陣陣回音，像是他站在峽谷頂端向下呼喚我的名字。「我也很抱歉。」

「熱狗！」珍妮用愉快的聲音說。

「熱狗！」蘇菲說。她爬下沙發，越過那張足以容納十人的橢圓形橡木桌。山姆和傑克手牽手跟在她身後，珍妮幫他們坐進兒童餐椅，而我母親將拌入農夫沙拉醬的熱狗、烤豆子、切好的胡蘿蔔和南瓜盛在盤中，還有檸檬水當飲料。每個人都狼吞虎嚥著。突然間，我們所有人都聽到海浪湧起的低吼聲，以及風吹襲在牆面上的呼呼聲。蘇琪在我面前自殺，已經是三個月前的事了。孩子們和我被安置在位於特魯羅的家，那個遺世獨立的地方。

「當然！」布萊恩．戴維斯用過於熱心的聲音說——通常是人們用來面對最近有受到傷害，或是有精神疾病的人時所用的語氣。「當然妳可以留下來。反正房子也是空著的！妳需要待多久就待多久！妳愛待多久就待多久！」

所以在蘇琪自殺後第二天的早上，我自己簽了名離開醫院，給班一個道別吻，然後跟孩子們、珍妮和我母親一起坐進了小卡車。我們去採買一些基本的東西：休閒褲、長袖運動衫、睡衣和內衣、牙刷和髮刷。蕾娜坐在美食街裡，面前的一杯水連碰都沒碰，手裡拿著手機，看著熙來攘往的人們，活像是剛降落在地球上、沒看過購物中心的外星人一樣。當我們經過她身邊，偶爾會聽到一兩句用法文或是義大利文講的句子。**Emergencia（意外事件）**和**Famille（家人）**這兩個字更是格外地清晰。我買了她愛喝的那種茶、除濕器，和我敢猜她很多年沒穿過的非高跟系列的鞋子。而她則帶孩子們去淘兒音樂城。「他們喜歡聽波爾卡舞曲？」她問，聲音之大，足以讓兩間店外的人都聽得到。「凱特，那種舞曲太淫穢了！」

在我們離開鎮上前，我將珍妮載回蘇琪家。有一個警察將她的保時捷停在路邊、鎖上門，並且把珍妮的鑰匙送到醫院。那部車停在空無一人的房子前，看起來孤伶伶的，雪花覆蓋在車窗上，一些警方用的黃色膠帶也黏在車子的天線上。

「我可以下個星期再去找妳們。」她說，抱我一下，說了再見。

「我對妳永遠也謝不完……」**因爲妳幫了我**，我想要這麼說，**還有妳一直相信我**。「因爲妳一直對我不離不棄。」

她用力地抱著我，在我的頰上留下唇印，然後坐進她的保時捷，我坐進我的小卡車。我往東開去，太陽曬在我們的背上，到海邊還有一百八十英哩的路程。

前幾個星期就這麼悠閒地過了。我們買了兩綑木柴，每天早晨都生了一堆火，晚上就待在火堆旁，烤著棉花糖、看著電影、擠在毯子裡。而從海面上吹來的風，則是讓牆面抖動著、嗚咽著。我們在奧爾良的停車購物超市採買生活雜貨、帶孩子們去伊斯特姆上音樂課，以及載他們去特魯羅、普文斯鎮和韋爾弗利特的圖書館聽故事，然後再外帶巧達湯當午餐。

午后，當孩子們在睡午覺、蕾娜在講電話的時候，我會去可以俯看海灣的露天平臺，坐在躺椅上，感受髮間的狂風，想著我應該早一點解開這個謎團。仔細回想這整件事，很清楚就可以發現蘇琪一直引導著大家往錯誤的方向。是她告訴我凱薩琳的代寫人身分的，而我也敢說她就是提供消息給泰拉·錫恩的神秘客。她給我褓姆的電話、她告訴我關於凱薩琳和泰德·費區之間的事，知道我愈走錯一步，她的嫌疑也就愈小。

我看著浪花，想著凱薩琳·卡瓦弄的事。如果她活得久一點，那她會在我們的午餐約會上對我說些什麼？她會不會請我幫她尋找父親？她要一個朋友嗎？一個目擊證人？她會不會妒忌我有雙親，就像是我也妒忌她有美麗的外表、纖瘦的身材、亮麗的髮絲，以及處理那些讓我不知所措的事物時的悠然自得？我又會不會告訴她太重視過去只會毀壞現有的一切，而那通常也是回首過往的代價？

冬季，科德角只買得到全國版的《紐約時報》，而且我還得特地開車到普文斯鎮去買。但是在這幾張薄紙與很難用的電話撥接上網之間，前幾個星期我還會去特魯羅關心一下凱薩琳謀殺案後續擴大的搜索行動。

蘇琪·沙瑟蘭德的屍體葬在她父母退休後居住的北卡羅來納州河岸，而不是她大半輩子所住的厄普丘奇。她先生在葬禮後就把房子給賣了，帶著孩子們搬去一個不知名的地方。

蕾克西·赫根侯特仍然下落不明。警方從紐約市請來一組水下探索小隊，在蘇琪原本計劃要殺害我的康乃迪克河中挖掘著她的屍體。《紐約時報》對發生在丹尼、布萊爾里和哈德利三人身上的事隻字未提，我有好長一段時間都無法鼓起勇氣想起他們。

菲利普．卡瓦弄遭到警方的盤問，關於他知情的程度，以及得知這一切的時間。當這件事爆發的時候，他身陷輿論的嚴厲批評。是的，他是跟蘇琪舊情復燃，也跟蕾克西、裸姆莉莎、私人教練露絲，還勾搭上……上帝啊！那個有點風騷不正經、經營紅推車托兒所的祖母黛耶托太太。沒錯，他是有將關於他妻子代筆人的工作，以及如果少了凱薩琳的人生，將會變成什麼樣子等之類的事情，跟蘇琪有過如《紐約時報》所稱的「閒話家常」，但是他從來沒有鼓勵她或是知道她有任何殺害凱薩琳的計劃。

至於黛爾芬．杜蘭，則是又開始使用黛比這個名字，並且把自己的故事賣給八卦小報。「**主婦賣淫實錄！**」幾個大字在某本珍妮帶給我的雜誌標題上閃閃發亮。封面上有張黛爾芬穿著低胸藍色洋裝的特寫，而另一張照片則是她臉上掛著害羞的笑容，下半身只穿了三角泳褲而已。

「她丈夫支持她這麼做。」珍妮邊喝著她要求的電解液加伏特加飲料，邊唸著文章裡的內容。我們一起坐在露天平臺上，包裹著羽絨被、手套和帽子。強烈的海風吹拂著海面，刮紅了我們的臉頰，也麻木了我們的手指。「我愛我的妻子……點點點……喔，妳看，他們還準備要以她的人生來製作一齣情境喜劇！」

我點點頭。「那對她來說是件好事。」

珍妮羞赧地笑著，又遞給我另一本雜誌。那是一本《潮流》，封面是凱薩琳．卡瓦弄的臉。我認出那是一張放置在她家壁爐檯上方的照片——她與菲利普的婚紗照。凱薩琳一頭亮麗的深色頭髮與湛藍雙眼、純白色的蕾絲面紗與緞質禮服，再加上她臉上的微笑，讓人錯覺她擁有了全世界。「**凱薩**

琳・卡瓦弄：她的人生」，標題上是這麼寫的。珍妮的署名較平常大了五倍之多。「這是我第一次寫這麼正式的新聞稿。」她驕傲地說。「席一定會把它鍍在青銅上的！」

這篇報導長達五頁之多，內容精采萬分。珍妮追蹤其中所有的出場人物，並且引述他們的話。其中用十八號字特別標出來的，是多莉・史帝文生的話：「她是我所認識的人之中最好的一個。」

文章中包括：凱薩琳母親茱蒂絲・麥迪羅在紐約的生活、因藥物過量而死，和凱薩琳被領養的事實。然後跳到漢菲爾德大學，喬爾・艾許成爲她的老師的那一段──「我不是她父親，只是她心中父親形體的投影。我想要幫助她。我希望自己有這麼做。」再來是茱蒂絲・麥迪羅的「相好」清單，無論是否有過性關係──其中有著名的說客、網路高階主管、教授詩詞的老師和眼科醫生。「紐約州檢察總長泰德・費區在蘇琪・沙瑟蘭德自殺後的第二天，即自願進行親子關係的檢查。」珍妮這麼寫著。「檢查結果呈陰性。凱薩琳・卡瓦弄與茱蒂絲・麥迪羅的死因仍充滿謎團。紐約警察局的偵察人員近日內已重新展開調查。若是卡瓦弄自己在生前已經找出答案，那這個答案也隨她埋入了黃土。」

我們的生活愈來愈平淡無奇。在吃過早餐後，我們會去圖書館、超市或是在普文斯鎮的海盜博物館。然後是吃午餐、睡午覺、做點手工藝品和替著色本上色，如果下雨的話就看錄影帶。晚餐後，我們會生堆火，蕾娜會唱支歌──有時是歌劇，有時是波爾卡舞曲。在把孩子們趕上床後，我會獨自躺在大窗戶邊的床上，聽著外面的波濤聲、看著海岸另一邊普文斯鎮的萬家燈火，還有漆黑夜空中的繁星點點。我在空地上種了些鬱金香和黃水仙的球莖，等過些日子，天氣變暖之後，再種些小雛菊、鳳仙花、牽牛花和三色菫。每逢週三和週五的早上，我會帶孩子們去普文斯鎮的碼頭，搭渡輪去波士頓拜訪兒童心理學家波邦醫師。她會帶領孩子們走進她那間裡面有娃娃屋、畫架、多種玩具，一片亂糟糟的辦公室裡，然後跟孩子們鎖在裡面。我坐在其中一張硬木椅上等待，試著不要把耳朵貼在門上聽他們在說些什麼、試著相信蘇菲、山姆和傑克會知道有人一直愛著他們，並且無論發生什麼事，都會保護著他們。

班每個週末都會來看我們。他會跟孩子們玩、帶我們出去吃晚餐、爆玉米花、哼波爾卡舞曲，幫醜娃娃換衣服，還有陪孩子們看每一部迪士尼電影。夜晚時分，他會躺在我身邊，卻沒有伸手抱住我。「當妳準備好要聊這些的時候……」他有一天晚上這麼對我說。我搖搖頭。他將我們的房子賣了，這段時間在科斯科布租了間公寓。他僱用了另一名員工，答應我會減少工作時數、會留在家裡多一點時間、也可以搬到任何想住的地方——康乃迪克、紐澤西，甚至是再回到紐約市，如果能夠的話，再搬回同一幢公寓、擁有相同的鄰居。他要我們再成為一家人，在什麼地方都無所謂。「日子一定會變得比現在更好。」他低聲耳語著，一根手指猶豫地在我的頰上滑過。「就像從前一樣。」

我緊閉雙眼，假裝已經熟睡，直到聽到他的嘆息聲，也感覺他翻了個身。

伊凡每隔幾天就會打通電話來。「我可以跟妳見面嗎？」他會這麼問。「我們已經浪費這麼多時間，凱特。我們應該在一起。」我也對他搪塞著。我看著海面，想到凱薩琳．卡瓦弄的父親。他是生是死？他會注意這整件事嗎？他對於有私生女一事，會感到內疚嗎？

終於從二月進入了三月。「我很想繼續留下來陪你們。」我母親對我說。「可是我已經簽了合約。」

我點點頭。「沒關係的！妳已經陪在我身邊……」我用力吞著口水。「在我最需要妳的時候。」

「只要妳需要我，我會一直陪伴妳的。」她說。她把我的頭髮撥到腦後，在額上留下一個吻。

「記得這個吻，凱特。」

海面上的風愈來愈溫暖，夾帶著鹽和海濱李子的味道。週末的時候，珍妮或是班會照顧孩子們，我會在沙灘上漫步一段時間，在經過海草、漂流木堆、腐爛的魚時，感覺腳底涼爽的沙。有時候我會看到竄高海面五十呎的海豹，或是牠們趁退潮時在岩石上曬太陽。這些岩石大概是最讓我欣慰的東西。每一天當潮水退去之際，它們就重新出現在太陽底下，每年的夏天這個動作都會反覆進行，在我來到這片海灘之前已經持續了數百年，在我們所有人都死去之後，仍會繼續下去。

就在陣亡將士紀念日前，我在小卡車前座下找到蘇菲的糖果項鍊，也找到蘿拉・琳給我的《好媽媽》校訂稿。我翻著書前的空白頁，然後看到了題辭的內容：

前言

媽咪與我

文／凱薩琳・卡瓦弄

很久以前，有一個公主，她有一頭美麗的美髮，以及如玫瑰般嬌紅的雙唇。她讓一整個王國的人與她陷入沉睡，而在她醒來的同時，發現手中抱了自己的小女兒。

當公主離開人世後，小女孩長大了，到處尋找著母親，試著找出自己的身分、她所愛的人，以及這兩者何者會成真。

世上有由好媽媽們養育長大的女人、必須忍受冷淡母親的女人，以及在不良的養育環境中存活下來、失去母愛、遭到母親遺棄，與對她們來說「母親」只是生物學上的一個名詞的女人。

波妮阿姨將我養育成人。她是我所謂的好媽媽，也是一個孩子衷心期望能夠擁有的慈愛又凡事支持我的好媽媽。

我的生母——生物學上算是我的母親的那個人，一九六九年在海恩尼斯的某家醫院中生下我，六個月後，就獨自回搬到紐約，至今仍是一個謎團：她究竟是一個迷人的女鬼、一個美女，還是一個女巫？我花了人生的第一年，試著讓她喜歡我，等著她回到我身邊。後來發現，這種心態就像她等著那個讓她懷孕的男人回到她身邊一樣。

「媽咪！」蘇菲伸手要她的項鍊。我將書塞進皮包裡，把項鍊給她。當晚，我又繼續讀了下去。

那些不確定是不是我父親的人，在鬧區的餐廳中，坐在我的對面。他穿著黑色，或是灰色，或是海軍藍的西裝，非常精巧的剪裁。他的灰髮整齊地梳到腦後；或是滿頭灰白的捲髮，童山濯濯，髮長過肩；或是寸髮不生，整顆頭宛若蛋形。他的指尖圓鈍，指甲修剪得很整齊，上覆一層透明的光芒。就在我把母親的照片遞過鋪著亞麻桌巾的桌面時，他連看都沒看一眼，就又把照片還給了我。「我從來沒見過她。」這麼多年，這麼多男人，都是同樣的回答。靠著網路的協助，只要敲幾個鍵，就可以從企業網站或是雜誌的人物介紹中下載個人資料。我可以找出最具可能性的目標，我的影子父親，他的成長背景、夏天去哪裡渡假、在哪裡讀大學、在哪裡舉行婚禮，以及目前聲稱擁有幾個小孩。我坐在小鎮圖書館的小隔間裡，看過一捲又一捲的微縮片、陳年泛黃的剪報、壓縮影片和黑白照片。而且我又回到城裡，坐在一杯咖啡六美元的餐廳裡，問著唯一重要的問題。**是你嗎**？我說，語氣就如同我之前已經說過的那麼多次一樣，眼睛越過杯子另一方的那個男人。**你是我父親嗎？關於我母親的死因，你知道多少？**

當最高溫回升到華氏七十二度的那一天，我驅趕孩子們換上泳衣，在他們蒼白的皮膚上塗上厚厚一層防曬乳。珍妮又來找我們了。我們一同張羅著水桶、鏟子、浴巾、折疊椅，並且將一把七彩的遮陽傘插在海灘上。然後我們爬下梯子，走到沙灘上。蘇菲裹足不前，拽著我的手。「來嘛，甜心。」我哄著她。她搖搖頭，但是在我把她擁入懷裡時，也不再抗拒。海水淹到我的腳趾和腳踝時，眞是透心涼，但是我要自己繼續走下去，直到海水的泡沫覆蓋過我的膝蓋……然後是我的臀部。

「一……二……三！」我說，彎下腰直到蘇菲的腳尖拂過浪花的頂端。她在我懷裡不安地扭動著，發出咯咯的笑聲，我輕輕地將她拋在空中。她又叫又笑，又鎮靜下來，要我帶她回到岸上跟弟弟們一起堆沙堡。我又慢慢地走回海水中，水一路漫過我的肩膀，我深吸了一口氣，將頭浸入水裡。就在我把眼中的海水撥掉、回頭看著岸上時，孩子們和珍妮在鼓著掌。我向他們揮了揮手，反身一躺，漂浮在淺綠色的海水中，抬頭仰望晴空。**回到我身邊**，班這麼說。**來到我身邊**，伊凡這麼說。我閉上眼，傾聽我自己的答案。我的髮絲搖晃著，身體上下起伏著。海浪就這麼來來去去，什麼答案也沒有告訴我。

陣亡將士紀念日當天，電話響了起來。

「打開電視。」珍妮說。

「哪一台？」

「隨便挑一台。」

我按下電視的電源，看到一個熟悉的景象——矗立在夏日艷陽之下、翠綠色草坪之上的白宮。在玫瑰花園已經架設好一個講臺，而總統先生正站在講臺之後。

「我們將恭逢這場史無前例的演講。」新聞播報員說。

總統緊抓著講臺。我看著他的喉節上下移動了一次、兩次，然後他開口講話：「在謹慎的思考之後，我決定不角逐下一任的總統。」他說。「在漫長與虔誠的自我反省，以及執行公理正義的渴望，不單是爲了這個國家，同時也是爲了……」他的喉節又上下移動了一次。「爲了我的家人。我已經讓他們遭受許多痛苦——我的妻子、我的孩子們，以及見過我身處低潮，卻仍衷心給我支持鼓勵的人們。」他低頭看了一下講稿，又抬起頭，緊咬著下顎。「我請媒體及社會大眾在這段痛苦的時間中，尊重我們的隱私。祝福各位。天祐美國。」

在播報員的聲音又再度出現前，沉默了一段時間，而我盯著螢幕上這張攝影機停留捕捉的臉孔。我看著他低下頭時，高聳的顴骨、V型的下巴和發亮靛藍的雙眼。眼睛，某首詩不是有寫過「如同三色菫般的藍眼睛」……或是「如同矢車菊般的藍眼睛」。

「這個……」播報員急忙說，顯然他已經亂了方寸。「彼得，我不明白現在到底發生了什麼事。我們聽說總統先生有健康方面的問題嗎？」

「才不是呢！」珍妮的聲音傳進我的耳朵。「警方昨天晚上找到那個藥頭了。」

「總統的藥頭嗎？」

「不是，史都華總統那時還是國會議員。他當然不能自己去買，而是叫他的手下去幫他找一些貨來——妳知道的啊，就是過去十年間不斷進出勒戒中心的那個嘛！三十年前，兩百塊錢分量未稀釋的吩坦尼麻醉藥貼片，就可以打發一個見不得人的女人和一個私生子。」

我茫然盯著電視上無人的講臺，想到我在凱薩琳梳妝臺抽屜裡找到的那張紙條：**史都華，一九六八。**

「媽咪？」蘇菲拉著我的手。

「我要掛斷電話了。」我對珍妮說。

「電視別關掉。」她說，語氣讓我發暈。「新聞快報。情況生變。我得去找髮型設計師吹頭髮了，CNN剛剛打電話來。」

我向她說了聲再見，掛上電話，將電視調整至靜音。波妮的聲音在我腦中迴響著：**她對我說她要了結這一切……**而喬爾．艾許的聲音此時加入了：**幫我們寫作給了凱薩琳進出國會的權利。她可以訪問參議員，甚至是總統本人。**

「來吧！」我說。我將女兒抱在懷裡，貼著她的臉頰，開始唱起歌來：「**麻疹來了，可以躲在房間裡……小老鼠來了，可以用掃把追趕牠。愛情來了，根本就無能為力。**」

「不要唱歌嘛！」蘇菲拍著我的嘴唇。「妳怎麼不看總統先生了？」

我搖搖頭，帶著她走出玻璃門，迎向外面的陽光；然後走下閃著銀光、直通到水邊的樓梯。「我已經看夠了。」我說。

City Chic 21

晚安，無名小卒

作者／珍妮佛・韋納（Jennifer Weiner）
譯者／蕭振亞
總編／呂靜如
系列主編／鍾佳穎
責任編輯／鍾佳穎
企劃／吳佩珊
美術設計／朱海絹
註釋／鍾佳穎、蕭振亞

發行人／宋勝海
出版／泰電電業股份有限公司
地址／台北市中正區博愛路七十六號八樓
電話／(02)2381-1180
傳真／(02)2314-3621
劃撥帳號／1942-3543 泰電電業股份有限公司
網站／http://book.fullon.com.tw
總經銷／時報文化出版企業股份有限公司
電話／(02)2306-6842
地址／台北縣中和市連城路一三四巷十六號
印刷／普林特斯資訊有限公司
■二〇〇七年四月初版
定價／300元

國家圖書館出版品預行編目資料

晚安，無名小卒／珍妮佛・韋納
(Jennifer Weiner)著；蕭振亞譯.
--初版.--臺北市：泰電電業，
2007【民96】面；　公分.--（City Chic；21）
譯自：Goodnight nobody

ISBN　978-986-6996-29-0（平裝）

874.57　　　95023242

ISBN：978-986-6996-29-0
Printed in Taiwan

City Chic系列

015

美國女孩趴趴走

集合十五位美國都會女作家的短篇小說集

珍妮佛．韋納／蘿倫．薇思格 等著
邱梨怡 譯

260元

匯集現今美國炙手可熱的都會小說女作家之作品集，看她們如何以犀利的文字與幽默的口吻，敘述個個獨立卻擁有自我的女性故事。

本書收錄的精采短篇小說，描寫都會女性所面對的感情和工作問題，有的令人會心一笑，有的令人絕倒，有的讓人有感而發、熱淚盈眶……

023

在城市裡戀愛的女孩們吶

十五位愛爾蘭暢銷女作家短篇故事集

瑪麗安．琪斯／瑪伊芙．碧琪 等著
蔡惠民／王純綺 譯　　謝書盈 繪

260元

《紐約時報》暢銷作家瑪麗安．琪斯和瑪伊芙．碧琪帶領一群愛爾蘭最受歡迎的女性作家，共同編織一篇篇充滿了機智幽默與勇敢堅強的故事，描繪城市女孩關於戀愛、生活最眞實的心情寫照，令人時而會心大笑，時而感動落淚。

在這些短篇故事中，愛爾蘭的女性作家們匯集了有趣又充滿愛的冒險奇遇，還有永恆難得的女性之間的友誼關係，以及她們本身無法抗拒的獨特愛爾蘭魅力。

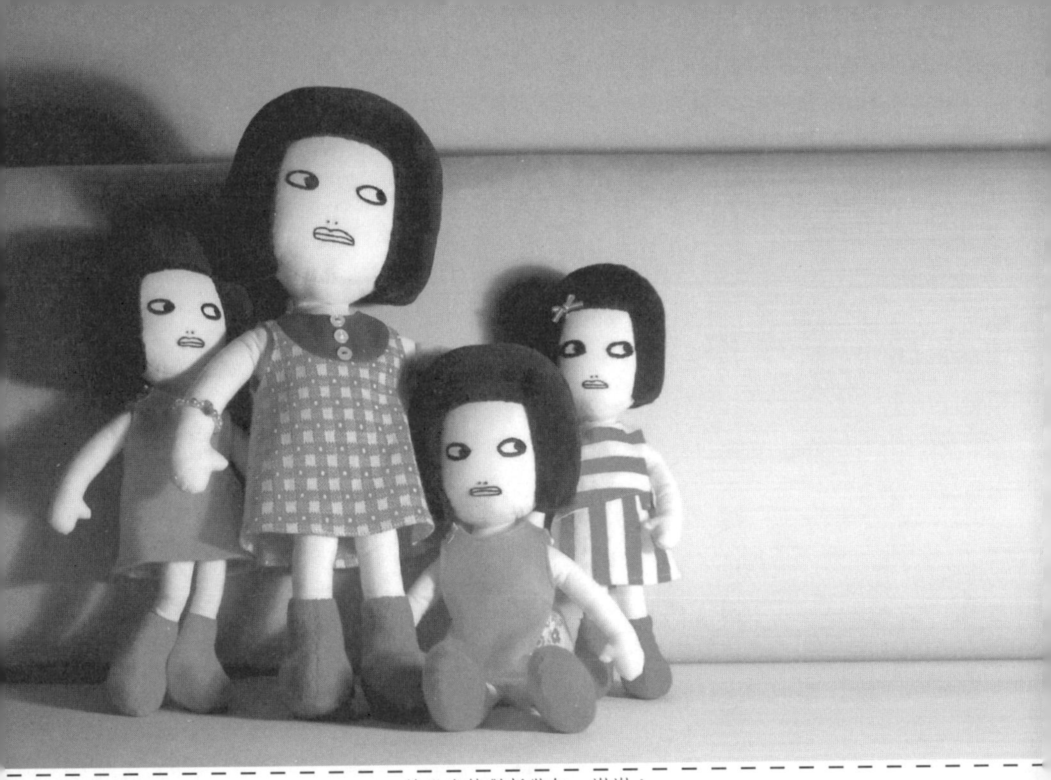

請沿虛線對折裝釘，謝謝！

廣告回郵

北台(免)字
第13382號

免貼郵資

100 台北市博愛路 76 號 8 樓

泰電電業股份有限公司　收

姓名：______________________________

住址：□□□□□______________________________

Email：______________________________

誠摯感謝您購買本書，請詳細填寫本卡各欄，寄回馥林文化（免附回郵），即可不定期收到馥林文化最新出版資訊及優惠通知，我們將於**每月抽出兩名幸運讀者贈送馥林好書！**

即日起寄回回函卡還有機會獲得多項好禮，活動詳情請見馥林官網 www.fullon.com.tw

服務專線：(02)2381-1180轉394　傳真：(02)2314-3621

1. 購買書名：________________________
2. 性別：□男　□女
3. 出生日期：____年____月____日
4. 學歷：□1. 高中及高中以下　□2. 專科與大學　□3. 研究所以上
5. 職業：□1. 學生　□2. 軍公教　□3. 資訊　□4. 製造　□5. 服務　□6. 金融　□7. 傳播　□8. 自由業　□9. 家管　□10. 其他：__________
6. 從何處得知本書：□1. 書店　□2. 網路　□3. 雜誌　□4. 廣播　□5. 電視　□6. 報紙　□7. 他人推薦　□8. 其他：__________
7. 購書方式：□1. 實體書店　□2. 網路　□3. 傳真訂購　□4. 郵政劃撥　□5. 其他：__________
8. 喜歡閱讀的種類：□1. 文學　□2. 商業　□3. 軍事　□4. 歷史　□5. 科學　□6. 旅遊　□7. 藝術　□8. 傳記　□9. 生活、勵志　□10. 教育、心理　□11. 輕小說　□12. 其他：__________
9. 您對本書的評價（請填代號1. 非常滿意 2. 滿意 3. 普通 4. 不滿意 5. 非常不滿意）
___書名___內容___封面設計___版面編排___文/譯筆___價格
10. 您對本社叢書：□1. 經常購買　□2. 視作者或主題選購　□3. 初次購買
11. 您願意收到馥林文化電子報嗎？□1. 願意　□2. 不願意
12. 對我們的建議：________________________________

____